三三娘 著

有港来信

中信出版集团 | 北京

目
录

C
O
N
T
E
N
T
S

盒子里是什么：一道阳光
难道你吗？ 月亮.

「应小姐，看来已经康复了。」

PRODUCTION

| ROLL | SCENE | SHOT | TAKE |

CHAPTER 第一章 披肩

DATE　　　　　　CAMERA

| 景别时长 | 音效 | 分 镜 图 | 内容台词 |

宁市的秋天少见落雨，湿度降到百分之二三十，舒适得让人生出身处高纬度地带的错觉。但这里是宁市，一江之隔临着港澳，潮湿的亚热带季风气候才是它的常态。

应隐做完妆造出门前，助理提醒说下午至晚间有百分之十的降水概率，让她小心降温，应隐听了，没当回事儿。

阿尔法保姆车拐过街角，在一座老洋房的造型工作室前接上了人便马不停蹄地驶上了滨海公路。

"应隐姐，真麻烦你还特意来接我一趟。"一道女声响起。这声音固然是动听的，但因为语气太小心翼翼，令人觉得这声音的主人有些局促。

应隐将视线从海面上转回，望了身边的阮曳一眼："没关系，公司还没有给你配车，我过去也不远。"

阮曳是新签进公司的后辈，艺名有些拗口，但她坚信这两个字旺她。她刚毕业，二十二岁，已经演过一两部网剧的女主角，积累了些人气。

阮曳第一次跟她同乘一车，没料到她这么好说话，一点都不耍大牌，不由得卸下了心防："姐，你去这种场合，助理、保镖也一个都不带吗？"

她虽然刚开始进入影视圈，但出门好歹也有三四个跟班呢。

应隐笑了笑："那你怎么没带呢？"

阮曳嘟了下嘴："主办方不让。"

"那不就对了。"

"你也不能开后门当特例？"阮曳问，眼睛闪亮憧憬。

不怪她有此一问。

应隐是她们经纪公司最大牌的女星，在二十七岁前就拿下了两座影后奖杯和一座最佳女配角奖杯，几乎是"小花"所能走到的最高高度了，出席这种场合，竟然也连个助理都带不进去。

应隐轻轻颔首："我也不能。"

"不就是一个有钱人的宴会……"阮曳嘟嚷了一下，"有钱人了不起啊？"

"有钱就是很了不起啊。"应隐简单地回应，挑了挑眉，神情比刚刚多了一丝生动。

阮曳笑了起来，口吻更像小孩子了："可是你自己就很有钱。"

"钱嘛，"应隐闲聊般轻描淡写，"当然是越多越好。"

滨海公路一眼望不到尽头，在漫长的行驶后，眼前景色终于有了变化。

前面是一座帆船港。

即使天气预报说了要下雨，下午四点多的海边仍不见阴霾，云层下丝丝缕缕的日光澄澈。

港口内，成百上千的帆船游艇停泊着，因为暴雨预警，帆都被妥帖地束拢在桅杆上。

这是富人的游戏，也是富人的港湾，两个月前却低调易主。没有人知道这个港湾的新主人是谁。

到了帆船港，也意味着快到酒店了。

港湾对面的山上，那片白色建筑依傍山势，明净的大落地窗倒映出碧海，辉煌的水晶吊灯已被点亮，远远看去，像浮在海面上的金色花火。

车子自港口外的柏油路上一滑而过，阮曳趴着车窗回头望，眼睛瞪得溜圆。

她看到了泊在港口里的那艘超级游艇，纯白巍峨，一眼望去甚至数不清有几层。

她想惊呼，但一旁的应隐好像根本没注意到，便乖乖地将惊讶咽进了嗓子里。

与此同时，顶楼的贵宾休息室窗前，宴会的主人陈又涵接了一通电话。

对面那道声音低沉而绅士："要下雨，机场那边说会有雷暴，飞机恐怕飞不了了。"

陈又涵失笑着摇了摇头："你不要告诉我你还在香港。"

香港维多利亚港游人如织，风平浪静。

从维多利亚港看，中环的摩天高楼比肩接踵，组成了世界知名的天际线，而其中一栋挂着商宇集团中心楼标的，高 463 米。

很少有人知道，顶层的董事办公室里藏着一面海洋观景窗，正在打电话的男人站在玻璃幕墙前，深蓝色的海水倒映出他的身影。

巨大的鲸鲨翻然游过，海水柔荡，模糊了他的面容，只知道他偏过头点了一支烟，被手虚拢的火苗将他的眉眼点亮后熄灭了。

"还在中环，刚开完会。"他吸了一口烟，习惯性地点了点细白烟管上的烟灰。

"飞机飞不了,船在这边港口,你打算怎么准时赴宴?"陈又涵问。

电话里的笑意不明显,匀出一丝慢条斯理的味道:"原来我还需要准时。"

陈又涵挂了电话,负责宴会公关事宜的助理问:"商少爷这会儿还在总部?从港珠澳大桥过来,岂不是要八点了?"

陈又涵倒不担心。他知道这个男人做事比他更滴水不漏,说是迟到,其实不过是笑谈。

果然,半个多小时后,托管在机场的湾流 G550 公务机已上了跑道,做好了在暴风雨中前往宁市的准备。

酒店旋转门前,阿尔法的电动车门感应开启,一双着细高跟的腿从黑色缎面裙摆中露出,咔嗒一声,轻轻踩在了大理石地面上。

"应小姐。"礼宾鞠躬问候。

应隐下了车,小巧的晚宴包得体地收在小腹前。等裙摆自然垂落好,她才抬起眼眸,向对方礼貌地轻点下巴:"下午好。"

阮曳从另一头下车,负责接应的礼宾见她鞋跟比天高,机敏地将胳膊递过去供她搭住。

应隐等她跟上,才对她笑笑:"这是你第一次赴宴,别紧张,有什么问题随时找我。"

阮曳知道自己能来是托了应隐的咖位和面子,也是经纪人看重她,想让她历练。她是想表现好的,但到底没经验,又无视了执行经纪的劝阻,一时间用力过猛,选了一条很大很蓬的纱裙,走路都得自己抱着裙摆,瞧着有种天真的笨拙。

"把裙子放下。"应隐淡然出声提醒。

不知为何,阮曳心里生出些丝错觉,总觉得从开门下车的那一刻起,她眼前的人就进入了某种严阵以待的状态。

阮曳听话地放下裙摆,接着便看到应隐回眸,对礼宾一颔首一微笑:"劳驾。"

哪用她再多命令几个字?三名礼宾立刻蹲下身,一前一后地为阮曳整理好粉纱拖尾。

早有公关专员在一旁等候着为她们引路,见诸事完毕,连忙探手引道:"两位请这边。"

VIP 通道异常安静，专属电梯里沁着冷冷的香雾，轿厢四面都是银色金属壁，匀净地倒映出三人的面容身影。

阮曳偷偷打量，壁中倒影里，应隐虽然只穿了一条黑色吊带缎面长裙，但是身段依然很美。

电梯上到宴会厅所在的一层，公关专员介绍道："还有几位客人没到，应小姐，我们为您准备了专属休息室，是否需要我带您过去？"

应隐的眼神征询性地望了阮曳一眼。想来阮曳咖位不够，是没有自己的休息室的，只能"蹭"，为避免她尴尬，她才主动邀请。

阮曳张了张口，还未出声，便有另一道男声插入："小隐。"

应隐脊背一僵。

那只是下意识很短暂的一瞬，这一瞬过后，她就已经调整好了微表情，巧笑明媚地寒暄："宋总也在。"

宋时璋，圈内如雷贯耳的资方出品人。

他西装革履，一手插在裤兜里，另一只手对公关专员很淡地挥了挥："先带这位小姐去休息，这里有我。"

等旁人走尽，宋时璋伸出手，邀应隐挽他臂弯。

"今天怎么穿得这么素？"他问，瞥她细细两道肩带下的肩颈锁骨。

这是社交礼仪，没有拒绝的理由，应隐只能微微笑着挽上，回道："毕竟不是什么红毯。"

宋时璋哼笑了一声："你是对的，跟你来的那个小姑娘，就不如你聪明。"

"她还小。"应隐不置可否，虽挽着宋时璋的手，但姿态上仍与他保持着客气的距离。

厚重的软包门被侍应生推开，宴会厅宽阔明亮，一览无余。应隐一眼望去，辨认出一些娱乐圈的熟面孔，虽然人不多，却都是姿容靓丽的男星、女星，想来跟她一样，都是被邀请来当陪衬的。

隐约有窃窃私语，自脚步后升起。

"又是当宋时璋的女伴？"

"宋总偏爱这一款，看来功夫不负有心人咯。"

"你说的有心人是谁啊？"有人掩唇笑语。

"宋时璋正值盛年，模样也可以，真要愿意给个名分，可不是翻身做老板娘？"

应隐听得真切，面上不动声色，只两道细眉厌烦地拧起，转瞬即逝。

"一早就知道你要来，所以，为你备了件礼物。"宋时璋对那些声音置若罔闻，垂下眼对应隐道。

"嗯？"应隐愣了下，心里升起不好的预感，"什么？"

"一套更适合你的高定礼服，刚从巴黎时装周亮相完毕，我想，你该是当之无愧的全球首穿者。"

应隐一直完美的表情终于有了丝毫崩动，她的笑僵了一下："这么贵重的礼物，不如留给下个月的电影节……"

"我想让你今天穿。"宋时璋语速放缓，淡然重复了一遍："做我的女伴，该是这样的待遇。"

"但是配饰……"应隐绞尽脑汁地找托词。

所有人都看到她是穿着这一身入场的，平白换了，又是最受瞩目的春夏高定礼服全球首穿，谁能查不到是宋时璋送的？

要送礼物，又为什么不早送，非得在她登场后才送？

他是故意的。

应隐心里默默骂着，仰起脸时，眼眸里却是可怜："换衣服好麻烦，头发也会乱，也许口红蹭到裙子上……"

"不重要。"宋时璋打断她，过了一会儿，缓了缓声，"你知道今天的座上宾是谁吗？"

"是谁？"

宋时璋却卖关子，竖起一根食指，虚虚地点在应隐的唇上："礼服和珠宝，我都已经派人放在了你的休息室。我希望你穿着我送的礼服，当全场最漂亮的人，只站在我身边。"

大雨倾盆而下。

老天并未爽约，说好了傍晚下雨，便真的在傍晚下起来，只不过浓云铺天盖地，风疏雨骤，将六点多的光景渲染得如半夜一般。

应隐推开旋转门，在礼宾和安保的注目下走到门外。她还没有换衣服，发髻和着装都是来时的那一身。

应隐垂手站着，望了会儿灰色的雨幕。

远处海天混沌一片，已全无美丽风光。

在隆隆的回响中，安保始终有意无意地瞥她，不知道这位美丽的女星，为什么要在这个时刻走到门外。

然后他便瞪大了双眼，看见了此生难忘的一幕。

那道纤细的、穿着吊带鱼尾长裙的背影，就这样毫无预兆地走入了雨中。

"应小姐！"安保失声喊道。

应隐抬起手，止住他上前的意图。声音几乎被雨声吞没，她冷静地说："没事的。"

她只是忽然想淋一淋雨。如果能当场淋得高烧晕倒了，自然最好，但她为了保持身材，常年健身，要忽然晕厥恐怕很难。那就纯当发泄。最好妆也花了，头发也乱了，糟蹋那条裙子，让宋时璋厌烦她的不识好歹。

她有时候，就是太知好歹了。

楼下迎宾的公关专员已经撤干净了，说明宾客已经到齐。应隐放下心来，这里不会再有人来了。

也对，谁敢在陈又涵的宴会上迟到？

秋潮让宁市也降了温，冰冷的雨瞬间将发肤都浇了个透湿，应隐嘴里一边骂宋时璋，一边倔强地对抗着身体里频繁的发抖。

她没有注意到，灰色天幕下，一辆长过一般车型的银顶迈巴赫正绕过喷泉环岛，缓缓靠近门厅。

豪车的驾驶谧静无声，车内更是安静，将雨声严密地隔绝在外，只剩一点助眠般的白噪声。雨刷繁忙不停，将挡风玻璃上的水纹刮开。

车子驶入门廊，那道白噪声消失了，告诉后座的人已抵达目的地。一直闭目养神的男人似有感应，在此刻睁开了双眼。

眼角余光一瞥而过，一道粤语随即响起："停下。"

车子应声而停，手握方向盘的司机两鬓已有风霜，他半转过脸，也用粤语回问："怎么了？"

车内男人侧眸看了两秒便收回了视线，眼神未起波澜。他恢复了微垂眼眸的冷淡模样，简单地吩咐："去给她拿把伞。"

司机瞥了眼那道身影，干脆地领命。

他下车拿出长柄黑伞，正撑了伞要走，不想后座车窗却降下一半，慢条斯理地递出了一条羊绒披肩。抓着披肩的这只手五指修长，指骨匀称，被深红色的羊绒衬着，如倒折的玉质扇骨。

车内的声音始终沉稳，让人捕捉不到一丝多余的情绪。他说："小心风寒。"

直到有人撑伞走近，应隐才意识到自己的失态被人看了个精光，只是她想躲也来不及了。那人靠近她，伞下是一张双鬓染霜、约莫六十岁的脸。

应隐心里松了一口气。

这个年纪，想必不太会认出她，何况她此刻满面雨水，一定很瘆人。

对方撑开手中的另一把长伞，递给应隐。

那黑胡桃木的伞柄，散着温润的光泽，透着与一把伞极不相称的雅致。

应隐下意识地接过，尚在发愣，下一秒，手里又被塞入一条羊绒披肩，触感柔软温暖。

"秋寒雨凉。"他说。

"谢谢。"应隐没有多问，只道谢。

在充沛的亚热带雨水水汽中，应隐鼻尖轻嗅，闻到了些微香水味。这或许不能称之为香水味，因为它难以描述，不是花香、果香，也不算木香，非要形容的话，是一种"洁净"的味道。

冷调的干净，清冽的清洁感，似高纬度的清晨。

"是那位客人的吩咐。"对方侧身，微微笑了一下，继续道，"他让我转告你，想要听雨，不必淋湿自己。"

想要听雨，不必淋湿自己。

应隐心念一动，似芭蕉叶被雨水击中，发出会心的回响。顺着话语和视线，她抹了把湿漉漉的眼睫，看向不远处的车子。

黑色伞檐微微上抬，透过半降的车窗，她隐约看到后座的男人。

他即使坐着，也透露出优越的身形，下颌清晰且鼻骨高挺。

应隐的眸光里含着客气的谢意，她指望在目光交汇时，便将这桩人情回报干脆。

但车内人自始至终只是搭膝坐着，靠着椅背的身体松弛又笔挺，双目微合，眉心微蹙，只留给她一道沉默又略带不耐烦的侧影。

她在雨中，他在车里，一个浑身湿透，一个纤尘不染。

雨中的昏茫令他侧影并不真切，有种天然的高贵，令人觉得遥远。

确实，他连助人为乐都不必自己下车，只让贴身的助理代劳。

应隐的第一眼，并没有将他和今天这场晚宴的座上宾、所有人都翘首以盼等着谄媚的商宇集团大公子联系在一起。

毕竟，江湖传言商邵面容平淡，而车里的这个男人，仅靠侧脸和气质，就已如此让人过目难忘。

黑色银顶轿车未在旋转门前停下，而是绕过环岛，径自驶入了地下车库，想必是要从负二层的贵宾梯直升宴会厅。

车子从身边擦肩而过时，后座的窗已经升上，应隐撑伞站在雨中，从被打湿的深色车窗玻璃上，清晰地看到了自己的倒影。

果然一副鬼样。

她不知道车内的男人也抬眸看了她一眼，若有似无地轻笑了一声。

扶着方向盘的林存康一怔，抬眸从后视镜里看了后座的人一眼。

林存康年近六十，更习惯别人叫他康叔。商家兄弟姐妹五人，每人自小都有一名管家，负责一应的生活照料和礼仪教导，成年后则同时协助办理人情私务。

林存康就是商邵的那名专属管家。

"少爷认识她？"康叔边将车平稳驶入地库，边问。

商邵二十岁之前的活动轨迹多半在欧洲，二十岁之后则一心沉浸在香港的集团事务上，对内地的人和事都很陌生，更别提有什么旧交了。这一点，林存康再清楚不过。

"绮逦新的广告片，你看了？"商邵问。

绮逦娱乐集团是商家的产业之一，包含酒店和度假村，现在由长女商明羡打理。年初，从未请过代言人的绮逦正式官宣了首位全球代言人，就是应隐。那支广告片全球播放，在拉斯维加斯昼夜不歇的广告牌上，一刻也未消失过。

康叔自然也看过。他回忆片刻，恍然大悟："是那个女主角？"

车子驶入地下二层，泊入预留的停车位，商邵拿起西服外套，推开车门的同时，肯定了他的猜测："是她。"

康叔目光似有错愕，像是难以把刚刚的"女鬼"跟广告片里的女星联系起来。他消化了一会儿，笑着摇头："真看不出来，妆花得厉害。"随后他又问出关键问题，"少爷是怎么认出来的？隔了那么远的距离。"

商邵脚步微凝，回头淡淡地瞥了他一眼："你是越老越会提问了。"

康叔闭了嘴，跟上商邵的脚步。

黑色无尾西服拥有无可匹敌的质感与光泽，却被商邵随意地搭在肩上。他进入电梯间，等电梯的工夫才慢条斯理地套上，继而将修长手指贴上领带结，拧了拧。

与满宴会厅光鲜端庄的客人比起来，他这位主角倒像是临时被抓包来充数的。

电梯"叮"了一声，显示到了。梯门打开，他这副散漫不耐烦的模样被陈又涵抓了个正着。

"到得真够早的。"陈又涵戏谑地说。

商邵的口吻跟他步履一样从容："确实不算晚。"

两人握手交抱，熟稔地彼此拍了拍肩："好久不见。"

梯门闭合，一旁的康叔按下楼层数字。

"新家安置得怎么样？"陈又涵问，"那个海洋馆，我猜你会喜欢。"

"鲸鲨状态不太好，我担心它水土不服，俄罗斯那边派了两个专家过来，到时候跟你的人碰一碰。"

陈又涵失笑："问你，不是问鱼。"

商邵的新别墅是从他手中割爱的。那里原本是海洋馆，有海底世界和海洋观景窗，后来，海洋中心迁到了市区新馆，那里便作为海洋动物繁殖研究基地，跟国家级的机构合作着。

商邵要了那片地，却没赶人，一整个动物保护团队都在原地任职。

商邵懒懒地笑了下："鱼不怎么样，人也不怎么样，满脑子都是喝酒，不如回家看鱼。"

陈又涵扔给商邵一支烟："你这次又是买港口，又是买船，多少个亿砸出去了？"

商宇集团的业务遍布全球，但总部在香港。这次是受了相关部门邀请，跟央企联手开发生物医疗领域，重心就落在宁市。表面看，这不过又是一次商业合作，实际上却可以算是战略任务。

生物医疗是当地相关部门押上未来二十年赌注的领域，商宇集团接了这担子，也吃了很多优渥好处。

过去几十年，有不少的港资港商来内地骗政策赚投资，话说得好好的，却根本不办实事。

当地相关部门吃一堑长一智，因此，作为商宇集团的继承人，商邵的觉悟和决心也就格外引人瞩目。最起码，不能给人一副随时跑路回香港的样子。

商邵勾了勾唇，口吻不知是幽默还是当真如此："很久没花过钱了，就当高兴。"

如果说置地和安家还可以不紧不慢，那另一件事就是当务之急。他初来乍到，很需要梳理关系与资源，但牵线搭桥的事却不是谁都能做——必须是足够有面子的人才行。陈又涵就是这个足够有面子的人。

宴会厅的门近在咫尺，陈又涵敛了笑意，征询这位贵客的意见："怎么，跟我一起进去，还是你先逛逛？"

他知道商邵秉承了商家刻在骨子里的低调传统，又具天生的清高，天然的冷淡，不想一进门就万众瞩目，被众人当尊佛围着、拜着、供着。

商邵指间半夹着陈又涵刚刚扔给他的烟，颔了颔首："你先进，我随后。"

宴会入场名单被严格把控，除了被邀来养眼的几位明星和艺术界、时尚界的一些名流。

可惜作为花瓶本瓶，应隐此时此刻实在漂亮不到哪儿去。

一进休息室，阮曳便惊呼："应姐姐！你这是怎么了？"

应隐将半湿的披肩随意丢在沙发上："我刚才让你找人拿化妆包，你找了吗？"

"找了。"阮曳点头，兴高采烈地邀她看香槟色礼服，"好漂亮的裙子，是刚发布的高定吗？"

应隐"嗯"了一声："别被骗了，秀场上直接借出来的，又不是量身定做。"

"啊？"阮曳不太懂这里面的门道。

应隐抬起胳膊，反手将黑色长裙的后背拉链一拉到底，湿透的礼服便如一片衰败了的花瓣般被剥了下来，露出了里面柔嫩的蕊心。她腰臀比极好，后背一丝多余的肉都没有，阮曳看得惊呆了，既为应隐的开放不拘，又为她的身体。

应隐回眸对她扬唇一笑："要是定做的话，光初样就得一个月，又怎么会出现在这里？来，帮我穿上。"

小后辈亦步亦趋地跟着她的指令，将那条高定裙子摘下。应隐将湿发随意绾了个丸子，"找个什么擦擦……"休息室里没有趁手的东西，她一眼瞥见刚被她扔下的那条披肩。

时间有限，她顾不了那么多了。

薄薄的羊绒再度被拿起，那种充满"洁净"味道的香气，再度钻入她的鼻腔。名流圈社交场，谁都恨不得连名片都留香二十四小时，应隐闻过太多种香气香型，却独独对这种香气陌生，且印象深刻。

这是此前从未闻过的。

阮曳抱着裙子，眼看着应隐在沙发上坐下后，将那条披肩随便团了团，擦起了身子。她那双纤细的脚从湿重的高跟鞋中抬出，灯光下，肌肤白如凝脂玉。深红色的羊绒披肩从足面一路轻柔擦至大腿，画面有着浓烈的对比美感。

鬼使神差一般，当那条微湿的披肩擦过肩膀时，应隐想起了迈巴赫车内男人的侧脸。

"这是谁的？"阮曳细心地问。

"我的。"应隐回过神来，干脆地打消了她的好奇心。

礼服上身，果然像她说的，不算合身，有一些紧了。应隐是标准的零号身材，但自然瘦不过超模，一穿上，更显得胸是胸屁股是屁股。

"这上面的钉珠好精致啊。"阮曳伸出手，小心翼翼地摸了摸，又碰了下手臂两侧的堆纱花瓣袖，"哇，像云。"

应隐扑哧一笑："这么喜欢？没什么的，等你红了，你能穿到烦，恨不得套个 T 恤就走红毯。"

"是宋总送的吗？"阮曳问着，偷偷打量应隐的表情。

宋时璋中年婚变，现如今单身一人，圈内早有风言风语，说他有意追求应隐——或者反过来，是应隐有心攀他这根高枝。无论如何，宋时璋确实常"借"应隐陪同出席各种活动。富商饭局、慈善宴会、after party，只要能带的场合，他都带。

"是宋总'借'的。"应隐仿佛没听出小妹妹的言外之意，轻描淡写地纠正措辞，继而问，"吹风机呢？"

阮曳将吹风机找出递给她，问："应姐姐，你赚了这么多钱，有没有自己买过高定礼服啊？"

应隐推上开关前，诧异又好笑地望她一眼："自己买？为什么？消费主义要不得，存着吃利息多好？"

阮曳："……"

真亏她说得出口。一件高定礼服上百万元，存银行里，一个月利息至多小几千，怕是还不够付她房子每月的物业费。

风筒送出呼呼的暖风，应隐歪过头，用最大风力最高温度吹着头发。过了会儿，负责接待她们的公关专员带着化妆包敲门而入："太难了，都没想到备这些。"

应隐吹干头发，将一头长卷发随手绑个低马尾，拿起化妆包扬了扬："谢了。"

她转身进了里间洗脸卸妆，剩阮曳和公关专员面面相觑，没话找话问："宴会开始了吗？"

"开始了。"公关专员洞悉人心，"不如你先出去？在这里等着也无聊。"

阮曳确实有这个打算。麦安言让她长见识练本领，跟在应隐身边可练不了本领，她太瞩目，衬得她像株小草——不，因为她穿了蓬蓬裙，所以是一"蓬"小草。

阮曳点点头："那你帮我跟应隐姐说一声，就说我先出去应付着。"

公关专员微笑点头："好啊，拜托你了。"

阮曳出门便撞上宋时璋。这男人倚立在走廊墙边，手里抓提着威士忌的杯口，显然是在等应隐。听到脚步动静，他稍稍抬眸，见不是应隐，那道目光便又平淡地落了回去。

阮曳经过他身边时，鼓起勇气问好："宋总。"

宋时璋点头："她好了吗？"

阮曳脑内极快地想了一番："应隐姐还在收拾，让您不必特意等了。"

宋时璋至此才真正地低眸看了她一眼："你……"

"阮曳，"阮曳补上话，"《公主承平》，您是出品人……我是女主角。"

《公主承平》属于古偶式的小姐故事，是网络快餐剧，但各方面出成绩都不错，播出快两年了。宋时璋想了下，才对上号："不错，变成熟了。"

阮曳莞尔："您说笑了。那……我可不可以请您喝杯酒？"

宋时璋很轻地笑了一下，目光停在她年轻的脸上，半晌，他站直身体："走吧。"

走廊恢复安静，略过了三五分钟，休息室的门再度打开，公关专员引着应隐，口中絮叨："宋总一直在这儿等……咦？怎么没有人？"

原本一直提着的心，随着视线内的空荡而落了下来。应隐不动声色地松了一口气："可能有事走开了吧。"

"需要我帮您联系他吗？"公关专员已经调出了内场同事的电话。这样的场合，她要是落单了，画面恐怕不太好看，何况他们一整个团队都已默认了她是宋时璋的女伴，毕竟——她的那张邀请函，可是因为宋时璋亲自要了才给的。

"不，不用。"应隐制止住她，"我一个人就可以，你去忙。"

公关专员还有工作，场面性地推辞了一番以后，也不客气，脚步匆忙地走了。

应隐甜美的笑容在公关专员的身影消失后，也跟着消失彻底。应隐靠上墙，无聊地踢了踢过长的裙摆，又反手将低绾的发髻一把拆散了。长发披落下来，她像小女生般玩了会儿黑色的细小发圈。

完了，她去淋雨，爽是爽了，平白惹了宋时璋，弄得现在得一个人去赴宴。

场面会很难看，而且是别人津津乐道反复"鞭尸"的那种经典难看画面。

她脸上的沮丧可比刚刚的甜美生动，起码像个活人。商邵在斜对角处看到了，不由得无声地抬了抬唇角。

"谁在那里？"应隐警觉地抬眸，看向悬着一盏吊灯的拐角处。

长而寂静的走廊铺着暗红色地毯，两侧墨绿洒金墙纸上挂满了古典油画框，一缕淡淡的烟雾在吊灯下缥缈。

商邵低头看了眼指间那支抽了一半的烟，眼底浮现出一丝无可奈何。

该说是香烟出卖了他，还是这女人太敏锐？

应隐执着地等了会儿，终于等到一个陌生男人从拐角阴影处移步而出。

她微怔，第一眼只觉得他贵气。

他穿着一身黑，黑色衬衣、黑色西服、黑色西裤，但质地如此考究，在灯光下显示出深沉的层次感，令他整个人看上去冷冷沉沉的，如从冰岛的黑沙滩上，穿越冷雾与蓝冰而来。

应隐后来说给他听了，引得他笑，用粤语说一声："痴线。"

应隐一时之间没有认出他来，只觉得他那条打了温莎结的领带，那种暗红色十分眼熟。自温莎结往上，男人的颈项挺拔，喉结饱满。

面对陌生人，应隐熟练地切换回表情管理模式。她抿唇轻颔首，带着大明星式的倨傲与矜持，算是打招呼。

商邵离她不远，夹着烟的那只手微伸出摊了下："稍等。"

他有着极好的嗓音，甚至好过了相貌，低沉，醇，但不过分厚，像一杯单宁不算重的红酒，于最好的年份酝酿而来。

应隐不解，直到她眼前的男人步履从容地靠近她，继而弯下腰，将她香槟色的裙摆稍稍整理了一下。

他这一套动作极其自然，绅士又散漫，反倒是居高临下的应隐脊背僵直，浑身上下每一根神经都绷紧了。

料理好后，商邵直起身，脚步略略后撤，眸光自下而上地欣赏，最终停在应隐脸上。他绅士地说："很衬你。"

他的目光和人一样，绅士中带着疏离，分明是欣赏的意思，但莫名让人觉得他意兴阑珊，只是客气一说。

两人离得不远，气息中的香味若有似无，是那种清晨般的洁净感。

太独特了，应隐下意识脱口而出："是你。"

商邵动作顿了下。他没想到会被认出来，也没打算被认出。

应隐以为是自己说得不够明白，便更具体地说："谢谢你的伞和披肩。"

她觉得她跟眼前这个人，多多少少是有一些缘分的，他看过她那么狼狈的一面。

比之满屋子光鲜体面的"上流假人"，她宁愿跟他多聊一聊。

"举手之劳，不必挂怀。"商邵轻描淡写地说。

他的轻描淡写配上满身的贵气，无端有了保持距离的沉冷之感。应隐明白过来。

他觉得她不够格。

浪漫邂逅这种事，也是需要定义的。没有定义，他和她，不过是雨中给了一把伞的关系，有了定义，才能称之为邂逅。但是她没有这个被定义的资格。

应隐向来不自讨没趣，释然地抿了下唇，脸上的笑意潇洒明媚："这么说，披肩想必也不用还你了。"

商邵将烟摁灭在过道旁盛满白砂石的烟灰缸中，淡淡吁出最后一口烟后，他半眯着眼笑了笑："你知不知道宴会厅怎么走？"

应隐微愣，点点头。

商邵注视着她："见笑，我迷路很久了，不知道你方不方便带路？"

有这么巧的事？她这边刚操心怎么出场不丢脸，他就邀她引路。应隐犹豫了下："你没有女伴吗？"

"如果你愿意带路，我想就有了。"

应隐抿了下唇，一向落落大方的人，竟然生出了一丝紧张。她得了便宜还卖乖，倔强地说："只是带路。"

商邵勾唇一笑，一手揣进裤兜里，另一只手绅士地摊了下："请。"

宴会场内。

所有人的目光都在逡巡。商宇集团的大公子到底有没有到？听说是已经到了，那么究竟是哪一位？谁都怕自己有眼无珠，错过了人生中的贵人，也有人端着香槟杯笑而不语，老神在在地等着。

门开启的一瞬间，从半开窗户中穿涌而过的海风，带着秋季大雨的潮湿水汽，一同吹动了门口两人的发梢。

所有人的目光都是一动，面色整齐划一地微变。

阮曳"咦"了一声，没注意到身边的宋时璋差点打翻了香槟杯。

应隐不知道现场那种微妙的变化是怎么回事，还当是自己星光太盛又迟到太久，少不了被人说耍大牌。

她挺直了肩背，几步路走得仪态万千，边弯弯手指，大方而熟练地与几张熟脸打招呼。

商邵的目光流露出一丝兴致。应隐虚伪做戏的模样像只骄傲的天鹅，他是看惯了虚伪的，但没料想有人能把虚伪演得这么流于表面。多的是人虚伪时用力装诚恳，这个女人却不如此，大大方方地演，大大方方地告诉别人她在装，在造作。

商邵蓦地懂了，这是她的傲慢，这满场的名利星光，她不得不讨好，又懒得讨好到位。

他想笑，但觥筹交错声中，耳边却传来一道公事公办的道别声："两清了这位先生，回见。"

商邵的脚步停滞了一下，还未来得及回复，便看到应隐已经满面春风、头也不回地走向了餐台边的另一个女人。

"嗨，宝贝，你也在啊。"应隐熟练地寒暄，挽上对方胳膊。

身边还有别的富商在，被她挽住的女人笑容一僵，也熟练地抿住唇，扩大笑意："好久不见，亲爱的，你好像又瘦了呢。"

富商一下子花了眼，这俩女人热烈殷切得像青、白双蛇初入人间，把他美得心脏都哆嗦了一下，他觍着脸问："乘晚，你不介绍一下？"

张乘晚抬起手来，风情万种地按了按低绾的发髻："苏总真是爱说笑，还用我介绍吗，这不就是大名鼎鼎的应隐吗？两座影后奖杯获得者，苏总竟然都认不出？怕不是故意的。"

应隐只觉得晚礼服下的脊背迅速蹿起了一股鸡皮疙瘩，但她硬绷住了，对眼前的苏总点点头："幸会，苏总，叫我小隐就好。"

这姓苏的果然是装蒜，被张乘晚一撒娇魂都飞了，又握住应隐的手，笑得年过半百的脸上的肉直抖："小隐我怎么会不认识？只不过没跟宋总一起，我还有些不敢认。"

两人提起劲儿应付了几句，好不容易哄走了这位，张乘晚果断将手从应隐胳膊中抽出，皮笑肉不笑地说："你也不嫌恶心。"

应隐端起餐台上的香槟酒杯，能屈能伸地说："谢谢晚姐帮我解围，cheers（干杯）。"

张乘晚是今天为数不多的几位女星里，资历最老也是咖位最高的——却不是以明星的身份，而是以"准"曾太太的身份被邀请来的。也因此，她自觉跟应隐身份地位不同，没什么多余的话好讲，多聊一句都是给对方抬咖。

应隐见多识广，心里像有一本名录似的，装着中国所有的"顶豪"资料，继承人姓甚名谁，长什么样，喜欢什么风格的，她都一清二楚。她扫视一圈，没见着人，便撞了撞张乘晚胳膊："曾蒙没来？"

张乘晚脸色有些微妙，语气也敷衍："他病了，今天就我自己来。"

应隐无声地"哇哦"了一下，表情明媚生动："还没办婚礼呢，就已经代为出席了。"

张乘晚被她一记直球马屁一拍，也有些嘚瑟，清清嗓子拿腔作调地说："不必羡慕，你要是能拿下宋时璋，倒也不错。"

应隐知道别人都是怎么传她和宋时璋的，也不着急澄清，只不置可否地笑了一下。

两人当对手习惯了，张乘晚此时回答了她一个问题，便也要问问一个："跟你一起进来的，是谁？"

她问着，目光瞥向已经站到陈又涵身边的男人，心里跟与会众人一样，不约而同地浮现出同一个猜测。

"不认识。"应隐回道。

张乘晚眯了下眼："不认识？不认识怎么一起进来？"

应隐解释不了，只好糊弄地说："说来话长，你问这么多，曾先生会生气哦。"

张乘晚哼了一声。她是嘲笑应隐没进到圈里，到底是不懂行又不识货。今天这满满一场子的人，谁不是冲着那个男人来的？曾蒙要是在，不仅不会生气，还得拉着她一块儿去嘘寒问暖聊家常。

"你认不认识商邵？"张乘晚问。

"在一次宴会上，被人指过。"应隐随口回道，"他站得远，一出场就令人众星捧月，我没看清。怎么了？"她站直身体，有些诧异地问，"他今天要来？"

"老天，你真是来凑数的吧。"张乘晚奚落她。

应隐愣了一下，再度看了圈场内。

衣香鬓影，柔美灯光下影影绰绰，她很快一一扫视辨认，最终在那个男人的脸上停留了数秒。他看上去跟陈又涵很熟，正在他的引荐下与旁人握手谈笑。

应隐完全没意识到自己的目光停得过久，只注意到他左手抓提着透明威士忌杯，姿态散漫得如同是提了一杯咖啡，沉冷的脸上有了些微笑意，是商务的、温和周全的，也是点到为止的。

他看上去对这样的场合实在是太游刃有余了。

"到底有没有他？"张乘晚不耐烦地催促。

应隐收回目光："没有，他长得很普通的，我都不太记得了。"

忘了是在谁的婚礼宴席上，现场也是名流云集，歌坛天后也不过是个压轴表演的添头。应隐跟那位新娘大小姐有些闺中交情，才当了座上宾，但离主桌还是很远。那时人头攒动，热烈的氛围中忽然人人噤声，又克制地窃窃私语起来。身边有人撞她的胳膊，呼吸都发紧："喂，商邵啊！"

应隐抬眸瞥了一眼，目光越过重重人影，见到好几个西装革履的。他们个个看着都很"富贵"，居中的那个很是其貌不扬。她一眼认定，剥着虾兴致索然："还挺普通的。"

张乘晚这才意识到她不牢靠，"啧"了一声："口口声声豪门通，连个人都认不全，就这样还想嫁豪门？从你眼前走过你都把握不住机会！"

应隐咬了下唇，被"大花"前辈劈头盖脸一顿数落，倔强道："反正不是陈又涵身边那个。"

张乘晚倒也不急，心里腹诽道，这商家是低调过了头，虽然部分产业已经交给长子、长女打理，但两人还是鲜少抛头露面，新闻发布会上，多由公司高管或父亲商檠业出席。商家五个子女留下的影像资料甚少，直到二公子商陆进入娱乐圈当导演，才算是多了点曝光。

又有几位富商前来攀谈，两人应付了一阵，张乘晚将话题转到宋时璋身上："你的宋先生怎么去照顾小妹妹了？"

应隐早就发现阮曳跟宋时璋在一起，心底静如止水，没什么多余的情绪。

她是跟宋时璋真真假假周旋了些日子，但并没有真心，不过是看宋时璋是个离异的，身份地位又够格，才借他来挡一挡那些不怀好意的目光。

整个圈子都知道影后应隐想嫁豪门，又心高气傲。可是，一个漂亮的女人在拜金这件事上，越是心高气傲，就越是会招惹脏东西。

这些年，什么中年发福的、在外面养了三个四个的、年过六十的，仗着自己有些钱，都来觊觎她、试探她。

这些臭水沟，得罪是得罪不起的，她一个小小演戏的，贵为影后又怎么样？拍一部戏几千万又怎么样？上了局，不过端茶倒水，走过场似的被夸两句明艳动人，听着"荤段子"也只能忍气堆笑扮纯真。

厌烦了这些，只能用宋时璋来当当借口。

应隐难得说心里话，但此刻对张乘晚说了："我不想假戏真做。"

她对宋时璋是假戏，宋时璋却令她看不透。他的占有欲越来越强，且总是来得那么不合时宜。

应隐确实有些怕了，怕玩脱。再怎么说，宋时璋是圈内有名的出品方，又是她公司辰野娱乐老板的好友，她无论如何也得罪不起。

张乘晚了然笑笑，叹声气，一番粤语娇嗔婉转，不知是感慨还是挖苦："傻女，别人都是装清纯真拜金，不像你。"

她又斜睨了眼应隐的礼服："这么漂亮的高定礼服，宋时璋让你首穿，我看是想昭告天下。"

应隐正为此心烦，索性赌气不说了。

过了会儿，大约是眼见她身边来恭维攀谈的男人不断，宋时璋撇下阮曳走了过来。

"怎么不来找我？"他问，语气温柔。

张乘晚识趣地借故走开了，应隐抿唇笑："看你在忙。"

宋时璋当她吃阮曳的醋，心里很受用。

水晶灯辉清透温暖，寻常的姿色也被照得华丽，何况他眼前的人。他仔细端详，分明是卸过了妆，现在只是略施粉黛，却反衬得五官清丽不俗，一双红唇与黑色鬓发相得益彰，透着东方式的慵懒。

应隐等着宋时璋质问她为什么要出去淋雨，但他什么也没问，只说："裙子衬你。"

迈巴赫里的男人也说这话，应隐记起，目光柔和，不觉莞尔。

这番显而易见的走神刺眼，宋时璋沉了语气："怎么不问我刚刚为什么跟小阮走了？"

应隐心想这又有什么好问的，腿长在你身上，问问就能把你绑住了？不过她也知道宋时璋想跟她玩一些吃醋耍性的情绪，就把心里话直白地说了："问一问有什么用？难道问一问，下次你就不走了？"

宋时璋果然眼睛微眯，露出了满足的模样。侍应生举着托盘经过，他取下两杯酒，递给应隐一杯："既然到了，陪我去敬杯酒。"

客人给东道主敬酒在情理之中，宋时璋却另有其意。穿越半个宴会厅，他若无其事地开口："听说你曾经在陈又涵身上下过功夫。"

不知道是什么时候的陈年往事了，也亏他记得起。应隐不动声色地深吸气，语气里恰到好处地带一些懊悔："让您见笑了，那时候不懂事。"

"据我所知，他那时候已经戴上了婚戒。"

应隐真尴尬起来："陈总风流在外，我以为他是戴着玩，或者……开放式关系。"

她不知道宋时璋搞哪一出，把这陈芝麻烂谷子的事翻出来鞭尸。何况她有贼心没贼胆，不过看那男人多金又够帅，一时上头想征服，要是陈又涵真应了她，恐怕她逃得比谁都快。

毕竟……她又没那方面的经验，怎么可能真随随便便爬了床。

宋时璋垂首瞥她："我在婚时，怎么不见你在我身上下功夫？"

应隐心中警铃大作，听到宋时璋似笑非笑地问出后半句："怎么，你是觉我没有他生得好，还是在我身上特别有道德底线？"

就算是个傻子，也该察觉到宋时璋非同寻常的醋意和怒意了。

邀她做女伴却不告知、现场临时逼她换衣服、高定礼服全球首穿——今天的一切，原来都是为了在陈又涵面前宣示主权找回场子。

应隐恍然大悟，心也跟着咯噔了一声——

宋时璋疯了，他真当她是他的！

宋时璋喜欢她的聪明，但厌烦她的不安分和心高气傲。他看着斜前方站在陈又涵身边的男人，冷冷地笑了笑。他是没想到，只是对她跑去淋雨的举动略施惩罚，晾她一晾，她就缝插针地攀上了另一个位高权重的男人。

"你怎么会跟他一起进来？"他不指名道姓，但彼此心知肚明。

应隐实话实说："我说了你又要不信，你丢下我一个人，刚好遇到他，他说迷路了，我就带他进来了。"

雨中邂逅，送伞情谊，那条擦过她身体的披肩，她只字不提。

宋时璋沉默着走完了接下来的路，像是在斟酌应隐话里的可信度。

越靠近东道主，应隐的心跳就莫名越是激烈。香槟杯的高脚被焐热，她掌心、指间都潮得厉害，几乎执不住那轻薄的水晶杯。

直到两人站定，商邵才结束了与身边人的交谈，转过脸，眸光回正，轻轻地低瞥在应隐身上。

宋时璋先跟陈又涵碰杯寒暄："有段时间不见了，Vic。"

两人客套地碰了碰肩后，他自然而然地转向另一边，对商邵举杯致意，问道："这位是……"

他当然猜得到是谁，只等陈又涵引荐。陈又涵刚想说话，商邵却先开口，唇角露出漫不经心的笑意："Lady first（女士优先），不如先介绍在场的唯一女士。"

宋时璋顿了一顿，揽过应隐的肩膀："这位是应隐，应小姐。"随即佯装笑谈般问，"刚才你们一起进来的，怎么，竟然不认识？"

商邵至此才真正叫了应隐一声："应小姐。"

他多过分，早知她名字，偏偏要等人正式介绍，才真正叫她一声。

应隐只当自己名气没那么响，所以眼前的男人才不认识她。

她满脸堆起漂亮的假笑，正想周旋几句，便听对面之人用低沉的嗓音，冷冷淡淡地夸她："应小姐今晚光彩照人。"

被人夸漂亮这种话，应隐一天能听八百句，没道理仅凭"光彩照人"四字就让她脸红的。

但她脸上确实升温，甚至有些无所适从起来，像第一次被人夸。

宋时璋低头含情脉脉地看着应隐，不知道是故意还是怎么的，将手也轻轻地贴在了应隐的腰肢曲线上，低语："还不谢回去？"

应隐浑身都僵住，呼吸不稳，以至于杯中的香槟酒也跟着轻晃。

"谢谢——"她卡壳，"这位有眼光的先生。"

商邵在今天的宴会上第一次笑出了声。他垂首笑了笑，伸出手，眸光越过旁人，意味深长地径直望她："幸会，商邵。"

应隐脸上的假笑顷刻间消失殆尽，整个人都呆住了。

哪个商，哪个邵？

这世界上或许有很多同名同姓的商邵，但绝没有第二个商邵有这样的排场，总是最迟到场，保镖开道，被众人簇拥。

直到商邵冲她点了下下巴，她才如梦初醒，笨蛋般地握住了他的手。

他的手心宽厚干燥，越发衬得她掌心微潮，似心中有鬼。

叫她心中有什么鬼呢？到处造谣这位大少爷"其貌不扬"，应该……罪不至死吧？

面对闪光灯也绝不眨眼的女明星，忽然之间失去了表情管理的能力，便显得很醒目。

三个男人都看到了应隐的愣怔和窘迫，陈又涵猜到了一二，失笑问："怎么，你一直没有跟她做自我介绍？"

商邵彬彬有礼地说："我的错。"

他的目光还是停在应隐脸上，没有任何躲闪或折中的成分，但并不迫人，也不会让人觉得失礼。

说到底，是他的目光太淡了，眼底铺着恰到好处、温文尔雅的笑意，但没有多余的情绪。

应隐脑子里一团乱麻，一会儿想问他是不是整容了，一会儿又数着自己到底跟几个人说过他其貌不扬，到底会不会惹怒这位公子。

这些最后都尽数化为想逃的念头。

她抬起手偏过脸，装作头痛似的按了按太阳穴，心里飞快地盘算着失陪的借口。恰巧宋时璋问："是不是不舒服？"

应隐迫不及待地点头，着了淡妆的眼睫也做戏般地低垂下去："可能是因为吹了一点风。"

宋时璋原本是带她来宣示主权的，现在却恨不得立刻把她送走藏起来，便顺理成章地说："我送你回去。"

不过下一秒，宋时璋又恢复了理智。他在影视娱乐深耕二十年，早就在考虑资产转型，寻常的项目自然入不了他的眼，但更高级的，就需要先玩进圈层。为了一个女人，提前离开如此重要的宴会，显然是不明智的。

他的权衡迟疑不过瞬息，但已经被陈又涵捕捉到。他唤来接待负责人："带应小姐去客房休息。"又转向宋时璋，娴熟地挽留，"宴会才刚刚开始，何必急着走？"

一名公关专员赶紧来扶住应隐，领着她往另一侧通往客房的门出去了。应隐辨认出来，这名公关专员正是之前给她拿化妆包的那个人。

宴会难免有喝醉上头的，或者有其他一些隐秘之需的，谁知道呢？因此客房必然是已经全部包下、开好了的。酒店客房不多，走的是小而隐的路线，但还是分出了个三六九等。

应隐原本以为公关专员会安排她去普通房型休息，没想到却被带到了行政套房。

多半是看宋时璋的面子。

"这是这间房的专属管家热线，这是我的名片。"公关专员将联系方式一一给出，"您有任何需求都可以吩咐我们，把我们当助理使唤就行。"

应隐点点头，在公关专员要离开前，叫住了她："这个房间，不会有别人来了，对吗？"

她问得很含蓄，公关专员估计是没听懂："商先生也许会来看你。"

"商先生？"应隐比她更蒙，连自己生病的人设都忘了，质疑的模样非常精神，"跟他有什么关系？"

"是商先生吩咐把应小姐您安排在这儿的。"公关专员怕多说多错，拉开门把手，出门前扬唇一笑，"您如果不想有人打扰的话，按下'免打扰'就可以。"

"不，我的意思是……"应隐一把按住门，动作激烈，把小姑娘吓了一跳。

"您……您说……"

顾不上云遮雾掩地打哑谜了。应隐豁出去，无比直白地问："商邵，他有房卡吗？他不会进来吧？"

公关专员小姑娘愣了一下，终于懂了，扑哧一笑："看来您不太了解商先生，他不是那样的人。"她眨眨眼，恢复了专业的笑容，"晚安，我保证，没有第二个人有这间房的房卡——不管是商先生，还是宋先生。"

应隐看她机敏上道，便问："你叫什么？"

"庄缇文，叫我 Tina 或者阿文，都行。"

应隐认真地叫她"缇文"，说："保护好我。"

庄缇文歪了下脸："一定，谁让我是您影迷呢？"

应隐后来才知道，她的这一句拜托至关重要，因为宋时璋确实问前台要过这间房的房卡，是被庄缇文拦下的。也不知道她小小一个公关专员，是怎么有勇气拒绝宋时璋的。

送走了人，满室寂静。应隐踢掉高跟鞋，摘掉沉甸甸的珠宝，最后将束缚已久的晚礼服脱了，也不珍惜，随随便便就堆在地毯上。她冲了个澡，打给管家热线，吩咐他把那条黑色礼服裙烘干后送上来。

"好的，应小姐，那么休息室里是否还有您别的私人物品，需要我一并处理的？"管家问。

"对了——"她想起来："还有一条羊绒披肩，你找一找，帮我扔了……不，等等……还是帮我一起拿过来。"

楼下宴会一直持续到很晚。

阮曳还算有良心，中间上来关心了一下应隐。应隐正在泡澡，从浴缸边的答录机里知道是阮曳，无奈起身，束上浴袍去给她开门。

阮曳一张脸红扑扑的，进门后先关心应隐的神色："姐，你感冒了吗？"

应隐做贼心虚地清清嗓子："扁桃体有点疼。"

浴室里飘来香氛精油的味道，阮曳嗅了嗅，又见应隐颈窝处沁着水珠，问："你在泡澡呀？"

应隐也不跟她见外，脱了浴袍，重新泡进浴缸里。不愧是奢华酒店的行政套房，光一个泡澡的房间就有二十几平方米，正对海的是一面落地窗，没有任何遮掩之物，可以想象到天晴时景致该有多好。

可惜现在是晚上，骤雨刚歇，灯光下，只看得见玻璃上湿漉漉的水痕。

阮曳抱着裙摆在浴缸边坐下，按捺不住，心花怒放道："应隐姐，我才知道这种宴会这么好玩！"

应隐端起肉桂热红酒喝了一口。浴池里玫瑰花瓣堆了厚厚一层，掩住了她的身体。她脸温热，眸光微挑，问她："哪里让你觉得好玩？"

"有好多表演。"阮曳掰着手指数，"我以为大家都是很端着的嘛，喝喝酒聊聊天呀，没想到安排了那么多节目和驻唱，我刚刚跳了好几支舞呢！"

应隐哭笑不得："当然有表演，有钱人也是人，整天端着岂不是会累死？"

"可是我没学过跳舞。"阮曳尴尬了一下，"麦总给我请了老师，我还没来得及学。"

麦总是她们的经纪人，也是辰野娱乐的经纪总监，全名叫麦安言，是圈内数一数二的金牌经纪人。阮曳虽然是明星，但必须对麦安言言听计从，没有说"不"的权利。

"那谁教的你？"

阮曳愣了一下。阮曳张口结舌的反应躲不过应隐，她淡笑着问道："宋时璋？"

"嗯……"阮曳怕她生气，急忙补救，"不过，那位商先生也教了我一支舞。"

应隐"哦"了一声。

阮曳只当她是为宋时璋不高兴，便指天发誓："宋总很绅士，他跟我说，今晚是因为应隐姐才关照我，还说我不够机灵。"

应隐抿着热红酒，纤长手指在瓷白浴缸沿上轻点了数下，提醒她："宋时璋并没有你想的那么好，不要被骗了。"

她说的是肺腑之言，阮曳却说："知道啦，不会抢你的宋总的。"

陪了她一阵，阮曳急着下去再多玩会儿，便与她告辞。

过了会儿，门铃又响了，应隐按答录机，阮曳的声音急急忙忙："我忘了手拿包啦！"

应隐只能又去给她开门，倚着吧台看阮曳拿了手拿包，又对镜补口红："走啦走啦。"

"这次不会再落东西了？"应隐揶揄这位小妹妹。

"不会了！"阮曳指天发誓。

送走人，应隐解开浴袍，没泡两分钟，门铃又响了。

看来这个小姑娘不是一般的丢三落四。进进出出的，水也凉了，应隐懒得再泡，一边套上袍子系上腰带，一边赤脚走到玄关，不耐烦道："又忘了什——"

门口站着商邵。

他没穿外套，只着一件黑色衬衫，领带也不似之前紧束妥帖，温莎结松了些，给他的温雅郑重中平添了一丝随性。

男人一手撑着门框，目光缓慢地自上而下扫过应隐。

应隐那件白色睡袍被穿脱几次，已经没了正形，松垮地掩着应隐的身体。领口幸而开得不深，但商邵还是看清了，水珠从她修长的天鹅颈上，湿漉漉地滑至颈窝、锁骨处。

她的脸很热，瓷白中氤氲出潮的粉。房间里分明开着冷气，但玫瑰精油的香味也像是热的。

商邵眯了眯眼，眼神意味深长："应小姐，看来已经康复了。"

应隐脑袋一片空白，条件反射般，砰的一下甩上门——

要命！他来干什么？潜……潜她吗？不是说他不是这样的人？！

她紧了紧湿发扎成的丸子头，又拂了拂面，将碎发拂到额上、耳后，才再度打开了门，气息平稳，一本正经地说："商先生有什么事？"

她没注意到商邵不知何时已后退了些，与门口保持着绅士的距离："你淋了那么多的雨，所以来看看。"

应隐拿手背贴了下脸，演起来："谢谢关心，我想只是有一点发热。"

商邵颔了颔首，并不逗留："好好休息。"

应隐刚给他吃了一记猝不及防的闭门羹，此刻冷静下来，懂礼貌，讲教养了，对商邵斯文又端庄地说了声："那商先生晚安。"

她又目送商邵穿过走廊。

电梯恰好开启，穿酒店制服的管家步出，两手间举着金色托盘。

两人错身而过的瞬间，商邵原本平淡的目光在托盘上一怔。

托盘里平整叠放着两件衣物，上面是黑色真丝礼服，底下，显然是他的那条暗红色羊绒披肩。

那边管家已经到了应隐门口，彬彬有礼、条理清晰地汇报："应小姐，这是您的裙子，以及您特意关照过的披肩，都已经按您吩咐——"

应隐呆滞一秒，一把接过扣到胸前："好的好的好的，谢谢谢谢谢谢……"

砰的一声，门关得响亮，留管家一人呆若木鸡。

商邵反应了片刻，会意过来，低头若有似无地哼笑一声。

"特意关照过"的披肩。

刚烘干的衣物散发出高级洗涤香氛的味道，应隐贴着门缓缓滑坐下去，将急剧升温的脸埋了进去。

"呜……"一声小动物般的沮丧呜咽逸了出来。

好丢人啊，她出道以来，还从没丢过这种人！

过了十点，人群渐渐地散了，乐队演奏的曲目也从舞曲换成了悠闲散漫的蓝调小调。

应隐泡完了澡，趴在床上接了经纪人麦安言的电话，对方问她玩得怎么样。

应隐冷笑一声："你是把我卖给宋时璋了？让我猜猜，是不是宋时璋跟你要我，你说借是能借，但要把阮曳带上？"

麦安言在电话那头叫她大小姐、姐姐："该装傻时就装傻，我错了好不好？你别这么凶。"

"阮曳有前途，你要捧她我明白，"应隐侧了个身，手机贴面，眸光悄寂了下去，"我也还没过气呢。"

"说的什么话！"麦安言状似急眼，赌咒发誓，"我要是有一点觉得你会过气，想未雨绸缪的心思，我明天出门就——"

"算了。"应隐制止住他即将出口的毒誓，"好歹合作了这么多年，你要应验了我还得掉几滴眼泪，麻烦死了。"

麦安言知道她一贯嘴硬心软，这么多年来，要不是拿捏了她这一点，她这种心高气傲擅自作主的性格还真不好掌控。他在电话那端笑了几声："我的祖宗，这种宴会你自己不也想去吗？满场的豪门，说不定就藏着你的缘分呢？"

应隐无声地一哂，假惺惺、娇兮兮地说："那就借你吉言。"

她这种时候的娇不是真的娇，绝不会使人骨头一酥，是用来恶心人的。但麦安言这么多年来，早就练就了不坏之身，这会儿从容地趁热打铁："那个高定礼服你现在配合拍一下吧，宋总应该都已经安排好了，摄影师和化妆师就在楼下等着。"

应隐缓缓地从床上坐起身："你什么意思？还要官宣？"

宋时璋是要让粉丝、影迷、全世界都去八卦她这条裙子是怎么借出来的吗？

"刚发布没两周的高定礼服，全球首穿多大的排面？你之前得罪了漫漫，跟她们工作室闹得这么僵，时尚资源已经在下滑了你又不是不知道，这一次可以帮你回血。"

"我不需要。"应隐硬邦邦地回道。

不知从什么时候开始，娱乐圈开始把时尚资源当作实绩，谁解锁了多少刊封面，谁是今年开季金九，谁一年几登，都是粉丝吹嘘攀比的标杆。

如果是完全跟时尚绝缘的实力派演员，还可以无视这些，但她身上偏偏也沾着流量的属性，哪怕手握两座影后奖杯，没穿超季成衣，也还是会被狠狠嘲讽。

"你乖一点。"麦安言敷衍地安抚，"品牌方借出来也是要看返图的，官方文案都审核好了。"

他这次没再给应隐闹脾气的机会，径自挂了电话。过了会儿，管家果然来问："应小姐，您的摄影和化妆团队……"

应隐两手插进发间，冷静了两秒，才语气如常地说："让他们进来吧。"

晚上十点上妆工作算什么，她拍戏多少个大夜都熬过来了。

打开门的时候，她已经换上了亲切的笑容，一如既往地说："辛苦你们了，这么晚。"

四五个工作人员，拍照的、打光布光的、负责妆造的，手里都提着器材，只能把头摇成拨浪鼓："没有没有没有……"

身后跟着庄缇文，小姑娘今天晚上真成她的专员了。应隐对她点了点头，也不客气："阿文，你去跟酒店订一点夜宵甜品。"

庄缇文很到位地问："几位是想吃海鲜烩饭，还是意面呢？这里的海鲜烩饭、墨鱼汁意面都很地道，当然，海南鸡饭也是不错的选择。"

几人点了单，庄缇文便带着管家下去了。

应隐将套房内所有的灯都打开："我们快事快办，我这边化妆，你们那边同步找地方布光，怎么样？"

摄影师比了个"OK"的手势，带着助理去选点布光。

庄缇文带着餐点回来时，应隐的妆已经化得差不多了，应隐让他们先吃夜宵再开工。

几个人在餐厅里吃得静悄悄的，为这套房的华丽而咋舌。

应隐坐在阳台边的椅子上，阳台门被撬开了一道缝，有雨后夜风涌入，风里隐约浮着环岛前散场告别的声音和一辆又一辆车子离开的引擎声。

庄缇文想找东西给她御寒，瞧见羊绒披肩，便抖落开了，"咦"了一声："这个香味……"

应隐回过神："你知道是什么香水吗？"

庄缇文微笑着摇摇头："不知道，不过我在邵董身上闻到过。"

"邵董？"

"就是商邵。"庄缇文解释，"一般我们默认商董是指商檠业——邵董的父亲，其余人用名字做前缀，方便区分。"

"你对他很了解。"

庄缇文面色微变，但很快地否认："不，我只是因为在陈董的董事办，所以略有耳闻。"

能闻出香水味的关系，想必不会很浅。应隐猜出她有所隐瞒，但没有深究，问："陈又涵一个月给你开多少？"

庄缇文报了个数，也不高，就是普通专员的薪资。应隐点点头，刚好摄影师用完餐，两人便没了下文。

明星跟奢侈品牌的关系永远是上下游，何况是只做高定的高定坊。官宣图只用四张，但至少得拍个十几张供选。应隐从客房拍到走廊，继而下楼。西餐厅已经布置好了，要营造出那种出行前用餐的悠然自在感。

经过窗口时，窗户玻璃上凝着露水般的雨，应隐心念一动，对摄影师道："我们去路灯下拍好不好？"

"但外面有小雨。"摄影师犹豫了一下。

应隐却已经推开了通往户外的白色玻璃门："试试看。"

户外园林有着充沛的热带气息，散尾葵、天堂鸟、旅人蕉高低错落，栾树正是果期，可它的花多脆弱，经不起风吹雨打，粉色的灯笼果实落了一地。黑色铁艺路灯高高地悬着，仰头望，雨丝如同八音水晶球里的落雪。

裙子拖尾被助理抖出了波浪般的层叠感，应隐回眸，在雨中给了摄影师一个眼神。

镜头自下而上，闪光灯照亮了她眉眼中的失落和微笑。

摄影师知道这位年轻影后的表现力一向是无可挑剔的，但是今天这份倔强又破碎的伤感，几近真实。

拍摄比预想中要更顺利，不过半个多小时便收工了。应隐让庄缇文和管家送工作人员上车。

"您又淋湿了。"庄缇文看着她烟雨朦胧的头发，"需不需要喝一点姜汤祛寒？"

"我会安排的。"应隐摘了项链，垂目道，"你去吧。"

项链沉甸甸的，满钻镶嵌的两圈，托着正中一上一下两颗祖母绿宝石。她将项链掂在手里，面无表情地看了片刻，衡量着要是把这玩意儿弄丢了，宋时璋会不会把她发配冷宫。

她不敢。她多知好歹。

雨在风中飘着，湿漉漉的砖石小路被照得闪亮，像洒了金粉。茂盛的绿植半岛后，传来一道低沉的男声。

"我没空见她。"

声音太动听了，因而不给人认错的可能。

高跟鞋咔嗒一声停住了。应隐迟疑，不知道该走还是该原地不动时，听到男人静默片刻后的一声："应小姐。"

应隐只能走过去，路灯下，商邵一手撑着一把黑伞，另一手握着手机，显然正在打电话。

几步路的距离，商邵对电话那端说了个"稍等"，便走到应隐跟前。伞檐遮过了应隐头顶，商邵低头看她脏兮兮的裙子拖尾和细高跟鞋："怎么每次都这么狼狈？"

他的语气自然平淡，是一种漫不经心的询问，好像两人熟识已久。

分明没有多余的情绪，也许他关心下属时都比这有温度，但应隐还是被他问得心口一紧。

但商邵并没有注意到她这一瞬间的脆弱，而是回到了电话中。

对面不知说了什么，应隐听到商邵勾唇笑了一下："是吗？她要结婚了？代我祝她得偿所愿。"

好奇怪的祝福，不是祝她幸福，而是祝她得偿所愿。应隐疑惑了一下，侧眸偷睨，发现他虽然笑着，但眼底全无笑意。

商家太子爷的私事，岂是她能听的？她识趣地想走开，背却被商邵揽了一下。

掌尖的停留点到为止，而且没有碰到任何肌肤。

他是在拦她。

应隐止住脚步，回眸，商邵的手已经收回。"抱歉，"他先为自己的触碰致歉，继而说，"很快就结束了，我送你回去。"

应隐只好又回到他的伞下，仰头望着伞檐外雨丝灯辉。

男人重诺，既然承诺了，便果然没有让她等太久。

三言两语结束了电话后，他收了手机，脱下西服递给应隐。

手里拿着伞，只靠一只手脱西服，怎么想都该是很为难的，但应隐不明白怎么有人能把这一套动作做得如此慢条斯理，一只手匀过一只手，优雅得近乎赏心悦目了。

"不介意的话，可以披着。"商邵低垂眼睫看她，眸底沉静如墨。

应隐并不觉得冷，但鬼使神差地，她还是抬手接过了西服，双手抻开为自己披上。

衣物里衬贴着颈后肌肤，干燥温暖，衣领轻轻拢紧，那种洁净的香水味很淡地弥漫进鼻尖。

其实她小小地打个喷嚏，就会有数不清的男人为她披衣服挡风。可是他们都如此迫不及待，争先恐后，生怕自己脱西服的动作晚了一秒。

也从来没有人问她一句是否介意。

客人大多走了，在此留宿的人并不多，整个酒店给人一种人去楼空的寂寞清静感。商邵撑着伞，两人步伐散漫地往回走，高跟鞋的轻磕声缓慢地一下跟着另一下。

应隐察觉出身旁男人的心不在焉和烦躁。

也许是刚刚那一通电话所致。

她打破沉默，没话找话："商先生怎么知道是我？"

"你刚刚在这里拍摄。"

"你看到了？"应隐惊了一下。

"只看了一会儿。"

应隐不自觉地抓紧西装领，声音紧着低下去："你也不出声……"

听语气是在怪他。

一阵风斜吹过，商邵将伞冲她那边倾了些，垂眸看了她一会儿，还是沉冷语调："你在怪我？"

应隐的眼睛只敢看路："不敢。"

商邵翘起一侧唇角，气息里带着一丝若有似无的笑意，那丝心不在焉消失了。

又沉默着走了一阵，应隐鼓起勇气："商先生，有件事希望你不要误会。"

商邵淡淡地应："什么事？"

"刚刚在客房……我以为是公司的后辈，她找了我两次……"她把话说得颠三倒四的。应隐语塞："总而言之，我没有看猫眼，并不知道是你，所以不是故意……让你看到那副样子的。"

商邵静静地等她说完，明知故问："哪副样子？"

应隐为难地抿了下唇。她闭起眼睛，破罐子破摔："故意要勾引你的样子！"

商邵是心血来潮逗她，但他没想到这姑娘装的时候那么装，不想装的时候又能这么不装。他一时间沉默了，片刻后，才淡定地说："应小姐，希望你能知道，只是那种程度的话，是勾引不了我的。"

"希望我能知道？"应隐复述，用迟疑和迷茫的语气。

"……"

"……"

她干吗嘴这么快！

"对不起，对不起，"应隐低下脸，声音低而含糊，"没有说你希望我勾引你的意思……"

商邵瞥她一眼，没有说话。

完了，应隐满脑袋大事不妙，她让太子爷不高兴了。

短短的花园小路走到了尽头，门廊下吊着的南洋风藤编灯洒下昏光。

应隐绞尽脑汁，也没想出既得体又顺理成章的补救方式。

商邵收了伞，语气平淡地问："你是明星，我想应该不方便让我送你到门口，对吗？"

应隐点头，心里全是懊恼，脸上全是矜持："确实是这样，商少爷不必客气。"

商邵便送她进电梯，为她按下楼层。

梯门合上，应隐瘦条条的两臂贴住轿厢，把脸埋了进去。

"呜……"她是傻女，一副好牌打烂。

电梯没有上行，反而是叮了一声，又开了。应隐下意识地抬起头，灯光融融地笼着她沮丧、委屈、泄气的脸。

商邵："……"

默了一息。

"西服。"

应隐如梦初醒，连忙脱下，挽了一下，双手递过去。

她有她的本领，越是尴尬，越是能绷出一副大方坦然的姿态，唇角的笑容无懈可击。

电梯再度缓缓合上，慢得应隐心里焦灼无比。

她的视线不敢逾矩，礼貌地垂着，眼里只看到男人修长笔挺的黑色西装裤。

画面在慢慢合拢的梯门中变得越来越窄。

忽然间，这幅画的收拢突兀地停止了，金属门发出了轻微的震颤声。

应隐猛然抬头。

商邵一手掌住门框，看着梯内的人，十分沉稳地问："披肩，你预备哪一天还？"

「我应该

说谢谢吗？」

PRODUCTION

| ROLL | SCENE | SHOT | TAKE |

CHAPTER 第二章 祖母绿

DATE　　　　　　　CAMERA

景别时长	音效	分 镜 图	内容台词

康叔第二天一早来伺候商邵用早餐。

下了一夜的雨，天朗气清，透过阳台望出去，蔚蓝的海面一望无际，帆船港空了许多，一些帆艇已经被开出去巡游。不过那艘超级游艇仍停泊在港中，远远望去似海上一座白色的楼。

商邵今天上午有三场商务会面，林存康正跟他一一核实时间、行程，末了问："昨天还愉快吗？"

"你问哪方面？"

老人家越来越会揣测圣意，一句话正着反着理解，风味大有不同。他揶揄道："这么说，确实是有愉快的方面。"

商邵放下刀叉，用热毛巾细致而从容地擦了擦手，才淡定地说："你要是闲得来套我话的话，不如去帮我查一个人。"

康叔做出但凭吩咐的模样，商邵示意他去主卧床头柜拿一枚祖母绿戒指。

康叔依言去了。黑胡桃木的台面上，口袋巾和昨天晚上一样，还是四方的模样，上面躺着一枚宝石戒。长方形的戒面，冰糖块大小，火彩极亮，深邃而透，一看就价值不菲。他连带口袋巾一起托在掌心，拿到商邵面前，不解地问："你什么时候买的？"

"昨天晚上被人扔上来的。"

这家酒店在建筑风格上并不是垂直面，而是一层叠一层，从高到低由里向外，像邮轮。他怎么会想到，昨天晚上回房间没多久，就从下面的行政套房阳台上，扔上来一个什么东西，啪的一声砸在户外实木地板上。

原以为是椰子砸落，或者外阳台那株大王椰劈了一折叶子，但那些动静都该更响。

指间夹支烟的短暂工夫，商邵难得起了点好奇心。他踱出卧房，俯身捡起了那枚绿莹莹的小玩意儿。

他捡起来时才知道是枚戒指。雨后月光下，香烟雾气潮湿着晕开，他垂目端详一阵，拆下系在戒圈上的真丝餐巾。

雪白餐巾上还印着酒店徽标，蝴蝶结被阳台上的雨水沾湿了些，展开是用黑色马克笔写的一行数字。

不必猜了，一定是那个女人的电话号码。

"她是把这个戒指当石头用了？"康叔匪夷所思。

他见惯了好东西，自然一眼就能分辨出这戒指的价值。用它当石头，多少有点暴殄天物了。

商邵"嗯"了一声。

康叔更加怀疑人生，迟疑地说："她有没有想过，其实可以打你房间的内线。"

"我告诉她了。"

"你怎么告诉的？"

商邵饮一口红茶，搭着腿，气定神闲的模样："打内线。"

刚扔出戒指没几分钟，房内电话就响了，活似午夜凶铃。应隐吓得一抖，拿起听筒不说话，以为是什么变态"私生粉"。

电话那端的声音低沉清冷："其实你可以直接通过这样的方式告诉我。"

"然后呢？"康叔忍俊不禁，追问道。

"她说好的，下次知道了。"

"还有下次？"康叔挑了挑眉。

商邵："我也这么问她了。"

他还说："看来应小姐经常干这种事。"

"那她说……"康叔追连续剧似的。

应隐还能说什么？她扯紧了电话线，低声而呼吸紧涩："这是第一次。"

她也知道这种话对面的男人必然不信。他该是见惯了女人的手段了，单纯的、放荡的、直白的、欲擒故纵的，也该是看遍了女人的风情了，清纯的、妩媚的、明艳的、成熟的，又怎么会信一个名利场上的交际花，会是第一次主动给男人电话号码？

但那也不过是为了还披肩而已。

顶多是掺杂了一丝一缕对宋时璋的叛逆。

康叔把绿宝石戒指收进西服内侧口袋，体贴地问："需要我做点什么？"

"查一下她的地址，把戒指寄过去。"

"她已经退房了？"康叔确认了一眼腕表上的指针，"现在才七点十分。"

"我问过前台，她凌晨四点就退房了。"

"好。"康叔点头，"我会尽快办妥。"

其实商邵交代的这件事，在林存康眼里很简单。他昨天回去后看了应隐的演艺资料，发现她跟商家真是有千丝万缕的关系："她是绮逦的代言人，又跟柯屿是好朋友，两人一起合作了二少爷那个《再见，安吉拉》……"

商邵冷淡地截断他说："这件事，先不要告诉其他人。"

康叔明白了。商邵并不想让人知道他和应小姐的这一场萍水相逢。

应隐凌晨四点退房，接她的不是公司的阿尔法，而是另一辆粉丝不熟悉的轿车。

一个多小时的行程后，她回到片场化妆室。应隐不但没有迟到一分一秒，反而早到了半小时。这会儿，剧组化妆师都还在酒店里打着哈欠呢。

老板到了，助理自然也得待命。应隐的随行助理姓程，叫俊仪，是个不错的女孩子，已跟了她六年。

俊仪熟知她的生活习惯，雷打不动地递上一满杯冰美式，又用无纺布盛了冰袋，给她用来敷脸去水肿。

应隐捂着冰袋贴脸，听到她嘟囔抱怨："麦总也真是的，明知道导演不喜欢请假，还硬要你请出一天。要是被黑子知道，又得骂你不敬业……不对，"她后知后觉道，"那个高定礼服一官宣，不就露馅了吗？"

确实。

今天下午一点就会官宣，由工作室发布，她和品牌官微同步转发。届时，全世界都会知道她一个原定在组的人，出去穿了回裙子、赴了回宴。

已经可以想象到粉黑激烈的骂战。

圈内有笑谈，"花粉人均事业粉"，而应隐的粉丝是事业粉中的战斗机。即使她的成绩已经站在了中青一代"小花"的巅峰，在二十七岁前完成了史无前例的双星三奖，也无济于事。

她太年轻了，吃了太年轻的亏。如果她现在死去，她就是传奇。但可惜她还活着，时而拍一些烂片，在烂木头里雕花。

俊仪手上窸窸窣窣做着杂事，喃喃着："麦总为什么要这样啊……"

应隐其实不怪麦安言，他的思路是完全商业化的，人又像她一样，太知好歹。有宋时璋抬举她，他们怎么能不识抬举？该裹上金丝寝被让四个太监抬过去。

"裙子和首饰都在车里，你打包一下，等下亲自给宋总送过去。"应隐将冰美式喝药般一饮而尽，"顺便告诉他，有一枚戒指丢了，酒店那边找不到，跟他道歉。"

"啊？"俊仪呆住，"真丢了？哪一枚？"

"五克拉的那枚。"

俊仪想给她跪了，应隐却不担心，安抚她："他要面子，不会为难你的。"

天刚破晓，剧组就开动了。

导演姓方，是中国第五代导演的代表人物之一，学院派的老顽固了，做事章程一丝不苟，在片场是知名的严苛人物。他在拍的，是他的收官之作，每个细节都精雕细琢，且越临近杀青，就越是吹毛求疵。

应隐为了一场无聊的宴会临时请假出剧组，已经触了他的霉头，今天少不了要屏声静气，一百二十分地卖力。

"下午拍那场冰雪打斗，准备好了吗？"上午收工，导演带着动作组的老师过来问。

应隐点点头："我没问题。"

"不要出去吃个饭就把自己当娇滴滴的大小姐了，尽快回到人物状态中来。"

俊仪已经从宋时璋那儿回来，听到导演的话就想反驳，但被应隐悄悄按住手背。

她心里愤愤，她老板什么时候不敬业了呢？导演的这番阴阳怪气，根本是莫须有。

动作指导身后跟着配角，他冲两人招招手："那两位老师，我们再走一遍戏，好不好？"

拍摄的场地已经布置好。戏中环境是严寒雪地，宁市哪有雪，因此是在大冰库里拍的。雪不厚，下面是坚硬的沙砾泥土地，应隐要和配角在这里抢一件国宝，然后中枪。

配角是男的，山一样的块头，戏里设定武力值碾压女主角。整场戏，他负责拳打脚踢，而应隐则在地上翻滚、摩擦、做出拼死一搏的格斗动作。

几人走完了一遍动作才吃饭，盒饭早凉了。时间有限，俊仪帮她用热水泡软了米饭，絮叨着："你昨晚才睡了四个小时，中午又没有午休……"

应隐笑了笑："等下不要哭丧个脸，省得导演又以为我们有意见。"继而放下盒饭筷子，拍拍脸，起身去补妆。

一进零下三四摄氏度的拍摄场地，所有工作人员都裹上了羽绒服、军大衣，唯独应隐穿着皮衣紧身裤，戴半指手套，脸上都是碎石砾刺出的口子——一些影视剧中打女的刻板形象。

"小隐，你过来。"导演难得用商量的语气和她说话，"是这样，护具就不戴了，下面垫子也都撤了，你就这么拍，好不好？我们尽量还原那种残酷坚硬的感觉，身体摔打的时候要有那种冲击感。"他做了个拳击掌的动作，啪的一声，"拳拳到肉。"

应隐很短暂地愣了一下，神色如常："好的。"

这跟原本的设计不一样，知情的人也很少，甚至连俊仪也以为她里头穿戴了护具，地面底下是藏得天衣无缝的软垫。

没有人预料到，这样一场戏竟然 NG 了七次。

方导鹰目注视着监视器。

"再来，起身慢了。"

"再来，摔的姿态不对啊。"

"再走一条。"

"不行，调整一下，用脑子演！"

"咔，眼神弱了！你在干什么？梦游吗？！"

"昨天舞跳太多没力气了是吗？！"

导筒被摔下，吊在空中晃悠不止。满场噤声。

每演一次，妆造组就要上来重新帮应隐补妆、擦干净皮衣、拍干净紧身裤上的泥雪。这会儿静默着紧赶着，造型助理却"咦"了一声，"裤子这儿怎么破了？是本来就破的吗？"

应隐安抚地按了下她的手："别声张，帮我换一条新的。"

全剧组只有造型助理看见了她膝盖上的斑驳伤口，破了表皮，血和皮下的组织液凝成一层，被应隐用湿巾擦开了。

其实，那些格挡、缠斗、翻滚、跪地、摔出，一连串复杂的动作设计，早就被她刻入了肌肉记忆。作为现如今娱乐圈少有的能演刀马旦的女星，她的肢体管理是顶级的，如果不是太痛，又怎么会慢半拍？

第八条，导演终于放过了她，给了四个字："差强人意。"

从镜头前下来时，应隐几步路走得很正常，唯有十指冻得通红。俊仪连忙给她披上羽绒服，递上热水、热毛巾。

应隐捧着滚烫的一次性纸杯，蜷在小马扎上，缓过了身体深处一阵接一阵的发抖。

"姐，我给你按一按吧？"俊仪主动请缨。

手刚碰上应隐的肩膀，她就脸色一变："不用！"

她声音发紧，身体也发紧。

俊仪吓了一跳，手立刻缩了回去。

马不停蹄地拍了近两个小时后，应隐今天的戏份才算结束。此时已经是下午四点，今天是个好天气，一走出冰库，阳光泼金，晒得她蓦地想就此躺倒睡觉。

俊仪在身后扶住她，担忧地说："我看你都快晕倒了。"

她回到休息室更衣卸妆，再由阿尔法保姆车送她回酒店。俊仪见她疲惫，有心哄她："早上见了宋总，还没来得及跟你汇报，他好像没有不高兴呢，让你别放在心上。"

应隐笑笑，那点叛逆，还真是像一颗小石子砸进湖里，一点浪花也没有呢。

"啊对了，"俊仪摸出手机，"工作室已经发了精修图了吧，看看粉丝是怎么夸你的。"

热搜条目里，"应隐高定"醒目，俊仪刚刚还上扬的语调戛然而止。

"说了什么？"应隐睁开眼眸。

"没……没什么，"俊仪藏着手机，笑容僵硬，"就是那些，姐姐嫁我、老婆真美之类的。"

她是很诚实的性格，因而连撒谎都不灵光。

应隐没跟她周旋，解锁了自己的手机，登录小号去看。

很多营销号都发了这一条，文案统一，一看就是被人提前买好的。评论区却是大翻车：

真好意思发啊。

你觉得穿高定比拍电影更重要了是吗？

去年电影节你二提，你说表演永远是你的事业，现在你为了攀有钱人的高枝请假离组，我一点看不到你的敬业。

姐，party 和有钱人对你真的这么重要的话，不如嫁人息影算了，干吗恶心我们啊？

不会是想要我们夸姐姐认识好多人，好有牌面吧？

这些声音真真假假，有来自真粉丝的，也有黑子披皮的，或黑粉痛心疾首。节奏被带得飞起，后援会的控评看上去十分嘴硬。有人直接提到宋时璋，说她一心想当老板娘，被粉丝追着反骂了两千多条。路人说，粉丝破防跳脚的样子太好笑了吧。

手机屏幕熄灭，黑屏时，倒映在应隐眸中的那点亮光也一并暗了。她闭上眼，将手机递给俊仪："断网三天。"

这是一名成熟、理智、历经千帆的女明星所应该具备的心理素质，也是该采取的最明智的行动。

她不是那个刚出道的小女孩了，被骂时不知道自己做错了什么，只会攥着手机茫然。

剧组下榻的酒店不远，应隐回了酒店，放满一浴缸的水，将自己布满青红的身体浸泡下去。膝盖、肩胛骨、手肘，都破了，显出一道道深浅不一的血痕。

热水带来的痛感来得如此强烈，以至于她呼吸都是深深一屏。

不知谁说漏了嘴，导演知道了她的伤情，拍完几场文戏后，大发慈悲地准了她两天假。

应隐在房间里昏睡了两天。

她不知道，在她断联断网的这几天里，每天上午和晚饭间，都有一通陌生的电话打入。但俊仪严格按照老板交代的章程去办，一通也没接。

直到第三天，有关高定礼服和离组的舆论平息了，俊仪才把手机还给她，汇报道："有一个人总打电话，还是境外号码，我觉得是想管教你的'私生粉'。"

以前也不是没遇到过。"私生粉"神通广大，无孔不入，只是这个特别聪明，还知道买一张境外虚拟卡呢。

应隐兴致索然："然后呢？"

"我骂回去了。"俊仪同仇敌忾，"知道你这个号的都是熟人，又没注册过什么，怎么会有陌生来电？诈骗犯也没那么执着。所以早上我发短信大骂了他一通，骂完我就拉黑了。"

应隐"噗"了一下，被小姑娘逗笑了。笑了一会儿，她隐约感觉到不对劲。等下——

陌生来电、港澳台号码、每天固定时间两通、其余时间绝不多打扰……不会是……

她脸色一变，切到短信中，瞪大眼把俊仪骂人的话一字一句地看了。

很好，她骂他变态跟踪狂、畸形的爱、一辈子阴沟里的臭虫。

"……"

应小姐就算穷尽一辈子的想象，也无法想出天生坐在迈巴赫里的男人，在看到这样一则短信时，有多眉头紧锁怀疑人生。

今天原本是商宇集团太子爷正式入驻勤德总部办公的日子。

勤德置地是商宇集团在内地的商业地产分公司，因为天高皇帝远，又不是商宇的核心产业，因此全体员工过了好些年逍遥日子。在中国地产飞速发展、全体地产人"卷生卷死"的黄金时代，勤德置地就连售楼处小姐都踩点打卡按时下班，很佛系。

勤德内部的人都笑称，当初盖这栋楼，一是为了应宁市政府的邀约，建一座新的 CBD 地标，二是为了给商家几位的私人直升机一个方便起落的楼顶而已。

现在太子爷真要来内地办公了，而且是常驻，所有人上演笑容消失术，先是一丝不苟地套上西服铅笔裙，再做着有限的工作，"摸鱼"到晚上七点。

如此战战兢兢候了一个月，终于等到正式通知，邵董和整个随行董事办，将于今日正式进驻办公，并进行工作视察和聆听高层 Q3 述职汇报。

宁市的秋天日光明媚，但勤德总部每层楼都充满阴霾。就在所有人都屏住呼吸等着商邵大驾光临时，临近目的地的迈巴赫却缓缓停靠街边，并按下了双闪。

康叔扶着方向盘。他被商邵突然叫停，正等着下一条吩咐。

商邵还在琢磨那条短信。

这个女人消失了三天，然后发了一条没头没尾、胡言乱语、精神状态堪忧的短信。

作为一个从小耳闻目睹各种绑架勒索撕票案件、上幼儿园开始就乘坐防弹级别专车、亲弟弟曾被绑架过、出席外场活动绝对有四个保镖随行左右的香港顶级豪门继承人，商邵理所应当地想到了一个可能——

她被绑架了。

这条短信是……她的求救信号？

意识到这一点，他脸色一变，毫不犹豫地在屏幕上按下三个数字——999。

手指悬停在拨号键上。不对，这里是内地，不是香港。

康叔从后视镜里看到了大少爷罕见的凝重表情，正想关心，便听到他问："内地的报警电话是多少？"

"110。"康叔答，扶着方向盘回头问，"出什么事了？"

商邵没顾得上回答，按下号码正要打，一则电话随即呼入。

"应隐"二字出现在屏幕上。

他面沉如水眸底晦沉，呼吸一息后才右滑解锁手机接起。

"商先生？请问是商先生吗？"

对面语气急促，商邵刚刚稍安的心很快一沉，不自觉捏紧了手机。

是她的声音，他不会听错。

"是我。"

真是他！

应隐一拍额头深感崩溃："是这样的你听我说……这个手机，不，我这几天……"她语无伦次，拼命祈祷太子爷听完她的解释再判她死刑。

她语气是如此着急、惶恐，一听就知道……精神状态不太妙。

商邵料想这是应隐好不容易抓住的机会，因为过于惊恐，所以才会半天讲不到重点。他截断她，直截了当地问："在哪儿，我来接你。"

应隐被他的先发制人问蒙了，又觉得他气场冷峻十分迫人，不自觉就顺着他说："在……在酒店。"

"地址。"

应隐下意识就报了酒店和房间号。

下一秒，电话那端的人呼吸声清浅，沉稳中带上了一点点不易察觉的温柔，给她无尽的安全感："待着别动，交给我。"

挂完电话，应隐对着手机陷入沉思。

总觉得哪里不对的样子……

俊仪比她更呆："原来不是'私生粉'啊？"

应隐扶额："被你害死了，他说得这么好听，其实是不是来找我算账的？"

俊仪还不知道事情的严重性，乐观地说："那我等下跟他道歉就是了。"

应隐头痛："他这辈子估计只被你骂过，你是这个……"她竖起大拇指，"记得写进简历。"

俊仪："……"

宁市 CBD 中心大道旁。

"要不要报警？"康叔已经调出了省公安厅的联系方式。

"她有机会打电话，如果可以报警的话，应该会直接拨打 110，而不是找我。"商邵用最缜密的心思去解一道错得离谱的题，"她是明星，也许不方便报警。"

但会打给他，也实在出乎他意料。

无论如何，救人要紧。

宁市太大，从CBD到酒店有两个小时路程，在这两个小时里，康叔的电话一直没停。

两个小时后，酒店负责人诚惶诚恐地在门口迎接，一同抵达的，还有几名有人质解救经验的特警、四名保镖，以及以防万一而请来的一个谈判专家。

酒店方先马不停蹄地带人去安保室，给特警看地形图、结构图的同时，也同步调出了这一周的监控记录。

特警快而专注地过着监控画面，在令人提心吊胆的安静之后，他总结陈词："根据摄像头记录，这一周内进入过这间房的，只有房主本人、助理以及服务员。"他沉吟着问，"可以再看一眼你那条短信吗？"

商邵把手机递给他："有没有可能，对方一直潜藏在她房间里？"

酒店总经理一拍脑门："'私生粉'！有的有的！有出现过的！以前那个谁啊，他粉丝藏床底下！"

被男人沉冷的目光注视着时，经理心里一怵，结结巴巴就开始补充解释："私……私生粉就是那种变态跟踪狂，想把明星据为己有的那种。"

特警给出保守方案："这条短信的确不太正常，有可能是故意引起你警觉的求救信号。从上一次进房间到现在，也已经过了四十八小时。这样，商先生，我们先利用客房服务探探里面的情况，之后再议。"

一行人分两部电梯上到顶楼，迅速而安静地布好队形，之后，酒店的一名女性清洁员敲响了应隐的房门。

"您好，客房打扫。"

应隐刚跟麦安言过完杀青后的行程，听到声音，她也没支使在次卧的俊仪，自己赤着脚去开门："稍等。"

翠绿色的真丝吊带睡裙随着她纤细的小腿飘荡。

电子门锁启动，门外七八个人屏声静气严阵以待，门内女人形容慵懒笑容甜美："早上——"

"好"字变成尖叫，她花容失色却训练有素，两手径直捂住了失去表情管理的脸："又是真人秀吗？！"

商邵："……"

特警、保镖、谈判专家："……"

康叔到底多活了几十年，什么离谱的场面没见过？

这场面他真没见过。

解除误会着实费了番功夫，特警跟谈判专家离开时，脸上还是呆若木鸡的表情，保镖守在门两侧，努力做到目不斜视，但四个人八只耳朵都在听女明星讲话。

女明星精神状态游离："我应该说谢谢吗？"

商邵脸色黑沉，语气冰冷："不必。"

避嫌到老远的康叔发出一声憋不住的笑。商邵听到了，闭了闭眼，显而易见地动怒了，但又不知道他在生谁的气。

"为什么要发这么奇怪的短信给我？"他忍了又忍，终究还是问了。

一旁的俊仪弱弱地举起手："对不起，是我发的，我以为你是那什么……'私生粉'。"

"私生粉"，变态跟踪狂，想把明星据为己有的那种。

酒店经理的声音在商邵脑内循环播放，商邵烦躁无比，单手拧松领结："我那天晚上，不是把号码告诉你了？"

应隐心虚无比："没存。"

"为什么？"

"存了也没用……"应隐双手合十举过头顶，紧闭着双眼，"对不起！是我的错！"

她不识好歹、不吃敬酒，以为商邵要动怒离去，没想到太子爷本尊却只是沉沉舒了口气。

他再开口时，语气又恢复到了那种令人捉摸不透的沉冷："怎么会没用？如果你今天真的遇到了危险，这通电话就有用。"

应隐怔住，合掌的手不自觉垂到了胸前，双眼一眨不眨地看着商邵。她像个在祈愿的小女孩。

俊仪实在太不机灵，因而得以从这男人的气场中逃脱，天真疑惑地问："为什么不再打个电话确认呢？只要再打一通，就不用这么大动干戈了。"

虽然她问得有道理，但应隐只想求她停止冒犯这个男人："对不起商先生，我助理她……"

商邵脸上没有任何不悦，顿了一息，垂眸注视着应隐："想过，只是怕威胁到你的安全。"

俊仪突然就脸红了。偷偷地，她是为她老板脸红的。

应隐哑口无言，像被助理的不灵光传染，心里却有浪潮似的，一阵没过一阵。

两人半晌无话，商邵目光一动，看到了她肘侧的浓重瘀青。

"你身上的伤，是怎么回事？"

应隐条件反射就去捂，但她这次彻底懂了什么叫"捉襟见肘"，捂了左手露了右手，左右手互相捂住，膝盖也把她出卖了个彻底。

"拍戏弄的。"她索性很大方地扬起唇，展示给他看，明媚且无所谓地笑道，"很正常的，只是不太漂亮。等上映了，我请商先生去电影院。"

三言两语结束，该道别了。

满公司的人都还在等着，商邵简单地告辞，临行前忽然又想起什么，脚步停了一停。

"你好像很喜欢穿睡衣开门。"

他的语气很淡，但耐人寻味，不知道是质问、疑问，还是提醒。

应隐神情一慌，条件反射地低头去看。

她穿了内衣的，只是这条翠绿睡裙吊带比较长，露出两根细致的锁骨，大片雪白肌肤下，曲线隐约起伏。

不是不雅观，只是美得太强烈。

应隐噎住，怪他，但底气不够，所以一开口就戾了，声音小下去："明明是商先生每次过来都不打招呼。"

那一瞬间，一直默声候着的康叔，还以为自己眼花了。

他看到商邵勾了勾唇，笑容极淡，像是拿她没办法。末了，他抬起手，漫不经心地扬了下两指，算是道别。

电梯在走廊尽头，离得远。走廊暗红描金，中式边案上的大花瓶里插了几枝兰花。画面俗不可耐，应隐看着他的背影，想到他这样的人出现在这里，真算是纡尊降贵。

电梯门闭合，沉降下去。应隐抚着光裸的臂，舒了一口气回到房内。

手机嗡嗡振动起来，香港的号码。她接起，心跳莫名快了一些。

明明刚刚才道过别的。

对面的男人声音醇而充满磁性，听到声音，眼前便总不自觉浮现他那双眼。

他的语调绅士高贵，英伦式的，又漫不经心："应小姐，我想这次你该存好了。"

应隐"嗯"了一声，脚步停了下来，纤瘦的白瓷般的背贴上雪白墙壁，垂着头，一对蝴蝶骨感受着墙的凉意。

"存的什么？"

应隐不敢存他的名字，像天上月，高不可攀。她未着颜色的双唇轻启，舌与上颚齿关轻轻擦着，擦出三个动人至极的发音："商先生。"

挂有香港和内地双牌照的迈巴赫自停车场缓缓驶出。车内的男人已经挂上蓝牙耳机，吩咐勤德那边先开始述职会议。

俊仪蹲在落地窗前，目送着车子离开，又发现了歪掉的重点："商先生的港牌竟然只有一个数字3，真好记。"

应隐闻言，果然也注视了一会儿。明黄色牌照上确实是干干净净的"港3"，她不了解香港车牌的发放机制，但料想如此简洁，必然昂贵。

只是为什么是"3"？想拍"8"的话，对这个男人来说也不难。

俊仪有些稀奇古怪的思路："那将来要是他跟谁交往了，车接车送的，岂不是一眼就被认出？"

应隐敲了一下她的脑袋："你跟他交往？想这么多，过来收拾行李了！"

今天晚上她还有最后一个大夜班，接着明天便收尾杀青。进组三个月，她带了五六个行李箱，名不副实、面积大缩水的套房早就被她的私人物品占满，收整起来得要一会儿工夫。

距离上戏还早，应隐蒙上眼罩，准备再补补觉，耳边却听小助理话不停："你刚才为什么没请他进门说话？"

"跟他不熟。"应隐语调平缓，心想，幸亏没请，否则让他看到满屋子乱飞的真丝睡裙、蕾丝内衣，她还有什么明星光环？

"他也没有说要进来。"

"人家讲礼貌。"

俊仪："好喜欢。"

应隐："喂。"

俊仪解释："我只是觉得现在讲礼貌的男人很少，尤其是有钱的男人。宋总就不太讲礼貌。"

"你又看出来了？"应隐觉得好笑，带着一点自嘲。

"如果今天骂的是宋总，我们可能都要遭殃，他不允许别人冒犯他。"俊仪叠着柔软的衣物，"但商先生真有礼貌，连我讲话他也会看着。"

她愣怔一阵，说出心底话："他看着你讲话的时候，你觉得自己很重要。"

应隐心里一紧，嫌她话多，扔了个枕头过去让她安静。

俊仪敏捷地躲过枕头，说完最后一句："他还来救你。这么离谱的事，他来得这么快。他是会来救你的那种人。"

应隐忍无可忍，翻身坐起："干什么，没完没了的，一见钟情了是不是？"

俊仪心里没有男欢女爱，因为她颈侧有一大片被烫伤的疤痕，向来没考虑过谁会喜欢她。这一点她老板也知道。可见老板此刻的暴躁并非因她而起。

每当她发脾气的时候，小助理俊仪就一声不吭，因为她知道，过不了多久，应隐的脾气就会自己消退掉。

柔软的、堆满了真丝织物的床铺发出轻微动静，是应隐躺了回去。她闭着眼，干净的两道眉皱得很紧。

"咦。"俊仪从她的呼吸里就听出她还没睡，拎起一条羊绒披肩，"这个收不收？"

应隐摘下眼罩，暗红色的披肩被酒店洗净烘干了，已经没了那股洁净的香味。她轻轻地说了一句"糟糕"。

又忘记还了。

黑色银顶迈巴赫平稳地行驶着，经过国道边的小镇时，跟来时一样，又引起了围观和目送。

这是自上世纪二三十年代承袭而来的真正血统，而非街面上寻常能见到的梅赛德斯－迈巴赫。一千三百万元级别的座驾不过是商邵日常的商务车，超六米长的车身，让前后座在挡板升起时也有充足的活动空间。

林存康知道，商邵进入工作状态时心无旁骛，不喜欢有人打扰，因此不等他吩咐，便自觉地升起了挡板。

蓝牙耳机里，高管的汇报有条不紊，平板上的会议界面同步播放着季度数据，商邵认真聆听，视线专注而清明。

习惯性地，他伸手从西裤口袋里摸出白瓷制的烟盒。

瓷盒薄而润，没有任何指印，比一些人的眼镜片还干净。上盖有银色金属链接，揭开，里面是三支香烟和一柄火机。

香烟是南美定制的，并非市面上所能买到的，有淡淡的沉香味，温和雅致，即使是不抽烟的人，闻着也觉得舒心。

这是商邵每日随身携带的物件，三支烟，绝不超额。社交场上，难免有别人给他敬烟，抽与不抽，全看他心情。

到他这种地步，拒绝别人，接受别人，主动权已全在他。

摸出烟盒时，指侧碰到另一件坚硬物件。他咬住烟，微垂的视线愣了一愣。手指钩出，掂在掌心，一枚方糖似的绿色宝石戒指。

蓝牙耳机里，汇报已经结束，众人都等着听他发问，谁知道他此刻心不在焉，眼神微眯，咬着烟的唇角也微微愣怔。

是她的戒指。早上知道要过来，便打算在危机解决后，当面还给她，于是从康叔那里要了回来。

没想到还是忘了。

商邵失笑地摇了摇头，却没还给康叔，而是学他的样，将之收到西服内侧口袋。

应隐一觉睡醒，窗外阳光还是很盛，她把眼罩推上额头，做的第一件事就是从被子底下摸出手机。

要命了，刚刚入睡前一直在想怎么给商邵发短信还披肩，以至于做梦也在思考这个问题，睡得她十分心累。

俊仪给她倒一杯冰水，瞧着她解锁手机。

有一则新短信，发件人是"商先生"。

真丝被凉凉的，应隐忍不住趴下，把脸贴上去。贴了一会儿，她才点开商邵的那则短信。

其实是很寻常的措辞：应小姐，你上次扔给我的戒指，打算什么时候要回去？

应隐却能想到这男人说这话的语气与眼神，如山林晨雾，清淡又令人捉摸不透。

她跷起腿，两条小腿交叠回勾，从俊仪的角度看，她就像个小姑娘。

应隐回：你什么时候有空？

商邵居然回得挺快。不过几秒，他回复：取决于你。

要亲自去拿吗？应隐吃不准。

商邵希不希望她亲自去拿？这样好再次相见。

她迟疑不定，不过数秒商邵却已道：我可以派人送给你，今天这家酒店？

好，原来他不需要再次相见。

应隐刚刚还悬着的心落了回去。

她在短信里公事公办地提醒他：我明天就杀青离组了，最好就这两天。你的披肩，也一起交给你派过来的人吗？

商邵：凭你高兴。

应隐回了大逆不道的一句：还以为商先生做事只会凭自己高兴呢。

预料中的，商邵果然没回复她。

应隐没特意等，束了马尾去跑步。跑步机是她让酒店搬进她房间的，毕竟她每天都跑，又是大明星，去健身室很不方便。

跑步时，手机放在一旁窗台上，一有振动就很醒目。

但直到她跑完去洗澡，手机也没再有动静。

商邵刚跟华康的董事长打完一程高尔夫。

秋天下午的阳光也很强烈，但没有夏天刺眼，两人回到遮阳棚下休息，跟随的下属和球童都收了伞，远远地站开。

华康作为新布局的央企，董事长谭北桥的地位非同凡响，他六十岁，是院士工程师，享部级待遇。别人见他无端低一头，但商邵不用。

商宇开赴内地，按理说是平等合作关系，但谭北桥跟他父亲商檠业有交情在，商邵便视他如前辈，保持着谦逊内敛的姿态，恭敬，但不拘谨。

"我上个月在香港，跟你爸爸难得相聚，听他的意思，放你来内地他还是很舍不得。"谭北桥跟他闲聊。

"让您见笑了。"商邵勾了勾唇，"这两年我们父子也算得上是相看两厌，我来内地，他长松一口气。"

谭北桥大笑："你啊你！别当我不知道，当年为了你的婚事，你爸爸可是焦头烂额。怎么样，现在有没有什么新的姑娘？"

但凡长辈主动关心起婚姻感情，多半都跟着下文。

商邵自然知道他的意思，但没给机会，讲话滴水不漏："还没有，不过，也暂时没有打算。"

"是你眼高于顶。"谭北桥笑言，"我本来还想说，有个很好的世侄女想介绍给你，她刚从英国回来，该跟你聊得上话，人也漂亮，生物学硕士。"

商邵一听就知道对方年纪颇小，笑了笑，婉拒："这么年轻，配我委屈了。"

谭北桥转过脸去看他。

离四十尚有距离的年纪，但只有眼底的沉静暴露了人生阅历，多余的岁月痕迹，便很少了。这也许也是得益于他并非那种西方的五官轮廓。

他是东方式的，温润的双眼，鼻骨挺，但并不过分硬朗，一双薄唇，配上清明又沉稳的眼神，使得他给人的感觉总是捉摸不透、八风不动。

他有着很耐得住琢磨的长相。

何况还有经年从英国皇家公学里教养出来的谈吐，一身浑然天成的优雅。不说举手投足，他连讲话的语速——那种恰到好处的匀缓、沉稳，都让人觉得矜贵。

谭北桥调任过几个单位，都是在中国南部深耕开拓。要在大湾区做大宗生意，进出口、珠宝、航运、港口、基建、酒店、医疗、轻工……就绝绕不开商家。

他跟商家算是熟络，因此很清楚商邵的品行与才能，更清楚有多少人明里暗里往他身边送女人，以指望能得他青眼相看，好跟着鸡犬升天。

但商邵自始至终，片叶不沾。

除了那年，那场鲜有人知的、被紧急叫停的订婚宴和那个传闻中离他而去的女人。

谭北桥自以为知道全部。

他望着起伏的辽阔绿茵场，眯眼："看来像你爸爸说的，你还没做好投身下一场的准备。"

商邵不置可否，只是勾了勾唇。

过了会儿，老人家自知扫兴，托词去洗手间。商邵目送他离开，接着让康叔把那部私人手机给他。

还以为商先生做事只会凭自己高兴呢。

这确实是有失尺度的一句话，考虑到早上的兴师动众，更觉不出是揶揄还是埋怨。

商邵在户外椅上搭腿坐着，檐下暗影中的眼底瞧不出情绪。

过了几秒，他拨出电话。

应隐正在冲澡，浑身泡沫，听到俊仪喊着什么。她关小水，满手泡沫停在颈口，仰着脸："啊？"

俊仪已经拿着手机到淋浴间门口："商先生的电话。"

应隐手忙脚乱："别接别接！"

晚了。俊仪已经滑开了通话键，递了过去。

淋浴声沙沙地响，应隐只能就着泡沫接过。滑不溜秋的，她捏得很紧，站得也紧，声音更紧："商先生？"

商邵听了两秒："下雨了？"

"没有。"

应隐条件反射地关掉花洒。

水声停了，呼吸声在密闭的空间里清晰了起来。

商邵明白过来，顿了数秒才说："下次洗澡时，可以不接电话。"

高尔夫球场的遮阳棚也许是有些年头了，他觉得不太够用，虽然秋日微风吹过，他还是被晒得燥热。

"是助理接的，她今天得罪了你，不敢再怠慢你。"

商邵笑了笑："你是在说她，还是在说你自己？"

"我还没有把你得罪透吗？"应隐静了静，说话有回声，"商先生，我怕你。"

她怕他。

这三个字，从商邵心底缓慢地浮起，泛起水纹。

他顺她的心意，话语亦真亦假："得罪了，也欠了人情，不还一次，你像惊弓之鸟。"

应隐僵住。既为他顺势应下的"得罪了"而心里一沉，也为她在他面前的透明。

他轻易就将她看穿。

"你刚才说，以为我做事全凭自己高兴。"商邵续过话，漫不经心道，"也不算说错。"

应隐的心跳像是停了，轻轻屏住呼吸。

"那怎样才是你高兴的方式？"

她主动问，商邵没有拒绝的道理。

他衔了烟，淡淡地应道："那就见一面。"

洗完澡换好衣服，差不多是该去片场的时候了。应隐没有化妆，穿一身轻便的休闲服，头发披散着，脸上蒙着黑色口罩。

两人出了套房，走廊尽头的电梯恰好也开了，迎面出来一个穿黑色西装的陌生男人，正接着一通电话。

"什么？"他抬眼看了眼乔装打扮的女星，压低声音，"我已经见到她了，现在就可以给她本人。"

商邵勾勾手指，从康叔手里接过手机。

那名早上已来过一趟的保镖，得以亲耳听到他家大少爷的吩咐。

他说了言简意赅的两个字："回来。"

应隐与他礼貌地擦肩而过。

她不知道，这个人身上的黑色天鹅绒珠宝袋里，盛着一枚昂贵的绿宝石戒指，是商邵在高尔夫球场上递给他的。他命令他开车送过来的，说要还给她，趁明天她退房前。

保镖不知道为什么少爷又不还了。

到了片场，剧组刚好收了白天的工，正准备吃晚饭。

拍戏多是风餐露宿，尤其是在吃饭一事上，更顾不上讲究，除了主要演员有特餐，剩下的演职人员，一律盒饭标准。

应隐从阿尔法上下来，跟摄影指导老傅打了个招呼。老傅一手托着饭盒夹着筷子，一手忙不迭吸着烟，见应隐过来，赶紧挥了挥烟雾："哟，应老师来了。"

娱乐圈就这德行，没什么辈分，见谁都喊老师就对了。

应隐凑过去："我看看今晚吃什么？"

"别，"老傅侧身护住盒饭，比了比烟，"没什么好看的，倒您的胃口，还是这一口舒坦。"

剧组预算都有谱儿，方导这部片精益求精，早就超期了，所有费用都蹭蹭地涨，只能在后勤上省一省，因此餐标是大不如前，生活制片这两天都不敢大声说话，怕挨揍。

摄影、灯光两组人员都蹲着笑，此起彼伏地喊："收工了喝粥去，傅老师请！"

正热闹的时候，保安值守的大门口开进来一辆大车，白色的厢式货车，但保养干净，应当不是拉杂物的。众人引颈望去，看到车子副座上下来一个人，挂着工作证，拍拍手："来大家把盒饭放一放啊，宋总探班，请大家吃顿好的！"

剧组齐齐欢呼一声，蓝色大垃圾桶内都是扔塑料饭盒的砰砰声。

应隐跟俊仪站在原地。

"宋时璋不会也来了吧。"俊仪小声，问的是应隐的心里话，不情愿的模样。

宋时璋的车停在后方巷子口，从白色厢式货车绕出来时，几个副导演和方导都跟他打招呼，男主演也去了。

他穿着休闲西裤，上身是廓形衬衫，挺时尚显年轻的一身。

跟圈里的那些人比起来，他确实算年轻的，但也有四十一二了。难得的是他玩得不那么花，跟老婆离婚后，并没见身边有什么莺燕环绕。

不过对于这一点，众人有众人的想法——

毕竟，他追应隐呢吗，怎么好三心二意？

这部片子，宋时璋是主要出品人之一。方导虽然是第五代导演里有头有脸的人物，但商业成绩并不稳定，常常走偏，冗余昏沉，因此找投资的时候，颇费了一番功夫。

是宋时璋攒了局，出了资，拢了盘子，他这部收官之作才能落地生根。宋时璋说一句，应隐不错，导演怎么能不懂？

其实是不亏的。应隐的演技、奖项、票房、人气，没有任何短板，何况是有口皆碑的敬业。只不过她被资方指派空降，踢掉了导演原本想捧的学生，让他怎么能不气？那学生为他偷偷生子，他早就答应了给一番女主角作为补偿。

宋时璋一手拉起了这个项目，却不在应隐面前邀功，片场也很少来。别的出品人多少都要来看看现场，宋时璋当甩手掌柜，给主创充分的自由。

现在临近杀青了，他才来这么一遭，显得顺理成章。

探班的物资丰厚，五星酒店的日料套餐和蛋糕，奶茶、咖啡和茶，再一人派一包黄鹤楼。现场奉承吹捧声不断，宋时璋看了眼站在不远处的应隐，稍稍扬起音量："算应老师请的。"

此起彼伏的起哄声，听着热切而耐人寻味。

应隐深呼吸。她每次见宋时璋，都得深呼吸。

深呼吸后，她才走向众人簇拥着的中心，甜美的假笑无懈可击："宋总好不容易来探班，怎么能让我抢了功？我还打算明天请下午茶呢，被您比下去了。"

宋时璋能看穿她的僵硬，但不拆穿。当着剧组主创的面，他沉声低语，用远比寻常关系更亲密的姿态道："知道你戒糖，给你另留了一份，特意换配方的。"

方导一个年过七十的老前辈了，万万不可能觍着脸配合他，重任都落到了制片人身上。他招呼着大家先去用餐，不知不觉把人从两人身边驱开了。

宋时璋故意不避，就这么站在车旁，接受着全片场明里暗里的打量，问应隐："不吃？"

应隐打发他："吃过了才来的。"

"晚上大夜班，需不需要我陪你？"

应隐心里一紧，表情快控制不住了，"宋总，你这样，会让人误会。"

宋时璋明知故问："误会什么？"

应隐看着他有细褶的双眼："你知道的。"

宋时璋了然一笑："跟我闹花边，不是正好帮你挡一挡别人。"他耐人寻味地瞥应隐一眼，"你说是吗？"

她借他周旋的那点小心思，原来早就被他看穿。

笑容已经七零八落十分难看，索性便不装了，应隐唇角平直，认真说："我不想再被他们议论了。"

宋时璋垂眸看她一会儿，没动怒，云淡风轻地说了一句："我以为你是知好歹的人。"

"我——"

宋时璋伸出一根手指，点在她嘴唇上："我今天心情很好，你该懂事。"

拍到半夜一点多后，全组人疲马乏，导演大发慈悲，给准了半个多小时的茶歇。

所有人都赶紧掐着点打盹，片场外东歪西倒，不是卷个包，就是躺器材上。也有抽烟的，喝咖啡的，泼水洗脸的，各人有各人的能耐。

应隐也困，幸好她白天补了觉，眼皮子才没合下来。下一场戏对白多，她不敢歇，重温烂熟于心的台词。

俊仪跟着熬，被她诵经似的念白给念困了，只能打开手机玩。

后半夜，所有社交平台的活跃度都降了下来，挂在热搜上的话题多半是图便宜买了凑 KPI 的，唯独应隐那条显得瞩目：宋时璋探班应隐。

话题主持人是一个营销号，老熟脸了，语气浮夸：

宋时璋不仅探班，还以应隐名义请全剧组吃饭喝茶，看这香格里拉的 logo，几百份，大手笔啊。两人谈天也没避着剧组，看应隐落落大方的样子，怕不是在明示什么？大佬低头讲话的样子还挺温柔的。

"宋时璋买的。"俊仪一锤定音，"他名字在前面，所以是他买的。"

应隐诵经似的声音止住了，沉默了一阵后，她脱了力般仰面靠上靠背，廉价的弹簧椅因她的后仰而发出窸窣碎响。

一只修长白玉似的手夹着书脊，将剧本倒掩在了脸上。

休息室的灯光明亮，透过几页纸，照得她眼皮滚烫。

方导的剧组对代拍路透严防死守，这么久下来，任何一张多余的物料都没有释出过——除了那些得到默许的。

她纵然有心要防，也防不住别人殷勤安排、主动上供。

"打电话给麦安言。"

俊仪拨出去，响了一下便通了，可见他没睡。

应隐接过手机，贴上耳朵，仍闭着眼："这种热搜不撤，宋时璋给你多少钱？"

麦安言本来就窝了一肚子火，听她夹枪带棒，冷笑一声："你有能耐，还让他拍到这种照片？"

"什么照片？被他叫过去讲两句的照片？"应隐冷笑一声，"你明天安排个摄影师来，拍一百张，挂热搜，就说我应隐是人尽可夫的女人！"

麦安言立即噤声，半晌，长长地舒了口气："你别发火，我会撤的。只不过那些账号要一点时间。你知道的。"

她知道啊，她当然知道。宋时璋有传媒集团，庞大的营销矩阵，无孔不入的打手。

只要宋时璋想告诉全世界应隐是个轻浮的女人，那么第二天全世界都会觉得她人尽可夫。

只要宋时璋想告诉全世界应隐冰清玉洁，那么第三天她应隐就会从人尽可夫变回冰清玉洁。

翻云覆雨，定义一个人的一生，对于宋时璋来说，一点也不难。

那本剧本一直贴在她脸上，她也一直仰着头，以至于俊仪根本看不到她的表情。

安静了很久，俊仪看到一行眼泪，被灯光晒得透明般，很快地滑过了她的脸颊。

"麦安言，当初是你说他很安全，说他是汤总的朋友，说他有娱乐圈一半的资源，说只是陪着出席。"应隐的口吻始终冷静，只有肩膀抖得厉害，"你是金牌经纪人，但我不是你最值钱的资产，是不是？"

麦安言跟着她的声音一恸，慌神了："小隐，小隐！别这么说，你永远是我的影后，是中国最好的女演员。"他斩钉截铁地说，"我打电话给汤总。"

辰野娱乐的大老板汤野，当甩手掌柜已久，半夜接了这样一通电话，沉默许久，答应跟宋时璋聊聊。

其实两个好友之间，又有什么好公事公办聊的呢？汤野不过说："不是你这么爱人的。"

宋时璋回他几字："她不够乖。"

半个小时后，热搜还是撤了。因为是半夜上的，因此看到的人不多，但还是有零星声音说，前有送高定礼服后有探班，两人分明是好事将近。

"选择在半夜上，已经是他高抬贵手。"麦安言也被搞得筋疲力尽，此刻狠狠地抽着烟，"你别再惹他了。"

"要不要我脱光了衣服躺他床上？"应隐微讽。

麦安言知道她是故意说气话，却认真劝起她："你不是一直想嫁个豪门吗？宋时璋还不够豪？要多有钱，才能进到你的眼？"

应隐清亮的眼泪都笑出来了。她揭下剧本，俊仪得以看清了她的脸，微笑的、双眼明亮的、布满眼泪的脸。

她对着电话一字一句地说："你就当我心比天高，命比纸薄，不知好歹，咎由自取。"

深夜的海洋观景窗深邃广袤，幽静的光柱穿透其中，自香港走船运而来的鲸鲨已经不再水土不服，正自在地游弋着。

柔荡的浪并不会影响到外面分毫，这座单独的鲸鲨馆，拥有绝对的静谧。

商邵已经习惯了每天结束工作后，在这里单独待上一个小时，但今天，他显然若有所思。

观景玻璃上倒映出他亮着的手机屏幕，上面寥寥数语，说有一位女明星好事将近。

「我的意中人是个瞎子，这辈子都不会看到我妆花了的样子。」

第三章 一道月光

PRODUCTION

TITLE	SCENE	SHOT	TAKE

CHAPTER 第三章 一道月光

DATE		CAMERA	

景别时长	音效	分 镜 图	内容台词

有港来信

拍完最后一场戏，作为女主角的应隐正式宣告杀青，但剧组还剩一些零零碎碎的戏份要补拍。

大牌演员主演的拍摄安排通常是集中而高效的，提前离组再正常不过。不过因为有前几天的高定风波，这次杀青，麦安言离奇地没有安排通稿，一切低调从简。

他到现场时，应隐正好卸完妆出来，素面朝天，套一件奶油白的宽松 T 恤，下身是舒适的瑜伽短裤。

她身上的伤还没好，尤其是膝盖，刚开始结痂，每天穿剧组的紧身裤都是折磨。

主创和群演们围住要合影，应隐平易近人，不忘提醒摄影师："别拍到膝盖。"

身边人流水似的换，不知何时换成了女配，笑容僵硬，像谁欠了她钱一样。

"那个蔡贝贝，"麦安言的助理南希，附耳过来悄声道，"就是方导的那个。"

麦安言懂了。

电影学院念音乐剧的，还算打眼，但跟表演系的当然不能比。不知道为什么跟方导走一起了，养了几年，估计也没想到方导老当益壮，能让她接连怀上两胎。

"女主角没捞上，子宫搭进去两次。"南希不知道是嘲讽还是同情。

麦安言察觉到不对，沉吟一会儿，才说："她可能要发通稿。去，让她笑出来。"

南希没猜透他那句"发通稿"是指什么，但还是很有执行力。急中生智说了句很风趣的话，引得全场都捧腹大笑起来。

应隐和蔡贝贝也不例外，摄影师疯狂按快门，捕捉到她俩一不小心相视大笑的镜头。

下一秒，那个蔡贝贝就把脸挂了回去。

他们合完影走完流程，上了阿尔法时天已尽黑。

俊仪帮应隐上药，免得伤口留疤或色素沉淀。她虽然不机灵，但手很细，做事极有耐心，上药时，比珠宝店员给宝石擦灰还轻柔。

"回去先休息一周，年底了，时尚大典、星钻之夜、星河奖、明年开季封，还有栗山那儿的试镜，"麦安言滑着 iPad 上的行程表，"行程这么密集，能推的通告我都帮你推了，这几个，你都要打起一百分的精神。南希，"他叫助理一声，"回头把时尚大典和星钻之夜的策划邀约发给她。"

麦安言吩咐完，又瞥一眼俊仪，旧话重提："放眼望去你这个咖位的，就你一个出门只带助理，执行经纪形同虚设，让你换个机灵点的，你又不肯。"

应隐心中有人选，正好提了："我有个人想挖，不过不知道她肯不肯。"

"谁？"

"陈又涵董事办的。"

麦安言倒吸一口气："你挖他的人？还是董事办的？姑奶奶！"

应隐行动力很强，这边回酒店收拾行李，那边就已经翻出了庄缇文的名片。

正是周五晚上，但庄缇文还在加班，听到应隐请她跳槽，她啼笑皆非："应小姐抬爱了。"

她文质彬彬又客气疏离的社交谈吐，莫名让人觉得很熟悉。

"你不肯？"应隐没避着俊仪，直接说，"薪资待遇好说。"

"我愿意，但是……"庄缇文想了想，"我需要请教一下我的家人。明天给你答复。"

俊仪已经把七八个行李箱都分门别类打包妥当了，开心但忧伤："你找人顶替我。"

应隐斜她一眼："又没赶你走。"

"她很会讲话吗？以后她来了，我就只用照顾你的生活，也好。"俊仪如释重负，"我可不可以涨一点钱？"

应隐好笑地看她："你说，涨多少？"

俊仪鼓足勇气，伸出三根手指头，掷地有声："三百块！"

应隐："我给你涨三千块，比缇文低一档，因为她的工作比你费心，但你的工作也很重要，我离不开你。"

俊仪心花怒放，跳起来："你给我涨三千块，我给你买披肩！希望那个披肩不要超过三千块！"

"什么披肩？"

"你喜欢的那个披肩啊,"俊仪拎起一个单独的硬纸袋,"你这么喜欢,晚上看书都披着,明天还掉了,我给你买一条新的。商先生应该不会不舍得告诉我牌子吧?"

那条披肩洗了,又拿出来披过几次,酒店的洗涤香氛融合进她自己的香水味,香得像伊甸园。

不知商先生是否会嫌弃。可是他交给她时,也沾着他的香。她要一点微末的公平。

应隐垂下眼睫,淡笑着"嗯"了一声:"也好,买一条新的。"

第二天下午,商邵的车子依约在四点半准时来接。

应隐住在市郊的一座别墅中,独门独户,园林环绕,私密性极好。圈中也有几位知名演员和导演住在这儿,但都没见过应隐,也不知道她藏在这儿。

都以为她住在市中心的那座大公寓呢。

挂着明黄色港牌的迈巴赫,驶过植满琴叶榕的墨绿拐角,在砖石路上发出一阵低调不刺耳的摩擦声,继而在门口停住了。

今天太阳大,林存康下了车,撑开黑色直骨伞,随即躬身将后座车门打开,请出里面的男人。

商邵抬头打量这座房子,三层白色小洋楼,半拱形的花窗,橙色屋顶,很典型的南洋风。

不大,但应当住得很自在。

等了不过半分钟,应隐便下楼了,身后亦步亦趋跟着小助理。她穿一条珍珠白色的一字领长裙,外面披着女款的廓形黑西服,长发用一根碧玉簪子低低地绾了个髻,显得干净利落又典雅温婉。

唯一煞风景的是,脸上那个黑色口罩着实有点大了,蒙住了她大半张脸。

商邵似笑非笑,或许是觉得她在自己家门口也如此鬼祟心虚,实在有意思。

应隐将口罩半拉下来,飞快地说:"商先生下午好。"

虽然一部车坐四人绰绰有余,但平心而论,这台迈巴赫确实还没这么满载过。俊仪上了副驾驶座,虽然努力忍住,但眼睛还是瞪得大大的——

这什么豪华内饰啊,连一个拨盘看着都比她昂贵,她真的买得起坐这种车的人的同款披肩吗……

上车落座，商邵绅士地问："我今天安排了一家私房会所，应小姐有没有问题？"

应隐点点头，将口罩收进西服口袋里，对商邵微笑道："商先生安排就是。"

车子从街道开上海滨公路，之后进到一家私人庄园里。说是庄园，也很勉强，因为应隐还没见过哪座庄园里有高尔夫球场的。

从正门口进去，又换乘了园内的高尔夫电瓶车，沿着绿地开了足足十五分钟，才抵达一间白色玻璃房前。

门童和管家显然已提前得了叮嘱，正在门口恭候："商先生，应小姐，欢迎光临。"

从餐厅门口遥望，绿地起伏如匍匐的兽脊，如此整洁浓郁的绿，天衣无缝得像一张上帝铺就的地毯。

"这是陈又涵的私人会所，柯屿和商陆也来过的，所以你不必担心出问题。"商邵周到地介绍。

他没有请应隐回自己的房子，是因为初次邀约一位女士便带她回自己家，无论多冠冕堂皇问心无愧，都实在不符合他从小到大所受的教养。

"柯老师和商导，在青藏那边已经快一个月了，商先生有没有联系过他们？"既然提到了，应隐顺便问。

柯屿和商陆正在拍摄一部半纪录片性质的人文电影，讲的是喜马拉雅山脉的守山人，从四川、西藏、青海到尼泊尔，两人已经带着剧组一头扎进去一个多月，处于完全失联的状态。

提到弟弟，商邵的眼神显然柔和了些："只是偶尔用卫星电话联系。应小姐有什么话想带给柯屿的，我可以帮你转达。"

"没有没有没有……"应隐吓得斩钉截铁，"希望商先生千万不要跟柯老师提起我。"

商邵端详她："为什么？"

"因为……"

她脸上怔色一闪而过。

因为，她还不想谁知道她跟他的这一场缘分，像守着墙角意外的一抹野春。

它不是长大，便是夭折，但在夭折抑或长大来临的前夜，她只想自己看着。

商邵勾了勾唇，不再等她的"因为"。

有港来信

"应小姐不必介怀，"他说，合眸看她，不动声色却像是洞悉一切，"因为我也是。"

进到餐厅，商邵将西服脱了，自有侍应生接过，周全地挂到衣柜里。

他今天穿的没晚宴那么正式，但仍然低调而考究，白色衬衫妥帖地收入西裤腰线中，一条淡色忍冬纹的领带，法式衬衫的袖口由一枚跟领带同色系的宝石袖扣扣着，腕间的棕色皮质腕表看着很儒雅。

衬衫比西服更能体现一个男人身形的优越，何况是每年由萨维尔街量体裁衣一针一线手工定制的衬衣？更显得他的肩宽而平直，能看到衬衫下肌群微鼓。

"商先生每天也有时间锻炼吗？"应隐心里想什么便问什么，问完才发现，似乎暴露了她的关注点。

商邵何其敏锐的人，勾起唇角笑了笑："多谢你夸我。"

应隐觉得燥热，欲盖弥彰地轻咳了一下。

主厨是从香港某间三星米其林请借过来的，擅长做中法融合料理。两人刚坐定，他就从后厨迎出来，为应隐一一介绍餐牌上的明细讲究。

"我们今天准备的冷盘是白葡萄酒香草青口贝，热前菜是芒果红酒梨煎鹅肝，很独特的风味。汤是爽口的松茸炖竹荪清鸡汤，相信您会喜欢。"

应隐跟着他的介绍一一过目。

"我们一共是八道主菜，主食是黑松露和牛焗饭，甜点我们为您准备了黑巧配菠萝丁，如果您有任何忌口或食材过敏的情况，都请告诉我。"他最后笑了笑，不失礼节的幽默，"毕竟我擅长的拿手菜不止这几道。"

作为明星，应隐出入过太多高级的场合，也接受过礼仪培训，因此并没有局促的感觉，落落大方地表示自己很期待，并告知自己没有忌口。

"根据今天菜单里的食材和口味，我推荐您这六支酒，您可以多款搭配，也可以餐前、肉类主菜、海鲜主菜、餐后甜品各配一支。"

"我选甜起泡。"应隐只选自己钟意的，将餐牌折页合上，"就这样。"

虽然主厨没说什么，但从表情看，他觉得有些遗憾。

甜起泡不能算是正经的佐餐酒，最起码，不是那些到店来举止高雅、谈吐得体、对各种香料头头是道的客人的首选。

商邵搭着腿，脊背松弛而挺地贴靠着餐椅背，先是垂目过了眼餐牌，继而对主厨点点头："就按应小姐的喜好安排。"

　　既然大少爷愿意将就，主厨自然也没话讲。等他退下，俊仪也被康叔带去一旁的包房用餐。

　　偌大的餐厅只剩下两人，唯有苏绣屏风后透出人影绰绰，是一名侍应生在随时听候差遣。

　　甜起泡酒在冰桶里冰镇着，起开后稍醒一会儿便可入口。很轻盈的酒体。

　　商邵待会儿有事，因此只是浅闻了一下，继而笑着轻摇了摇头，说："妹妹仔。"

　　是粤语，应隐不太能听懂，问："什么？"

　　商邵便用普通话重复了一遍："是小女孩的意思。"

　　应隐明白过来，他是在取笑她，笑她钟情的酒是小女生的酒。

　　她一板一眼学他的粤语："妹妹仔。"

　　发音不标准，充满着一个粤语初学者该有的别扭。

　　"好可爱的字。"应隐又默念了两遍，不知道她喃喃自语的模样，落在商邵眼里也是如此。

　　"我还想请教商先生，'官仔骨骨'这四个字怎么念？"应隐客气地问，但谁都听得出她客气里小女生般的雀跃。

　　商邵便用标准的港府粤语为她念了一遍。

　　"真好听。"应隐学着，微微垂首，化着淡妆的眼眸里流光婉转，"官仔骨骨，官仔骨骨。"

　　"应小姐可知这四字是什么意思？"

　　应隐抬起眼眸，气息和声线都轻微："我知道。"

　　商邵两手搭在交叠的膝上，略颔了颔首，请她讲。

　　应隐的目光便越过餐桌，径直地望向他。那一眼很长，似要更正那日婚宴上，人潮中阴错阳差的那一眼。

　　"是清俊儒雅，贵气玉立的意思。"

　　一席晚餐直用到了七点多。

　　俊仪在隔壁餐厅早就吃完了。

　　这时间，她都吃完三顿了，饱了饿，饿了饱，一边握着银匙疯狂吃那个黑松露和牛焗饭，一边凝神听着隔壁的动静。

　　其实听得不太真切，只有隐隐约约的男声、女声，一道清丽，一道沉朗，偶尔有一些会意的笑声。

"快两个小时了。"俊仪掐表,"你说,他们会聊些什么呢?"

林存康摇头,礼貌地说:"这很难讲。"

"你的少爷是个话多的人吗?"

林存康思索,给出了折中的答案:"不是,但今天不同。"又问,"应小姐如何?"

"她对熟人话多,对生人不多,但今天也不同。"

林存康挑了挑眉。

他年近六十,两鬓染上风霜,眼角有明显的细褶,因此虽然言谈举止承袭了那种上流社会的高贵典雅,但俊仪看着他并不是很有距离感。

俊仪看他,有一种亲切感。

她咬着勺子,逮住机会问:"商先生的那个披肩,是什么牌子的?你知道吗?"

明明可以直接给出回答的,但林存康首先问:"程小姐为什么问这个?"

"叫我俊仪咯,'程小姐'很累。"

康叔笑着略点了点头:"好,俊仪为什么问这个?"

"她生日要到了,我想买一条送给她。她很喜欢,爱不释手。我涨了工资。"

康叔发现她是跳跃式的谈天方式,但离奇地能让人听懂前因后果。他遗憾地说:"这个没有牌子。"

"嗯?"俊仪说,"商先生坐这么好的车,竟然也会用没有牌子的东西?"

康叔大笑起来,也不辩驳,只解释:"是用喀什米尔地区一种山羊,在它还很小很小的时候——羔羊时期的毛纺织而成的。"

俊仪问:"再大一点就不行了吗?"

康叔没思考过这个问题,沉吟一会,点点头:"也许对别人是可以的,但对他来说不可以。我的意思是,他也'可以',但他不必'可以'。会不会难懂?"

俊仪点点头:"不难懂,商先生万事不必将就,跟我们普通人不一样。"

"应小姐是明星,不算普通人。"康叔如实说,不算恭维。

"她是普通人,"俊仪一字一句,神情十分认真,有一种固执的憨气,"要将就很多人、很多事,跟商先生不同的。"

她的眼睛觑到走廊上侍应生的身影,心里算了一下是第几番了,笃定地说:"这是最后一道了。"

康叔没有起身的打算,但也留心听着餐厅那侧的动静。

"不知道他们吃完饭会做些什么。"俊仪若有所思，出神地说。

布置着精致鲜花束的餐桌上，餐具已被尽数撤下，换上了崭新的矮脚红酒杯，杯中盛着刚炖煮好的热红酒，肉桂、丁香与甜橙的香气浓郁地交织在一起。

酒酽夜浓。

不知几点，康叔敲了敲门，随后进来，弯下腰在商邵身边附耳低语几句。

应隐听不清，只知道商邵点了点头，轻言一句："知道了，让车子到门口等。"

她低头看一眼腕表，其实不过八点钟光景，却觉得漫长。虽然漫长，但不尽兴。虽不尽兴，也要结束。

透着玻璃，她看见浓郁的夜色中天空是深蓝色的，吹入的风中有香草林的香气。

等他们简短地说完，应隐收回目光，识趣而主动地问："商先生是不是还有事？"

商邵便站起身，点点头，礼数周全："确实。很荣幸应小姐能赏脸跟我一起吃饭，很愉快。我会派人送你和助理回去。"

他没叫侍应生，亲自从衣挂上取下应隐的外套，为她披上："海边风大，小心着凉。"

西服上的女士香水留香持久，他将她领口拢了拢，垂目静看她几秒："雨中山果落，灯下草虫鸣。香水衬你恰如其分，正如这诗的前半句。"

只是这样了吗？

应隐心底一道声音。眼看他转身要走，她心底一紧，蓦然叫住他："商先生！"

商邵顿住，重新回过身："怎么了？"

应隐心里一定，像高高抛出了一枚硬币，等着结果落下。

"商先生是不是忘了什么？"她问，脸上莞尔一笑，落落大方的举止里，藏了此前不曾在他面前展露过的万般风情。

她弯下腰，提起衣帽架底下的一个牛皮纸袋，展开后，取出了里面的暗红色羊绒披肩："该还给你了。"

其实不过一条披肩而已，何至于如此郑重其事，甚至要看着他的眼睛说话。

商邵没接。

应隐勾一勾唇，目光直望不避不闪，还是那种万种风情的笑："商先生不要？我说了，雨中情谊，酒店相救一场，我要感谢你的。"

商邵静了片刻才开口："应小姐，想怎么感谢？"

他的语气波澜不惊，只是那动听的嗓音沉着，带着磁性的颗粒感。

应隐仰起脸，神情是微笑的，心里却有一道微渺又清醒的声音——

她墙角的那一抹野春，就要夭折。

"一个漂亮的女人，所能报答给一个位高权重的男人的，又能是什么呢？"

她以问作答，穿着高跟鞋的脚用力踮起，未着饰物的手搭在他的手臂上，隔着衬衫，手上力气由轻至重，将他的衬衫攥皱在掌心。

闭着眼时，她从舒缓的呼吸中闻到他洁净的、带着热带沉香烟草味的气息。

这些事，她其实做不来的，却为他伪装娴熟。

因为过于紧张，应隐根本没有发现商邵的呼吸屏住了，不知为何，不知何时。

在唇即将贴上他的下巴时，如他说的，雨中山果落——在这一秒，应隐似乎真的听到一枚山果自雨中轻轻地落下。

可是没有得逞。

她没有得逞，腰间蓦然被人一揽，如此用力，如此收紧。

应隐跟跄了一下，本能地跌进他怀里，双手攀住他的双肩。

商邵的声音低哑得厉害："应小姐。"

他沉沉地开口，面色阴晴难辨："你既然已经有男朋友，就不应该逼自己做这种事。还是说……"

应隐还没消化好这句，便见他顿了顿，再开口时染上难得的讥讽："还是说，这种事对你们来说是情趣？"

他的手掌宽厚，折着应隐的腰，滚烫的掌心贴着她的腰窝脊线，让她身体被他传染热意。

"什么？"应隐的目光从迷茫到清醒，继而陷入更深的疑惑，"什么……男朋友？"

商邵蹙眉，仍是垂首看着她，似乎在考究这个女人的脸皮有多厚。

"宋时璋，是这个名字吗？"

她脸上的讶然作不得假。应隐红唇微启，水晶灯下的眼眸清澈，流淌的都是惊诧："他不是……"

辩驳的话只说了一半。

又有什么是或不是的？应隐释然地笑笑，一股随便他的态度。

商邵眸底似有嫌恶和烦躁一闪而过，很淡。

"你可以否认。"

"我可以否认，但是商先生……"应隐的脸渐渐地绯红，语气也轻了下去，"一定要我用这种姿势否认吗？"

她贴着他，彼此呼吸交闻，脸颊几乎能感触到他颈侧的肌肤。

商邵被她问得猝不及防，呼吸连着心跳一起乱了。在凝滞的气息中，他松开手，后撤一步。因为过于干脆，反而失去了平日那股游刃有余。

"对不起。"不管她是什么样的女人，道歉还是要的。

"不必！"应隐匆忙地回应，目光低垂瞥向别处，"是我勾引你在先……"

"……"

"……"

空间和时间都相对静默。

她又说了不合时宜的话。

但她仍施展她的本领，纵使难堪煎熬，仍骄傲而负气，硬是不看他。也因此，她没看到商邵抬起手，脸色莫测地拧了拧领带结。

"我真是小看了应小姐。"他的话听不出语气。

应隐仍然别着脸："不管小看还是高看，反正我不是商先生以为的那种人。"

但这句话是有歧义的。她到底是不如商先生以为的冰清玉洁，还是不如商先生以为的人尽可夫？

"那你以为我是哪种人？"商邵眯眼反问，"看到漂亮女人就大献殷勤，所有行为都只是为了让那个女人主动献身爬我的床？"

应隐沉默以对。

"说话。"

"你可以是。"

"送伞，安排房间，找警察救你，都不过是举手之劳。你放在心上，我很荣幸，但如果你觉得这些举动，是我在暗示你什么，我不知道你是小看了我，还是看轻了你自己。"

应隐抬起眼眸，终于敢再次看向他的双眼："也许这些事情对商先生是举手之劳，对我却很重要。"

"哪一件?"

应隐一字一句:"桩桩件件。"

商邵微怔,再开口时,语气莫名缓了:"应小姐,这世界上爱慕你的人千千万万,你不应该记住一把伞。"

应隐一瞬间觉得啼笑皆非。

"你说得对。"她果然笑起来,明媚、大方。

但她的明媚大方,就像她在社交场上,周旋于所有宾客与上位者之间的笑,那么熟稔,令商邵觉得刺目而烦躁。

"如果你觉得我对你的举手之劳是'很重要的桩桩件件',"他清冷如山雾的眼神半眯,像暗了的天色,"那现在呢?贴上来勾引我的你,是希望自己成功,还是失败?"

如果成功,那些"重要的桩桩件件",将不再重要,因为他无非是又一个宋时璋。

如果失败,他端方正直,她在他眼里不过是个轻浮之女,那些"桩桩件件"所留下的缘分也就断了。

那枚往上抛起的硬币,啪的一声,直直地坠落在应隐的心弦上。

应隐很细微地牵动唇角。其实无论怎么样,她的下场都是输。

这是一个不可能的人,一个不可能的男人,远得像天上的月亮,好与坏,轻薄与端庄,都跟她无关。

"应隐,"商邵第一次叫她的名字,"我没见过谁,会在明知左右都输的情况下,还要做出行动。"

心底的热度一直烧到脸上、烧到眼底。

应隐蓦然眼眶一热,被看穿的羞恼和难堪交织着,她挺直脊背,拿起手拿包:"商先生说得很对,我轻佻又愚蠢,看不清形势,明知一败涂地也要徒劳一场。再会。"

"站住——"

没走出两步的高跟鞋顿住,应隐的身体绷得笔直。她背对着商邵,深吸一口气后才冷冰冰地问:"商先生还有什么事?"

"你还没有说清楚,"商邵慢条斯理道,"你跟那位宋先生,究竟是什么关系?"

商邵问出这句话后,得到的并不是应隐的回复,而是康叔的敲门声。

应隐侧身让了一让,康叔推门进来时,觉察到气氛和站位都不太对,但并未深想,如实汇报道:"车子已经到门口了,是否现在走?"

商邵点点头："现在走。"

应隐酝酿到嘴边的话、涌上心尖的勇气都在这三个字中消散，她礼貌性地对康叔微笑道："有劳。"又转过身去，神色如常地对商邵欠了欠身，"也谢谢商先生今晚的款待。"

说完，不等背后的男人再有所表示，她便挺直肩颈，首先走出了这间美丽的餐室。

俊仪两手交握在身前，看到应隐出来，雀跃着迎上去，如隔三秋般。她也不管商邵，一心只迎接应隐，凑上去小声说："我问啦，那个披肩是用喀什米尔的小羊毛做的。"

应隐心不在焉，只跟她勉强笑笑，其实一个字都没听进去。

俊仪以为她失落，立马安抚她："不怕，虽然听上去很珍贵，可是只要去喀什米尔买两头小羊不就好了吗？"

她这个人，一有点兴奋就会忘记收住音量。商邵听得真切，眉心微蹙，问林存康："她在说什么？"

康叔也听清了，吃惊于她的奇妙思路，忍俊不禁回复道："是那个披肩，她说应小姐爱不释手。"

商邵的脚步忠实地停顿一瞬。

穿过曲折的走廊，玻璃门近在眼前，被海风吹得震荡。门外一前一后停了两台车，当首的是港3迈巴赫，后面则是另一台奔驰商务。

侍应生为他们推开门把手，提醒了一句："小心风。"

哪知那一瞬间的海风灌入，竟然如此惊人？应隐还没来得及反应，披在她肩上的西服瞬间被吹飞。

她条件反射地半转过身，看向风吹向的后方。

那一瞬间，商邵看清了她眼眶的微红。

门廊下悬着的瀑布形水晶吊灯也被吹得震颤，那些晶莹剔透的水晶灯杆彼此碰撞，发出风铃般的脆响。

商邵停下脚步，弯下腰，捡起了落在他身前的那件女款西服。起身时，一句话未说，眼却只看着应隐。

灯影像一泓池水，被吹出涟漪，连同她白色的礼服裙。

从迷茫到恢复镇静，应隐只用了一瞬间。她吩咐俊仪："去谢谢商先生。"

俊仪只小跑了几步就停了下来，因为商先生主动走过来了。他将西服抖落开，再次为应隐披上，神情仍然波澜不惊。

出了门，司机已恭敬地将奔驰车的后车门打开，侍立在一侧。应隐自觉地走向奔驰，正要坐进去时，商邵淡淡地出声："坐副驾驶。"

不仅是应隐，在场所有人都是一愣，疑问写在脸上。

应隐没动，双手紧紧拢着西服，不解地回望他。商邵却已经绕过车身，一手拉开了驾驶座的门："这台车我开。"

康叔咳嗽一声，提醒他："但是你……"

商邵回道："我没喝。"

康叔还有问题："那那边……"

"半小时，让他们等着。"

康叔不再多嘴，从善如流道："好的。"

应隐还不动，商邵看了她一眼："别愣着。"

砰的一声，驾驶座的门被他关上了，车子的引擎也发动了起来。

应隐便只好一手抓着西服衣领，一手提起裙脚，矮身坐了进去。俊仪懵懵懂懂地往后座走，被康叔手疾眼快地拦住。

"嗯？"俊仪瞪大眼睛。

康叔："你坐那个，那个贵。"

"……"

后座门被林存康顺手关上，过了一秒，奔驰车的前灯划破夜幕，优雅而静谧地驶离了众人的视线。

应隐上车后没说话，默默地点开软件输入地址，点击导航。

手机发出智能语音的声音，引得商邵发出冷冷淡淡的一声笑："半小时不够我从你家到下一个地方，我没有说要送你回家。"

"商少爷什么意思？"

吃了一顿饭，从"商先生"变成了"商少爷"。

商邵扶着方向盘，目视前方："你现在不怕我了？叫我商少爷，是会得罪我的。"语气里让人猜不透他的情绪。

应隐抿了一下唇："那又怎么样？"

"不怎么样，只是会在中途赶你下车，把你扔在路边。"

"我不信。"

奔驰车一脚点刹，稳稳地刹住了。商邵侧过脸来看她："下车。"

应隐深呼吸，利索地按开安全带。她要推门而下的瞬间，手腕被商邵一把攥住，继而听到一声"咔"，是车门锁住的声音。

因为是这个男人按下的，所以无端染上了好整以暇的意味。

一股被戏耍的委屈和愤怒交织上涌，应隐眼底更红，倔强地瞪着他："商少爷什么意思？"

"应小姐，你这么骄傲的人，是做不了那种事情的。"

应隐怔住。她的风月在他面前如此不堪审视，被看穿后，那种复杂得连她自己都理不清的情绪，瞬间淹没了所有。

商邵勾起半侧唇角，目光冷静而迫人，语气却轻描淡写："一个做不了那种事的女人，我不会让她爬我的床。你要知道，那方面的愉快，也需要一点天赋。"

应隐张唇呵了一下，表情啼笑皆非，像是觉得十分荒唐。

商邵无声地笑了一笑，倾身过去，为她拉起安全带。

靠得这么近，洁净的香水味交织着来自南美特制的烟草气息，很淡地萦绕在应隐的鼻尖。

应隐的心像浮在夜空的云上。明明人是如此安稳地坐着，一种失重的感觉却紧紧攫住了她。

她看不透他，也落不到实处。

商邵为她扣好了安全带，才抬眸看了她一眼。月色黯淡，让他的眸色深而晦。

他再开口时，口吻平淡，却无端让人觉得可靠："骗你的，我会送你回家。"

奔驰车开了停，停了又开，弄得身后的迈巴赫也跟着停。

俊仪语气笃定地猜测："商先生一定是很久没自己开车了，所以才这么生疏。"

康叔笑了笑："少爷的确很久没自己开车了，尤其是亲自为一位女士开。"

应隐一直看着副驾驶那侧的后视镜。迈巴赫的灯光追随着，但始终保持着远远的距离。

"不用牵挂你的助理，康叔会照顾好她的。"

应隐闻言收回视线，心绪复杂地问："半个小时不够送我回去，你到底想干什么？"

商邵勾了勾唇，下一秒手机贴面，他拨出电话："告诉他们先开始，我一个小时后到。"

应隐："……"

后头开着迈巴赫的康叔也沉默了一下，似乎有些无奈，但还是回道："好的。"

在挂电话前，商邵吩咐："先送程小姐回去，不用跟着我。"

康叔收了线，叹一声气，问俊仪："你有没有房子钥匙？进不进得去门？"

俊仪："啊？"

在下一个路口，奔驰与迈巴赫分道扬镳，一个往左驶出庄园大门，一个往右折返。

应隐刚刚落定的心瞬间又提了起来。她倏然坐直，回头，眼睁睁看着大门擦肩而过："你什么意思？"

商邵的车速慢了下来，一手搭在窗沿："这里的海风很不错，应小姐。"

应隐沉默半天，咬着牙："我没兴趣吹海风，让刚刚那个司机过来。"

"他收工了。"

"你……"应隐噎了一下，"你说过送我回家的。"

"我说的是'会'，而不是现在。"

应隐尖锐地讽刺："商少爷的绅士，看来仅一周有效，我之前的确是高看你了。"

"是吗？"商邵将车在路边缓缓停稳，继而从中控翻出一个白瓷烟盒。盖子被他单指轻巧地撬开，一支烟管和金属火机一起从里面滑了出来。

烟叼在嘴角，商邵偏过头，垂眸点燃。吸了一口后，他才抬起眼，对应隐极淡极冷地一哂："如果你之前真的那么高看我，今天晚上你就不会勾引我，连试一试，赌一赌都不会。"

他一手搭着方向盘，另一手指尖点了点烟灰："说到底，你觉得我对女人来者不拒，有送上门的，对方姿色又过得了眼，就接受。"

应隐没说话。

这男人什么都懂，她没有粉饰的兴致，那不过是自取其辱。

"所以呢，"商邵笑了笑，"其实你还是希望勾引成功的吧。我是带你去酒店套房好，还是说，就近？"

应隐心里一紧："你已经拒绝过我了，不能出尔反尔。"

"我拒绝你，是因为觉得你是宋先生的人。既然你否认，我何乐而不为？"

应隐蓦然觉得口干舌燥："你刚刚说的，这种事也需要天赋……我……我没有天赋。"

"我觉得你有。"商邵云淡风轻地驳了她，"再说了，不试试怎么知道？"

"商先生！"应隐倏然坐直，两只手攥紧手拿包，"请你自重！"

商邵摘下宝石袖扣，将衬衫袖子叠上去，嘴边咬着烟，偏头淡笑："你对我的认识没错，我就是你想的那种人，现在你情我愿，应小姐是要再矜持一下，还是直接进入正题？"

车门还锁着，他的气息也越来越危险。应隐走投无路，唧的一声解开了安全带，继而摘下高跟鞋，紧紧攥着护卫在身前："我警告你，你不要轻举妄动，我真的会……"

她的眼睛瞪得大大的，不敢眨眼，声音也颤抖了。

商邵夹过烟，手搭着椅背，目光自下而上缓慢且考究地扫过应隐："你这样子，怎么当得了别人的金丝雀？没有金丝雀敢啄它的主人。"

他总能一句话点透她的骄傲，而不像别的男人，对此视而不见。

应隐憋了一晚上的难堪、委屈都在此刻伴着惊恐决了堤，成为两行清澈的眼泪。

她眼睛还是瞪得很大，虽几近崩溃两肩颤抖，但斩钉截铁："我错了，对不起，我承认我是在试探你，在自暴自弃，我误会了你、看脏了你，我道歉！我不是真心的，请你放过我，否则我会报警！如果你敢对我动手动脚，我真的会报警……就算身败名裂，你……"

她语无伦次，身体在车厢里退无可退。

不知道是她鱼死网破的威胁生了效，还是对面的男人觉得她扫兴而改了主意，总而言之，车内一时间安静了下来，只有他指尖的烟散发出的烟草味沉静地弥漫着。

过了很久，商邵专注地看着她，唇边的笑与刚才截然不同。

"你知不知道你很自相矛盾。"

原来他真正笑起来是很温柔的。

应隐的身体还发着抖，但捏着高跟鞋的双手显而易见地松弛了一些。她不知道那种温柔是不是她眼泪晕开的错觉。

"你那天在电话里说怕我，是怕我这个人，还是怕我是你想的这种人？"

应隐玉似的鼻尖染上了红，苍白的脸上眼泪滑个不停，不停地摇着头，却是一句话也说不出。

商邵将烟在车载烟灰缸中捻灭，直视着她的双眼，上身慢慢地、坚定地越过中控。

"没事的，你得罪我，我刚刚也骗了你，我们扯平了，好吗？"他低声安抚着她，最终温柔而笃定地接管了她手中的高跟鞋，"交给我，不管是哪一种怕，你都不必担心。"

这句话像一个开关，不知道为什么，应隐"哇"的一声哭了出来，眼泪汹涌，哭得真的像个妹妹仔。

她失控、用力地抓着商邵的衣襟，将额头紧紧贴在他宽阔坚实的肩膀上，因为哭而讲话断断续续："为什么？为什么信我？我还没有……没有告诉你……我和宋时璋的关系……"

商邵垂着眼眸，很无奈地看着她哭到一耸一耸的单薄双肩。

"我听着，"他抬起唇角，"你现在可以亲口告诉我。"

大约是很久没哭过了，以至于应隐觉得自己哭得有些失控。

在这个男人面前哭，一定是丢脸的。因为他们不熟，寥寥数面，勾引失败，一个始终高高在上体面尊贵，一个五次三番狼狈。

要让她不觉得丢脸，比登天还难。

商邵任由她揪着他的衣襟，哭得声嘶力竭几近崩溃，滚烫的眼泪落个不停，将他的衬衫沾湿。

但他始终也没有抱一抱她。

他的安抚是点到为止的，一手握着她那只被拿来当凶器的高跟鞋，另一手抽了纸巾递在应隐眼前。

"你哭得这么厉害，有几分是因为刚刚的我？"他明察秋毫，"看来昨晚的热搜，并不是你所愿。"

应隐抵着他肩膀的额头用力摇了摇，说出口的话却是很文不对题的："商先生还看微博。"

"不叫我商少爷了？"商邵也文不对题地回她。

"……"

也不知道哭了多久，不知道该形容为可爱还是可怜的抽噎声终于淡了下来。

应隐伏在商邵肩头，反复深呼吸两次："我哭好了。"

"嗯。"

"那……可不可以请你闭上眼？"

"怎么？"

"我的眼妆不防水。"应隐的语气是认真的——她是真的把这作为一件事，"哭了这么久，一定花得很难看。"

商邵没有说什么不痛不痒的场面话，而是很干脆地闭上了眼："好了。"

因为剥去了视觉，其余的感官都鲜明了起来。商邵能感觉到应隐揪他衣襟的手由紧变松，渐渐卸了力道。

她的额头也从他肩膀上离开了，发丝擦过他颈侧肌肤的瞬间，带起若有似无的香。

像有一枚小小的果子，从青翠欲滴的雨中落了下去。

商邵心里闪过莫名而突兀的念头，她连洗发水都是用的果香的。

应隐直起上半身坐回去，拉开了与他的距离。海风吹得车窗震颤，她刚才汲取了他那么多温度，此时此刻忽然觉得有些冷。

商邵闭着眼，将手中的女式高跟鞋递过去："先把鞋穿上。"

应隐接过，弯腰套上时，听到商邵淡声提醒："这个不能作为武器，不要太依仗它了。"

应隐面皮发紧，极轻地"嗯"了一声。

商邵眉心皱着说："你这么熟练，是以前遇到过这种危险？"

"没有，"应隐很乖地讲，"是演电影。"

商邵勾起唇，气息中若有似无哼笑了一声。

黑暗中，他大约知道应隐的动作停止了，便问："好了吗？"

应隐心底一紧："没有！"

"我不可能一直闭着眼睛，"商邵漫不经心地问，"你打算怎么办？"

他不知道，应隐的目光此刻正停在他脸上，认认真真地看他，仔细大胆地看他。

他坐姿松弛却优雅，身体朝向副驾驶这侧，一手搭着椅背，一手散漫地扶着方向盘，垂首敛目，唇角勾着些微笑意。

或许是闭上眼的缘故，那种久居高位的压迫感淡了不少，清俊温雅的气质更多地浮了出来。

"商先生平时让人不敢看。"应隐冷不丁说。

"是很丑，让人不忍直视？"

"不，当然不是。"应隐莞尔，"是商先生身居高位，虽然是面对面站着，却像是站得高高的，让人不敢直接看你。"

她的停顿在这一秒显得悬空似的漫长。

"现在闭着眼，我才敢看你。"

商邵读懂了她的潜台词，喉结很细微地咽动，声音却冷了下去："看好了吗？"

"商先生不愿意给人看就算了。"应隐得了便宜还卖乖，垂下眼睫，抽了几张纸巾出来。她小心翼翼地擦去半融的残妆，然后扳下副驾驶的仪容镜，看自己有没有擦净。

她其实没有那么多偶像包袱的，私底下很少化妆。也许是恃靓行凶，她知道她就算素颜也好看。但此时此刻，在这静谧的车厢内，她忽然生出了一些不合时宜的、多余的羞耻心。

应隐深呼吸两次，攥紧了纸巾，道："商先生，我恐怕又要得罪你一次。"

商邵眉心微蹙，还没来得及问她是什么意思，鼻尖便弥漫着那阵雨后山果的香——

她靠近他，柔软纤巧的手指停在他领带上。

商邵身体一僵，沉声低问："你干什么？"

"借你的领带一用。"

"你——"

他条件反射地睁开眼，却又立刻被应隐捂住："商先生不要说话不算数。"

她的掌心温热，贴着商邵的鼻骨，盖着他的眉眼，手腕上点的香水只余尾调，像雨后露浓，径直钻入商邵鼻尖。

他像是真发了火动了怒："荒谬。"

应隐却想，与其被他看到这副鬼样，不如得罪他，惹他不高兴，反正也不是一次两次了。

商邵大人大量，能容忍一个不礼貌的女人，却不代表他会回味一个丑陋狼狈的女人。

漂亮女人的冒犯是有趣，丑女人的冒犯却是大逆不道，男人就是这么现实。

她要他回味她。

"我跟上帝许过愿的，"应隐口吻轻快起来，胡诌道，"我的意中人是个瞎子，这辈子都不会看到我妆花了的样子。反过来如果有谁看到了，那我就先一剑刺瞎他，再逼他娶我。"

商邵："……"

"商先生是高山雪，不能娶我，商先生日理万机，不能是个瞎子，所以商先生无论如何都不能看我。"

商邵深深吸一口气，点点头，像是无语至极，继而一字一句道："应隐，我看你现在的确是哭够了。"

应隐无声地抿起唇笑："怎么会？我恳请商先生大发慈悲，就在我面前做个讲信用的人。"

她的尾音低了下去，玩笑过后是真心的恳求，她轻轻地说："别看。"

那只手迟疑地、试探地从他眼上移开，见他真的守信重诺地闭着眼，才又落回了他的领间。

只是奔驰车车内宽敞，一道中控宽得像天堑，应隐不得不直起身，一膝跪在中控上，整个人越向驾驶座那端，软着腰。

她解男人领带的动作，出奇地灵活。

"我会十二种领带的系法，因为我从小就立志要嫁给有钱人，电视里，有钱人的太太都很会打领带。"

不知道她在得意什么。

商邵的忍耐是有限的。他沉缓着，字字都透着迫人的威慑："我警告你，别想把这个东西蒙我脸上。"

"不敢。"应隐到底知道分寸。

商邵努力压着浑身上下的烦躁，直到她真的解开了他的领带结，将之从颈上轻柔地抽走。

缎面布料间的摩擦，在耳侧极细微地响起，沙沙的，像森林里的下雨声。

他的喉结难以自控地滚了滚，又那么克制，几乎让人发现不了。

不知道她又干了什么。

商邵很少失信于人，但在此时此刻，他睁开了眼，向来波澜不惊的眼内泛起深色的涟漪。

他看到应隐单膝跪在中控上，被裙子包裹住的细腰柔软而舒展地直着，正泰然自若将他的那条忍冬纹领带蒙在眼上。

应隐并没有察觉到他的出尔反尔，直到系好了领带，坐回到了副驾驶后，才说："可以了。"

她坐得很端庄，纤细的脊背贴坐着椅背，脸面向挡风玻璃。

刚刚在商邵身上为非作歹的手，此刻规规矩矩地十指相扣着，交叠搭垂在腿上。

她微垂的后颈，自一字领的礼服裙折出曼妙的弧度，在夜色下泛着瓷白的光。

她像一只垂首静思的天鹅。

商邵将目光冷静地、克制地移开。他蓦然觉得指尖犯痒，很想吸一口尼古丁，但今天的烟已经抽完。

他不愿破戒。

或许是应隐泰然自若的态度太过正常，商邵神色复杂地看了她半晌，最终只能说："应小姐，还真是信任我。"

看不见他的人，只能凭着他洁净的香水味和声音判断远近。应隐听出他始终没有靠近过她一分一毫。

她笑了笑："当然，我已经相信你和宋时璋不是同一种人。"

商邵冷静地问："点解？"

这句粤语应隐还是听得懂的。

"商先生，你太正人君子，愿意相信女人说出口的意愿，就是她真正的意愿。宋时璋却不是，他跟天底下的男人一样，觉得女人的'不要'是'要'。如果我在他面前蒙起领带，他一定不相信我是为了遮丑，而是为了引诱。"

"听上去，他的人品不怎么样。"

应隐笑一声，垂下脸，很了然且宽容的模样："我说了，你是高山雪，不好比的。"

顿了一顿，她的语气倏然振作："我和宋时璋的关系，其实一句话就可以否认，但要说清楚却不简单。我当然可以哭着跟你说，一切都是宋时璋逼我的。但我不能，我怕你当真。"

宋时璋是汤野的朋友。

娱乐圈是个大染缸，但在染缸里，也分靛蓝山青，相同颜色的人玩在一起，自然是有一些共同利益和相通属性的。

这一点，应隐是后来才想明白的。

她之所以后来才想明白，是因为宋时璋所表现出来的模样，和她的老板汤野实在截然不同。

汤野冷酷无情、癖好异常，喜欢同时玩弄人心和身体。但宋时璋不同，他太像个正常人了，恩威并济，风度翩翩，最重要的是，还有稳定、美满的婚姻。

"婚姻在娱乐圈并不是稀缺物，但稳定真实的婚姻却很难得，因为好男人不多，有钱有权的好男人更是凤毛麟角。

"对婚姻的不忠，在我们圈子里，就好像是房间里的大象，大家都知道这个庞然大物的存在，知道它是不正常的，但我们习以为常，假装看不见，反而津津乐道于这头大象的鼻子、皮肤，谈论谁和谁当了短暂的剧组夫妻，谁诱骗了刚入圈的小妹妹。

"所以宋先生的口碑很好，因为确实挖不到什么料。他掌握着资源，给他送女人的当然不少，他都拒绝。"应隐自嘲地笑了笑，"我刚跟你讲我会十二种领带的系法，其实是开玩笑，但圈内人都知道，宋先生的太太是真的会把他领带打得很漂亮，每次有活动，他都会说他今天的领带是他太太打的。"

商邵眉心微蹙："那他为什么离婚了？是因为你？"

其实，他怎么会关心一个宴会上跟他攀谈的不重要角色？婚否，婚变，都不在他了解的兴趣范围内。但应隐选择了这样的开场，商邵便听着，跟着她的故事走。

应隐勾起唇："商先生真的很直接。不是因为我，是突然离的婚。离婚后，宋时璋成了很多人跃跃欲试的对象，有人主动把自己献出去，有人被动被献祭。宋先生有一次找到我的经纪人，跟他说，下个月的慈善之夜，他希望我能当他的女伴。这是我们的开始。

"宋先生是我老板的朋友，人品又有口皆碑。我经纪人是个务实的人，宋时璋递了一杯酒过来，他没道理泼了。所以我就去了。虽然我担心过这件事会对形象有影响，但娱乐媒体其实很懂事的，他们很能分得清什么能写，什么不能写。像这种宴会，虽然有公开红毯，但进了内场，谁是谁的女伴，他们不敢写。所以我也就放心地去了。"

"后来？"

"后来，他'借'我的次数越来越多，圈内的声音当然也越来越响。大家都觉得我是他的人，我也没有否认。商先生，你会不会觉得我咎由自取？"

"你想借他挡一些人。"

应隐怔了怔，轻微笑了一声："你聪明得让人害怕。"

可是，不知道为什么，她并不害怕他的聪明。他的聪明让她放下心、松弛身体，竟觉得安全。

"其实我可以感觉到，宋先生对我的那些情意，可是若有似无，我很难抓住。他从没有真正表达过，只是不停地带我出席场合，当然，暗中也给我安排了一些资源。但我不需要。"

她说"不需要"的时候，有一种天真、顽强的骄傲，唇角孩子气地向上抿起："我是影后，我不缺片子。"

商邵笑了笑，被她敏锐地听到。

"你笑什么？"

"笑我还没有看过你的电影。"

"什么？"应隐一愣，差点就把领带扯了，"怎么可能？我出道了这么多年，拍了八部主角和十几部配角，你，一部也没看过？"

"我很少看电影。"

纵使蒙着眼，应隐的讶异也清晰完整地传递了出来："可是你弟弟是最好的导演，刚刚为华语电影捧回了第二座金棕榈。"

"他有他的志趣，我有我的志趣，互不妨碍。"

"拿了金棕榈的《再见，安吉拉》你也没看过？那里面有我。"

"还没来得及，也许今晚回去后看看，有时间的话。"

"那商先生的志趣是什么呢？"

因为蒙着眼的缘故，应隐并没有看见商邵那一瞬间抬起眼眸时，看向她的目光。

那是一种与他平时截然不同的冰冷和审视，半眯而晦深的眼中，带着深深的怀疑。

这如同森林野兽被别人擅闯领地后，所释放的危险信号。

应隐等了片刻，只听到商邵不动声色地将话题带了回去："偏题了，讲你的宋时璋。"

她怔了一怔，刚刚生动鲜活的神情落了回去。

商先生很有耐心，但对她的"欢迎光临"，只是很小的一道窄缝。

"宋时璋……"应隐忽然不想再这么仔仔细细地讲了。她低垂着脸，听着外头海风浪涌，镇静地玩着手指，"总之，我跟他没有什么关系。"

商邵看穿她的意兴阑珊："你刚才的开头，不像是要'总之'的意思。我以为你要讲一个很长的故事。"

"我跟他没有很长的故事。在外人眼里，他很好，对我也很绅士，所有举止都很得体。他甚至没有……"

后半句低声而含糊，商邵没听清。他眉心微蹙："没有什么？"

"没有商先生刚刚在餐厅里的举动过分。"

商邵："……"

眼前浮起画面，却不是他自己的，而是宋时璋在宴会上带她来敬酒。那日水晶灯盛大明亮，照得她的金裙熠熠生辉，宋时璋的手贴着她的腰侧曲线。

自腰至臀，沙丘般的一笔起伏。

商邵呼吸微窒，下意识觉得是领带束缚。手抬起来时，才想起领带在她眼上。

他只能拿起中控杯架上的山泉水，旋开的动作，有股难以形容的微妙烦躁。

"是你勾引我。"他抿了一口冷沁的水，恢复了淡漠语气。

"商先生推开我，是因为觉得我是宋时璋的人，还是因为，就是想推开我？"应隐问。

商邵语气比刚刚更冷："你觉得呢？"

他说完，应隐只听到一声车门闭合发出的"砰"声，是他从车内离开了。

"喂。"

康叔在半路上接到商邵的电话，察觉出他语气不耐烦。

"安排司机过来。"商邵言简意赅，挂电话前想起了什么，"再带包烟。"

司机过来得很快，不过三五分钟。见了人，先恭敬地把烟奉上。

商邵接过烟盒，垂眸，目光在黑色纸烟壳上停了数秒。近在咫尺的诱惑，他以极强的自控塞了回去。

他临时改变心意："不用了。"

司机自然是他要便给，他不要便收回来，怎么会有一句多问？

不远处停在两人后方的奔驰车，车窗降下了一线。海浪声瞬间清晰了起来，混杂着一阵阵的引擎声和隐约的人声。

应隐大约知道是司机过来了。

他会在这里去往下一个目的地，而她则被新的司机负责送回家。

车窗被敲响，打断了她的心不在焉。

她刚刚被领带束得难受，趁商邵不在便摘了下来，系着的蝴蝶结却犯懒没解，一听到声音，她条件反射便抬起脸。

深色窗外，逆着路灯的光，眼前男人的白色衬衣被海风吹乱。

商邵的一只手掌搭着半降的窗户玻璃，第一眼先看到他的领带堆叠在这女人的颈间，像一条倒系的丝巾，将她的颈项包裹得严实，却更显脆弱。

有没人的手，曾握住她的脖子摩挲流连，迫使她高高地仰起头，像把玩一柄玉色如意。

"要走了吗？"应隐识趣地问。

商邵的目光回到应隐脸上，下一秒，他勾起了唇，目光和声音都匀出一丝漫不经心的玩味。

"应小姐，看光了。"

应隐先瞪大眼睛，再尖叫一声，像躲狗仔一般敏捷地转过脸。

"不丑。"商邵根本不哄她，"但确实也不怎么好看。"

应隐："……"

"我带你去卸妆。"

"嗯？"

"会所里有客房，你需要的一切都有。"

应隐："你刚刚怎么不说？"

商邵轻描淡写，只用两个字打发了她："忘了。"

折返回会所不过五分钟，大约是得了吩咐，侍应生已经安排好了一切用品。

应隐仔仔细细地卸干净妆，自动去雾的水银镜中，倒映出一张沁着水珠、苍白小巧的脸。

她脸上的一切都是小巧的，像古时候皇家御匠的巧工，一股子精致的可爱，但很舒展，不会出现局促的呆感或傻气的茫然，与之相对的脸型轮廓却很立体，下颌线明晰，给人以倔强的感觉。

如此奇异的组合，成就了她的令人过目难忘。

擦干净脸走出房间，商邵就等在走廊上。

感应灯啪地亮了，照亮了应隐脚下的墨绿色厚羊毛地毯，手工编织的尖细春叶枝枝蔓蔓。

应隐想，打个招呼就该结束了。

她此刻好坦然，并不像晚饭时那么不甘。

她微微笑，望了商邵片刻，说："商先生，谢谢你肯让我打扰你这么久，你要迟到了。"

商邵点点头："车在楼下，我陪你下去。"

"你还有一件东西忘了还我。"

"什么？"

"戒指。"

商邵想起来："在那件西服里。"

应隐的心刚刚平静了一些，想，他还想要下一次。便又听到他说："被服务生收起来了，我现在带你去拿。"

脸上的怔色转瞬即逝，应隐落落大方地点头，笑起来："好啊。"

两人一前一后地穿过长廊，进入电梯，下楼。侍应生候着，听商邵问西服，很快便取了过来。

那枚戒指被他收在西服里侧的口袋里，摸出来，祖母绿莹莹浓郁。

商邵还没递出去，应隐已经伸出手，掌心向上摊着，等他让那枚戒指尘埃落定。

"这枚戒指其实就是宋时璋的，虽然他不过问，但要丢了，我还真得咬咬牙才能赔得起。"她望着商邵，未施粉黛的脸，倒映着水晶灯的眼，笑起来像个天真烂漫的小女生。

"等柯老师回来，我一定要跟他们说你帮了我很多。"她最终很舒展、微笑地说，声音甜美，"以后我们四个人再一起聚啊。"

祖母绿的戒指就在商邵指尖，就在应隐掌心上方。

只要松手，他的绿山果就会落下去。

是哪一处森林里，沁人心田的雨似乎要停了。

应隐只等了一秒。下一秒，她的手腕蓦地被商邵扣住。

他的掌好宽，而她的腕却是如此纤细，拢了一圈绰绰有余，以至于大拇指抵住了她的掌根，像挡在了她生命线、事业线和爱情线的出入口。

应隐的一声"嗯"很轻微，尾音上扬，带着轻轻的、似乎委屈的颤抖。除了她自己没有人听见。

"商先生——"

她猝不及防地抬起眼眸。灯光耀眼，但她只知道自己落入了一双沉如雾霭的眼中。

"我带你去一个地方。"

应隐根本猜不透他要带她去什么地方。

她被他拽着手腕，高跟鞋在地毯上跟跟跄跄亦步亦趋。眼前灯影幢幢，她眼底只有他黑头发白衬衣的背影。

门廊处，侍应生和司机都候着，见两人手挽手，也没有表露丝毫意外的迹象，眼观鼻鼻观心的，只内心惊涛骇浪。

"上车。"商邵亲自为她打开车门。

应隐瞪着眼睛，提醒他："商先生，你还有约，你又要迟到了。"

"你不情愿？"商邵深沉地注视她。

问得这么直白，且用了"情愿"两个字，无端加深了这一问的意义，让人不好作答。

"你还没说要去哪里。"应隐给他一个折中的回答。

"先上车再说。"

应隐懂得不要连续三次忤逆一个男人，这是她在这个圈子里领悟到的生存之道。何况眼前的男人，她从未真正想过拒绝他。

她不再多问，听话地坐了进去。珍珠白的缎面长裙顺着她的小腿被微微提起，继而滑下。

商邵一手撑着车门，一手拄着椅背，如此俯身看了她数秒，上身倾斜过去。

呼吸在这一时刻消失，应隐僵着身体，不敢轻举妄动。

下一秒，商邵摘走了她发髻上的碧玉簪。

那是她刚刚洗脸后重新绾起的发髻，簪子一抽，秀发如黑色瀑布般散下，果香弥漫在两人之间。

鬈发掩着应隐惊怔的面容，浓的浓，淡的淡，使她的脸像浸润在泼墨中的明月。

商邵把簪子递回给她："你不方便去公众场合，这样不容易被认出来。"

应隐接过，两人一个握着簪子的这端，一个握着簪子的那端。

商邵没有立刻松手，交接的时间无端变得漫长。

应隐下意识便抬起下巴，迎向他的目光，带着些许懵懂。懵懂不过几秒，她心里莫名一颤，在他居高临下的注视中，眼睫不由自主地垂下。

她那攥着簪尖的掌心潮湿着。

今夜的风不知道为什么这么大，吹得浪高水涌，吹得她呼吸如潮。

身后传来司机问询："邵董，是否现在出发？"

商邵神色如常地松开手，另一手仍拄着椅背，背对着对方回答说："现在出发。"

在关上车门前，他没有再看一眼应隐。

绕过车尾，在另一侧落座后，商邵没有直接说目的地，而是吩咐司机："康叔会给你打电话，你按照他说的走。"

车子还未驶出庄园，康叔的电话便来了，应当不是多复杂的地方，司机没有疑问，只说了声"好的"。

自此以后，车内不再有人说话。

司机时不时从后视镜瞥一眼两人，只见两人端然分坐两侧，中间的中控莫名像一道透明的屏障，彼此心照不宣地不往中间偏颇一分一毫。

应隐反复玩着西服袖口，这是她因为双相障碍*而落下的刻板动作。虽

---

* 又名双相情感障碍，是一种既有躁狂症发作，又有抑郁症发作（典型特征）的常见精神障碍，首次发病可见于任何年龄。

然双相已经得到了有效控制，她已经很久不必去医院复诊，但心里煎熬时，便还是像小孩子一样。

过了片刻，一直闭目养神的男人吩咐："开点音乐。"

"好的。"

司机点开电台，是本地的粤语台，这个时间段，正在播送的是一档深夜即时娱乐时评节目，风格秉承了对岸港媒的刻薄辛辣，很受欢迎。

一连串女声播报响起："被影后抢了重头女主角戏，难怪蔡贝贝杀青片场不惜冷脸示众，现场火气一引即爆。"念完通稿，女主持人一改语气，道，"哎，新鲜出炉的八卦，有意思哦。"

男主持人笑着闲聊道："但是以应隐的咖位，应该不需要抢她的戏？"

司机深知后座的男人对娱乐圈毫无兴趣，下意识便想换到时政台。音频跳跃，换成了字正腔圆的"国际原油价格暴跌"，却听身后一声沉朗而淡漠的命令："上一条。"

粤语声音又出现了。

女主持人："江湖传言蔡贝贝是方导的得意门生，又是方导旗下传奇映画力捧的小花，用收官之作捧学生上位，薪火传承之情也很让人感动哦。坏就坏在这部片子的出品方带着我们影后空降截和，所以才有了蔡贝贝片场黑脸。"

应隐完全听不懂电台内容，只能从两人的主持和背景笑声中，推测到应该是娱乐新闻。

心里不是没有违和感的。商邵连电影都不看，又怎么会关注八卦？但她的心思很快就不在这上面了，因为麦安言给她打了电话。

手机在晚宴包里振动了一下便被她摁断。

应隐随即给他发微信：不方便在这里说。

麦安言打字极快：蔡贝贝发通稿，这两天可能会有些风波，问题不大，你心里有个数。

蔡贝贝能发什么通稿？

应隐打开微博的同时，电台中的热聊也在继续。

男主持人咳嗽两声，八卦的声音意味深长："你说的这个出品方我猜到是谁了，前天半夜空降热搜宣示主权，也是霸道总裁了。"

两人心照不宣，笑得快断气时女主持人暧昧地问："这些真的是可以说的吗？我们的节目不会明天就被封吧？"

"我们的节目难道不就是这么风里雨里走过来的吗？债多了不愁，我们不是八卦的生产者，我们只是在闲聊啦。"

一阵娱乐节目的背景笑声铺天盖地。

"哎哎，我们来打个赌怎么样，假如，我是说假如啊，请对面法务听清楚这个假如——如果我们影后真的嫁了豪门，那是会选择为霸总洗手做羹汤，还是继续拍片？"

"我感觉以宋时璋上一段婚姻的情况看，他估计不怎么接受另一半抛头露面。"

商邵的忍耐到此告罄，他眉头紧锁满脸不耐烦，显然已经到了极度厌烦的程度。

"关了。"

司机冷汗早就下来了，一听见声音，忙不迭关掉。

从后视镜偷瞄时，心里暗自纳罕，这位影后可真是心态良好。

应隐已经在微博上看到了蔡贝贝买的通稿和词条。

词条是"应隐空降"，营销号发文模板统一：

不会吧，应隐昨天杀青离组，蔡贝贝全程黑脸，听说剧组也没有给应隐准备杀青宴，这是什么情况？难道之前说应隐带资空降截和是真的？那蔡贝贝这次也是很惨了……

应隐出道这么多年，光芒耀眼，树敌无数，上至大花下至新小花，左至文艺片演技派，右至流量，男演员女演员，她的粉丝全都撕过。

天下苦应隐粉丝久矣。

从业务方面来说，她没有短板，没有黑料，也没有绯闻，因此过去有关她的黑帖一般也就是嘲讽她是时尚弃儿、时尚资源虐。这次带资截和，虽然离谱，但前有宋时璋半夜空降热搜坐实绯闻，后有蔡贝贝片场合影黑脸照——千载难逢的机会。

营销号评论区和词条广场上，各家粉丝进行了史无前例的热闹团建：

也不意外，不是一心要当老板娘了嘛，演技退步，当然只能带资进组咯。

该说不说，《再见，安吉拉》全片数她拉胯，三十分钟的戏份好意思撕一番压柯屿，丢人丢到戛纳。

笑死，我们双星三奖影后多久颗粒无收了？《再见，安吉拉》国内全员拿奖，就她两手空空，谁尴尬了我不说。

她跟宋时璋，早就隐隐约约有听说了啦。

以她粉丝的战斗力和心高气傲，怎么可能忍气吞声？揪着蔡贝贝的黑料就开始科普：

笑死，应隐用得着去截和一个跟导师未婚先孕咖的戏份？

一个演技片段上电影学院公开课，一个什么末流边缘学科毕业，别来沾边。

一团混战中，粉丝再次成为众矢之的：

不会吧不会吧，影后粉丝怎么造黄谣啊？

蒸煮截和，粉丝给女演员造黄谣，嘻嘻粉随蒸煮。

蔡贝贝单亲妈妈就该被你们这么造黄谣吗？果然恶臭。

这样的骂战，谁都不陌生了。

每一个敲击键盘来回混战的粉丝、应隐、麦安言，都不会得到结果，不会有赢家，也不会有什么真相，吵到最后，每个人都不知道在吵什么，只记得要面红耳赤你死我活。

出道数年，她的生活不过是一种热闹的重复。

应隐放下手机，安抚俊仪，告诉她没事，不要跟别人吵架，随后回复麦安言：你安排就好。

剩余的所有关心，她都没有点进去看。

她想起片场上，南希不合时宜的笑话，以及她跟蔡贝贝相视一笑后疯狂的快门声，想必那个时刻，麦安言就已经猜到了这则通稿，提前预备好应对方案了。

至于粉丝那边的口径，也会有后援会整顿，令行禁止，宛如训练有素的军队。

手机落进小巧的硬壳晚宴包中，发出一声轻而闷的落地声。

她缓过神，抿起唇，对商邵微笑道："刚刚电台里在报什么？听上去好热闹。"

司机扶着方向盘的手一顿，再度从后视镜看她。原来这位影后不懂粤语。

不知为何，他看她的目光多了一丝怜悯。

一直闭目养神的男人睁开了双眼，转过脸，静静地看她，在这一刻骗她："跨年活动的广告。"

应隐毫不怀疑。难怪他刚刚听了片刻。

她深吸一口气，两手紧紧握在一起，双肩随着深呼吸的动作微凹，骨感而单薄。

她望着商邵，唇角上扬的弧度越发甜美："商先生也会有一些跨年的仪式感吗？"

"不多，偶尔。"

应隐点点头："我觉得粤语很好听，可是我学不会。其实我就在平市长大，但周围同学都说普通话。"

商邵察觉出她的话语变多，但没有表现出厌烦，而是问："想学什么？"

应隐怔了一下，笑笑："我只会说点解、靓仔、你港咩嘢？其余的都想学，啊，还有你教我的官仔骨骨。"

商邵也跟着她的话笑了起来，很浅。她说的"你港咩嘢"，有股似乎在埋怨人的生动，是撒娇的语气。

"商先生要带我去哪里？另一件事迟到这么久，真的不要紧吗？"

商邵才告诉她真相，语调平板，轻描淡写："刚刚已经通知他们我不过去了。"

应隐怔然，又开始玩着西服袖口。

"心情不好的话，不必勉强自己大方。"

应隐不知道他是怎么看穿的，只觉得眼眶蓦地一热。泪腺也有惯性，她今晚哭过一场，才会显得特别容易落泪。

但她忍住了，只是湿润着眼眶，低垂着脸，默默微笑着。

这次要去的地方却不远，从庄园出来，沿着滨海公路返回市区，在一片奢侈品街区中停下。

这里是宁市最纸醉金迷的地方，就如纽约的第五大道、巴黎的香榭丽舍，大牌林立，灯牌闪烁，每一扇橱窗都明亮得让人向往。橱窗内的假人模特优雅高挑，衣物昂贵，首饰闪亮，永远微笑，永远光鲜，让人恨不得代替假人模特凝固到橱窗中，凝固出永远的美丽富贵。

已经十点，行人稀少，大部分店铺都已经在闭店清点。

当中一间珠宝店的门口，清场的黑白色警戒线已经拉起，正门口放着三角立牌，写着"Closed（闭店）"，四名男店员分守两侧，正礼貌地拦下想要进去的顾客。

奔驰轿车慢慢停稳，应隐从街景中收回目光，听到商邵说："把口罩戴上。"

应隐从口袋里摸出原来那只黑色口罩，听话地戴上了。她是聪明人，大约猜到了商邵带她来的意思，心已经怦怦跳了起来，却算不上开心，而是忐忑，让她呼吸紧涩发沉。

司机先下车为商邵打开车门，商邵下车后，亲自迎她："别紧张。"

灰色大理石地砖路面上，落下一双纤细的高跟鞋。

见两人走近，原本守着的店员自动分开，店长和所有销售人员都在门厅里等候，微微鞠躬，说"欢迎光临"。

身后听到顾客不明就里的抗议声："你不是说闭店了吗？那他们怎么进去……"

店员机械性地彬彬有礼道："先生，我们确实已经过了营业时间。"

两人进去，警戒线撤离，玻璃门关上，只有"Closed"的牌子留着。

"商先生，很荣幸为您服务。请随我去二楼贵宾室。"店长鞠躬，伸手引路。

"你服务就可以。"

"好的。"

身后的一连串人自动止步了，都猜测着跟商先生一同进来的女人是谁。

"哎，商先生是谁啊？我翻了下名录，没看到啊。"也有销售人员搞不清状况。

"嘘，大中华区直接委派的接待，怎么可能会是我们店的客人？"

"你不知道吗？罗斯差点就亲来了，要不是客人说低调从简，贵宾室死也要摆上两百斤玫瑰。"

几个销售人员都笑了，过了会儿，副店长来通知可以照常下班，不必拘站于此。

"罗斯让我代他向您问好，他是很想过来的，不过怕打扰了您的雅兴。"店长寒暄道。

对于贵宾室，虽然商邵嘱咐过从简，但店员还是在有限的时间内进行了布置。

室内鲜花芬芳扑鼻，混合着淡淡的香芬，他们听闻商先生是英国留洋回来的，投其所好沏了一壶上好的伯爵红茶，佐茶的是荔枝玫瑰蛋糕。

"时间有限，有些简陋，还请您见谅。"店长对两人微笑点头，两手交握在怀间，"您要看的系列，我们已经陈列好了，我们是现在开始，还是先喝点茶？"

应隐靠近商邵一步，微微拉下口罩，侧过脸在商邵耳边问："你做咩嘢？"

商邵忍不住勾起唇："不会讲就不要讲了。"

又对店长说："直接带应小姐去看。"

应隐："……"

"口罩可以摘下。"商邵提醒她。

应隐看了店长一眼，犹犹豫豫的当口，店长已经笑起来："应小姐，请你放心，如果今晚的事你在外面听到了一个字，那除非是我不准备在这行干了。"

她心一定，索性真的摘下口罩，显出慵懒鬓发下一张干干净净的素颜。

商邵将那枚祖母绿戒指交给店长："查一下。"

店长经验丰富，这样的高阶珠宝，她一眼就能讲出来源："这是Valeridge的博物馆系列，很不错的，只比我们的皇室系列低一档。所不同的是，它是致敬复刻，也是新矿，我们的皇室系列不同，是原套未公开图纸，可以说，它的每一张其实都是为女王和王妃设计的。"

她大约已经看出来，今天是应隐说了算，便看着应隐的双眼说，时刻显示出恰到好处的真诚与热烈："皇室系列我们是不公开陈列的，即使是贵宾来，也只能看到 lookbook，您是第一位可以佩戴它的顾客。"

顾不上什么社交尺度了，应隐偷摸拉了下商邵的衣袖。

商邵瞥她一眼，没说话。

应隐眨眼，店长会意过来，主动寻了个借口走开。

"你什么意思？"

她不在乎这个系列那个王妃，只是光听介绍，就觉得心跳要停摆，脑中像有一个计价器，噌噌地直往几千万蹦。

"我很喜欢你这枚戒指。"商邵云淡风轻地说，像是要应隐手里的一颗玻璃糖："等价交换，你不必顾虑。"

应隐蒙了："但这是宋时璋的。"

"你能把它当石头一样扔到我阳台，应该就已经做好了不还的打算。"

"但是……"应隐踟蹰着，抬起下巴轻轻仰望他，"商先生，这么贵重的礼物，我回赠不起。"

"它不贵重，唯独你肯收下它，才会让它变得贵重。"

应隐不知道，第二天，那枚博物馆系列的祖母绿戒指，被林存康放在首饰盒中，礼数周全地送到了宋时璋的家中。

他是不速之客，但宋时璋不敢怠慢。他不仅不敢怠慢，反而受宠若惊。

只是他寒暄的笑容，在看到戒指时，便凝固在了脸上。

他不会认不出，这是被应隐弄丢的那一枚。

他对她可以说是近乎心疼地大方，说不必在意，确实如此。但不代表他可以接受它出现在商邵手上。

康叔一口茶也没喝，微微躬身，显现出英国式的礼貌和疏离："商先生让我给您带句话——戒指，物归原主。人，他护下了。"

俊仪蹲在门口等应隐，直等到了半夜十一点多。见奔驰停下，她顾不上腿麻，一瘸一拐冲上去。

应隐却是一个人从车里下来的。俊仪往车里望："商先生没有送你回来？"

应隐"嗯"了一声，回身对车内司机道谢，随后往门前台阶上走去。走至门前，她仰头望天空中那轮明月。

今天风大，浓云被吹散，月色遥远但明亮。

俊仪作为生活助理，吃住都是和应隐一起的。她知道她喜欢泡澡，便提前去放热水，哗哗水流中，她问："今天晚上商先生带你去干什么了？"

"嗯……购物。"

"啊？"俊仪瞪大眼睛，"他送你礼物？"

"不算，算他送宋时璋的。"

俊仪倒吸一口凉气："他喜欢宋时璋？！"

应隐满脸无语："你还是洗洗睡吧。"

商邵送她的礼物如此贵重，她却一时没有拿出来藏好，也没有反复观赏爱不释手，而是就这样扔在晚宴包中。

直到泡完了澡，吹干了头发，她才束上睡袍，将那个小巧的丝绒戒指盒托在掌心。

她托着，双膝跪在柔软的床上，膝下是高支埃及棉床单，泛着真丝般的光泽，草绿色的，如同春日阳光下涌着浪的长草甸。

俊仪推门进来时，正看到应隐的手掌托得与额心齐高，双眼一眨也不眨地看着那个小方盒子。

"这是什么？"

"一个盒子。"

"我知道是个盒子，盒子里是什么？"

"一道月光。"

"谁送你的？"

"月亮。"

俊仪走到窗边，仰头望望月亮："今天不是满月，等满月时你再让它送一遍。"

应隐翻身仰躺在床上，握着方盒的手贴在心口："不会再有了。月满则亏，我更喜欢这样不圆满。"

主从两个文不对题地聊了半天，俊仪给她铺床："你该睡觉了，明天还要开车回平市。"

应隐问她："热搜下了吗？"

她都懒得自己看。

"下了，麦安言找人放了你跟蔡贝贝一起笑的照片，你俩还对视了，挺真的，粉丝都去控评说你们惺惺相惜，关系好得很，谣言不攻自破。"

应隐略安下心："蔡贝贝没有新动作？"

"她又不能真跳出来说你抢了她的女主角。谁比谁高贵啊，她给导演生孩子，你好歹还什么都没给宋时璋呢。"

俊仪说完，知道自己又讲错话，拍了自己嘴巴一下，继而小心翼翼地偷看应隐的脸色。

应隐笑了笑："你说得对，谁比谁高贵。不过有一点，方导这部片，要不是宋时璋硬要塞，麦安言硬要接，我又没有接片的自主权，我是不会去拍的。方导送到我眼前，我也不要。"

"这是他老人家的收官之作，打磨十年呢。"俊仪一本正经道。

"那又怎么样，中规中矩的商业片而已。他就是想临退休弄个一鸣惊人，让人认可他的商业能力。"

俊仪为她整理好了床铺，撕开了一袋蒸汽眼罩："拍完了，不聊他，睡觉。"

应隐滑进被子里，摸出手机，迟疑片刻，给商邵发短信。

她的措辞十分克制：商先生，向你道晚安。

商邵在她放下手机前回了她：晚安。

俊仪斜眼看得明白，问："你怎么不加他微信？"

"那怎么好打扰——"

俊仪点击发送："我申请好友了。"

"？"应隐从被窝里噌地一下坐直，"你干什么！他堂堂一个董事平时肯定很忙，微信里都是重要公务，怎么可能有空——"

俊仪再看一眼手机："通过了。"

"……"

俊仪把手机递给她看："原来香港号码也可以搜索到微信号的，商先生的微信名叫利奥，头像是一条鲸鱼尾巴。"

应隐："我长眼睛了。"

深蓝的海底，摇曳而过的蓝鲸尾，深邃、冷峻、温柔，令人想起他的双眼。

商邵通过了俊仪的微信号，上面第一条内容是俊仪的自动招呼：你好，我是应隐的助理，俊仪。

商邵居然回她了：你好。

两个字，却无端有纡尊降贵、令人受宠若惊的味道。

俊仪单膝跪到床上，看着应隐在对话框里输入：她今天晚上回来很开心，谢谢你。

俊仪："咦……我不会这么说。"

"那你会说什么？"

"我会说，是商先生送了一道月光给她吗？"

原来她什么都懂。

好险。应隐脸上烧起来，心想，幸好没放任你聊，否则出卖个干净。她理直气壮地扣下手机："借我玩会儿。"

但商邵除了回了她一个"不必客气"，就没有再说话了。应隐不打扰他，点进了他的朋友圈。

他转发的多是金融科技资讯，只偶尔会有一两则私生活，比如云，比如树，比如风，比如海。

也许是觉得不会有人那么有耐心，会在那么多枯燥的资讯中一屏一屏地往下翻，因此商邵并没有设置什么半年可见、一年可见。

应隐不知道自己不知不觉滑了多久，想睡觉的时候，看到一张照片。

那是两个人的背影，在明媚的花园里。草坪辽阔，一望无际，他打横抱着谁，正迈步往前。

那个姑娘身材好娇小啊，束着干脆利落的马尾，两手紧紧圈着他的脖子，将脸埋进他的怀里。

不知道是谁拍的，拍得真好，虽然是背影，但能感觉到他在笑。

原来商先生也是爱过人的。他爱人的时候，是这样的。

总觉得想象不出他笑得很开心的模样。这是自然，因为她没见过他很开心的时候。

应隐锁了屏，翻过身闭起眼睛。

商先生已经三十多岁，又是豪门贵胄，爱过一两个人，交往过一两个人，再正常不过。这有什么。她也喜欢过人的。

她的湖里被扔进了一颗石子，那颗石子直直地沉底，留下的涟漪却是很淡的。

虽然涟漪很淡，但静水之下，是石子下坠带起的汩汩深流。

应隐等着湖面恢复平静，好安稳入睡。

俊仪第二天一早来叫她，叫了三遍才把人从被子里扒拉出来。

"再睡半小时。"她抱住枕头闭着眼。

"不行啊，阿姨会骂我的！"

"不去了！"

"那我打电话告诉阿姨。"

应隐一骨碌从床上坐起来，清醒了："别！"

眼罩被她推上，外头是大晴天，她眯眼打哈欠伸懒腰，眼底一圈淡青色的黑眼圈。

从宁市到平市的车程两小时，俊仪负责开，应隐负责打盹。到了地方，是一处别墅区，能看得出有些年头，红砖房，琉璃瓦，青石板铺满了院子，缝里渗出青苔。门口花盆里沤着肥，一株鸡蛋花的枝朵从院子里斜逸出来。

应隐戴着渔夫帽、黑框镜、大口罩，蒙得严严实实，按门铃时左顾右盼，俊仪给她望风，两人像大白天做贼。

过了会儿，铁门开了，出来一个富贵的妇人。

她的富贵是很浅显易懂的，小香风的外套和牛仔裤，黑色打底衫上，珠圆玉润的珍珠链子绕了三圈，再往上，香奈儿的耳环一左一右别着，一头浅棕色齐颈鬘发，配着法式刘海。

俊仪规矩地问好："阿姨。"

应隐走进去，抱她："妈妈。"

应帆女士售楼小姐出身，在那个遍地是黄金的疯狂地产年代，她是售楼部的美貌招牌，但她并不擅长花言巧语，唯有一双大眼睛看着客人微笑。从香港、澳门来内地炒房的客人，会冲她的笑多买一层楼，顺便问问她："应小姐今晚有没有空？"

应帆女士懂得用美貌变现，但尚没有做好用美貌立足后半辈子的准备，往往答没空。

"迟到了一些，是不是早上贪睡？"她摘下应隐的帽子，摸摸她的头发。

"刚杀青，还没缓过来。"

家里请了保姆，料理应帆的日常，应帆平时只看看书、养养花。别墅区也跳广场舞，只是听着时髦，交谊舞、探戈、拉丁，应帆去了两回，嫌嘈杂不体面，兴味索然地放了舞伴几回鸽子，也就没人请她了。

从灶台里飘出鸡汤的香气清爽扑鼻，应隐没吃早饭，让阿姨给她先盛一碗垫垫肚子。

她倚门而站，碗烫，底下垫一条丝绸帕。应帆白她一眼，笑她没仪态。

"昨天晚上问你热搜的事，你也不理我。"

"我三天两头上热搜，你三天两头问，我回得过来吗？都是无所谓的小事，你白操心。"

"嗯，是三天两头跟那个宋先生上热搜。"应帆话里有话。

应隐倒了胃口，扭头回餐厅，把碗搁下了。

"宋先生前段时间在平市看展，还约着来家里吃了一顿饭。"

应隐猛地扭头："我怎么不知道？"

"他来家里做客，也要通知你？你跟他进展到哪一步，也没有通知我啊。"

应隐一肚子火气："我说了我跟他只是逢场作戏，连手都没牵过！"

"你反应这么大干什么？"应帆莫名其妙，"以前跟你提宋时璋，也没见你反应这么大。怎么，吵架了？"

"我跟他不熟，没有架好吵。"应隐面无表情。

"哎，他那天来，我带他看你小时候住的房间，他听得津津有味。"应帆自顾自地说。

"我小时候住棚户！现在拆了盖亚洲银行了！你带他去亚洲银行大堂参观去！"

应帆没料到她会突然揭旧伤疤，表情一愣，明明惶然心慌，脸却偏偏更冰冷下来。

　　应隐早就有了心理准备，每次回家探亲，亲热不了两句就该夹枪带棒地吵起来。她既觉得应帆可怜，又觉得自己残忍，索性收拾起包，三两步冲上楼梯，砰的一声把门甩上了。

　　她的房间真漂亮。

　　琳琅满目的书，粉色的洋娃娃，堆成小山的公仔，"我们小隐小时候亲手钩的针织裙，学跳舞时留下的影像，发髻梳得高高的，黑色练功服，腿拉得笔直。"

　　但这并非她真正的房间。

『戒指，物归原主。

人，他护下了。』

PRODUCTION

| ROLL | SCENE | SHOT | TAKE |

CHAPTER 第四章 妹妹仔

DATE   CAMERA

HK 3

景别时长	音效	分　镜　图	内容台词

有港来信

她小时候真正待过的地方，是棚户区，在城中村。

蓝色的棚屋绵延连片，她每天从那里穿过暗巷，绕过猪肉档，走过沤着糜烂甜味的水果摊，去上舞蹈课。

应帆牵着她的手，身段优雅从容，下巴微抬，目光从不斜视，旁人看她，像看只不合群的天鹅。

窸窸窣窣的议论声一路随行。

"又带她女儿上舞蹈课呢？"

"真舍得。"

"你懂什么呀，这叫投资。"

"那是，人家跟我们不一样，落难小姐。"

"噗，什么小姐，怕不是哪个不要的二奶？"

但应隐知道她妈妈不是。她是知道她父亲的，生得很好，高大俊朗得能演 TVB 的武生，人也忠厚，唯一的毛病，是贪杯三两，酒品不好。

在全民掘金的年代，一个男人如果上进，忠厚便是品行，如果不上进，忠厚便只是窝囊。

应帆很上进，男人很窝囊。

小时候，应隐并不懂得母亲的傲气。应帆的傲气是自欺欺人的，在这样的弄堂巷子里，一到夏天傍晚，满地都是敞着肚皮剔牙的男人，女人的化纤衬衫吸饱了汗臭味，她的傲气、体面，都显得多余而倔强。

学舞蹈很苦，回家也要练功。同学们在大别墅、大平层敞亮的客厅里练，应帆需要帮她把餐桌椅挪走，练好了，再搬回来。

"你不属于这里，隐隐，把你带到这里，是妈妈没本事，你要出去。"

其实应帆并不是一个没本事的女人。卖楼那么多年，她的提成丰厚，存在银行里一大笔。成婚后，她才知道丈夫老家盖房子欠着钱，给了；剩余的钱做服装生意，赔了。

售楼处请应帆回去，但丈夫不希望美貌的她再抛头露面，尤其是她身边的同事都戴了金戒指，春风得意，正是挑男人的时候。

这个城市总在拆啊建的。有一回应隐下了舞蹈课，在回家的路上看到有处高楼拔地而起，蓝色玻璃楼体如此美丽。

应帆牵着她的手驻足，仰头望了很久，轻轻说："你知道吗？妈妈本来可以在这里有一层楼的。"

"为什么没有了？"应隐问。

"如果有了，那就没有你了呀。"应帆低头冲她笑笑，用温暖的掌心抚她的脸，掌心的薄茧比去年厚。

应隐很久以后才知道，有个富商拿着房产合同请应帆签字，落字无悔，逆风改命。但应帆拒绝了。

不知道是不是为了报复她的心高气傲，富商扭头找了她的同事。近百万元的房子无偿赠予，同事惊呼一声，就这么中了人生的彩票。

富商不算中意应帆的这个同事，好了两年放她自由。这个同事最终移民加拿大，找了小几岁的白人男友，日子过得很富足。

"妈妈年轻时不知好歹。"

应帆偶尔会这么跟她说。

应隐到现在都不知道她的父亲在哪里。两人的婚姻只维持了八年，酗酒和窝囊让他的身材走形眼神浑浊，应帆只当自己投资了一只失败的股票，离婚搬家，干脆利落。

八岁后，应隐没再见过那个男人。她也想念过儿时他下班后给她带车仔面回来的日子，也羡慕过别人有父亲庇佑，但应帆让她不要软弱天真。

陶瓷炖锅里，鸡汤被文火煨到了火候，应帆揭开玻璃盖，用勺子撇了一撇浮沫，问俊仪："她最近过得不开心？"

"宋先生逼得她不开心。"

"她不满意他哪里呢？"

俊仪看她绣满金线的小香风外套："阿姨，你的衣服好漂亮，我很欣赏，可是我更中意自己这件。结婚还不是选衣服呢，怎么能欣赏就行了？要中意才行。"

应帆一边笑一边摇头："你这个话，我年轻时一定为你鼓掌。"

"你年轻时也选中意的，不选欣赏的？"

"我选了中意的，现在才觉得倒不如找欣赏的。"应帆两手在身后撑着流理台，面对俊仪倚站，身段还是很美。"我不想她再走弯路。你知道的，女儿总像年轻时的妈妈，女儿总在走妈妈的老路。"

"但是时代已经变了。"

"不管时代怎么变，女人多有钱多有本事，对于一个女人来说，只要她结婚，就只存在上嫁或下嫁。没有平嫁，平嫁就是下嫁，下嫁就是扶贫喽。不结婚也行，可惜她在娱乐圈，那种地方，她这么漂亮，没人护她，周旋会令她油尽灯枯。"

俊仪冷不丁打了个寒战。

她意识到应帆说的是不对的，怎么不对她却辩驳不了。而应隐如何精疲力竭、用尽全身智慧，她比谁都清楚。

最终她只能不服气地说："阿姨你三观不正，不符合公司给你做的书香门第人设。"

"好笑，我怎么不是书香门第了？"应帆白她一眼，"我十四祖在清朝当大官的。"

她亦嗔亦怒半真半假，说完，跟俊仪相视笑起来，也没注意到应隐在外面听了半晌。

其实她也不恨应帆。在一个女人最美丽的年纪，应帆一个人含辛茹苦地将她带大，打两份工，母女两个日子过得紧巴巴。

应隐赚了钱后，第一次带应帆去北京，应帆在天安门广场上坐了很久。

外婆病重，心心念念想去北京。三千块的团费倒出得起，但旅游团说，老人必须有人同行，那就是六千块。应帆给不了，她还要给应隐交学费。

那天北京的风很大，春寒料峭，沙子太迷眼睛，应帆坐到了日落，代她母亲看够了天安门。

走之前说："一个女儿最大的不孝顺，就是嫁错了人。"

应隐知道她不是说给应隐听的，而是说给自己听的。

饭菜端上桌，丰盛精致，但气氛沉闷，保姆不敢多话，摆了碗筷就回厨房吃自己的去了。

"好了，妈妈盼你杀青五个月，一回来就给我甩脸色。"应帆拉开椅子，软和语气，按着她坐下。

俊仪这会儿有眼色了："阿姨，我们喝点酒吧，她怕水肿，好久没喝啦。"

趁俊仪去拿酒的工夫，应帆握握她的手，手指在她手背指骨上摩挲着，低下头来找她的表情："不生妈妈气了？"

应隐把脸撇开："你这么爱宋时璋，你自己嫁他去。"

应帆"啧"一声，拖腔带调、语重心长："好了，他不打招呼登门做客，难道要我赶他走吗？我得罪他，到头来吃哑巴亏的不还是你？隐隐，你很风光，但你的风光是看天吃饭，粉丝、影迷抬举你。说难听点，雷霆雨露俱是君恩，你当红时，微博还到处都是骂你的，你还谁都不敢得罪，那等你下来的那天呢？你总要下来的，下得漂亮，才是本事。"

俊仪怀里抱着两小坛子酒，回来时，跟怒气冲冲的应隐迎面碰上。

"姐？哎！"

酒坛子差点摔碎了，被俊仪手忙脚乱捞住，另一坛到了应隐手里。她头也不回，俊仪没看到她红红的眼圈。

商邵看见她发过来的短信时，蹙了蹙眉，略表怀疑人生。

应隐问：喝酒吗？

谁大中午喝酒？

今天是周一，是商宇的"员工食堂日"，按例在这一天，他和所有高管都要去食堂用餐。

商宇实业广阔，在全球有上万名员工，一向重视基础福利，所有食堂的餐饮服务都由绮逦酒店集团负责培训管理，质量出品不输星级。

勤德的总裁姓金，正一边陪他排队，一边展现体恤员工的春风般的微笑，时不时寒暄下今天吃什么，一扭头，发现他的顶头上司面无表情眉心微蹙。

演得不到位？

端着餐盘的员工经过队伍末尾，一个个叫着"邵董好"，商邵点头应着，敲字回复应隐：没有中午喝酒的习惯。

过了会儿，应隐发了一条彩信，一个开了封的酒坛子：喝完了。

商邵："……"

虽说是雅致小巧的小酒坛，但少说也有半斤。商邵不确定应隐的酒量，直接问她：醉了吗？

应隐更直接：嗯！

会用感叹号，说明是真醉了。

商邵勾了勾唇，一时难以想象她喝醉的状态。

有微信谈公事，他切出去，回复了一下，再回来时，看到一条新的短信。

应隐：商先生只加我助理微信，却不加我。

她好像又在怪他。

她埋怨起人来无比自然，没理也像拥有三分，埋怨的语气却是很轻的，不是真的怪你，而是某种娇嗔的控诉，控诉你让她受了委屈。

商邵倒不觉得微信和短信有什么区别，左右都是即时通信工具。但沉默一秒，他还是在账号搜索里输入了应隐的手机号。

弹出来账号：隐隐今天不上班。

头像是个比耶手势，不知道为什么，商邵一眼认出来那是她自己的手。

他发送了好友申请，却没被立刻通过。

讲道理，他连给别人名片都是由康叔代劳，加好友这种事，向来只有别人等他，而没有他申请别人。

金总又在活跃气氛，商邵收回心神，大发慈悲地对他颔首笑了一下。只是他笑意不达眼底，眸色深沉，莫名加剧了他身上的低气压。

其他人："……"

要不别笑了……

绿意盎然的院子石阶上，应隐抱着酒坛，被初冬的太阳一晒，几乎要睡着了。身子歪了一下，她才惊醒过来。

短信界面一如刚才，商邵没回她。

其实没什么可委屈的，但她这一上午平白受了太多指责和劝说，情绪早就淹没心口，被酒一酿，酸涩直冲鼻腔，忍不住掉起眼泪。

眼泪落花屏幕，被鸡蛋花树下的碎阳光一晒，直晃人眼。

想问他：商先生做咩不回我？

删了。

商先生你忙。

不妥。

不加微信算了，反正我也不想加。

太失礼了！

她一行字打打删删，过了会儿，眼泪落花的屏幕上出现一行新字：应小姐是睡着了，所以才一直没通过？

应隐止住眼泪，腮上挂满泪水，带着鼻音疑惑地"嗯？"了一声。

风吹花落，栾树的玫红色灯笼果扑簌簌落了她一身，她也没察觉。

排队等餐的队伍实在太长，金总和其他高层都已经在心里打摆，怕这位喜怒不形于色的少东家的耐心告罄。

吃饭时心情不好，下午的汇报恐怕遭殃。

"今天人有点多，可能是因为知道邵董你要过来。"金总解释。

商邵目光都未抬："无妨。"

金总努力克制住了自己想瞄一眼他屏幕的冲动。

聊工作？太久了，不是他那种言简意赅的风格。如果交流内容超过十句一百字，他会选择直接打电话。

聊私事？但又为什么眉头轻蹙，好像是被为难到的模样？

商邵确实有被为难到，因为应隐通过好友后，发了一条语音。

邵董高高在上养尊处优，人生第一间办公室就在中环天际线顶端——

从没有人敢给他发语音。

沉默一息，他勉为其难地决定浪费人生中宝贵的十秒去听一听。

手机贴面，应隐的声音就响在他耳畔："商先生，向你道午安。"

她的声线清丽，但底下微微沉了一层音色，动听且耐听。但商邵此时此刻只关注到另一点。

顿了一顿，他直接拨出电话："怎么哭了？"

没避着人，一旁金总和其他随行高管侧目而视。

搞不懂。

问女人，太冷峻。问家人，太冷淡。问朋友，太郑重其事。

搞不懂。

应隐一边接着他的电话，一边不自觉将外套拉链拉到顶。她攥着银色拉片的手指很用力，指骨泛青。

她在这一刻不知道自己醉没醉，只知道自己的呼吸放轻，听到他声音的那一刻，甜米酒的醺热涌上脸颊，让她眼底一片滚烫。

"商先生怎么知道？"她屏了呼吸。

商邵轻描淡写道："耳朵还没聋。"

"好厉害。"

"……"

商邵确定她醉得不轻，声音不自觉低了下来："心情不好？"

应隐被戳穿心事，鼻音很重地"嗯"了一声。

商邵的一声哼笑若有似无："倒是比清醒的时候诚实。"

应隐听不出他的嘲讽，没头没尾地问："商先生可以抱得起几斤的女孩子？"

商邵被她问得一怔，实在理不顺她的脑回路。

脑中不是没有浮起影像的，但那只是很模糊且转瞬即逝的一帧。

他定了定神，没有正面回答她，而是不动声色地避开："你醉了，应该去睡一觉。"

"商先生，我有没有告诉过你，我很会跳舞？"她的话题扯得更远了。

终于排到窗口，一众高层都请他先。

商邵掌着手机，另一手抬起，无声而散漫地轻挥了挥，请他们先去，自己则退到一旁。

"没有。"

"上一次，陪你跳舞的那个女孩子，你还记得吗？她说你教了她两支舞。"

"不记得。"商邵淡漠地回。

"她叫阮曳，是我公司的后辈。"

"怎么，你要介绍给我？"

高管们取了餐，鱼贯从他身边离开，脸上都是笑容，心里都是费解。

他们的邵董一脸淡漠，看上去意兴阑珊，但他愿意浪费时间闲聊，本身就是一种温柔。

应隐抿了下唇："如果商先生需要的话，也可以。"

她没等到下文，只等到了一声忙音——

电话挂了。

她有些茫然地眨了眨眼，她又惹他不爽了？果然是太子爷，近千万块的戒指说送就送，不爽的电话想挂就挂。

风吹啊吹，栾树花果实落啊落，她伸出手去，接住一朵、两朵、三朵，摊在膝头，捻它们蜷曲的花瓣。

这是短暂的一分钟，却漫长得足够栾树花落尽。

一分钟后，她再度接到商邵的电话。

"对不起，刚刚不小心碰断了。"

商邵很绅士地解释，一手端着餐盘，一手拿着手机，几步路走得从容，但满食堂的员工都在看他。

"以及……"他漫不经心地停顿。此刻身边没人，他低沉念她："应小姐。"

"嗯？"应隐屈膝抱腿，等他下文。

"我中意的人，我自己会主动去认识。"

喝醉了总是嗜睡。应隐一觉睡昏了头，听到窗外鸟鸣声脆，才恍惚睁开了双眼。

应帆酿的甜酒会给她一种很舒服的醉法，醒后并不会头疼，她只觉得睡了酣畅甜美的一觉，一摸手机，四点半。

俊仪大概是听到了她坐起身的动静，敲敲门，得到应允后推门进来。

"喝茶吗？阿姨刚泡了壶红茶，让我把你叫起来呢。"

"我什么时候睡的？"应隐揉脸，接过俊仪递过来的茶。

倒不是红茶，是应帆提前一晚做的冷泡乌龙，里面切了鲜果，应隐喝惯了的，去水肿醒神。

"不知道，找到你时你就已经睡了，"俊仪帮她把纱帘拉开，窗户推满，"歪在台阶上，我都怕你冻到……"

她这边话音没落，猝不及防听到身后一声"噗——"，回头一看，应隐一口茶全喷到了被单上。

俊仪："……"

应隐一手握着杯子一手拿着手机，满眼惊恐一脸茫然："我干了什么？我怎么会有他微信？等等！我怎么还给他发语音了？！"

俊仪迟疑地问："谁？"

应隐没顾得上回她，一脸视死如归地点开语音，再战战兢兢地将手机贴近耳朵。

一声带有醉意的、撒娇的"商先生，向你道午安"。

手机随着尖叫呈抛物线状飞出，落在了呆住的俊仪手中。

应隐紧紧揪住被子蜷起双膝，脸咚的一声埋了进去："呜……"

俊仪张张唇眨眨眼："我去找你的时候，你的电话还没断呢，商先生就在那头。"

"什么？"应隐猛然抬起头，一脸不敢置信，"你说什么？我，跟他，打电话？"

"啊。"俊仪点点头，"我看你睡了，就跟商先生说你睡着了，商先生说他知道，说你刚睡不久。"

应隐的眼珠子瞪得圆得不能再圆，脑中隐约捕捉到一个可能，脸色一白，又是一红："我……我……我……我不会打呼了吧！"

这回俊仪终于拯救了她："没有，不过你头发上掉了好多花，我拍了照，发了朋友圈，商先生看到了。"

"你怎么知道他看到了？"

俊仪一本正经道："他点了赞。"

应隐哀号一声，一脑袋栽在被子上，一声也吭不出来，只知道捶床。

"早就说了，你酒量又没多少，还是少喝为妙，我是没想到你喝完酒居然敢找他。"俊仪完全没安抚她，给她刨了个坑，埋了进去，顺便还用铁锹拍了拍土，"你完啦，万一他封杀你。"

应隐吸吸鼻子，有了要上刀山下火海似的觉悟，手一摊："拿来！"

俊仪把手机放到她掌心。

应隐先点进朋友圈，看了下俊仪拍的照。俊仪拍照的审美是很好的，虽然构图古怪，但有出其不意的美。

画面中，应隐伏在长了青苔的石阶上，枕着臂弯，只露出微末的侧脸。长长的鬓发上零星落了栾树的粉花，光斑细碎，翠叶泼金。

这是俊仪的工作号，能看到的都是圈内人，多半是公司艺人和一些平台的商务、制片、经纪人。

点赞的有几百个，应隐也不知道，自己是怎么在眼花缭乱中，一眼看到商邵那抹深海蓝的。

幸好不丑。

应隐放下第一层心，深深地呼吸几次，做好心理准备，继而拨出商邵的电话。

这是周一下午，商邵当然在开会。瞥见来电显示，他面无表情，修长食指按了下手机侧的电源键，将电话挂断。

过了几秒，他终究还是拿起手机，在微信里回复：五点以后。

现在是四点三十二分，应隐掐着指头过，体会到了什么叫度日如年。

"茶都苦了！"应帆在院子里喊。

"还喝茶，"应隐来回走动，两手绞紧抵着心口，"我都快吐了。"

俊仪火上浇油："你再想想你还有什么地方招惹了他。"

"对对对。"应隐点点手指，"我还没看短信，我看看短信——呜！"她膝盖一软跪到床边，"我请他喝酒，我大中午的请他喝酒，怪他不加我微信不然就可以在视频里跟他云约酒，我还跟他说——干杯……"

俊仪："……"

"他会不会觉得我是疯子？"

俊仪："他会觉得你无所事事，不思进取，喜怒不定，精神分裂，胆大包天，跟昨晚的窈窕淑女判若两人。"

应隐跪趴在床边心灰意冷："谢谢你，成语词典。"

手机振动，她接起，半死不活、有气无力道："哪位……"

"没睡醒？"

应隐心脏一紧，在床边条件反射就是一个立正站好："商先生……"

俊仪看了眼时间，提前了八分钟。她灵光上线，懂事地推开门走了。

应隐转身到窗边："还没到五点。"

她的声音很轻很低，手指不自觉摩挲着擎着手机那只手的腕心。

商邵当然知道还没到五点。

会议提前结束，他一时也没什么十万火急的事，便一个人留在会议室里，将这通允诺出去的电话先打了。

勤德的楼是宁市 CBD 的地标之一，拥有一线江景，过百平方米的大会议室内，商邵站在明亮的落地窗边，一边看着不远处的西江，一边在唇边咬上一支烟。

他这边窗外江面上白色观景游轮游弋而过，应隐那边鸟鸣声落，她听到了一声火机滑动砂轮的摩擦声。

商邵点燃了烟，吸了一口，问应隐："酒醒了？"

"嗯。"应隐顺着他的话解释，"商先生，对不起，我白天打扰你了。"

她这会儿又端庄起来了。

商邵看了眼还不算晚的天色，笑了一声："白天？你是指哪一次？中午，还是现在？"

应隐："……"

商邵掸了掸烟灰，垂目道："哪一次都不算打扰。"

虽然他的语气很淡，但应隐却觉得心脏一紧，一阵陌生的感觉攫住了她，让她觉得脚底一空。

一直没听到她的声音，商邵淡淡地提醒她，"我的下属很快会来找我，你一直不说话的话，我就当你没事了。"

"有事有事。"应隐赶快说，"我白天喝多了，在你面前失态，真的很对不起。不知道我有没有冒犯到商先生……"

"给我发语音，让我等了五分钟才通过好友申请，跟我聊电话睡着。"

应隐紧闭上眼悔不当初，一脸的惨不忍睹。

商邵大约能猜到她的表情，漫不经心地问："不是让你不必怕我？"

"商先生位高权重，怕得罪你是本能，敬重你也是本能。"

"敬重。"商邵重复了这两个字,垂首吁了一口烟,"我不需要你给我这个。"

"那我能给你什么?"应隐不自觉问。

直到商邵轻笑了一声,她才觉到不妥。

她明明不是那个意思……

"应小姐,没有男人会在你这种问法里不想入非非。"

电话另一端的呼吸忽地一轻,是应隐不自觉屏住了呼吸,捏着手机的指骨泛起青白。

她的腕心一阵一阵地发麻。

都已经这样了,她却还鬼使神差不怕死地问:"那商先生呢?"

商邵指尖夹着烟,烟雾缭绕弥漫,模糊了他的脸。

再开口,还是那副淡而听不出情绪的语气。

"我现在就在浮想联翩。"

"我不信。"

商邵不置可否地笑了笑:"为什么不信?"

"你不是那样的人。"

会议室的门被敲响,下属果然来找他了。

商邵将未抽完的半支烟顺手捻灭,最终说:"应小姐,别把我想得太好。"

应隐在家里住了两晚,为避免母女两个相看两厌越聊越嫌,第三天一早,她就明智地收拾行李利落地滚蛋了。

车子驶回坡道,转过拐角,俊仪"咦"一声:"谁的车子?挡道了。"

一台高大的黑色SUV停在路口,正巧堵住了俊仪开进家门口的路。她鸣了两声喇叭,对方没反应,她只好下车,有礼貌地敲敲车窗。

玄色窗子降下,俊仪愣住,干巴巴叫他:"宋总。"

宋时璋坐在车内吸烟,居高临下地看了眼俊仪:"回来了?"

好寻常的寒暄,俊仪脑子一时没了转速,"啊"了一声:"你找我姐吗?"

"先开门吧。"

俊仪小跑回车内,应隐刚一觉转醒,听到她说:"宋时璋怎么来这儿了?肯定从公司那儿知道的。"

电动院门缓缓开启,前面那台SUV驶入,俊仪打转方向盘,慢腾腾地跟在后面。

应隐的眼眸定定地看着宋时璋的车尾，半晌，卸了心气，快快地说："算了，你给他打电话，让他戴口罩。"

俊仪一边把车停稳，一边在电话里跟宋时璋这样讲，对面"嗯"了一声。过了一会儿，他从车上下来时，不仅蒙了口罩，还戴着棒球帽，穿着上也很平易近人，如果站在应隐身边，别人会以为是保镖。

"宋总今天这么配合？"俊仪嘀嘀咕咕，"他还是挺讲排场的，今天好低调。"

宋时璋到了车边，看到车里套着颈枕、蒙着口罩、披散着头发的应隐，一时间笑了一声："你这算是全副武装，还是自暴自弃？"

这确实是他第一次见到如此生活化的应隐。这个女人每次出现时，无不是盛装打扮，即使素颜，也是干净清丽的。

"我不知道宋先生是不是又安排了什么人来拍什么照片。"应隐淡淡地说，"车子是新的，房子也是新的，要是曝光了，我只能怀疑，是不是宋先生给狗仔扔了骨头。"

"你为了有个清静的地方，每次收工，都要先开车去市内公寓演一遍障眼法，再换一辆车开到这里。这么不厌其烦，我怎么敢？"

"宋先生没什么不敢的。"应隐客气地说，重振心神，抬起头对他笑了笑，露出宋时璋熟悉的柔顺的一面。

她还是争不过他，拼尽全力千娇百媚周旋，也不过堪堪自保。

如果宋时璋真要她，怎么办？这个问题她尚有勇气血溅当场，第二个问题却难了——如果宋时璋没要到她，一心要毁了她，怎么办？

阳光晒在挡风玻璃上，花绿的光影，车内很热，应隐蓦地打了个寒战。

宋时璋的传媒集团随便设置一个议题，作为明星和作为女人的应隐，就会同时死亡。

应隐的脑海里随便转出一个，比如"宋时璋婚变疑似因应隐插足"。

一个被指认为小三的女人，无法自证清白。她是没有办法血溅当场的，因为那种毁灭，是一种悄无声息却又如海啸倾覆般的毁灭，天翻地覆，不留生路。

宋时璋把她看得很透。她的通透、坚韧、骄傲，都让她的恐惧变得很美丽，让她的伪装周旋很有戏剧性。

他看她，就像在看一个八音盒里的娃娃，不停地微笑、旋转、被人惊叹美丽，凝固了。

宋时璋承认，没有什么比应隐这样的女人，被永世凝固到玻璃橱窗里更美丽。

"你还在怕我。"他垂眸注视着她，隐约地探究，"为什么？他既然要护你，你应该什么都不用怕。"

应隐的睫毛轻颤了下，从刚刚的心悸中回过神来："谁？"

宋时璋这一次没看穿她的茫然是真是假。他没回答，拉开驾驶座的门："我带你去见一位朋友。"

车子引擎再度发动，他才说："你不用紧张，我不想惹商邵。"

应隐怔了一下，语气不自然地冷了下来："我不知道你在说什么。我跟商先生只是一面之缘。"

宋时璋笑了一笑，心里了然。她果然什么都不知道。

车子开了半小时，到了坐山望海的一片别墅群中，一个美丽的女人接待了他们。

她真的可以称得上是美丽，举手投足赏心悦目，身段极美，双眼含情脉脉的，很温柔地注视着与她讲话的人。见到应隐这样的大明星，倒也没什么讶然，可见往来中多有名流。

应隐不知道宋时璋带她来到底是干什么。他们只是坐着喝喝茶，聊聊天，讲讲电影与趣事，至多不过半小时，就走了。

山道间的柏油路是新修的，车子在花影和树影间滑过，车内静谧无声。

"她是我朋友的一个情妇，养在外面十几年，前两年刚散。清净了几个月，被我另一个朋友接着养了，那个朋友六十八岁，挺有能耐的，让她怀上了，不过还是没方导厉害，质量不行，一个多月胎停了。"

宋时璋点了一支烟，降下点车窗，海边山林中有清爽的风涌入。

"她这个别墅市值六千多万块，她当一辈子的情妇也买不起。家里四个用人伺候她，连马桶都要每天用棉签清理，一日三餐吃的用的，市面上见不到，做医美按摩养身倒是她最小的一笔开支。有一回闲聊，她跟我算过，一个月的生活费差不多是八九十万，不算购物。"

"她眼光很挑，一个月随便刷个一百多万是很正常的。听上去是不是觉得很多？一年也就一千多万，对于世界上百分之九十九的人，这辈子可能都没见过一千万，但对于另外的百分之一，一年一千万消费，算节俭。应隐，你算是见过世面的，这个世界是怎么回事，你应该很清楚。"

应隐莫名觉得齿冷。

她面无表情地问："宋先生想说什么？"

宋时璋一手搭着窗沿，掸掸烟灰："人一旦习惯了那种生活，就不容易出来了。她过这种生活十几年了，你让她拿着自己的钱，住个千八百万的小别墅，养两个用人，一年买个一百多万的香奈儿，交往个什么体院男生或者小偶像，别说过不惯，在店里碰见，以前的朋友们清场待遇，她只能在外面等。街上碰到，她连头都抬不起来。"

应隐看也不看他："那是她的选择，人各有志，宋先生不必教育我。"

宋时璋沉心静气，为她的忤逆和倔强笑了笑："陷在泥坑里的人觉得泥坑里很舒服，躺在云层的人，觉得云上很舒适，只有中间那一部分人，不上不下，向上爬，很辛苦，向下沉，不甘心。我白手起家，从中间爬到上面，人外有人天外有天，商邵，我惹不起，但我想告诉你——"

他回眸瞥了应隐一眼，那一眼是看穿了的、冰冷的一眼："人不下贱也能活。"

"宋先生！"应隐沉冷一声，反复深呼吸，克制着气息里的颤抖，斩钉截铁地说："我说了，我跟商先生没有任何关系。"

"他把你扔了的那枚戒指派人带回给我了，留给我一句话：'戒指，物归原主。人，他护下了。'"宋时璋勾了勾唇，"你不知道这件事，你懂什么意思？你想养一只蝴蝶的时候，你也不用过问那只蝴蝶的意思。一个漂亮纤细的玩物，捏捏翅膀就半死不活的。"

"商先生不会。"应隐倔强地说，太阳光底下，脸色显出难看的白，"他不告诉我，是因为他觉得这是举手之劳，是因为他不想让我为难，让我感激他。"

宋时璋蓦然笑了起来，烟灰扑簌簌地落："应隐，我真是看错了你。我不该带你来见这个人的，她好歹是个聪明人，知道该要什么不该要什么。我该带你去见另一个，她动心，喜欢，爱，只要人，不要钱，但我朋友觉得她是演的。"

大概是觉得有意思，宋时璋越笑越厉害："你知道吗？他觉得她装清纯，其实是想要扶正上位图他全部的财产，所以他现在连人带钱躲得干干净净。"

应隐安安静静地听完。她不是听不出他的讽刺、他的暗示、他嘲笑她的异想天开。

"宋时璋，"她面无表情地叫他，"我再说一次，我跟商先生，只是一面之缘。"

宋时璋敛了笑，轻踩刹车，将车在路边停下。

他在这一刻无比认真："你愿意跟我，我们明天就去领证，你想公开就公开，想隐婚就隐婚，财产不必婚前公证，从此以后在娱乐圈，谁都不能把你怎么样。"

应隐连思考都未思考，只冷冰冰地、木然地问："要是我不愿意呢？"

"那就祝你的情妇之路畅通无阻。"

"他不会。"

宋时璋的笑深沉冰冷，但已经带着胜券在握的意味，刺眼而残忍。

他一字一句地说："他会。"

俊仪刚给自己煮了一碗面，端到靠窗的胡桃木吧台边，还没吃两口，瞥见车子回来了。

她抬腕看了眼小巧精致的女式表，来回两个小时不到，大大出乎她的意料。

俊仪一口面含在嘴里，一边细嚼慢咽，一边透过窗户，看着两人一左一右从车上下来。

道别是很寻常的，她只看到应隐对宋时璋略略颔了颔首，宋时璋也就是勾了勾唇，彼此之间一句话都没多说，便分道扬镳了。

过了会儿，SUV 的引擎在院内响起，轮胎滑过花砖路面，摩擦声顺着坡道远去。

俊仪一把扔下筷子，跑去接应隐："宋时璋带你吃饭了吗？我做了番茄鸡蛋面……"

声音戛然而止。

应隐在玄关的换鞋凳上坐着，正午的太阳升得很高，短短的斜角照不穿门廊，应隐便一半沐浴在强烈的光照下，一半隐没在阴凉的影中。

"你怎么了？他欺负你了？"俊仪的脚步放轻放缓。

应隐像被她的声音惊醒，抬起头来笑了一笑："没有啊。"她语气很振作，一种若无其事的振作，"好困，又饿又困，宋时璋抠死了，饭也不请我吃，喝了一肚子茶水。"

"咦，"俊仪发出嫌弃语气，"他可真无聊。"

"是啊，他可真无聊。"应隐一边说，一边换上居家拖鞋。

她说话的时候才有笑容，不说话的时候，脸上就没有表情，目光沉坠着发呆。

"那你想吃什么？我给你做。"俊仪没发现她的低落，撸起袖子。

"我想先睡一觉。下午开始工作了，你联系下庄缇文，问问她考虑得怎么样，然后把时尚大典和星钻之夜的策划打印出来给我，剩余的时间，我要琢磨栗山老师的试镜，就不用打扰我了。"

俊仪亦步亦趋地跟着她的脚步，一边听一边点头："可是你才休息了四天啊。"

应隐回眸笑了笑："俊仪，还是工作牢靠。"

俊仪还惦记着回去吃面，便没跟上去。应隐一个人上了楼，趴到床上闭上眼睛，脸枕在纤细的臂弯中。

半开的窗户中，风送入花香鸟鸣，让人心神宁静。

应隐静了一会儿，从枕头底下摸出墨黑色的丝绒首饰盒。啪的一下，机括弹开，那枚近千万的戒指镶嵌其中，流光溢彩，熠熠生辉。

她忽然什么都懂了，为什么他不还她戒指，而要买一枚新的、价格更高昂的送给她。因为他要她斩断前缘，干干净净。

什么"戒指，物归原主。人，他护下了"，像某种征用，征用一件瞧得上眼愿意把玩的物件。

还挺符合他们那种人说话做事的风格的，应隐幽默地想。

应隐一骨碌从床上爬坐起来，将戒指套进纤长的无名指，继而举起手，伸开五指，迎着光反复观赏。

这不是月光，这只是一枚戒指，没什么好收藏的，该戴着招摇过市，吃喝拉撒。

她戴着戒指睡了一觉，被庄缇文的电话吵醒。

"应小姐，我接受你的邀约，请问什么时候可以上班？"庄缇文开门见山地问。

"你家人和公司都已经处理好了？"

庄缇文在电话那端笑笑："是的，我已经跟陈总办妥离职手续了。"

本来一个小小的公关专员，既不可能挂在董事办的人事架构下，辞职也不可能受到陈又涵的关照。但应隐没有职场经验，不太了解这种集团大公司的人事框架，因此完全没有生疑。

陈又涵听说她舍了董事办，去给明星当助理，也是有点啼笑皆非："你怎么说服你爸爸的？"

庄缇文歪了下脑袋："反正不感兴趣了就随时回来咯。"

"你又不是商明宝，平时精打细算的小姑娘，让你心血来潮一回也难。"

商明宝是商家最小的千金，大概是这个宇宙中最快乐的人，无忧无虑，一心隐姓埋名式地追星打榜，拿庄缇文跟她比，多少有些跨物种。

"我只是觉得她的邀约很有意思，我感兴趣。"

庄缇文回着，两手撑在办公桌上，边看陈又涵签批她的离职流程，边说："而且我爸那个人你也知道，什么事都听商邵哥哥的。"

"你爸还去问过商邵？"陈又涵抬眸，"他怎么说？"

"没说什么，就是说'可以'。"

陈又涵流露出一丝悠然兴味，但什么也没说，只是笑了笑，闲聊似的问："那天宴会，听说你还帮她拦了回宋时璋？"

"她让我保护她的嘛，"庄缇文忆起这件事，"刚好宋时璋要房卡，我就拦了。好险，他根本不把我当回事，我很努力才拦住的。"

陈又涵点点头："你原来在我这边，做事随心所欲无所谓，现在是给别人当助理，记得收敛低调，凡事从你老板的角度考虑，别帮她得罪人。"

"哇哦。"庄缇文歪头笑笑，"你说的话跟商邵哥哥一模一样。"

"不一样，"陈又涵勾起笑，"我是在教你做事，他是在警告你别给另一个人添麻烦。"

"嗯？"庄缇文没消化，但陈又涵高深莫测，不跟她讲了。

爱马仕黑金用来当公文包尺寸正好，庄缇文一手提着，走得步步生风。穿过 GC 的大办公室，在进电梯前，她跟应隐说："共事愉快，应小姐。"

庄缇文第二天登门入职时，应隐正在天台跟俊仪对戏。

她绑着蓬蓬的丸子头，宽松的大卫衣，宽松的奶白色运动裤，看着像个小姑娘。见人来了，她收工卷起了剧本，将庄缇文上下看一遍。

白衬衫，铅笔裙，五厘米的标准黑色高跟鞋。应隐拧开水瓶喝了一口，笑道："不用这么职业，想穿什么就穿什么。我们有时候行程赶，或者上通告，要站好久，穿高跟鞋受罪。"

庄缇文点头："好。"

"我有空的时候会住这边，忙不过来时，就住市中心公寓。你房子租在哪儿？"

庄缇文早有预备："大学城那边，租金比较便宜。"

"通勤很远吧？"应隐对公共交通不太熟悉。

庄缇文准备周全不慌不忙："三十六站地铁，两条线，一个小时五十五分钟，还可以。"

"太远了！"应隐震撼于她的忍耐力，"你还是跟我们一起住吧。"

庄缇文："……"

"我的工作颠三倒四，你住过来更方便。虽然名义上是助理，但我没有执行经纪，所以你干的其实是经纪人的活儿。"应隐耐心中透着随意，"先试试看，如果不适应，我们再调整。"

庄缇文虽然是香港人，但家人给她在宁市这边买了三百多平方米的大平层，是市中心顶级公寓，拥有回家就能泡上澡、不管天气如何室内始终能精准保持湿度53%的全智能远程家居系统，以及二十四小时贴身管家服务。

她笑容僵硬嘴角抽动，已经开始后悔了。

事情敲定，俊仪热情地带她去房间："你看，是不是很大？我跟你说，这个床超级舒服的！"

庄缇文看了一眼，没有独立浴缸。她的泡澡生活结束了，以后要过上兢兢业业装穷、休假时开六星级顶套报复性消费的生活了！

俊仪一走，她趴到床上发微信控诉商邵：都怪你，我好好的房子没了，要跟人过群居生活。

林立的繁华玻璃大楼间，迈巴赫平稳疾驶而过，留下一道优雅的黑色影像。

坐在后座的商邵，一通电话正好讲到了尾声。

"宁市这边有联系，但我暂时没空去见。"他笑了笑，语气透着前所未有的温柔，"别操心我，有空还是关心一下陆陆在喜马拉雅那边有没有高原反应。"

对面不知道说了句什么，商邵思索了片刻："联姻的事暂时不考虑。"他勾了勾唇，语气很淡，"你告诉商檠业，到宁市已经是我最大的让步，干涉我的婚事，免谈。"

林存康忍不住从后视镜里看了他一眼。

这两年来，父子关系急剧恶化，他从小看着长大的人，已经远没有了最初的温柔谦和。

挂了电话，车里明显低气压。商邵闭上眼，微蹙的眉心压着烦躁。

"夫人其实也难做，她帮你物色的姑娘，品性、样貌、家世都不会有错的。"林存康劝道，"不如抽时间见见？"

商邵抽出一支烟，搭着中控的手揉了揉太阳穴，闭着眼时，眼睫在眼底投下一片淡青的阴影。

他实在是累极倦极了，抽了一阵烟后，才说："你知道我没有时间。"

康叔自然比谁都知道他的忙，团队、合作、开发、市场，所有都是新的，都需要磨合，反复地开会、敲定又推翻，一江之隔，两地的办事风格截然不同，极大地抬高了沟通成本。加上初来乍到，有太多的人和事，只有他这个级别的才能对谈，于是整日不是在高尔夫球场，就是在饭局酒会，左右都是应酬。

林存康笑笑，调侃："吃顿晚饭的工夫，再不济，喝杯下午茶也是可以的。你跟那个应小姐一顿饭吃了七个小时，那时候怎么有空？"

他虽然名义上是管家，但其实更是长辈和家人，商邵自十岁去英国留学后，就是他陪在身边照顾一切，两人感情深厚，没什么不能聊的。

商邵一支烟抽了近半，闻言，在一片焦头烂额中，无声地勾了勾唇。

他点开手机，刚好看到庄缇文发过来的微信。

表妹都如此控诉了，他却对她的痛苦完全视而不见，只问：她怎么样？

庄缇文回得牛头不对马嘴：人挺好的，很平易近人。

商邵打了一行字：没问你这个。他想想又删了。

他同意庄缇文去给应隐当助理，其实只是看出了缇文自己跃跃欲试，加上应隐确实需要这样一个人。

把聪明人留在身边是很危险的，前提是要值得信任。相对于应隐那些未知的备选者来说，缇文的可信度胜过一切。

但商邵并没打算让缇文知道他和应隐的这一点交往。

他点开应隐的微信，看到她的微信名已经改成了"隐隐接下来都上班"。

"跟应小姐吃饭是什么时候？"

康叔冷不丁听到他问。

"五天前。"

商邵不置可否，只是搭在腿间的手指轻点了点，眉心蹙着，似乎不悦。

算一算，两人上一次有联络也已经是四天前。自从那次醉酒以后，应隐就没再找过他。

应隐打算从此以后都不找他，就当她不知好歹，受了他的恩惠装傻，生命里永永远远承了他的情，欠了他的义。

她这几天都在磨栗山的一部献礼片，邀请她饰演的角色，是一位著名革命者。试戏片段有两段。一段是登高演讲，五百多字的台词半文半白，难度很大。另一段是在乡下隐姓埋名躲避追捕时，写信给丈夫，要求念出独白。

庄缇文跟俊仪交接了工作，要跟商务，还要与新合作的造型室对接下个月两场活动的着装品牌，同时杂志那边也在预约明年开季封的拍摄企划档期。

她没做过这样散漫的工作，每天就是搬着笔记本到天台上晒太阳，偶尔抬头听一听应隐试戏，心里也会刮过一阵闪电般的触动。

原来精巧如花瓶般的她，演戏的时候，身体里的能量竟如山洪般。

吃饭也是一起吃的，由俊仪一手准备。缇文发现她手艺很不错，以往她下了班，都是叫酒店送餐，吃惯了毫无灵魂的酒店餐饮，味蕾彻底被俊仪唤起对烟火气的渴望。

应隐吃饭也喜欢在院子里，有时候花会落进盘子里。阳光很盛，缇文不是第一次被她那枚戒指晃到眼睛。

她对这枚戒指的不珍惜程度，几乎让缇文以为这是假的。

但她不可能看走眼，这是货真价实的蓝宝石，一克拉的钻石在旁边被衬得如小沙砾。

这刷新了缇文对内地影星赚钱程度的想象。因为她知道，别说她了，就算是商明宝想买这一枚，也得跟家里打报告的。

"隐隐姐，这个戒指可不可以借我戴一下？"还是俊仪胆子大，咬着筷子尖眨眨眼笑着问。

"好啊。"应隐毫不在乎地应了，直接摘下扔给她。俊仪双手并拢接住，吓得心脏骤停："别扔啊！我腿都软了！"

应隐瞥她一眼："出息。"

俊仪手指比她粗，被卡在了第二节指节。

"谁送你的？"她对着阳光看，"如果我一直用它聚焦阳光，再折射给落叶，落叶堆会自燃吗？"

庄缇文："……"

喂，尊重一下啊。

应隐说："我自己买的。"

"骗人，你对自己小气死了，买个莫桑钻还差不多。"俊仪哼哼一声，"我知道，是商先生送的。"

"噗——"缇文一口冰水直喷了出来。

剩下两人都看她，俊仪问："你这么激动干什么？"

缇文深吸一口气："我我我……"她机智地转移话题，"商先生是哪个？邵董吗？"

"不是。"应隐冷淡地截住她的话头。

俊仪有些奇怪地望她一眼，倾身向缇文："你也知道他？"

缇文刚刚呛了一口，十分失态，因此此刻便有些做贼心虚："嗯……知道一些。"

"他人好吗？"

"他人……挺好的。"缇文尴尬地说。

她怕他！商家没人敢跟他造次，敬重到这个程度，根本不是人好不好的问题，是撒个娇要个礼物心里都要打半天摆的问题！

"他有没有女朋友？"

应隐斜了缇文一眼，又收回目光，散漫地夹着菜。

"没有吧……以前有过。"

应隐把糖渍西红柿放进嘴里，抿着嘴细嚼慢咽，脸色淡然。

"漂亮吗？"俊仪还问。

"我没见过。"

这是实话，缇文摇摇头："商先生上一任是很神秘的，分开得也很不愉快。"

"那他岂不是念念不忘。"俊仪真会聊天。

啪。应隐放下筷子，面无表情。

"嗯？你吃好啦？"俊仪问，"这是你最后一次吃糖渍西红柿了，接下来要戒糖断碳水了。"

应隐忍了三秒，重新捡起筷子吃她最爱的西红柿，莫名有股忍辱负重的味道。

缇文笑了笑，没有回答俊仪超越界限的问题。

"哎，那……商先生……"俊仪将手拢在嘴边，小声缓慢，"他会不会包养女明星……"又飞快补充，"男的也行。"她补充完，端端正正地坐好，两手放平，十分期待。

缇文内心隐隐崩溃。拜托，她为什么要坐在这里跟别人聊她超级禁欲的表哥的私生活！

缇文咳嗽两声："我想，应该是不会的。"

谁知应隐冷冷地哼了一声，似乎是讽笑。

知人知面不知心，恋爱脑的小姑娘，怎么看得穿男人的伪装？

她咽下甜蜜蜜的西红柿，冷面道："不要因为他很有钱，就对他有盲目的崇拜和滤镜。男人都一样，没有一个男人是好东西，尤其是看上去越温柔、越谦逊、越内敛、越正经的男人，就越是会装。你怎么知道他不会？他会，只是不让你知道，而且稳坐钓鱼台，不跟你商量，不跟你打招呼，玩一个公平交易、你情我愿、愿者上钩、欠恩还情、天经地义。"

俊仪、缇文："……"

两人嘴巴微张四眼茫然，应隐深吸一口气，啪一下按下筷子："我没有针对他，我跟他不熟，我的意思是，有钱男人都是垃圾。"

缇文按了按额角。

应隐耳提面命："不要对有钱男人有滤镜，明白吗？不听姐姐言，吃亏在眼前。"

俊仪愣愣地点两下头："嗯嗯。"

下一秒，姐姐的手机振动了两下。

应隐斜眼一看，私人手机，一条未读短信。

"肯定是应帆，"她点亮屏幕，"只有她敢在我上班的时候打扰我——"

她噤声了，心跳漏了一拍，薄薄的白瓷般的脸皮上渐渐泛出一层红。

刚刚被她破口大骂的男人叫她：应小姐。

咚的一声，应隐把手机倒扣。

俊仪看看西红柿，看看她的脸，疑惑地说："你西红柿过敏了？"

应隐两手捂住脸："没有，是个……是个'私生粉'！"

俊仪大惊失色："快删掉！脏东西快删掉！"

应隐站起身，拿起手机，声音无端小了下去："我……我去下洗手间。"

不对。

她把手机扔给俊仪："帮我关机——不许偷看。"

俊仪自然是听话的，长按电源键唤出关机按钮，右滑，屏幕黑了下来。

应隐走远，缇文喝着水，关切地问："平时经常有'私生粉'骚扰她吗？"

"也没有经常，上一次是商先生。"

"噗——咳咳咳！"

缇文擦擦嘴。她就不该喝水……

俊仪满脸担忧："缇文，你是不是有什么颞下颌关节紊乱综合征啊？"

"不，我没有。"缇文抬了下手，表示此事休要再提，同时严肃地问，"你说的商先生，是不是商邵？"

"是的啊，上次我误会他是'私生粉'，把他大骂了一通，他好好笑，还以为是给他发的求救短信，带着一大堆保镖来救她。"

"其实不能怪他，因为他弟弟商陆小时候被保姆绑架过，所以他心里一直有那一根弦的。"缇文善意体贴地解释，心里却默默地想，怎么办，她会不会被表哥暗杀……

两人等了半天，等到风吹凉了米饭，太阳晒热了冰水，也没等回应隐。上楼一看，刚刚说要去洗手间的人，正在跑步机上跑得起劲，秋爽的天，她大汗淋漓。

跑了十公里，应隐才降低配速改成慢走，汗水顺着面颊一滴接一滴往下淌，她抬手抹抹脸，气喘吁吁，感觉体内的情绪随着汗水被排空。

洗过澡，她找俊仪要回了手机。逼近极限后的身体陷入疲乏，她心脏跳得比八十岁老太太还慢，不会再对他产生不必要的幻想。

她不会因为一条短短的、没有任何意义的"应小姐"，就独自陷入兵荒马乱。

手机开机，切回微信，商邵只发过刚刚那一条。

他果然是八风不动，举重若轻，连找女人都只是淡淡地先叫她一声，不说事，不谈情，进退都掌握着主动。

她不想落下风，不想每次都被他如此轻易地拿捏住。心一定，她直接拨出电话。

商邵隔了三秒才决定接起："喂。"

没有叫"应小姐"，说明他身边有人。

应隐气息平稳："商先生，对不起，我刚刚在午休，你找我有事？"

她的语气冷淡了许多，商邵不是听不出来。不再有之前那种撩人心弦的、恰到好处的敬畏，也不再放低声音，而是十分寻常利落的，略带着公事公办的意味。

对面的女人默默地等着他打完这通电话。

原本应该直接按断，但他接了，面对一位初次见面的女士，已经算是失礼。

商邵只能简短地说："不是什么重要的事，原本想找你要个签名，等改天你方便时再说。"

应隐也听出他的冷淡、公事公办。

怔了一下，她"嗯"一声，没话了，说："好的，拜拜。"

过了一下午，应隐听说了缇文朋友圈的八卦，才知道原来他是在……相亲。

他这样不缺女人的人，居然也要相亲。应隐一时之间感到啼笑皆非。是因为挑女朋友或情妇只需要合眼缘心意，而挑结婚对象却是要慎而重之，相中后，珍而重之吗？

缇文并不是主动分享这条消息的，是在刷朋友圈的时候，恰好被俊仪看到了。

商邵穿着白衬衣黑西裤，也许是因为不是正式约会，所以没系领带，又也许是因为户外天气好，因而袖子也卷了上去，露出一截手臂，青色静脉显得他手臂结实而性感。

他甚至还戴了眼镜，银色的边框，正低头看着手机，面前方桌上摆着咖啡杯碟。

俊仪"哇哦"了一声："商先生！你朋友圈怎么会有商先生？"

照片上的配文可谓十分直白了：出来相亲，姐妹们冲吗？冲扣 1 不冲扣 2！

缇文怎么回答？

这是她在英国女校的同学、闺蜜，非常美丽，非常开放，非常喜欢商邵这一款。

她木着脸，不用猜了，这绝对是偷拍的，而且分组可见，多半只有她们几个闺蜜才看得到。

"嗯……"缇文绞尽脑汁，"这是……以前在董事办接待过的一个富家千金！是她发的……"

俊仪不疑有他，点开照片看了又看："商先生今天相亲哦？果然打扮得不一样呢。"

下面有人问是谁，闺蜜回：不能说，超级大佬。

应隐背对她们站着，手里的剧本卷得很紧，那背得烂熟的五百多字半文言文，忽然之间被忘得一干二净了。

她一时没声，俊仪也没觉得奇怪，只当她累了，给她倒了冷泡乌龙茶。

"商先生不西装革履的时候，好像更有气质。"

应隐握紧了玻璃杯，笑笑："你干吗这么惦记他？他都去相亲了。"

"八卦一下。"俊仪放下冷泡壶，扭头问缇文，"这个千金你熟吗，漂亮吗？"

应隐的笑僵在脸上，天衣无缝。

缇文耸了下肩，点点头，用很随意的语气说："嗯，漂亮，跟商先生应该还算聊得来？都是学哲学的，商先生在剑桥，她在伦敦。"

"你对商先生好了解，连他在哪里上学都知道。不过为什么是哲学，而不是念什么商科管理？"

缇文笑了笑："董事办当然要了解合作伙伴的基本信息。像他这样的出身，一般都是念哲学、文学或者其他古典的人文类学科的，那里面都是世家公子，或者是老欧洲继承财富，继承姓氏和爵位的人。商科金融经济的话……"缇文摇摇头，"从不在他们的考虑范围内，因为太过实用而不够经典。"

俊仪若有所思："因为他们的人生才有余地去钻研不实用的东西。"

缇文对她肃然起敬："你说得很对，就是这样，这本身就是一种贵族的象征。"又笑道，"不过商先生不一样，他还修了法律和金融。他对自己想要的还是很清楚的。"

俊仪想到了什么，十分想笑："那你说，他们相亲的时候难道聊哲学吗？"

缇文也噗的一声笑起来，唯有应隐没笑。

她想起刚刚两人的那通电话。

她打扰了他的相亲。那么为什么，相亲的时候还要给她发微信呢？

啊，是为了要签名。给谁要签名？

一个接一个的问题，不知道是追问着真相，还是追问着她的心脏，让它一阵一阵发着紧。

他相亲的时候，为相亲对象要她的签名，顺手的，当场的。也许他笑着说："你喜欢应隐？我跟她还算熟。"

电话响起时，应隐看着来电显示，知道自己没有挂断拒接的立场。

别太奇怪了。别太自以为是了。

她越过两个助理的身侧："我出去接个电话，晚饭就不吃了，你们自己准备吧。"

进了房间，她接起，笑容满面，语调昂扬："商先生，一直在等你电话。"

商邵拿下手机，皱着眉看了眼通话名，确实是应隐无疑。

他站在户外吸烟区，指尖夹着烟。这已经是他今天的最后一支烟，因为这场相亲实在让他筋疲力尽，不得不靠抽烟来驱散烦躁。

"遇到什么事了？"他吁了口烟，缓声问。

不知道是烟的缘故，还是她的声音，他的烦躁确实在消退。

"没有啊，为什么这么问？"应隐勾着唇笑，还是很充沛的情绪。

"应隐。"商邵叫了声她的名字，眯了眯眼，周身气息沉了下来，"不要在不高兴的时候假装高兴。"

"商先生也许是太多疑了，我今天过得很普通，谈不上什么高兴不高兴。对了，你说要我的签名，要 To 签吗？写什么呢？我等下就写好找人送给你。"

商邵想了想："To 雯郡小朋友，人名这两个字我微信发给你，内容随便。"

听到他叫别人小朋友，应隐的眼泪几乎落下来。这是极不讲道理的，她不知道今天的她为什么这么不讲道理。

挂电话前，商邵再度确认了一遍："真的没事？"

应隐用力抿着唇，"嗯"了一声。

断了通话，她在书桌里翻箱倒柜，找出很多自己的写真明信片，一张张挑过去，太奇怪了，怎么能送写真？她最终找了幅自己的电影剧照，用相片纸打印了出来，签上：

To 雯郡小朋友：

眼泪掉了下来，晕开了马克笔的墨，只好重来。

To 雯郡小朋友：祝你天天开心，甜蜜美满。

写完，她把马克笔扔掉，伏在窗边深呼吸。

她不对劲，一定是入了电影的戏，那个角色不是在乡下写信给丈夫吗？念白字字深情，她入了戏，失了神。

怕商邵有什么意见，或者有更亲密更想写的祝福，应隐把明信片拍照发给他：这样可以吗？

商邵确实是不喜欢打字，发了语音过来，带着明显的笑意："祝一个八岁小朋友甜蜜美满，是不是有点太夸张了，妹妹仔？"

应隐：八岁？

手机又振动，这回是语音通话申请了。

应隐慌乱接起，商邵在那边解释："是我合作方的女儿，说她喜欢你很多作品，原本想让我托商陆找你的，既然我们认识，那我就直接问你要了，希望你不要觉得唐突。"

应隐："……"

"怎么不说话？"

"嗯。"

"你是怎么想到给一个小朋友写'甜蜜美满'的？"他不得不承认，这四个字真是把他从这场漫长的相亲中解救了出来，让他简直忍不住想笑。

"我……"应隐含糊其词，"我以为是你一个女性朋友……"

"我什么女性朋友，会叫她小朋友？"商邵沉着声，但语气似乎有些意味深长。

应隐不吭声，商邵明明懂得，却装成恍然大悟，压低了声，缓缓揭晓谜底问："女朋友？"

应隐狡辩："我没有这个意思，你还叫我妹妹仔。"

商邵在电话那端一声轻笑。

应隐脚底开始发软，硬着头皮解释："我的意思是你都叫我妹妹仔，所以我也不会把你的小朋友误认为是女朋友……"

商邵"嗯"一声，听出她的鼻音："你哭了？"

"我没有。"应隐面皮滚烫，干巴巴的眼泪让她的脸像发了烧，"我在练习试镜，是场悲情戏，我……我入戏了，让你见笑了。"

"所以，"商邵顿了顿，"这几天没有喝醉，是因为'隐隐接下来都上班'？"

应隐只觉得轰的一声，身体里紧绷的力量山洪般决堤泄了，她从头软到脚，从里软到外，捂着手机，在房间里脚步虚浮地转圈："那个名字……虽然幼稚但是很好用……我的意思是它一目了然……"

商邵脸上笑意扩大，终究忍不住，垂下脸，很难得地笑出了声。

"确实挺一目了然。"

再度挂掉电话，应隐拿拳敲自己的额头。

"让你入戏，让你入戏，让你入戏！"

她沮丧得要命，心里却野草吹又生。

商先生不是那种人，为什么要听宋时璋的鬼话？

但他帮了她，说"人，他护下了"。

她不知道，她的家里住进了一个小卧底，正体贴地问商邵：邵哥哥，你相亲的照片被应隐和助理看到了，要不要我旁敲侧击一下，让她们不要对外传？

按原本安排，喝完下午茶，该顺理成章吃顿晚饭的，这是商家主母温有宜对他的殷切期盼。但看到这条微信后，商邵收了手机，在一秒间做好了决定。

回到桌边时，他彬彬有礼地遗憾致歉："苏小姐，很抱歉，临时有事，先失陪了，感谢你下午的宝贵时间。"

这太疏离了，简直像在通知面试失败。与他相亲的苏小姐心里一沉，但还是问："我们还没来得及加微信呢。"

"我没有用微信的习惯，有事你可以联系康叔，他一般都在我身边，会及时帮你传达。"说完，他取下餐巾，问服务生要了笔，写下一串康叔的电话，绅士地颔首道，"请惠存，告辞。"

苏小姐："……"

他下午明明还挺有耐心的……

康叔意外地提前等到了人，长吁短叹已经揶揄上了："喝了这么久的茶，还以为你中意，现在又走，看来还是不中意。"

商邵一上车就把腕表摘了，沉沉舒了口气："饶了我。"

康叔很了解他："但以你的风格，既然去了，再难熬也不至于提前走，怎么，公司有事？"

迈巴赫已经驶出酒店的地下车库，驶上街道。

十一月份的天，不过五点，暮色便已开始四合，华灯初上，灯影与晚秋天幕的深蓝交织，流转于后座男人的眼底。

他眼神明明清绝，却偏偏又有浓如山雾般的捉摸不透。

半晌，康叔听到他吩咐："去应隐家。"

康叔没有多问，在系统里点出导航历史记录，语音提示全程二十六公里，因为是工作日晚高峰，需用时一个多小时。

康叔想提醒他，这个时候过去正是饭点，对于一对半生不熟的男女来说，可能会有些唐突，并给对方带来一些"要不要留他吃饭"的困扰。但他转念一想，商邵做事向来四平八稳、周到缜密，应当不需要他这个老人家来操心。

车子掉转方向，驶上一片拥堵的过江大桥。车尾灯的红连绵成一片，与商邵指尖烟管的那一点红星呼应。

他抽了两口才意识到什么，垂眸看着手中烟，目光冷静中带点怔然。

超额了，刚刚看到中控有烟，没多想就点了起来。

车流缓慢移动，康叔关注着路况，听到后座的男人问："怎么不问我过去干什么？"

康叔活了一大把年纪，早就洞若观火。他知道，商邵向来不需要别人过问他去哪里、做什么，但此时此刻，康叔顺从他的心意，问："去干什么？"

商邵把长长的烟管捻灭在车载烟灰缸中，给了他一个答案："问她拿一下签名。"

康叔点点头，没说话，唇角笑笑。

"下次车里别放烟了，不看到还好，一看到就会忍不住。"商邵面无表情，合下眼眸。

康叔的目光通过后视镜停在他脸上。他似乎在忍耐着一种心烦意乱。

也许是老天开眼，过了桥后，车流分转，路况骤然变好。一路畅通，到地方时，才刚刚过六点。

虽然只来过一次，但商邵已熟悉那道上坡拐角，大理石砖铺就的坡道，一棵顶天立地的印尼桃花心木，树冠如伞盖般铺过半个天空，风吹动时，一蓬蓬叶片发出轻柔的摩挲声。

别墅院子砌着白色围墙，电动铁门合着，站在外面看不见里面的情形，只知道户外营地灯明亮地点在树间，灯辉下传来隐约的谈笑。

康叔上前去按响门铃，等待开门的空当，他回头看，见商邵将白色袖子挽了一挽，慢条斯理地将腕表重新扣了上去。

他站姿松弛散漫，一身白衣黑裤，衣摆妥帖地束进窄腰，更显得肩宽腿长，身形优越。他系腕表时垂首敛目，一副漫不经心的倨傲样。

康叔不知为何笑了笑。明明跟下午相亲时是一样的装束，但现在的他，看着就是要更出众一些。

等了小半分钟，铁门后传来迫近的脚步声："来了！谁呀？"

不等康叔作答，俊仪已经看清了黑色栅栏门外的脸，大吃一惊："商先生？"

商邵冲她颔颔首："来得突然，打扰了。"

俊仪赶紧开门，也没想着问一问应隐。总而言之，她老板总不可能把商先生关在门外吧。

俊仪是个傻的，手里还攥着银色长匙，商邵笑了笑："在吃饭？"

"嗯嗯。"俊仪让开路，看着他沐浴在灯辉中，很自然地便抬步往人声的方向走了。

秋风起，食腊味。俊仪今天晚上做了腊味双拼煲仔饭，切了半份明炉烧鹅，配清炒芥兰、水东芥、糖渍普罗旺斯西红柿，炖了洪湖莲藕汤，又煨了秋月梨的甜品。一桌子满满当当，一旁的陶瓷高脚水果盆里，火晶柿子透着火亮的橙。

商邵过来时，正看到应隐侧身对着他，与缇文在圆桌边相对而坐。

她穿着裙子，身上披一件羊毛开衫，两只手肘支起在桌边，正一边剥着柿子皮，一边问："谁吃饭的时候过来？"

缇文答道："快递？"

黑色软皮鞋跟轻轻停在了青石路旁。

缇文先抬眸，差点又一口水呛出来，但她今天受到的惊吓太多，已经养出经验，赶紧抿唇忍住了，眼珠子却瞪得老大。

应隐见了缇文的窘相，下意识地转过脸去，就这么不设防望向灯底下。

她的唇边带着些微笑意，但明显能让人感觉到她的情绪不高，眉眼间快快而心不在焉。

一阵杯碟瓷器的磕碰声。

看见商邵，应隐慌乱中噌地站了起来："商……"

她张了张唇，吞咽了一下，才恢复镇定地念出："商先生。"

"打扰你吃饭了？"商邵口吻淡然地问，一点关切，半分致歉。

他根本就是明知故犯。

应隐赶紧摇头，勾起唇："没有。"

他不是应该在和相亲对象吃饭吗，来这里做什么？

商邵似看穿她心中所想，语气轻描淡写："顺路经过，刚好来拿签名。"

"啊，对……"应隐恍然大悟，转身要往楼上去，"我去给你拿。"

"不急。"

应隐便回过身来，站住没走。她的开衫太大了，衬得她清瘦。修长的双臂，一手横在腰间，另一手搭于其上，大拇指下意识用力地抵着里头裙子的领口。

商邵意识到自己还是让她紧张了，甚至可以说是受到了惊吓。

他改变了主意："我跟你去，拿了就走。"

应隐点点头："在二楼书房里。"

两人抬步往门廊底下走去，听到身后俊仪问康叔："你们吃饭了吗？"

康叔如实说道："还没有。"

俊仪理所当然："那要不要留下来吃饭？我做得太多，吃不完要倒掉。"

康叔忍俊不禁，继而抬起眸，看了眼正走进玄关的那道背影。

他分明听到了，却不作答，意思是由他代为张口。康叔了然，还好他老人家脸皮厚，有得倚老卖老，欣然从命道："那就打扰了。"

应隐没想到康叔会做主留下，但这时候总不能赶人走。心里鼓擂似的跳，十分勉强地寒暄："都是粗茶淡饭，要请商先生将就了。"

商邵回她道："无妨，是我打扰。"

两人之间似有一根皮筋，隔着距离通着电话时，这根皮筋很松，两人距离很近，面对面了，这根皮筋反而很紧，双方都彬彬有礼的，距离倏忽间又远了。

上了楼，应隐摁亮一盏黄铜落地灯："有些乱。"

空气中有淡淡的书卷味，暗绿色的美式雪茄椅旁，几案上养着一捧雪山玫瑰，花香浓郁。

商邵跟着她走近书桌，桌面上摊着许多写真，都是她下午挑剩下的，有几张十分露骨。

一直以来的冷淡疏离在这时候七零八落，应隐一个激灵，两只纤细的手在桌上一按："这些是挑剩下的，很过时了……"

商邵轻轻抽出一张。画面里，她穿着白色泳衣，一手拢着湿发，一手停在曲线起伏的胸口，红唇微张，正抬起眼眸直视镜头。

很大胆，跟他见过的每一次都不一样。

应隐头皮一紧，唰的一下将相片从他手中抽走，刚要解释两句，便见商邵眉头皱了一下，垂眼看了下指腹。

相片纸太锋利，她又抽得那么猝不及防，因此割破了他的皮肤。

"你受伤了？"应隐顾不上心底芥蒂，立刻牵住他那只手，认真去看那一线浅浅的伤口。

果然有一丝鲜血沁出。

那点疼只是一瞬间的，用不到"受伤"这样严阵以待的字眼。商邵安抚她："没什么，别紧张。"

她的发香，像秋日山中成熟起来的野果。因为挨得很近，很清晰地占满了他的呼吸。

应隐没听见男人咽动，不知他的喉结滚了滚。

"真的对不起，"她抬起头，眼中十分自责，"我只是不想你看到……那张照片。"

尾音是越讲越低，"照片"两字几乎听不清。

"为什么？"商邵不动声色道。

"因为……因为非礼勿视。"

商邵抬起眼眸，觉得她用词新鲜。

"所以是，杂志的读者可以看，我不可以看。"

应隐："……"

商邵没再逗她，将手抽了出来，平淡地提醒她："签名，应小姐。"

应隐翻出那张给雯郡小朋友的，上面十分煞风景地写着：好好学习，天天向上。墨已经干了，应隐把它装进信封，双手递给商邵："祝你的小朋友考试第一名。"

商邵勾了勾唇，两指夹着扬了一下："多谢。"

下了楼，碗筷已经添置好，都在等他们。

应隐开了一坛从应帆那儿带回来的甜酒，亲自给康叔和商邵斟上："这是我妈妈自己酿的，稍微有点甜，但很清爽，不会上头。"

不知道是不饿，还是吃不惯，商邵筷子动得很少，倒的一杯酒倒是喝了。康叔要开车，滴酒不沾，俊仪便去泡了普洱茶，五个人茶酒自在，在秋风月下闲聊。

俊仪开启话题完全不懂迂回，张口便问："商先生，下午的相亲你还满意吗？"

应隐神色自若，微笑着看向商邵，等他的回答。

从商邵脸上看不出破绽，他语气平淡地问："你怎么知道我去相亲了？"

缇文顺水推舟跳出来请罪："是我的错，商先生您相亲的那个对象，以前因为活动接待过，她拍了照片。"

说完，邀功似的偷偷跟商邵比了个"OK"，小表情乱飞。

商邵点点头，勾了下唇："相亲这种事，是双方选择，我一个人中意没有用。"

"她中意你。"缇文说，"她在朋友圈让大家给她打气。"

俊仪捧哏似的说："那就是两厢情愿。"

应隐耸了下肩，两边唇角扬起老高，歪过脸笑道："恭喜商先生。"

商邵放下茶盏，眼睫也跟着垂，默了一息，才说："恭喜早了，她太小，跟我不太合适。"

缇文还以为自己敏感，但她确实莫名感到了一股低气压。如此冰冷深沉，在座的只有一个人能散发出这种气场。

康叔就坐在她身边，在桌子底下轻踢她一下。缇文立刻坐端正，脑筋转半天："啊那个……"她一边看着康叔的脸色，一边磕磕绊绊、半猜半推敲，"商先生也要……相亲吗？……是单身太久……还是……被……家里逼的？"

康叔喝茶，对缇文比了个大拇指。

缇文微笑眨眼，心里骂人。

两人微表情暗流涌动，被商邵面无表情地瞥了一眼，立刻偃旗息鼓。

他继而才冷淡地回："是被家里逼的。"

应隐喝着洪湖莲藕汤，头也未抬，瓷勺碰着白玉碗壁叮当作响。

一顿饭吃得不能说不愉快，但散席时，每个人都莫名感觉很累，只有俊仪说："好撑。"

没有吃完饭就告辞的道理，也没有吃完饭就赶客的道理，于是他们便又上楼喝茶。

缇文已经在一晚上的魔幻中修复好了自己的心眼，找借口把俊仪和康叔都带到影音室看电影。

除了俊仪，剩下每个人都知道商邵不怎么看电影。俊仪邀请："商先生不一起吗？"

康叔主动解释："他很少看电影，不用管他。"

总不好真的剩他一个人在外面，应隐只好说："我陪商先生，你们看。"

缇文一边走，一边激烈地用眼神跟康叔交换意见。她不懂！虽然完全走在了正确的道路上，但她根本不懂为什么要这么做！

康叔风度翩翩地摊了摊手，意思是别问我。

影音室是装修时重金打造的，隔音效果很好，门一关上，门里门外像是被阻隔成了两个世界。

两人站在客厅，穿堂风涌过，四下里寂静得能听见鸟叫声。

应隐拢了拢开衫，请商邵进书房休息："我给你重新泡一壶茶，生普怎么样？"

商邵点点头，应隐去一楼煮山泉水，找那饼天价老班章。等水开的工夫，她倚着吧台，恳请水煮得慢一点。

她实在不知道他今晚到访的目的和意义，只知道五天未见，他的脸、声音、气息都让她觉得危险。

白色的水蒸气从壶口蒸腾而出，弥漫在小小的水吧。宋时璋带她见的那个情妇，那张美丽又清澈的脸，再次浮现在了应隐眼前。

虽然出卖了肉体和其他一些珍贵品质，但不必为物质困扰的她，眼神胜过太多女人，看上去清澈见底，不掺杂质，好像从未被生活伤害过。

应帆分明有着不输她的美丽。但应帆的眼底那么晦杂、世俗，会算计、会谄媚、会刻薄、会向往、会嫉妒。她脸上的每道皱纹，都诉说着过往贫瘠的风霜。

应隐笑了笑，不知道是觉得世事幽默，还是觉得事实讽刺。

水煮开了许久，她接到了麦安言的电话。麦安言试图说服她接一部戏带一带阮曳，应隐不拍电视剧，原本可以一口回绝的，但她故意露出迟疑，引麦安言口干舌燥地说服她，无论如何也要拦住她挂电话。

最终是聊了二十分钟之久。

也许商邵觉得无聊，已经勉强去看电影，也许他下楼来找过她，看到她打电话，便没有打扰。

但应隐没想到，商邵是睡着了。

花香幽暗，黄铜落地灯的光只拧到了最昏最柔的一档。

他就坐在那张暗绿色的雪茄椅上，整个人陷进宽大座椅中，一手垂搭着扶手，另一手肘立着，支着太阳穴。

应隐将茶壶轻轻放在门口厚实的地毯上，不自觉地放轻脚步。

靠近时，她听到了他悠长平稳的呼吸，眼眸自然合着，眉心是微蹙的，像是带着什么烦心事入睡。眼底下有淡淡暗青色，可见最近休息不好。

灯影下，他的脸半明半暗，浓影昏光勾勒出剪影。

风时而涌入，应隐抓起一条毯子，轻轻地展开，想要为他披上。

她没想到男人睡着后也这么警惕，几乎在毯子落在他腿上的一瞬间，她就被商邵扣住了胳膊。

很疼，是他警醒后一瞬间下意识的反应，捏得应隐骨头都疼。她失去平衡，一膝跪到了他腿间，手也半撑着他胸口，才堪堪没跌进他怀里。

"是你。"商邵醒了过来，眼神却仍是沉沉的，自上而下垂视应隐。

半晌，他低沉而沙哑地开口："想干什么？"

应隐一手被他扣住，姿势怪异，她只能尽力僵直着腰："这里有风，我怕你冷，给你拿一条毯子。"

什么毯子，那条淡淡姜色的羊绒毯，早就从两人身体间无息滑落。

商邵双眼微眯，冷淡地注视她，但眼底却浓得化不开。

"怎么去了这么久？"

"接了一通电话。"应隐镇定地回望他，与他对视。

这里的灯，是否太柔了一些。她后悔。

她怎么敢跟他对视？他是君王、是领主、是巡视领地的野兽。她是什么？她只是一只看不清自己，进退两难，惶惶然又可怜的鹿。

她越是看他，心跳就越是激烈，被他扣着的那只手，指尖轻微地颤抖。

他的大拇指那么霸道地抵着她的腕心压着她青色的脉线，像叩响了她心脏的门铃。

一阵过电似的麻从应隐的腕心窜起，她挣脱，不算激烈："商先生，我的手……"

商邵仍是语速沉缓，脸上毫无情绪，眸底却像暴风雪的暗色天气。

"你的手，怎么了？"他问，脸却更俯近她，鼻尖几乎挨着鼻尖。

应隐心里颤得紊乱："我的手……"她的声音轻得几不可闻，与之相对地，克制着屏着的喘息声却越来越清晰。

商邵几乎就要吻上她，气息间盈满了她的香味，但他最终却卸了力道。

应隐纤细的手从他宽厚的掌心间滑落，一直僵硬直着的腰也软了起来。她扶着他的肩，动作缓慢地从他怀里起身，因为一直垂着眼，她的眼睫被灯影拉长，如同蝶翼翕动。

那阵暖的香从商邵怀里渐远。

在他的怀彻底冷却之前，他眼神一冷，骤然改变主意，一手扣住应隐的后腰，将她整个按进了自己怀里。

应隐猝不及防，闷哼一声，皱着眉抬起头时，落进他被浓云覆盖的眼中。

他要她。他还是要她。

应隐听见心底的声音，一声咚，像套圈游戏，稳稳当当套好了结局。

下一秒，商邵垂下脸，近乎凶狠地吻住了她。

应隐顺从地闭上眼，纤软的腰肢被他两手紧紧圈住，她被吻得几乎折腰，月白色的真丝长裙凌乱地堆在腿间，露出她光洁的小腿。

她是半跪着的，一只脚上的穆勒鞋已不见踪影，另一只被她的脚趾钩着，上头的蜜蜂刺绣晃晃悠悠，终究啪嗒一声，落了。

门外传来俊仪的声音，应隐蓦然惊醒。她醒了后，便知道商邵是跟她同时清醒的。

他眼神清明，声音却沙哑："去把门关了。"像是命令。

应隐真的去了，关上门，开衫半边滑落，连带着她里头裙子的吊带。她薄薄的脊背贴着冰冷的木门，目光毫无折中，笔直地望着商邵，喀的一声，将门反锁了。

商邵深深地呼吸，闭了闭眼，忍过莫名的、逼得他心脏发紧的欲望，从沙发上起身。

应隐就站在书架旁等他，一动也未动。

商邵靠近她，近在咫尺，鼻息交闻。他却没再吻她，而是伸出一手，将她的开衫拉过肩膀，轻轻拢好："对不起，"他的音色被烧得沙哑，"是我失控。"

应隐垂下眼："没关系，商先生帮了我那么大的忙，要什么报答都是应该的。"

商邵僵了一下："什么报答？"

应隐心里难受，却还是抬起头，勾了勾唇："你帮我把戒指还给宋时璋，跟他说应隐这个人你护下了，他不敢得罪你，所以已经正式放过我。商先生，我一直知道的，你应有尽有，我能报答给你的不多，难得你中意我……"她忽然哽咽，但掩藏得很好，只是停顿了一下，便微笑着继续说，"是我的荣幸。"

刚才还在血液里躁动的欲念和情愫，都在这一瞬间通通消失了个干净。

商邵沉着脸，静了许久："应隐，你知不知道自己在说什么？"

"我知道，"应隐点点头，昏暗的室内，她的脸很白，"只是我当不了你的情人，放过我，就算看在柯老师和商陆的面子上。"

她为自保，连柯屿和商陆的人情都搬了出来。这原本是他们之间的心照不宣，是她墙角的野春，是他青翠欲滴的雨。

门外俊仪去而复返，叫着她的名字。应隐忽然出声，声音发紧："俊仪！去楼下帮商先生找一下签名，签名丢了！"

俊仪"哦"了一声，听话地转身下楼。

因为背着光的缘故，应隐看不清商邵的脸，只听到他笑了一声，不知道是自嘲还是嘲她。

"应小姐，你要报答我，其实很简单，并不需要卖身。"他出声。

"你想让我做什么？"

"我想请你跟我交往一年。"

"我说了，我不当情妇。商少爷，你看轻人了。"

商邵放开她，轻描淡写："你是说，一次可以，次次不行。这两者之间，有什么轻重之分吗？"他冷冷地逼视应隐，"就好像我在你心里，跟宋时璋，不也是五十步笑百步，本质同源？"

应隐眉头一蹙，心被刺痛："商少爷以为自己好到哪里去呢，送我戒指，我倒是咬咬牙也能还得起，但你明知道，你的这份人情我还不了，也还不清。你帮我前，有问过我的意思吗？先斩后奏，赌我是一个知好歹的女人，云淡风轻地等我投怀送抱，好保留你商少爷高风亮节、清风明月的名声，是吗？"

"应隐，你的意思是，"商邵面无表情，却字字让人喘不过气，"你这么久以来，对我的一切反应，都只是因为你知好歹，识时务？"

应隐沉默地咬着牙，扭过脸去，下颌线透着清晰的倔强和倨傲。

商邵点点头。

这些话，让他似曾相识。有人图他的钱，有人畏他的势，都一样。

他一字一句道："难为你这么懂事。"

"懂事"两字的音落得极重，像钉子被锤进应隐柔软的心里。

"商先生过奖了。"她微仰下巴，唇角微笑很用力。

"很好，"商邵不动情绪地笑了一声，"我确实需要一个女人帮我敷衍逼婚。应小姐，我早就考虑过了，你我知根知底，又有柯老师当中做担保，你是最合适的人选。"

应隐僵了一下："你考察我？那跟情妇没有区别。"

"你想得太多了，我不会碰你，"商邵垂眸，那样子高高在上，好像看不上她，"你什么都不用做。"

"我不信。"应隐吞咽了一下，转过脸，眼眶泛红，"那你刚刚干的是什么？"

商邵："……"

"你没有信用。"

"一亿。"

"什么？"这天方夜谭的数字，让人以为是幻听。

"一亿。"商邵一手解着衬衣领扣，烦躁地在屋内转了几步，蓦地添道，"税后！你自己考虑。"

应隐微张了张唇，开口时问道："那不睡呢？"

商邵不耐的脚步顿住："什么？"

"睡后一亿，那不睡呢？"应隐觉得懂了，"不睡，就是我在报答你宋时璋的恩情，睡了，就再加我一亿。"

她哼一声，勾起讽笑："不错，商少爷真是出手阔绰。那么睡几次？是不管几次都一亿，还是一次一亿？那我恐怕很乐意把你睡破产，商先生身体吃得消吗？"

商邵："……"

这个女人，在说什么东西？

"等一下。"他微抬手，似在谈判桌上叫停对方，继而半垂首捋了会儿。

再抬起头时，他满眼不敢置信："应小姐，是 tax（税），不是 sex（性）。"

应隐还有一堆专门针对男人的话来问候他回敬他，直到听到一个"tax"，她攻击的势头硬生生被刹停，继而倒吸一口凉气，猛地转过身去，额头抵住书架。

商邵听到她很轻很轻的、无地自容的一声："我……"

她想把自己埋起来！

"就算是税后一亿……"应隐脸色通红，咬着牙挤出字。

"哪个税？"商邵打断她，嘴角挂着一抹讽笑，"应小姐要想是那种睡，我也可以。"

应隐将唇抿了又抿，眼眶灼热，一股又羞又愤的情绪直冲鼻腔。她怕一眨眼就掉眼泪，因此倔强地瞪着商邵："我只是听错了，请商少爷自重，不要得寸进尺。"

"我实在很难想象，你是出于什么情感、什么思路，才能把这个字，误会成睡觉的睡。"商邵的眼神居高临下，带着耐人寻味的审视，"还是说，这就是你的人生经验？一亿，应小姐，你还挺贵的。"

应隐的指尖掐进掌心，静了许久，情绪忽然一松，笑起来："对啊，一亿随便你睡，刚刚的接吻也收费，一千万，打钱吧。"

她的笑是很明媚的，黑色鬈发披散着，在灯光下泛出温润暖色的光泽。

"商先生觉得亏的话，也可以弥补一分钟时长。"她故意说，要当个良心商家。

商邵没说话，只是冷冷地看着她。半晌，他开始解腕表。是那种慢条斯理地解，看着应隐的双眼，将棕色皮质表带从银色扣中折出，下一秒，昂贵的陀飞轮表落进了沙发中。

商邵一步步缓缓欺上，直到她紧紧贴到黑色书架："一分钟，是吗？"

应隐几不可闻地吞咽了一下，唰的一下紧闭上双眼。

商邵的唇却在离她只剩一厘米时停住了。

他的呼吸已不像刚刚接吻时滚烫潮热、充满欲念，而是变得十分寻常，甚至带点凉薄。

"你以为我真的想吻你？不过是气氛到了，又觉得应小姐应该也是玩得起的人，所以才会试试。"

一种陌生的酸楚顺着血液流进四肢百骸。这是霎那间的事。

虽然一开始就知道他吻她是索取一份"报答"，但听到他亲口这么说，应隐还是掐紧了掌心。

商邵不紧不迫地逼视着她："应小姐既然这么识时务，就应该知道我刚才开出的条件，没有给你拒绝的余地。你想得也很对，我帮你解决宋时璋，也只是为了让你欠我一份还不了的人情。这桩交易，于情、于理、于钱、于你应隐个人的追求和品性来说，你都不应该拒绝我。"

他说的每个字其实都很没所谓的，这么多年来，"黑粉"的恶评比这难听百倍，但不知道为什么，应隐觉得心底很缓慢地泛起一阵钝痛。

"你可以物色别人，商先生。"她窒着呼吸，平静地建议他。

"我说了，你我根知底，既然柯屿跟你交好，那么你人品想必也不会很糟糕。这种事，还是要自己人配合才安全，你觉得呢？何况应小姐这么聪明，知道什么该要，什么不该要，那么等合同结束，你应该也不会找我麻烦？"

他顿了一顿，缓缓地说："当然，最重要的一点是……"

应隐想不出还有什么更重要、更充沛的理由了。

商邵松开了对她的禁锢，直起身，垂目冰冷地看她："如果换了别的女人，我也许会日久生情爱上她，对你，我不会。"

他说完这句话，便干脆利落地后退一步，拧开门把手。

走廊的灯光倏然泄入，照亮了他令人觉得遥远的身影。

商邵的脚步略停了一停，并没有回头，背对着她说："一亿，应小姐，希望识时务的你，别让我等太久。"

没人知道两人道别时的那股低气压是怎么回事，只知道谁都不敢说话，就连神经最迟钝的俊仪也大气不敢喘。

康叔代为感谢了应隐今晚的接待，临走时，两人蓦地听到一声"商先生"。

商邵回眸，应隐冲他笑，说："请稍等。"她吩咐俊仪，"去把那枚戒指找出来。"

那枚戒指。

这个特指俊仪是懂的。她去得很快，小跑着去，小跑着回，以为应隐是要戴给商邵看。

应隐接过了，递给商邵："上回您忘了，我斗胆戴着玩了几天，现在物归原主。"

商邵深深地看了她一眼，什么话也没说。出门时，他顺手将它扔进了门口信箱。咚的一声，什么女王王妃，从此以后恐怕不再见天日。

上了车，康叔数度欲言又止，商邵吩咐："明天让缇文把应小姐的账户给你，给她汇一千万。"

"为什么？"

商邵淡淡地说："接吻费。"

康叔惊诧，甚至不自觉点了一脚刹车。他扶稳方向盘，不知道是该震惊于他们居然接吻了，还是该吐槽一吻一千万太贵。

最终还是落到遗憾了的念头上："应小姐不像是这种人。"

商邵不置可否，只说："由她去。"

"那你……"

商邵这时候闭上眼眸，面无表情，眉心蹙也未蹙，平静深沉得像一汪深潭。

车外路灯自他脸上缓缓平移而过，照亮他的鼻，他的眉，他的眼。

半晌，康叔听到他平淡的声音："钱货两清，各取所需，也好。"

康叔是一直知道他的计划的：找一个女人做戏一两年，应付掉家里的逼婚。

他这几年情意灰冷，并没有跟谁共度生活的兴趣，但也许是上一段感情太伤太深，以至于母亲温有宜日夜为他担心，只想把全世界最好的女孩子都推到他眼前。

商邵从小承袭的教育，是温良恭俭让、仁义礼智信，是君子慎独卑以自牧，是要为商家做好一个长子所该做的一切。对家里若有似无的逼婚，他不胜其烦，但也不能视而不见。

但康叔知道，对于这个计划，商邵并不迫切，能找到合适的人选就做，找不到就不做。

他挑，挑样貌、挑品行、挑性格、挑是否有趣、可不可爱。

千挑万选，都不过是因为，他并不打算那么严格地区分假戏与真做，契约与真心。

但他看人那么准，又站得那么高，谁的谄媚，谁的讨好，谁的如履薄冰，谁的窃喜痴心妄想，都令他垂目之下意兴阑珊。

应隐能问他要一千万，他能答应给，这两件事都超出了康叔的预期。

他思忖片刻，在车子驶出小区前，建议道："既然应小姐不是你期待的那种人，不如再选……"

倒映在后视镜中一直闭着的那双眼，在这一刻淡淡睁开。

康叔蓦然懂了，紧闭上口，不再提换人的事。

"你跟商先生闹什么不愉快了？"

俊仪快憋死了，一送走客人她就问。

"也没什么，可能我说错了什么话，谁知道呢？"应隐耸耸肩，"他今天突然过来，都把我吓死了，希望他下次别来了。"

俊仪默默不作声，心想你看到他时明明眼睛很亮。但她也没戳穿，闷头收拾着书房。将抱枕放回原位时，在沙发缝隙中发现了泛着一线冷光的腕表。

"嗯？商先生的表？"她捡起来看，"商先生为什么要摘手表？睡觉才会摘表。"

应隐蓦地想起他靠近时的体温和他交叠在她腰际、按着她后背的那双手臂，那双宽厚有力且滚烫的手。

她想过抵抗的，但那股念头只坚持了一秒，就在他气息侵袭进来时土崩瓦解。

他很会吻。

"谁知道呢。"应隐看也不看那枚表，"把手机给我。"

俊仪找到手机递给她，看到她在沙发扶手上坐下，一边目不转睛一边念念有词，时不时翻起眼望着天花板，似乎在计算什么。

"哎呀算不清楚了，你别收拾了，给我按下计算器。"

俊仪明白了，闹半天，她在算存款。

影视寒冬一冬就冬了个极夜，没有任何回暖的迹象，所有人的片酬都在调控和市场影响中下调，降得最厉害的就是她这种电影演员的片酬。

相对来说，电视剧拍摄周期长，又是长线收益，网播上星、广告植入、IP 开发、会员纳新都是收入支点，而电影投资成本大，收入基本只能靠票房，扑爆由命，都是玄学。总而言之——她每年的吸金速度都在缩水。

我不理财，财不"离"我。在走过多年弯路和血泪教训后，应隐的理财只剩下一些长线定投、固定资产和大额存单。

"一共是……一千三百五十八万两千零六块！"

应隐："……"

"你刚跟乘晚姐一起买了法国酒庄，我说你又不喜欢喝葡萄酒，你说你喜欢吃葡萄，但是酿酒的葡萄根本不是拿来吃的。"俊仪好心提醒她，"还有阿姨的保时捷，平市那套云际公寓，对了，你买了一整层的那个住宅好像开发商烂尾跑路了，海边投资的那个度假村因为违规填海已经要被炸了，雪山酒店因为经营问题大概亏了五百万左右……"

应隐："……"

俊仪长吁一口气，满眼羡慕："姐，你好有钱啊，这么折腾还能剩这么多？"

"等……等会儿，"应隐迫使自己冷静了一下，"你再给我算一下，我现在片酬给公司分成交完税后到手六百万，一亿除以六百万就是……"

俊仪："16.7，帮你四舍五入了。"

"就是 17 部电影？我一年只能拍两部到三部，按三部算就是六年？六年！六年里影视寒冬不会好，考虑到人气降低的可能和年龄变老的现实问题，我的片酬还会再降，而且六年后我可能都不红了！"

俊仪："……"

应隐深吸一口气："干！"

俊仪："你怎么还说脏话呢？"

"不，我的意思是这个生意可以干。"

"什么生意？"

"我问你，如果有个人让你假装他女朋友一年，给你一亿，税后，但是你什么义务都不用履行，这个生意你做不做？"

俊仪两眼放光，心花怒放："还有这种好事？让我做让我做！"

"而且这个男人人品还可以，是你认识的熟人，你们双方有共同好友，他不嫖不赌，日理万机根本没空理你，你需要做的只是逢年过节在他亲朋好友面前装装样子。"

俊仪两脚开始咚咚咚一阵乱蹬："干干干！干啊！"

"对吧。"应隐神采飞扬。

"对啊对啊，而且商先生形象、口碑又这么好，跟他在一起传出去也不丢人，还能洗清你跟宋时璋的绯闻，免得那些人总造谣你当小三。"

应隐的脸一秒便冷下来，哼了一声："谁跟你说是商先生。"

"除了商先生没人会这么大方。"

应隐抿了下唇："他一定会觉得我是个拜金的女人，俗不可耐，为五斗米折腰，富贵能淫、威武能屈、毫无气节。但是……"

她嘴角扬起来："他怎么认为的重要吗？不重要。一亿！我从来没见过这么多钱。"

俊仪两手合十，好像已经跟她一起发财了："那我可以涨工资吗？再涨三千！"

"给你涨三万！"

俊仪陪她好开心地笑了一阵子，平静下来，认真地说："可是你刚刚没算你的代言费、综艺费和其他七七八八的通告费。"

她看着应隐晒在月光下的脸庞："如果你不乱投资的话，一个亿，你五年就赚到啦。你不需要赚快钱,你已经很有钱了。如果你希望商先生认为你是个有气节的好女人,你可以不做这个生意的。"

应隐也慢慢地敛住笑。

她错了,俊仪虽然笨,但该聪明的时候,总是很聪明。

夜这么深,月亮升得高高的,从黑色的窗棂中,温柔地漫入。

那一点桃花心木的树影,在月光下顺着风摇晃,淡淡地映在应隐白色的裙上、颈上。

她望着俊仪,轻轻抿了抿唇,眼睛弯了起来。

俊仪叹了声气。

"俊仪,不做这个生意,我在他心里是一个有气节的好女人,就只是一个有气节的好女人,这就是他这一生对我全部的印象。逢年过节朋友聚会,在有柯屿的场合下偶然碰到,或者他听到柯屿和商陆聊起我,漫不经心地说一句'我们见过几面,她很有气节'。"

应隐微笑着说:"俊仪,我不愿意。"

「应小姐，是TAX，

不是SEX。」

PRODUCTION

ROLL	SCENE	SHOT	TAKE

CHAPTER　第五章 合约

DATE　　　　　　　CAMERA

景别时长	音效	分　镜　图	内容台词

虽然内心已经做好了决定，但应隐没有立即给商邵回复。

她的休假已经宣告结束，开工第一天，是去参加一场品牌的香氛活动。

因为昨晚的情绪，她失眠得厉害，坐在后座补觉。颈枕堆在脖子上，她的脑袋歪着，跟着车子的启停转弯而摇摇晃晃。

俊仪开车，先送她去市中心公寓那边，再换乘公司的阿尔法。

缇文划拉着平板电脑："意大利奢牌 Greta，这次活动主推的是他们新出的沙龙香，活动流程表我之前发你了，再核对一遍？"

应隐眼睛都睁不开："嗯。"

缇文便把流程大纲换个说了，拣重点："中间有个互动环节，是问你最喜欢他们新系列的哪一款香型，并用文字描述你对这款新香的感受。这款还没上市，我给你搜了一些专业香评，提取了十组关键词。"

俊仪忍不住"哇"了一声："Stephen，你好未卜先知！"

缇文额角一跳："首先，是 Tina，不是 Stephen！其次，是未雨绸缪，不是未卜先知！"

俊仪缩脖子："Stephen 跟缇文更顺呢。"

缇文暴怒："那是男生的名字！"

应隐勾了勾唇，总算是笑了一下。

"对了，还有件事。"缇文迟疑，"早上，商先生的管家联系我，让我把你的银行账户给过去。"

应隐缓慢睁开双眼，"嗯"一声，没多余的情绪："给吧。"

缇文回过去，只过了仅仅几分钟，应隐便收到了银行的入账短信。她点开，一连串的零看得人眼花。

一千万，她笑了笑。

他说到做到，昨天一吻，有的没的，都在这一串零里面归零。

从市中心公寓转道去造型工作室，她又迷迷糊糊睡了一觉。梦里栾树花落了一地，她喝醉了，听着电话那头他的呼吸。

车停稳，他的呼吸也落了，应隐睁开眼，阳光迷蒙地在挡风玻璃上晃。

好短的梦。

工作室的造型总监储安妮在门口迎她。

明星出席活动的造型配置，除了看她自己的咖位、星光和形象气质，也很大程度上依赖于造型工作室。造型师如果是业内大腕或者跟品牌、杂志关系好，就更能借出好衣服。

储安妮是新跟她签约的，在与品牌的关系上，远不如之前合作过的赵漫漫。可惜应隐把赵漫漫得罪了个彻底，两人撕破脸皮，恐怕这辈子都不会再握手言和。

这次活动的着装标准要求白色，幸而不是那种隆重的场合，因此只要搞一套当季成衣就不算糟糕。

"我找人打听过了，漫漫也没有给乘晚姐准备超季。"储安妮一边安抚她，一边给出搭配好的几套方案，"之前跟你助理缇文对接过，怎么样？"

"这套好。"缇文给出建议，"是 Musel 的秀场款，Musel 这一季刚换了设计总监，很受好评，最关键的是今天是户外活动，这个面料的光泽和挺括度在自然光下都会更出彩。"

"哇哦。"储安妮挑挑眉，"你想的跟我一样。"

缇文对她笑笑，附耳应隐："Musel 很少出现在女星造型里，但新官上任，他的履历在女士礼服方面很出彩，品牌让他空降，就是有意发展这块，我们可以先抛橄榄枝。"

这些功课太细了，而缇文头头是道的样子也太从容笃定。一阵奇怪的感觉从应隐心头飘过，但她一时没有捕捉到具体的。

她最终采纳了缇文的建议。

做完妆造，刚好十二点半。

这是缇文第二次见她全妆的模样，与上次不同，今天造型很利落，V 字抹胸掐腰上衣、阔腿裤，都是笔挺垂顺的西装面料。鬈发也用夹板弄直了，柔顺地披在肩上。

缇文见过的明星不在少数，她由衷地觉得，应隐是现在娱乐圈里，少数真有星光的女星之一。储安妮也很满意："应老师可塑性很强，气场全开，什么造型都能掌控。赵漫漫真的是……"

赵漫漫背后有点关系，先是运作了她弟弟选秀出道，再安排进电影镶边。但小弟弟进圈纯奔着爆红来的，对演戏没什么信念感，一对戏就笑，导演早对他不满，借着应隐发火的名义，赶紧把人打包踢出去了。

应隐自觉也不算背锅，毕竟她真把弟弟当众骂到了崩溃找妈。

时尚圈和演艺圈交融，但有一层朦胧的壁，不是说在演艺圈什么地位，就能平移到时尚圈。赵漫漫从法国、美国、意大利一路混上顶刊，之后自己开工作室，在艺术圈和时尚圈都有能量。谈封杀可笑，但让应隐每次借衣服时都难受一下，还是能办到的。

"不提她。"

应隐撕开一袋全麦薄脆饼干，将这些抱团排挤给轻飘飘揭过去了。

她是怕水肿，因此早上只喝了一杯冰美式，这会儿也只用两片全麦饼干充饥，吃得比晒谷场里的鸡还不如。

活动场地在市中心的高奢商场内，一旁是配套的五星酒店。现场布满粉白玫瑰，白色展台上陈列着新款香水。

按流程，活动开始前，应隐要先配合拍一些视频和照片物料，以供之后出稿。拍了一阵，另一个嘉宾到了，是张乘晚。

张乘晚是品牌的大中华区全线代言人，应隐刚结束支线合约，只续了香氛大使。两人碰面，不仅头衔有高低，着装也分。

"她穿的是明年春夏超季成衣。"缇文对俊仪说，蹙眉问，"不是说那个赵漫漫没给她借超季？"

"乘晚姐讲排场，不允许自己落下风的。"俊仪不敢大声，跟缇文咬耳朵，"她所有活动都按最高规格准备，赵漫漫不借，她自己也能搞到。"

两人八卦间，张乘晚已经熟络地走向应隐，脸上的假笑雍容大方："就你最敬业，来这么早，弄得我像耍大牌似的。"

应隐也跟她皮笑肉不笑地亲热："晚姐，你就是大牌，什么叫耍呢？"

两人在镜头前拗造型，一个拗直角肩，一个掐腰，一个演前辈和煦，一个演后辈恭谨，活像要好了八辈子的姐妹。过了会儿，男嘉宾也到了，活动准时开始。

快门声与闪光灯不停，虽然并非开放式活动，但受邀来的合作方和高级VIP客户也不少。有序的热闹中，没人注意到一旁的酒店大堂内，低调地立着一张生物医疗行业投资峰会的立牌。

四十分钟后，活动结束。应隐全程表情管理，等结束时，脸都快僵了。

之后在酒店还有场小小的下午茶，所有人移步宴会厅，四个明星嘉宾单独安排了一间大休息室。几人半真半假、半生不熟地打了招呼，张乘晚裹起披肩搭腿坐下："隐隐，你来。"

应隐边挨坐过去，边拧开水瓶。她快饿死了，一心只想吃东西，但此刻只能喝水充饥。

"晚姐你说。"她灌着水。

"就上次晚宴那个，商邵，你记得吗？"张乘晚压低声音。

应隐沉浸在工作中时，并不会分神想其他，冷不丁听到商邵的名字，她心里闪过微妙的感觉。工作日的下午，不知道他在做什么。

"嗯，他怎么了？"她脸上不走漏任何情绪，但见张乘晚如此暧昧，已经有了猜测。是要说什么花边绯闻吗？

虽然商先生并不像醉心于男女关系的那种人，但也许在香港早就身经百战。应隐实在想象不出商邵坐在夜店里，左拥右抱的模样。

"他那个。"张乘晚神神秘秘。

"哪个？"

张乘晚清清嗓子，一手柔柔拢到应隐耳边："功能障碍。"

应隐一口水要喷，以毕生的表情管理功力硬生生给忍住了。

她抽纸巾擦擦嘴，不敢看张乘晚："啊？你怎么知道的？"

"报纸写的啊。"张乘晚掏手机，"我特意拍下来的。"

香港娱乐小报损人功力不减，还是熟悉的配方，熟悉的味道。

无怪完璧出嫁！功能障碍？一泄如注？！男人隐痛，商少有苦口难开！

中间那三个词加大、加黑、加粗，粗鄙中透露着一丝搞笑。

应隐心里怦怦直跳。目光却没关注这些，而是径直看到了一张配图。

好糊了，不知道在哪里偷拍的，隔着街巷的行人与车辆。他搂着一个女生的肩，两人走在沿街的骑楼下，一旁是一家很驰名的茶楼招牌。

女生戴着白色口罩，在他怀里显得那样小。或许是察觉到狗仔的镜头，他微微侧过脸，看向镜头，脸上带着对那女生笑的惯性，眼神却全是严峻的警告。

一时分不清有哪些心思。

譬如说，他次次出现都是西装革履，有管家和保镖随行，没想到会陪女朋友逛这样平凡的小街。又譬如说，他看上去总是那么高高在上，彬彬有礼中充满界限，却原来也会这样随意地搂着女朋友的肩。

他浑身都是放松的，松弛的，愉悦的，不设防的。

应隐知道了，他每次出现在她眼前时，是太子，是少爷，是身居高位，是高深莫测，但出现在女朋友面前时，才前所未有地像个"人"。

不是商少爷，也不是商先生，不是邵董，只是商邵。

"你看完没啊，看这么久。"张乘晚轻掐一下她的胳膊。

应隐抬头问张乘晚："唔掂，是什么意思？"

"不举咯。"

应隐看看字，又看张乘晚："完璧出嫁，是谁？"

"他前女友啊。"

"他们怎么知道？"

张乘晚"啧"一声，不耐烦："你这么长时间都看哪儿去了？这不是有个长头发剪影吗？就是她化名接受采访咯。她要结婚了，还是处女，媒体写是他那方面不行。"她妩媚地笑一笑，似笑谈："要我说她脑子笨掉，为这个放弃几千亿的家产？男人嘛，行不行不都那么回事？"

应隐："晚姐，你的意思，好像是在说曾蒙不行。"

曾蒙也是个富二代，比张乘晚小，两人已订婚。

张乘晚拍她一下，"呸"一声："别胡说啊。"

应隐把手机还给张乘晚："香港娱记你又不是不知道，何况他前女友不会这么傻，出来说这些，不就得罪他了吗。"

她很切实地分析。

"他爱她咯，你没看内文写的是痛失所爱吗？她被爱，所以不怕得罪。"

应隐忽而沉默。她默默想着这几句话，忽然明了。

被爱，所以不怕得罪。知好歹的，都是不被爱的。

应帆自小教她要懂好歹识时务，因为应帆没被命运爱过。

"你说得对。"她抬起头，对张乘晚笑一笑，"但他有那方面的问题，圈内还从来没听过呢。"

"你拉倒吧，上次连个人都认不出，还跟我说圈内，亏我以为你对豪门有多通。"张乘晚一阵鄙视，"我就说，他这种地位的人，三十几了，居然都没什么港姐嫩模的绯闻，怎么可能是因为洁身自好？肯定是因为有病啦。"

应隐深深舒一口气："好吧，这样更好。"

"啊？"张乘晚听不懂。

应隐心想，他昨晚说什么都不会对她做，原来是真的，是字面意义上的真的。这桩一亿的买卖，听上去更稳赚不赔了。

·

主办方下午茶迟迟不开始，应隐实在要饿昏过去了，便推开休息室的门，想让酒店给弄点吃的。

这是座很知名的顶级商务酒店，除了是成功人士的差旅会务首选，又因为餐厅的出品好，加上宴会厅足够气派，同时成了十分热门的婚宴承办地。

应隐蒙着口罩，打算乘电梯溜到行政走廊去要一份茶点。

与她一同在五楼搭乘电梯的，还有一对年轻的情侣，陪同他们的人穿着制服，胸口别着名牌，应当是酒店的客户经理。

"五楼的这个宴会厅是我们目前最大的，可以容纳两百桌，我现在再带两位去行政走廊看一看，如果要做一个茶歇的话，那里的景色和氛围都很棒。"

"可以呀，Sam，你觉得怎么样？"情侣中的女生问。

她瘦得厉害，也许只有八十几斤，不过并不给人骨瘦如柴的感觉，反而很健康、干练。她的肤色也是很健康的小麦色，黑色中分长直发，讲话时，素颜的脸上洋溢着笑，让人联想到热带阳光，双眼十分黑亮。

总而言之，这是一个形象十分率真、健康的女人，让人一眼能猜到她应当是"海归"，或者 ABC 式的华裔。

应隐倒没有兴趣观察别人，只是电梯梯门太亮，映得所有人都无处遁形。等了十几秒，电梯终于到了，四人一同进去。客户经理按下二十三，接着询问她："客人要去哪一层呢？"

应隐没开口，只扬了下下巴，意思是她也去二十三层。

客户经理多看了她几眼，只觉得她身高腿长十分打眼，两手揣在白色西装阔腿裤的兜里，气场十分高冷。

电梯上去很快，带来一阵微微的压迫感和晕眩。

门开的一瞬间，应隐以为自己出现了幻觉。

刚刚还被张乘晚八卦为"功能障碍"的男人，此刻正从正对面的另一部电梯中走出，还是西装革履的模样，手机贴面，长腿阔步，但走得并不匆匆，所不同的是，领上挂了一枚深蓝的嘉宾证。

应当是很重要的活动，因为这枚嘉宾证就十分重工，带子宽厚而织密，下方是镍色金属接口，缀着证件。并非透明卡套，而是有质感的亚克力，嘉宾姓名、职务清晰地打印其上。

特邀嘉宾：商邵
商宇集团执行董事、峰会副主席

他真是端方雅重，连这样一枚寻常的证件，都被很妥帖地压在衬衣领下，与他的暗色领带相得益彰。

应隐愣了一下，他们这边电梯门刚开，商邵沉浸在那通电话中，并没有注意到。她不知道要不要打招呼时，听到身边一声："阿邵。"

所有人的脚步都不约而同地停下。

电梯门在应隐背后缓缓闭合，沉沉下坠。

在商邵看过来的那一眼中，应隐无处可躲。

酒店经理不明就里，微笑问身边出声的顾客："于小姐，遇到熟人？"

"嗯。"

这位"于小姐"看着商邵，点了下头，继而仰头对她未婚夫笑："是我在英国时的同学。"

她的未婚夫 Sam，显然已经先看清了商邵证件上的内容。其余的都不提，只"商宇"和"董事"两个关键词，就足够他神色一变。

他将手从裤兜中收拾出，继而从懒洋洋的姿态中站直，又恰如其分地躬了些背，道："莎莎，不介绍一下？"

他的生意，只够得上跟商宇集团的部门副总级打交道。

老同学相见，有她什么事？应隐硬着头皮想走，期望商邵没有认出她。

商邵挂了电话，淡漠地命令："站住。"

期望落空了。

于莎莎有些不解，直到听到跟她同乘电梯的那个女人脚下的高跟鞋咔地停住。她回头望，只觉得不舒服。因为对方虽然蒙着脸，但也实在太漂亮，那种漂亮几乎让人不敢直视。

但商邵却直视着她，面无表情，一双眸沉沉如有雾霭。

酒店经理奇怪地发现，刚刚还气场强烈高冷的女人，在这一刻无端变得非常小女生。简直能让人想象到她口罩底下的表情——应该……正很用力地抿着唇吧……

应隐浑身紧绷，心想不是吧，她今天超级大改造，连应帆都未必能认出来，商邵怎么可能？而且拜托，老同学正在等他叙旧，哪有注意力放她身上的？眼一闭牙一咬，她脚步轻轻，想装作若无其事地溜了——

商邵眯了眯眼，慢条斯理地叫她："应……"

一个"应"字刚出口，应隐猛地就是一个立正鞠躬九十度弯腰——

"邵董好！"

商邵："……"

应隐不抬头："峰会那边请您过去，我通知带到就先不打扰您了！"

商邵平静冷淡："峰会刚刚结束散场。"

应隐："……"

就不能配合一下吗？她可是公众人物！她一直鞠着躬，也不知道对面的男人是几时勾了勾唇的，似是止住笑。

半晌，她才听到他沉冷的声音："那就有劳你带路。"

应隐：嗯？她不想带路，她想吃东西！

他们这边暗流涌动，另一边却也是静水流深。于莎莎安安静静地旁观他们交流完，才又叫了商邵一声。

"阿邵，"她说，"好久不见。"

商邵这一次终于将目光从应隐脸上移开，看向于莎莎和她的未婚夫。

于莎莎挑人的眼光自然不错，未婚夫也是一方富绅，几个亿的资产也总是有的。但此时此刻，她的未婚夫却只等着于莎莎介绍，好上去热络地交换名片、寒暄，并在下一次商宇集团的供应商大会时，轻描淡写地说一句，上次跟邵董碰面……

商邵的目光毫无波澜，只对于莎莎轻颔了下首："好久不见，我还有要事在身，先失陪。"

"这么久没见了——"于莎莎扬声，见商邵止步，声音和语气又落了回去，"不聊一聊吗？"

商邵便对她笑了一下，是非常温和、绅士但商务的笑。

"今天真的没空，她还在等我。"

他说着"她"，目光又看向应隐，眸底隐约有丝好整以暇。

所有人的目光齐齐平移到应隐脸上，应隐不得不装成了个专业公关人员，夹着声音对商邵假笑："邵董，我们要尽快了哦。"

可惜她学也学不像，缇文工作时怎么会带语气词"哦"？听着像撒娇。

商邵恐怕她下一句就会露馅，便不再浪费时间，对于莎莎遗憾致歉道："抱歉，莎莎，改天有机会再约。"

于莎莎没想过还能再听到他一句"莎莎"，一时之间有些怔然。

她知道，这不过是商邵给她留的一丝体面，否则用上冷冰冰的"于小姐"三个字，她的"老同学"之说岂不是不攻自破。她弯起唇角，黑亮的眼眸十分专注地望着商邵，做出商邵所熟悉的、喜欢的她的模样。

"拜拜。"她深呼吸，吞咽一下，脸上的失落恰到好处，像在他们的故事末尾留下一串意犹未尽的省略号。

商邵不再看她，径直走到应隐身边，垂眸看着她，伸出手摊了一下：

"请吧。"

应隐只好跟着他走进行政走廊，一路绞尽脑汁，心想要怎么在他的老同学面前把戏圆了呢？耳边便听到侍应生上来："商先生，您的休息室已经准备好了。"

商邵点点头，两人便进了房间，关上门，将于莎莎和她未婚夫的目光阻隔在门外。应隐摘下口罩长舒一口气。

崩溃！

商邵在沙发上搭膝坐下，微偏过头，拢手点起一支烟。

"应小姐，我今天还没做好见你的准备。"

应隐心想，我也没有。我刚知道你功能障碍！

商邵见她还站着，轻扬下巴："坐。"

他今天好冷淡，跟之前判若两人，带着明显的不耐烦和傲慢。应隐心想，你这个功能障碍的男人踞什么踞？

老老实实地坐下了。

商邵咬着烟，也不打算解释刚刚的那一场碰面，就这么自下而上地将她看了一场。末了，他将烟从唇边夹走，吁了一口，略带着疲惫地笑了笑："你今天很不一样。"

算夸吧？但他今天或许是疲于应付那些社交，因此整个人充满意兴索然的冷淡。应隐条件反射就想站起来走人，但她似乎被男人的目光钉住了。

像一只蝴蝶，被轻易地捏住了斑斓美丽的薄翅，逃不过，只好在身体深处做一场跟风暴的抵抗。

烟雾很淡地缭绕，商邵轻点了点烟灰："怎么会在这里？"

"品牌活动。"应隐答他。

"我是说，"商邵语气轻微加重："怎么会上行政楼？你的沙龙不是在五楼？"

原来他一早知道她在这里做活动。

还没等她回答，商邵像是看穿，问："饿不饿？"

应隐的反骨总是不合时宜。她倔着脾气："不饿。"

商邵笑一笑，按下服务铃。侍应生进来，他问："有什么招牌下午茶点？"

"三文鱼芥末蛋挞，刚刚烘烤出炉的，还有红丝绒蛋糕、玫瑰淡奶慕丝。"侍应生答。

应隐已经转过身去背对着侍应生，假装很认真地看墙上一幅商业油画。

听到门轻轻合上了，她才转回来。

商邵挺冷淡地笑一声，半真半假地说："跟你交往，好像很麻烦。"

应隐："……"

应隐心想，你这个功能障碍的人，要是后悔了，撤回订单还来得及。

"要应对狗仔，要防跟踪，还要防上次说的什么……'私生粉'？"商邵一手支着额，显出耐人寻味的眼神和语气，"还有别的吗？应小姐不妨一并告知。"

应隐面无表情："商先生应对狗仔应该已经很熟练了吧，上一任不就被拍到了吗？"

商邵早上才接到了他妹妹商明宝的通信，被告知香港娱乐小报又编排了他一次，还贴了他跟于莎莎唯一被拍到过的一张同框。

香港娱乐圈早就式微，连带着娱乐媒体的日子也不好过，不得不靠编一些似是而非、耸人听闻的花边新闻来博眼球。港澳豪门就那么几家，那些高调的世家公子和港姐嫩模的爱恨情仇早就被写烂了，只有他异类，数十年如一日没有绯闻。

一来二去，港媒对他似憋了股气，拍不到，那就编他生理有问题。拍到了又扒不出，还编他生理有问题。

总而言之，遇事不决，商邵功能有问题。

这种私密问题很能带起话题度和浏览量，真去追究倒显得像真的。所幸街头小报影响力有限，只流通于港岛的街头巷尾间，倒不必太当回事。

商邵是没想到应隐也会看这种报纸。

他似笑非笑，就这么支着腮，看着应隐不说话。

应隐在他的注视中败下阵来。她缓缓明白过来，她一时嘴快，把自己知道他功能障碍一事，也给出卖掉了。这怎么可以！私底下知道是一回事，被当事人知道她知道了，又是另一回事，而且严峻百倍！

应隐低头找补，语焉不详："我什么都不知道……"

"你的目光好像很同情我。"商邵不置可否，难辨喜怒。

大少爷又生气了！

应隐唰的一下抬头："可以治的！可以治的！"

她在饥肠辘辘中绞尽脑汁："没有什么是治不好的，商先生，何况商先生你英俊倜傥，有权有势，又风度翩翩、温润如玉，谈吐不凡、学富五车、才高八斗，身材好，腿又长，嗯……"

她咬牙挤出笑："只是一点点小问题而已，无伤大雅的，嗯……你的优点像星星一样多，缺点……缺点只是一粒小灰尘……"

商邵终于忍不住笑出了声。

他垂首笑着，指尖夹着的烟扑簌落了烟灰。

"应小姐，难为你用这么多成语夸我，我很受用。"

应隐脸色通红。她穿得太利落，像一只造型干脆的花瓶，有凶悍的美。她此时羞恼起来，才算有点意思，像花瓶里开出一枝蔷薇，野的，意料之外，本性偷跑。

商邵的笑耐人寻味，但随着对应隐的注视而缓缓落下，眼神却越来越暗。其实他今天开了一整天的会，发言、演讲、聆听、社交，不胜其扰，疲倦更胜昨晚。但昨晚，他在那张弥漫着香味的雪茄椅上睡了半觉，醒来时，怀里沉甸甸的有着重量。那是一种令他怀抱感到舒适的重量。

他现在是同样的疲倦，于是对那股重量、温度的渴求，又悄无声息地攀爬了上来。依稀记得昨晚紧箍了她的腰。

这么瘦的人，却有紧实的肉感。

商邵吁着最后一口烟，将之捻灭到烟灰缸中，再抬眸时，又回到了那副让人捉摸不透的模样。

他隔了不远的距离注视她，冷不丁问："昨晚睡得好吗？"

只是短短的、轻描淡写的一句，就让应隐陷入柔软泥沼。

这是一个很简单的问题，放在寻常的语境下，不过是寒暄。但在他深沉的注视中，应隐只觉得脚底泛空。

一秒间，他们被这一问带回了昨晚。

墨绿色的雪茄椅，案几上浓郁的花香，以及彼此唇齿间缠绵的甜味。

他是如此漫不经心地在告诉她，他也还记得，他也没放下。

吵过架，说过一些刺伤人的狠话。失控地接过吻。

他是吮过她的唇的，很用力，舌尖抵进她的齿关，被她毫无抵抗地接纳。

应隐不敢再与他对视，眼睫轻眨了一下，故左右而言他："商先生昨晚把手表忘了。"

"故意的。"

应隐心底一紧，掌心和身体深处都像雨后潮湿，泛着春花与青苔生发似的痒。

"应小姐，你准备还我吗？"商邵的目光仍然停在她脸上，眼神淡，眸色却深。

他是在问你准不准备还这块表，还是准不准备再见他一次？

应隐不知道，像被丛林里的兽压迫住。

它太强大，大部分时候都气定神闲，只在像这样的时刻，才会失控地流露出一丝嗜血的、躁动的志在必得。

倏然一现，又隐没不见。

应隐从沙发上站了起来，内心静了许久，将手从上衣两侧剪裁极妙的口袋中伸出。右掌摊开，是一块棕色的男士陀飞轮腕表。

"商先生。"她看着他，腕表盘早已被她掌心焐热，"我随时都准备着。"

——再次见你。

棕色陀飞轮表并没有物归原主，因为商邵没接。

"今天是偶遇，不是还东西的好时候。"他轻描淡写地说，从沙发上起身，"我还有事，该走了。点心马上就到，你吃点再走。"

话音刚落，果然响起敲门声，商邵说了一句："稍等。"

应隐在他靠过来的气息中怔了一瞬。商邵散漫地勾了勾唇，抬起一只手，将应隐的脸轻轻压向自己肩膀。

他的肩好宽。应隐心里只剩下这个念头。

那种充满洁净感，如同高山晨雾般的香水味，从他的颈侧肌肤散发出来，霸道地占有了应隐的呼吸。

咔嗒一声，门在下一秒开了，侍应生走入，因为角度原因，他只能看到应隐伏在商邵怀中。

他当然懂非礼勿视，因此全程目不斜视，只弓腰将茶点杯碟一一摆好，继而便收起托盘告退了。

门关上，商邵松开手，神色十分平淡，仿佛刚刚只是顺手之举。

应隐的心提起又落下，过了一会儿，她的眼睫才轻轻抬起，道："谢谢。"

商邵临走前跟她告别，用的词是"再会"。

她吃了一块三文鱼芥末蛋挞便下楼，在无聊的茶会上端庄甜美地与人问好、寒暄，聊一些不痛不痒的近况，十分光鲜，十分熟练。

出席的嘉宾中，有来自时尚杂志的老牌时装编辑，也有广告部总监，几人端着香槟杯闲聊，自然而然就把话题放到了半个月后的时尚大典上。

这是女刊 *Moda* 每年举办的周年盛典活动，颁发一些"年度艺人""年度星光力量"之类不知所云的奖。

这种奖纯是分猪肉，最大的意义仅限于被流量粉写进实绩大字报，但不管是影帝、影后，还是顶流男、女团，只要受邀了，就一定会留出档期出席，并为此铆尽全力——

因为这是顶级女刊的夜晚，是全球高奢品牌考察艺人表现力、星光力的夜晚。

品牌代言费是艺人收入中极大的一部分，何况高奢品牌对于艺人的加持实在太多：解锁高端封面、全球各地广刷脸、带飞时尚地位，在后续的商务合作中，也更利于谈判代言费。

哪怕是从最最务实的角度来说，被高奢相中的艺人，全年三百六十五天的活动造型都不必再烦恼，上至高阶古董珠宝、百万高定礼服，下至当季成衣，只要是这个品牌的，都可以随便借。

相应的，也会有更多非竞品品牌来抛橄榄枝，以期望艺人能穿一穿他们的当季主推款。

这样的场合，注定是所有艺人厮杀的角斗场。

应隐时尚资源降级得厉害，虽然大家明面上不说，但其实一场场活动造型盘点下来，时尚圈上至主编下至博主营销号都心知肚明。

赵漫漫是个什么人？她最初是 *Moda* 意大利总刊首位华人造型总监，回国后开了自己的工作室，同时也保留了 *Moda* 中国"首席造型顾问"的头衔。

登上 *Moda* 封面的艺人，造型多半出自她之手，水准极高，极少出错。

她能让一个局促小家子气的女星变成风情大美女，也能让一个比例惨不忍睹的男星起死回生，也因此，半个娱乐圈的一线艺人都把自己的造型交给她。

应隐虽然贵为影后，且粉丝战斗力强悍，但两人撕破脸后，她才是比较受损的那一个。

之前宋时璋给她的高定礼服，麦安言为什么甘愿冒着被粉丝骂不敬业的风险，也要她穿且要她官宣，理由就是如此。

当然，明星造型工作室如雨后春笋，层出不穷，有的是人愿意接应隐的单，譬如现如今的储安妮。

但赵漫漫在全球时尚圈浸淫几十年，与许多品牌的现任设计总监、创始设计师本人都私交甚笃，一件高定礼服给谁穿，不给谁穿，她的意见很受重视。

一个能扣住明星时尚脉门的人，应隐在片场把她亲弟弟骂吐了。

分神片刻，一道女声将应隐的思绪拉回沙龙。

一个女刊的时装编辑问："晚姐这次的服装搭配是不是又挑花眼了？"

没人好意思问应隐这回事的，怕她难堪，因此干脆就默契地无视了，话题只围着张乘晚转。

张乘晚只在应隐面前拿腔作调，在外人面前向来是十分大方体面的，此刻很具亲和力地笑说："确实递过来的选择太多了，我一想到要试那么多套，头都很大呢。"

"也就只有晚姐能把高定礼服都提前试过去。"另一个称赞道。

应隐一直默不作声，张乘晚瞥她一眼，目光短暂地在她的当季成衣上停留："其实有时候，自己掏钱买也是不错的选择，就是想穿出彩的话，总是有点贵的。"

应隐心想，我吃饱了撑的拿钱去买高定礼服。

她其实早就想溜，是张乘晚硬要她陪。

张乘晚"大花"地位稳固，虽然总跟她阴阳怪气的，嫌她接连抢了两座演技奖杯，但人不算坏，应隐不想跟她闹僵。

她听着他们闲聊八卦，手插在衣兜里，指腹下意识、刻板性地摩挲着商邵那块腕表表盘。

"也不一定有钱就能买到的。"那个女刊编辑爆料，"就别提高定礼服了，上次有一个想自掏腰包买 Vide，吓得品牌连夜打电话通知门店，让别把秀场款卖给她。"

这种事也不算太新鲜，但还是引起了一阵浮夸的感叹：

"真的？我天，她干吗了？太惨了吧。"

"这形象得差到什么地步了？"

编辑耸耸肩："好啦，我不能说，说了就解码了。"

奉承完了张乘晚，他们在应隐身上走过场。

"隐隐姐今天这身也好看的。"

应隐微微笑，把主场还给张乘晚："衣服罢了，怎么比得上晚姐一场一件艺术品？"

她终于觉得无聊了，心中幡然惊醒。干吗把时间浪费在这种地方。

摩挲着表盘的手停了下来，她做好了决定，还是那副挑不出错的甜美，笑容如焊在脸上似的跟这几个告别："我还有点事，你们聊。"

说完，也不看张乘晚的脸色，径直端起酒杯去敬了品牌方的亚太区高管，接着便离席了。

推开休息室的门，缇文和俊仪正在吃东西。

别的明星的随行人员都偷偷溜出去逛街、试香、买口红去了，只剩下她们两个。缇文还算克制，俊仪简直狼吞虎咽，嘴巴塞得满满鼓鼓的，见应隐这么快就出来了，噎得咳喘不停。

还是缇文先问："怎么这么快就结束了？"

"我想见个人。"应隐口吻随意，"他不给我太多时间。"

"嗯？谁？麦总吗？"

应隐把手表拿出来："他。"

缇文不明就里，俊仪却是又呛又噎，都快咳飞了，还十分坚持地说："你……别……冲动！"

应隐却已经拨出了电话。

在等待电话接通的数秒内，她心脏鼓跳，直到听到商邵那头一声"喂"。

语气极淡，但极动听。

"商先生，你走了吗？"应隐开门见山地问。

商邵坐在迈巴赫后座上，刚刚才合眸休息了不到三分钟。

"嗯。"

他重新闭上眼眸，因为养神的缘故，声音听着沉稳而情绪莫测："刚走。"

应隐两手都捂着手机，放低了声量："我想见你。"

电话那端安静了十几秒。

商邵缓缓睁眼，两侧车窗外，街景后退，已快驶出这片街区。

他一手静静掩住手机听筒，叫了声"康叔"。康叔已经换上了可掉头的车道，简短地回："四分钟。"

商邵便淡淡回复应隐："四分钟后，负二层，A电梯厅。"

应隐挂了电话，命令缇文："你跟我换一下衣服，否则可能会被拍到认出来。"

俊仪小步快跑，过去将休息室的门反锁了。她莫名被应隐传染了迫切严峻、严阵以待的心情。

应隐边拉下自己上衣的隐藏式拉链，边说："从现在开始，你有四分钟的时间劝我。"

俊仪知道她是对自己说的，咽了口水压实肚子，长吸一口气连珠炮似的说："你不应该这么快做决定，我买个一千块的东西还要冷静二十四小时，从昨天晚上到现在，才一、二、三、四……十九个小时！商先生总不至于二十四小时都不肯给你！"

"我怕他先冷静了。"应隐将上衣剥了，接过缇文递给她的白色衬衫。

俊仪没听懂："啊？"

应隐却已经套上衬衣，低头系着纽扣，脸上没什么多余的情绪："下一条。"

"我我我……"俊仪一时之间词穷，急中生智大声道，"我怕你陷进去！"

她如愿看到应隐的动作停顿了，但只是很短的一个瞬间。她仍然低着头，一侧唇角勾了起来："一个亿，怎么陷进去都不亏的。何况他有点小病，我想……我不至于。"

缇文默默听了这么久，逮住这气口，不动声色地问："你们在聊邵董吗？"

"嗯。"应隐也不避讳她，"你好像对他很熟，他有什么缺点吗？"

缇文是个聪明人，前言后语，加上昨晚商邵的不请自来，她对这件事已经摸到了一个模糊的轮廓。

想了想，她看着应隐，半开玩笑半真诚地说："以我对商先生有限的了解，他没什么缺点，除了有点难猜，尤其是这两年。"

应隐点点头，换上了缇文的过膝铅笔裙："半斤八两，我也挺会演的。"

俊仪和缇文心里双双闪过念头：你可拉倒吧！

今天是工作场合，缇文穿得很正式，飘带真丝衬衫，黑色包臀铅笔裙，配应隐原本的尖头细高跟也很适宜。

两人连配饰都交换了，缇文佩戴的只是普通装饰耳钉，应隐的却是正经珠宝，可见她对身边人是要么不选，选了便不疑，给出充分的信任。

"我该走了。"

应隐说着，最后将那块男士腕表，扣在了自己的手上。但她的手腕那么细，表盘盖住了她整个腕面，即使表带扣到了最后一格，这块表也还是松垮晃悠。

两个助理目送她。

应隐停住脚步，回眸笑了笑："今天就先放假，微笑，开心点。"

她拧开门，右转十米，电梯正好停在五楼，等待着她的光临。

叮的一声，门缓缓开启，香氛与冷气让应隐打了个轻微的寒颤。

她身体笔挺，义无反顾地走了进去。

从电梯厅出来，商邵还没到。

应隐站在门口等了会儿，听到两声车子过减速带的声音，接着便看到了那台迈巴赫的身影。

港3黄牌瞩目。

康叔都没认出她，脚尖轻踩刹车，将迈巴赫缓缓滑停，边说："应小姐似乎还没到。"

商邵睁开眼眸，目光自下而上打量过应隐。

"她就在你眼前站着。"

林存康讶异，丝毫不知道他是怎么认出来的。

眼前的女人只穿了很普通的套装，还蒙着口罩。固然是小腿跟腱纤细笔直，但也没有很特殊。一定要说的话……是腰臀比太过瞩目，沙漏般的曲线，是天赐，难以复刻。

应隐没绕到另一边开车门，而是就近打开了商邵这侧。

商邵抬起眼眸，虽然不解其意，但还是那么沉稳迫人的气场。

应隐挂着车门，口罩下的脸虽然泛红，但她的声音是极度一本正经的："商先生，我现在心情难过，可不可以跟你坐一起？"

商邵两手在腿上十指交扣，十分慵懒地搭着，声音里满是不动声色："应小姐想怎么坐？"

这男人总是如此，应隐很想看他像昨天那么失控。

她单膝跪到皮椅边缘，一手攀着他的肩膀，一手挂着椅背，在与商邵目光的交汇中，她侧身、仰面，坐到了他穿着黑色西装裤的腿上。

迈巴赫外，如果有路人经过，便只能看到铅笔裙下的两条小腿光洁纤细，一只回勾，另一只笔直翘着，尖头细高跟鞋在幽暗的地下车库光线下倏然一闪。

砰的一声，车门关了，挡住里面的风光。

康叔不知道要不要开走，他踩在油门上的脚尖，无论如何也踩不下去。

首先，他活这么大年纪，还没见过这场面。

其次，他看着商邵活了三十六年，也没在他身上见过这场面。

尤其是在他西装革履一本正经地刚结束会务的时候，在这台从来只交办公务、迎送政要的迈巴赫上。

没见过的东西，他老人家实在吃不准。少爷到底是喜欢，还是不喜欢？他也不好意思从后视镜里瞥一瞥商邵的脸色。

商邵脸色确实黑沉，两只手扶住了应隐，但非常绅士克制，全部都停留在它们该停留的地方。

什么曲线凹凸处，他一眼未看，一点未碰——

直到他的目光，看清了应隐扣在腕上的那块表。

属于他的手表虚虚地拢着她，顺着她抬手钩他脖子的动作而下滑。

商邵喉结咽动，一句话未说，却眸色渐深。

再开口时，他嗓音沉哑，慢条斯理问："一千万，早上收到了？"问话时，垂下的眼眸微眯，眼底浓云沉雾。

应隐被他盯得心里一紧，很轻很轻地"嗯"了一声。

一千万，一分钟。

他说话总是高深难测，含着无尽的弦外之音，但应隐听得懂。

他的气息，和昨晚吻她时一模一样。

一直悬而不决的康叔，终于听到了他家少爷的命令。

"康叔。"他沉稳地说，"把挡板升上。"

随着迈巴赫挡板的缓缓上升，前后座逐渐被分隔成两个隐私独立的空间。

应隐不是没坐过迈巴赫，除了察觉到商邵这台车确实异乎寻常地长和宽外，她从没想过它真的会有挡板，而且会在此时此刻升上。

挡板是玻璃的，因此并不给人以压抑之感，但不透人影，静音性极好，好到她已经听不见前排康叔的动静。

刚刚还十分卖弄风情的勇气在此刻一泻千里。她想跑，但屁股只是刚抬离了一些，便被商邵的手准确无误地扣下。

他并没有很用力，但充满了强势而不由分说的意味，手贴着她饱满的臀侧。

贴着也只是贴着，并没有其他动作。

应隐不知道该骂他流氓还是夸他一句绅士。

"想干什么？"商邵淡淡地问她。

"我……"应隐的手从他脖子上滑了下来，眼睫低着，眼神乱着，"会被看到……"

"不会。"

他径直看着她无处躲藏的双眼，手指在某处轻轻一按，随着"咔"的一声轻微细响，车窗内侧降下了一道遮光挡帘。

应隐："……"

车子起驶平稳，悄无声息地转过电梯厅前，任由门口两名顾客交头接耳："港3……"

他们甚至掏出了手机拍照。

但他们怎么会知道，真正值得拍的并不是这台车、这张车牌，而是里面难以描述的暧昧春光。

商邵扣住她戴着手表的那只左手，食指插入她的掌心，迫使她柔白的手向上折起，修长的手指却又无力地垂落。

他的气息滚烫低沉，命令却是那么好整以暇："继续。"

应隐只觉得浑身燥热。她难耐地蹭了蹭，调整坐姿的着力，嘴里还试图跟他讲道理："你说过你不会碰我的。"

商邵若有似无地哼笑一声，也不知道是觉得好笑，还是被惹到。撩是她撩的，跑又是她先跑，真当他无能，允许她来去自如、毫发无伤？

"应小姐，做生意要讲诚信。"他从应隐裙边口袋里抽出手机，"一千万，一分钟，我现在就要。"

闹钟的快捷指令被唤醒，下一秒，屏幕上开始了六十秒的倒计时。

应隐的双眼还懵懂地圆睁着，在僵硬和被遗忘的呼吸中，她微张的红唇被商邵吻住。

他又吻了她。

不同于昨晚睡醒后的失控与强烈，这一次，他吻得从容，手从她臀侧缓至腰间，掌心滚烫地贴着，克制地没有揉弄。

她丝质衬衣单薄，几乎要被烧着，一双腿在他身上微微地蹭，全然是下意识的，并不知道自己在做什么危险举动。

被她一撩，商邵顿了很短的一瞬，吻不可遏制地由浅及深，由轻至重。

他进得顺畅、轻易，没有遭到任何抵抗。

应隐在他怀里软成一团，高跟鞋几乎踩不住地毯，心里闪过一个念头，不知道康叔会不会听见？

闹钟丁零零响起时，商邵的动作一顿，守诺地停了下来。

他停了吻，稍稍抬起头，但唇还与应隐若有似无地挨着、触着、蜻蜓点水般地亲着。

一分钟原来并不尽兴。

商邵稳了一阵心间的跳动，才缓缓睁开眼。他的眸色晦沉，但里面波澜不惊，让人看不透情绪。

他看着怀里的人，脸上是不正常的潮红，喘息热而甜，被吻坏了的唇紧紧地抿着，像是有很大意见，但眼眸却又是湿润的。

应隐都没发现，接吻时她一直紧紧揪着商邵的领带，明明身体软成一摊水，手心却不知哪来的力道，把他笔挺的衣襟、领带都揉皱得厉害。

商邵按掉了闹铃，回复到面沉如水的模样。

"这种生意……"他顿了顿，垂眸注视她，"应小姐跟几个人做过？"

应隐一身没必要的反骨："商先生是第三十一个。"

商邵看不出喜怒，缓了片刻，只吩咐她："以后别做了。"

他气定神闲的，也看不出到底是信没信。

应隐心想现在总可以起身了吧。谁知屁股刚抬，又被商邵按了回去。

"别动。"

"嗯？"她鼻腔间发出微弱的疑惑声。

"不方便。"

应隐蒙蒙的，过了会儿，她似乎有些明白过来，迟钝而下意识地将脸垂下——

商邵没给她机会，大手抚住她的后颈，一把将她的脸按进怀里。

"别看。"

他坚实的胸膛还在起伏，男性荷尔蒙气息滚烫地散发出来，突破香水味，像冰面上蓦地升起一座火山。应隐脸色爆红，只想连滚带爬地立刻逃开，但商邵的禁锢那么紧，她根本逃无可逃。

"报纸不是说……"她吞咽一下。

商邵面不改色地说："被你治好了。"

谁信啊！

应隐又羞又怒，转念一想，功能障碍有许多种，那也许他不是不举，而是……早泄？

但她无论如何，也不能把这男人充满性危险的气场，和早泄两个字联系起来。

她听话，不再轻举妄动，小心翼翼地与他保持住微妙的距离。

直到沉默的两分钟后，应隐才听到头顶沉冷的一声"好了"。

应隐低着头，僵硬着肢体从他怀里后撤："我……我坐过去……"

虽然迈巴赫的后座是连贯的一道中控，她只能半跨过去，场面也许不太漂亮，但在这男人的身上，她是一刻也待不住了！

"就这么坐。"商邵按回她的腰，揽着她的肩。

"啊？"

商邵有些无奈地垂眼注视她："让我抱一会儿。"

他……好像需要她。

不知道为什么，想到这一点，应隐蓦地软下来，刚刚的僵硬尴尬和无处排解的慌乱燥热，都像扬起的灰尘般，又安稳地落了回去。

“商先生，你很累吗？”她低声问。

商邵闭着眼眸：“嗯。”

应隐便不再说话，任由商邵抱着她。车子自始至终都停在停车场的僻静角落，她甚至不知道康叔还在不在车上。

康叔自然是不在的。他早就下了车，指尖擎烟，抽了一支又一支。

他难以想象车上发生了什么，要如此之久。

但……说难听点，车身又没动，连晃都没晃。

不能再想了，康叔咳嗽了两声，纯给自己听的。

他的少爷不是这样子的人，在车上乱搞女明星这种事，既不符合他的身份，也有损他的格调，他绝对不会干。

应隐被商邵安安稳稳地抱了几秒，听见他问：“拥抱要收费吗？”

好坏，是故意的吗？

“要呢，一千万……半个小时。”

“让康叔转账给你。”

“接吻不续费吗？”应隐大脑缺氧般地问。

商邵一怔，轻轻失笑一声：“你想我续？”

应隐脸色薄红，但口吻若无其事：“有的赚为什么不赚？”

“嗯，这个似乎比睡后一亿赚得更快。”商邵意味深长道，“毕竟睡一场，应该不是十分钟能解决的事。”

应隐被他噎了一下，低声很窘地恳求：“不要再提这个……”

商邵笑了笑。

很奇怪，他确实觉得没原先那么累了。怀中的重量是真实的，他从骨头缝里都渗出慵懒的舒适。

“刚刚上车的时候，为什么说自己难过？”他看向怀中的女人。

其实不算关心，而是某种嘉奖吧。应隐能感觉出来。

因为她让他觉得愉悦，所以他嘉奖她，纡尊降贵地问一问她的心情与难处。

她无声地笑了笑：“谢谢商先生关心，但现在已经不难过了。”

商邵眉心的蹙意转瞬即逝，他平淡地说：“应隐，我从小接受的教育，首要一点就是尊重。不管是私事还是公事，开心还是难过，我只会问一遍，如果你选择不说，我会默认你不想告诉我，尊重你，不再追问，更不会私底下调查，希望你明白。"

"商先生是在教我，不要跟你玩欲擒故纵、口是心非吗？"应隐的骄傲劲又上来了，抿唇一笑，"那我就先谢谢你的尊重了。"

商邵松了手，面露不耐："下去。"

应隐打开车门，高跟鞋踩得稳稳的，头也不回砰的一声摔上车门。

太用力了！很不礼貌！

她一个转身，重新打开车门，高傲和犯贱的转换只在一秒间："对不起对不起，我不是故意的，是不是吓到您了？"

不远处目睹全程的康叔："……"

商邵一手支着额，闭眼蹙眉的样子十分不友善，沉沉舒出一口气后，他不耐烦道："我让你下去，没让你下车。"

"好的大人！"应隐从善如流认错极快。

商邵："……你叫我什么？"

应隐反应过来，倒吸一口气："没有没有，这是我们年轻人……"

称呼甲方……

"你们，年轻人。"商邵重复她的话。

应隐拍了一下额头，她在说什么啊！

还是康叔好心解救了她，走过来拍拍她的肩："还是上车吧。"

应隐皱着脸，看向商邵的目光小心翼翼："我可以吗？"

康叔摇摇头，瞥一眼商邵："可以，他不会生你气。"

商邵手指不耐烦地点了点中控台，冷冷问："还想站在这里聊多久？"

应隐赶紧绕到另一边上车。

康叔没把挡板降下来，但后座的两人，气氛已与刚刚截然不同。

空气感觉凝固到了零下八摄氏度。

应隐不知道商邵要带她去哪儿，也不知道路程有多远。她那侧的玻璃没有降纱帘，街景流转变换，深秋午后的阳光穿行在蓝色玻璃楼体间，倏尔隐没，倏尔刺眼。

她昨天晚上和今天的心情都如云霄飞车般直起直下，又在活动上假面周旋了半天，现在被阳光一晃，只觉得困意汹涌，眼皮一合就睡了过去。

迈巴赫的一切都是静音的，静谧地开，静谧地降拢挡板，静谧地隔绝海风。

安稳的睡梦中，只隐隐约约听到人声。

"应小姐挺可爱的。"一道稍苍老的声音。

是谁哼笑了一声,用粤语说了一句"妹妹仔"?像是拿她无可奈何。

等她再睁开眼时,窗边的风景已经只剩下了海岸线。

绵延不绝的海岸线,蔚蓝色的海岸线,漂浮着帆船游艇的海岸线。

"醒了?"商邵头也未抬,不知道怎么发现的。

他戴上了一副眼镜,正安静地看着一本书。书名陌生,应隐只认识作者黑格尔。

他果然是学哲学的?

"我们去哪儿?"

"回家。"

"回……"应隐顿了一下,"是商先生的家吗?"

商邵的目光停在这页书的最后几行,淡淡翻过一页后,才"嗯"了一声,淡淡地说:"签完合同后,你也可以当作你的家。"

应隐没那么别扭,吃饱了撑的去纠正他关于家和房子的定义。

她目光转向车窗外,看了会儿海。

今天天气好,落日在深蓝的浪上熠熠生辉,如铺洒碎金。远处有人在玩冲浪,被快艇拖曳着,拖出长长一道白色浪花。

这样的好景象是感染人的,应隐降下车窗,想要呼吸海边空气。

海风涌入,她一时想起商邵在看书,便匆匆地扭过头去,眸色中似有受惊。

黑发被风吹乱,从她的颈后飘扬起,她不得不用一只手拂开。

哗啦啦一阵纸张翻动声,商邵的书果然被海风翻乱。

"对不起。"她说着,就要升上窗户。

"没关系,开着吧。"

啪的一声,商邵单手合上厚书,继而将之收入后座的储物格中。

应隐的目光一时之间没有移开。

他不戴眼镜时,给人一种高深莫测、琢磨不透的矜贵感,让人觉得他但凡靠近一步都受宠若惊。

他现在戴起眼镜,却有一股温文尔雅的味道,不像什么董事长、商人,而像是高校的教授,万年的白衣黑裤,腿比讲台高出一截。上课前,他会习惯性地折一段粉笔,一手插在西装裤袋里,一边弯腰看一眼教案。他写板书时站姿散漫,衬衫下的手臂线条利落结实。

商邵勾了勾唇:"你不是说,你不敢看我吗?现在已经超过五秒了。"

应隐如梦初醒，将目光仓促转开，顾左右而言他："商先生近视吗？平常不见你戴眼镜。"

"一点散光，偶尔开会和看书时会戴。"

"明明昨天相亲也戴了。"应隐翻他旧账，不假思索，像是对他刻意打扮一事有意见。

商邵瞥她一眼，摘下银色眼镜。

他修长的食指按下镜腿，轻描淡写地说："因为听说那个姑娘不喜欢戴眼镜的男人。"

应隐一怔，"哦"一声，没说别的，转过脸去继续看海，唇角微微向上抿起。

车子驶过那片著名的帆船港后，沿着海岸线拐了一道弯，驶上一条极为静谧的柏油路。

道路两侧是大片大片望不到边际的绿茵地，它们是如此整洁，如此浓翠，每一眼都让人觉得精神新鲜。

沿着柏油路开了五分钟，眼前出现一座白色警卫岗亭，横着停车杆，岗亭旁立一面银色金属立牌，写着：内部道路，未请勿入。

在停车杆右侧的，则是白色大理石的一面薄墙，墙上挂着简约的锖色名牌，字迹纤细，一块写着某某大学海洋动物保护所，另一块写着海洋动物繁育基地。

岗亭中的保安穿黑色西服套装，身材高大挺拔如松，耳朵里连着对讲机的耳麦，见车子靠近，鞠下躬来，直到车子驶入。

停车杆自动识别车号，进了门，依然是一望无际的绿茵。远处海面起伏，近处浪卷礁石，偶然有白色沙滩倏然一现，如蚌壳吐珠。

应隐才反应过来，他们现在是行驶在一片断崖平原上。

也许是夷平了半座山。谁知道呢。

如此又开了十五分钟，椰林香风，棕榈阔叶，半天没见一人一车，直到来到第二座岗亭。

这一次可以看到背后有建筑物，不高，仅两三层，但占地面积很广，白色的外墙被海风侵袭出灰色印记，可见有一些年头了。

岗亭后有一片小型停车场，应隐可以看到停了十几部车，但并不是豪车，而是寻常人家所能买得起的轿车或 SUV。

但车子却没往岗亭去，而是绕过喷泉，拐上了另一条路。

这条路的入口处也立了"内部道路"的警示牌，没有人驻守，但有一整组摄像头高悬在路口上方，给人以强烈而冰冷的威慑感。

这是一条很平缓的上坡路，入口处只见蓝天白云和一条宽阔大道，两侧松树夹道而立，疏朗有致，笔直气派。

这里静极了，海的声音远去，鸟的脆鸣，悠然飞入云间。

如此又开了三分钟，绕了一些弯，眼前出现第三座岗亭。所不同的是，这一次是黑色格栅电动铁门，识别了车牌，正缓缓向两侧开启。

进了门，还是绿茵，这一次，当中路段变成了典雅明净的白色，约百米。

路尽头立着一座罗马式三叠喷泉，喷泉后，一座三层别墅呈不规则几何形展开。

眼前的一切过于宽阔气派，以至于人的眼睛都不太够用。白色的外墙洁净如新，不知是新修葺的，还是有专人打理养护。每个立面都横有一面透明全景幕墙，呈现出墅内不同的一隅景象，二楼露天无边泳池约二十米，面对着悬崖尽头的蔚蓝大海，与之相映成趣。

应隐："……"

你管这叫家……

迈巴赫在正门口稳稳停下，康叔下车，绅士地率先为她打开车门，微微鞠躬说："应小姐，欢迎光临。"

应隐心情复杂，一时被震慑到不知道该说什么，在这样的房子面前，她的赞美和惊叹都显得多余。

商邵抬步，见她没跟上，淡淡地说："别愣着，带你转转。"

应隐的高跟鞋咔嗒两声，早有用人迎出来，手里托着一双全新的女式植鞣软皮鞋："应小姐，不知您是否需要换一双更舒适的鞋走路呢？"

应隐瞥了商邵一眼，商邵轻点下巴："等你。"

她随女佣走进玄关，在一处软凳上坐下。女佣半蹲下身："我帮您更换。"

她将应隐的小腿和脚踝轻柔地托起，将那双八厘米的细高跟从她脚上轻轻脱下，换上新鞋前，应隐问："你有一次性袜子吗？"

"您放心，这双鞋是全新的，而且只属于您。"女佣将鞋子套上她脚尖："它更适合裸脚居家穿，很舒适透气，是会呼吸的鞋子。"

应隐忍不住笑了一声:"你应该去奢侈品专柜做销售。"

女佣也对她笑笑:"谢谢夸奖,您起身试试,合不合脚?"

应隐起身走了两步,觉得不可思议:"真的,我很难买到正合适的大小。"

女佣也不多话,两手拘在怀间微微鞠躬:"您觉得舒服就好,少爷在门外等您。"

应隐换了鞋,气场没起初那么锋利了,整个人变得舒展从容,能感觉到她浸透在一股舒适中。

商邵勾了勾唇,笑意温柔:"舒服了?"

"嗯。"她用力"嗯"一声。

"这边走。"商邵侧身让步,让应隐跟他并肩。

他没带她进房子,而是先在外面转,给她介绍着:"这里原本是一个海洋公园,不过大部分的场馆都已经拆除了,现在只留下了你刚刚看到的动物保护所和繁育基地,每天会有人来上班,不过你不必担心,他们一般不会来这里。

"这里整体是一个悬崖截面,修了一条步道到山下,可以看海,有一片小沙滩,但不能游泳,如果你喜欢游泳的话,二楼有一个无边泳池,除此之外,后花园还有一个,等下你会看到。"

穿过前庭的绿茵地用了一会儿工夫。到了侧面,商邵指着一座白色的四方斜切建筑说:"这是原来海洋公园的鲸鲨馆,我保留了,从房子里也可以过去,下面是海景餐厅和海洋景观房。"

应隐:"啊?"

"怎么?"商邵平淡地问。

"没什么……"应隐咽下吃惊,问,"那鲸鲨馆,为什么保留了?"

"在用。"

"养鱼吗?"

"养鱼。"

"商先生连生态缸都比别人大。"应隐开玩笑似地说,跟着商邵的脚步走进场馆。

商邵笑笑,看上去心情不错,"嗯"了一声:"你说得对。"

进了场馆,温度骤然低了下来,漂亮的下午光被挡在建筑物外,取而代之的是一种静谧温柔的深蓝。

光线的分布显然是专业的,整个空间呈现出水纹荡漾的涟漪感,倒映在纯白的、做了圆弧倒角的墙壁上。

"我带你见一个朋友。"

"这里?"应隐惊讶了一下,继而明白过来,应该是他养的鱼,或者说热带鱼群,也许,还是只五彩斑斓的小树蛙。

商邵点点头,说了声"稍等",继而脱下西服,披到了应隐的肩上:"这里冷,多穿点。"

应隐两手拢住西服领子,又见他从西装裤兜里摸出那个白瓷烟盒,例行公事地问了一句:"介意吗?"

应隐摇头。她其实挺喜欢闻他指尖的那一款烟味,跟其他人身上的不同,有一种温柔的沉香味。

她又想起了车内的吻。

他的唇舌间也有那一种烟草香,很淡,但霸道地浸满她的呼吸。

商邵将烟咬上,偏垂着脸点燃,掌心拢住的火苗照亮他的眉眼。

抽了一口后,他想起来问:"你有没有巨物恐惧症?我的朋友它……有一点大。"

应隐刚刚脑子里还是他的吻,此刻又是"朋友"又是"大"的,思想一不小心极速滑坡。

救命!她一个清纯妙龄女子在想什么!

深蓝光线下,商邵的目光探究而耐人寻味:"这个问题,需要你做出这么激烈懊恼的表情吗?"

应隐低头躲他的视线,语气莫名心虚:"我没有巨物恐惧症……大一点也没关系。"

商邵:"……"

怎么好像更奇怪了?应隐抬起头,飞快地补充却字字欲盖弥彰:"我的意思是你朋友大一点也没关系!"

商邵无奈地舒了一口烟,笑了一声:"你别说了,再说下去我会想歪。"

应隐:"……"

她羞恼,咬着唇带点愤怒,像是很难堪。

商邵被她看得没辙,只好半抬起双手,勾唇带有笑意说:"OK,我的错。"

他一副败给她的模样,但指尖夹烟的模样倜傥散漫,微垂着的脸上笑意也未尽,分明还是在笑她。

应隐冷冷哼一声,脸上的表情十分生动:"商先生也不过跟别的男人一样。"

"你骂我啊？"商邵低沉着声音，似笑非笑，"今天胆子这么大，又是甩我车门又是骂我，不怕我报复你了，嗯？"

应隐一时答不出，站在原地瞪他半晌，冷不丁往前一步，双手合腰扑抱住他。

商邵的表情和身体一时都僵住，他抬着手，不知道该不该落在她身体上。低下头去，见她抱得一心一意，不由得低下声来问："这又是干什么？"

"报复你，浪费你的钱。"应隐冠冕堂皇，"一千万三十分钟，不算小数点后面的数字，一秒钟五千五百五十五，现在已经十秒了。"

其实她的报复是如此心血来潮，带着不管不顾的赌气。但她做得认真，两只纤细的胳膊自他腰间交叠收拢，似乎是怕他挣脱，用了十分的力气。

商邵此刻只穿了衬衫，妥帖地束在西装裤中，应隐抱着他的腰，只觉得肌理骨骼的触感紧实而充满力量。

她都脸红了。

左手腕那块宽大的男式表盘上，秒针行走似快也慢。

"二十秒。"她闭着眼睛默数。

"四十秒。"她得意扬扬。

"一分钟。"她显示出胜者姿态。

商邵："……"

"今天就先这样。"应隐仰起脸，"商先生这么守信用，以后你凶我，我就浪费你的钱。"

她这副样子真让商邵觉得，这种时候不吻她，简直不是男人。他手臂用力箍住她的腰，垂着的眼眸里波澜不惊，声音却异常低沉："怎么这么聪明？"

应隐确信他不是真心实意地夸她，但她迎着他的视线，轻轻地吞咽了一下。

刚刚点起的香烟还在静静燃着，白色的烟雾自冷气中弥漫缭绕上来，掩住了他此刻难以捉摸的面容。

过了两秒，商邵眯了眯眼，夹着烟的那只手抬起，轻抚住应隐的脸颊，用沉哑却又漫不经心的语气说："我钱太多，教你用更快的方式浪费。"

应隐心一紧，眼睫抬着，看进他眼底，看不过两秒，招架不了，又惊惶地垂下，看向他近在咫尺的唇。

她微微偏过脸，四肢又软又空，知道即将发生什么。

闭上眼时，商邵的吻覆了过来。

西服从她肩膀滑落在地，应隐"嗯"了一声，重心骤然腾空——商邵托抱着她，将她猛地压上墙面。

墙体冰冷，冷意透过真丝衬衫，渗进她的骨头缝里，让她止不住地发抖。

她几乎着不了地，屁股被他臂弯箍着托着，铅笔裙下一双长腿只能绷紧了趾尖，可怜而用力地点着，腰落入他的臂膀之中，那么用力，凶悍得几乎要将她的腰折断。

但哪一处的凶，都不如他吻她的方式更凶。

他的吻密不透风，强悍霸道，没有给她留下任何回应的余地，不像昨晚情难自控，不像下午游刃有余，而是一种强烈而充满荷尔蒙的占有。

应隐被他吮得舌根生疼，两条胳膊软绵绵地勾着商邵的颈项，抚着他的黑发，不知道是他压向自己，还是把自己迎向他。

他衬衫下的身体好热。

应隐的一颗心阵阵发紧，直到她以为自己会心脏紧窒着死掉时，细微的咔嗒一声，隔着衬衫，她的搭扣被他单手轻易解开。

她的呼吸被解放了，她的身体也解去了束缚。

但这场吻到这里戛然而止，商邵醒了过来，应隐也醒了过来，一个眸底深浓，一个眼尾绯红，一个咽动难耐，一个气喘吁吁。

胸膛的起伏从激烈中渐缓，商邵平复呼吸，将手从应隐的脊上滑落，让她轻轻落了地。

应隐浑身泛软，腿根本没力气，落地后软了一下，被他手疾眼快地扶住。

他又把她压回了墙上。

商邵深深舒一口气，疲倦的眉眼有些无奈地看着她，半晌，垂下脸去，在她的唇角亲了亲。

"对不起。"

应隐低下头，将脸埋在他胸口，两条纤长的手臂绕到背后，默不作声地将搭扣上。

半天扣不上。她快哭了，什么人啊！

商邵沉默一阵："要不要我帮你。"

"不要！"她说话带着浓重的鼻音，咬着唇，忍着眼泪，忙活一阵，终于艰难地将搭扣扣上。

又在商邵胸口埋了会儿，再抬起脸时，应隐眼泪花花。

商邵顿了一下，抚她的脸，拇指蹭着她柔软的带有湿意的眼底：“怎么哭了？”

应隐忍了又忍，委屈难以启齿，一双被他凶狠亲肿的唇，倔强而要哭似的噘着。

见她沉默，一阵燥热再度从身体深处窜起，商邵指骨分明的手指扣进领带结，将它彻底拧松。

“都是我的错，是我食言而肥，见色起意，为非作歹……耍流氓。”

见色起意不是什么好词，“耍流氓”更没在他人生中出现过，足见他自省彻底。

应隐低下脸，唇角微弱地向上抬了抬。

“你这么有钱，一千万对你来说根本不算什么，下次你还敢。”

她说得很有道理。

一千万一吻根本没有任何约束力。他想吻就吻，这世上任何明码标价的东西，他都可以轻而易举地拥有。

商邵想了想，音色沉哑，却郑重其事：“真的不会有下次，你的吻不应该明码标价，我也不应该强买强卖。”

他抚了抚应隐的头发：“走吧，我带你去签合同。”

“不见你朋友了吗？”

“今天恐怕不是好时候。”

他弯腰捡起掉在地上的西服，长长舒了口气后，改变了主意：“应小姐，不然你先过去，我想我需要跟我朋友单独待一会儿。”

应隐点点头，两人一个向里，一个向外，分道扬镳。

宽至二十米的海洋观景窗中，巨大的鲸鲨孤独而自在地游弋，观景窗前，只摆着一张中古折叠椅，金属的银色被这里的深蓝沾染，看着冰冷又冷清。

见有人过来，鲸鲨停下游动，只是摆着尾巴，悬停至折叠椅的前方。

它眼前的男人，还从来没有这么不整洁地出现在它面前过，西服被拎在手上，几乎快拖地，向来熨得笔挺的衬衫，被他的燥热闷软，乱糟糟的没了正形。

最重要的是，他的领带也松松垮垮，饱满的喉结随着细微咽动而滚着。

走近后，他把西服往椅背上散漫地一搭，从裤兜里摸出烟盒。

还剩最后一支，但商邵没有犹豫，点燃后抿了一口，胸腔深深地起伏。

鲸鲨看着他在椅子上坐下，一手搭着椅背垂下，另一手夹着烟，脸色阴沉不悦。

他并非没有自制力，最起码在跟前女友于莎莎的交往中，他自始至终都保持了足够的绅士与克制。

他跟于莎莎是真情侣，没道理跟应隐刚认识几天，还是假的合约情侣，反而忍不住。

一支烟抽完后，商邵起身，从另一条通道径直返回房子中心。

手机贴面，他命令康叔："带应小姐去书房，合同准备好了吗？帮我补充几条。"

到了二楼书房，应隐已经在了。她在离开鲸鲨馆前，去洗手间仔仔细细地端详了自己。

镜子里的那张脸，于美丽中染上了一点艳丽的乱，那些艳丽的乱是从她的眼神、微红的耳垂和鼻尖、晕染的唇上散发而出的，外人一看即知发生过什么。

冷水扑面，应隐洗净脸上的红。

商邵和康叔见到的她，已经是补过妆、重新全副武装的她。

"应小姐，这是合同。"康叔把薄薄一页纸递给她，"一式两份，我们会进行公证，公证后具有法律效应。"

应隐没想到是真的这么煞有介事。

她一目十行地看着条款，耳边听康叔介绍。

"签完合同后，今天会先支付三成，也就是三千万，合同期限是一年，合约履行至半年时，会再支付三成，也就是总共六成，剩余的四成，会在合约结束后支付。"

应隐点点头，没有抬头看商邵。

"考虑到你是明星，"商邵缓缓地开口，"跟我交往会有曝光风险，因为恋情所带来的损失，我会以资源形式补偿给你，代言、投资、运作奖项，任何你需要的，都可以。"

"我都不需要。"应隐很快地回答。

商邵勾了勾唇，语气不能算是不温柔："这是你应得的，在商言商，不用跟我客气。"

好一个……在商言商。

明明刚刚还情难自抑吻她到难舍难分，现在就已经是"不用客气"了。

"合约期间，你不必对商邵先生履行任何身体义务，商邵先生也不能以合约来要挟你发生肢体接触，如果有违反，你可以选择立即终止合同，我们会支付你全额报酬。"康叔继续说。

也许是他的语气太彬彬有礼，因此显得无比不近人情。可是他的口吻，其实也是蛮温柔的。

应隐想，是她自己多事，怎么好怪老人家？

她点点头，"嗯"一声。

"你需要做的，只是在必要的场合，以女朋友的身份陪同商先生出席，其余时间我们没有次数规定。"

应隐这时候抬起了头，对康叔笑了笑："这么自由。"

他连每周要见几次都没要求呢。

她不知道，这是商邵刚刚才让康叔补充进去的。

商邵不知道她为什么不看他，仿佛和她签约的主体是康叔，她要履行的对象也是康叔。

他意味深长地看向应隐，叫她的名字："应隐。"

应隐回眸，商邵觉得舒服了，却例行公事地问："你还有没有什么需要补充的？"

"没有。"应隐没再看一眼合同，语气轻快，"签约吧。"

康叔旋开钢笔递给她，又打开一旁的红色印泥。

应隐写下自己的身份证号、姓名，签下今天日期，按下食指手印。

两份合同，双方同时签，一切都在安静中极快地、有序地进行。

签完了，应隐看向商邵，唇角扬起的弧度很明媚："谢谢商先生，把这么一本万利的生意给我做。"

听到她的话，商邵双眉轻蹙，在写完自己的证件号前，他停下钢笔，抬眼看她："应隐，如果你有什么觉得不舒服的，告诉我。"

"没有，我觉得很好，该考虑的，商先生都替我考虑到了，很周全，我很放心。"

她下意识地、刻板地玩着那支万宝龙钢笔，将墨管反复转开又拧上。

商邵便继续签完了剩下的内容。

应隐听着钢笔笔尖的沙沙声，抬起眼，眼睛明亮，唇角亦微笑，语气轻轻地、天真而松快地问："那……这么说，我只要等商先生偶尔需要时找我，对吗？"

话问出后，一时没听到回答，但笔尖的声音停了。

商邵旋上笔帽，将合同递出。

就在应隐即将接到的那一刻，他看着应隐的双眼，漫长的一秒钟后，他眼也不眨地将纸在手心团皱。

康叔脸上连一丝讶异都没有，一派置身事外的淡然，只望着窗外的绿色。

这片山林是花重金打造的，傍晚了，安静曲折的河道起了雾气，弥漫在笔直的林木间，但夕阳又如此温柔地笼罩着。

"商先生……是什么意思？"应隐迟疑地问，唇角的笑几乎快维持不住。

他后悔了吗？

"我后悔了。"商邵平静地说。

应隐的心力懈了，她抿了抿唇角："这样。"

"既然我花了这么多钱，就应该我想见你时，就能见到你。"

商邵的语气沉而缓慢："但考虑到我很忙，那么一周三次，一次不短于一小时——"

他抬眸瞥她，漫不经心："你有没有意见？"

九点多，应隐带着商邵亲笔签名的合同回家。

新拟定的合同条款中，规定了她每周至少要见商邵三次，每次除来回路程外，不得短于一小时。

考虑到她的工作属性，极可能出现进组封闭几个月的情况，因此采取弹性制，缺了的天数，就在放假时集中弥补。

十分严谨，堪称劳务合同。

俊仪和缇文正在影音室里看喜剧片，两人窝在沙发上抱着薯片乐不可支，见应隐推门而入，都跳起来："还以为你今天不回来了！"

应隐踢掉拖鞋："不回来我睡哪儿？挤挤。"

俊仪往旁边挪，把中间的地方让给应隐："是港3送你回来的吗？"

"不是。"

"商先生又不亲自送你回来。"俊仪抗议。

"你以为他跟你一样有空？"应隐抢过薯片，心不在焉地啃着。

何况签完合同收了三千万，她蓦然觉得跟他相处有些尴尬。

吃人嘴短，拿人手软。她收了钱，跟他成了雇佣关系，他真成了她的金主，说话气焰无端软三分。

吃饭时，差点站一旁给他端茶倒水布菜，直到商邵放下筷子，冷冰冰地说："你正常点。"

吃完饭，她陪人去后院散步。海风舒爽，林间有香气，氛围恰到好处，但或许是在鲸鲨馆的失控太过尴尬，因而谁都很沉默。

走了半小时，应隐柔声欲言又止："商先生……"

商邵："你说。"

"今天这一小时……算出勤吗？"

商邵："……"

他是没想到，一路上看她心思很重，原来只是在盘算这个。

应隐绞着手指："因为下两周有两个晚宴，不算出勤的话那……"

朦胧月色下，商邵没等她说完，便淡淡瞥她一眼："很亏是吗？"

"……"

"要不要给你安排一台打卡机？"

应隐跟他客气，用员工对老板的语气："那倒不用，我相信商先生，而且康叔应该会记录的吧……"

商邵静了两秒，掉转了脚步："走吧。"

"啊？"

商邵加重语气："你可以回去了。"

应隐听得出，她大约是又惹他不高兴了。她是不是扫了他的兴？

回了房子，商邵果然也没怎么跟她道别，只让康叔安排车送她回去，便没了下文。

车子载着应隐离开时，她回头仰望那栋庞大的别墅，二楼书房中灯火通明。

从落地窗的视野延伸进去，应隐看到他俯首站在几案后，正一个人冷冷清清地练着书法。

家庭影院的幕布上，喜剧电影温暖明亮，正演到大团圆结局。

应隐咀嚼薯片的动作很慢。

不知为什么，他一个人练书法的模样在她眼前挥之不去。他的书房好大，落地窗有十几米宽，那张几案摆在正中间，显得四周空旷孤寂。

"缇文。"她叫了缇文一声。

"嗯？"

"商先生一直都是一个人独来独往的吗？"

缇文现在面对她的心情十分复杂。

从某种程度上来说，商邵算是她的偶像，商家小辈没有人不崇拜他、敬重他的，现在他找了女明星，这让缇文心里弥漫着一股天崩地裂的塌房感。

算了算了，成年人各取所需而已，也没有什么高低之分。

"商先生在香港时，朋友家人都在身边，现在刚来宁市，除了从香港带过来的管家和用人外，身边没有熟悉的人，所以看着才比较独来独往。而且他事业繁忙，很少有自己的时间。"

"他以前在香港，过的是什么样的生活呢？"

"经常出差。商宇的业务太广，又都是很高层面的合作，所以经常出访，还有各种论坛啊，峰会啊之类的，也偶尔会在新加坡总部那边住，或者南美、非洲，三五个月这样，难得年底才会休假。"

俊仪"哇"一声："缇文，你好了解他哦。"

陈又涵这个理由永远好用。缇文抱着抱枕耸耸肩："因为 GC 是商家在宁市最紧密的合作伙伴，听得多了也就知道了。"

"那他这么忙，岂不是没有时间陪女朋友？"

缇文笑一声，看着应隐揶揄："你怕他没时间陪你啊？"

应隐脸一红，抓一把薯片，断然否认："不是，当然不是，我又不是他女朋友。"

缇文料想也是如此，她和商邵应该只是纯粹的金钱关系，牵扯不到感情的，或者说，最起码现在还没牵扯上。

"他有时间陪，没有也会挤出来的。"缇文口吻随意，"当然啦，我也只是听说，没有亲眼见过。"

"不知道商先生谈恋爱是什么样子？"俊仪仰起脸，像是在努力想象。

"嗯……"缇文记起一件事，"他女朋友喜欢烟花，前年维多利亚港的新年烟花秀，前所未有地漂亮、隆重，整个维多利亚港十几万人都看到了，但他们不知道，那其实是他为她而放的。"

俊仪的脸垂了下来，因为她发现这些故事在她的想象力之外。

其实她还是能想象出那种盛大漂亮的，维多利亚港的海水荡漾如此温柔，新年的钟声庄严辽远，被金色流光和粉紫色烟火所点亮的天空，照亮了下面每一双仰望惊叹的眼。

但俊仪没有发出惊叹，而是心底一紧，默默地看向应隐。

"怎么了？"缇文笑问，"其实还好，没有特别贵，几百万而已。"她瞥一眼应隐，口吻温柔，"不及你那枚戒指一半。"

应隐的笑是双面胶贴紧的假面，她"嗯"一声："对啊，好傻，干吗要放烟花？如果是我的话，我就只要珠宝和钱。"

俊仪舒一口气，心里暗暗放下心来，站起身来拉应隐："你应该去睡觉了，过两天还要去储安妮那里试造型，小心水肿！"

应隐就势被她拉起，老老实实地去洗澡。

解开白色蕾丝胸衣时，她的脑中不可遏制地闪过他那双手。

那双如玉质扇骨，分明修长的手。

明明看着是一双禁欲的手，该握钢笔，该写漂亮的签名，填支票，就是不该解女人的衣服。

洗过澡上了床，应隐却根本没有睡意，一会儿想到他一个人练书法的身影，一会儿想到维多利亚港的烟花。

她刚刚没说，前年的元旦，她就在维多利亚港，是陪应帆过去购物的。应帆提着各种奢侈品的购物袋，站在商场的门口，长了细纹的眼角被烟火照得熠熠生辉。

她说："好漂亮的烟花呢。"

应隐戴着口罩，陪她仰头望，天空那么热闹。

原来她已经仰望过他的爱情，她是他浪漫中十万分之一的路人。

过了半小时，应隐放弃入睡努力，拨通了经纪人麦安言的电话。

麦安言深夜接电话，第一反应就是开微博看热搜，同时迟疑地问："出……事了？"

"还没。"

"还没……"麦安言一脸麻木，十分上道地问，"你想告诉我什么？"

"我谈恋爱了。"

麦安言："……"

虽然有很多艺人会将恋情隐瞒公司，让经纪人和全网吃瓜群众同时从热搜上被通知，但那并不是聪明人的做法。

除了在危机公关中被打得手忙脚乱、赔付天价违约金外，并没有任何好处。

"姑奶奶。"麦安言叹了声气，没太发火，而是有些疲惫地说，"肯定不是宋时璋对吧。"

"你怎么知道？"

"我怎么知道？"麦安言快气笑了，"上次宋时璋给你弄了套 Hayworth，虽然热搜难听，但出圈图效果好啊，安妮本来有八成把握再弄一套的，没弄成，听说是宋时璋跟 Hayworth 那边打过招呼了。"

应隐默不作声地听着，也不算太意外："我明天去安妮那里看看别的。我跟宋时璋说清楚了，以后他的红毯和宴会，我不会作陪。"

"难怪。"麦安言喷一声，"你出道十二年没给我惹过事，一得罪就得罪个大的，我能说什么？"

麦安言跟应隐也算是相逢于微时，彼时她刚出道，他还是个小小的执行经纪。一路走来，他比谁都了解应隐的个性。

她很聪明，懂得有舍有得，当了明星，享受了星光，自然也要包容背后的一切龃龉。饭局，酒会，她随叫随到，既端得起气场，又放得下身段。

其实她的讨好、捧场、奉承，都是流于表面而假惺惺的，谁都知道她在做戏。但她这样高傲美丽的人，肯为之做一做戏，本身就是一种令人满意的识时务、一种令人心痒的臣服。

应隐会狠下心来得罪宋时璋，完全出乎麦安言的意料。

"他不会怎么样的，"应隐耸着一侧肩膀，将手机夹在耳下，两手翻阅着一本全彩电影图册，"顶多跟剧组打打招呼，让我日子难过一点。"

她语气浑不在意，麦安言却快炸了："什么叫'顶多'？让你日子难过一点，这还不够吗？！你这两年流量一直在下降，Greta 合约到期，为什么只给你续了一个香氛大使头衔，你心里没数吗？这种时候跟宋时璋撕破脸，"麦安言摇摇头，长舒一口气，"说实话，隐隐，我搞不懂你，你一直很聪明很能忍的。"

"安言，你的商业化思路推开了柯老师，但他跟你解约后，片约不断，还不用上热搜挨骂。柯老师走得通的路，我为什么不能走？"应隐很平静地反问他。

麦安言冷声："他能解约，是因为汤总手下留情，你的解约费，我提醒你，是一亿三千万，而不是柯屿的两千万，明白？"

应隐出道早，在辰野旗下走过了十二年，合约续了三次，最后一次，辰野给她的分成提高到了罕见的四成，与之对应的则是天价解约费。

"谢谢你的提醒，今晚上的噩梦有素材了。"应隐懒洋洋地说，一心一意翻阅手中画卷。

"何况柯老师跟商陆什么关系？你有这关系有这背景吗？"麦安言咄咄逼人。

应隐咬了下唇，唇角微抬，却乖乖地说："没有。"

"现在告诉我你谈了个什么人，"麦安言冷酷地说，"别告诉我是演员，我会炸。"

花粉基本无法接受正主跟圈内男演员恋爱，这在他们看来是某种不思进取、为爱堕落、烂泥扶不上墙的表现——

尤其是以应隐走到的职业高度，除非是柯屿那种级别的大满贯影帝，否则谁来都不好使。

如果应隐真谈了个演员，能直接糊穿一个档位。

应隐漫不经心："一个素人，不是圈内的。"

"素人！"麦安言一把拍上额头，"老天，你得罪个大佬，找了个素人？你是真会算账啊！"

应隐轻轻一声笑，懒洋洋地嗲："是是是，你多担待啦。"

她在跟麦安言扯皮时，商邵那边也在通电话。

缇文在大半夜接到他的来电，惊悚得从床上一骨碌爬了起来。

商邵问："睡了吗？"

缇文故意问："哪个？"

商邵不吃这套："别耍小聪明。"

缇文不敢跟他造次，拖长调子汇报道："睡了睡了，早就睡了……"

商邵应一声，嘱咐她："我跟她的事，暂时不要告诉别人。"

"我懂我懂，不跟任何人说。"缇文迟疑了一下，"邵哥哥，那个……前年维多利亚港的烟花，是你放的吧？"

"怎么可能。"

"啊？"缇文蒙了，"不是吗？可是过年的时候我听……"

"真不是。"商邵冷淡中微微有一丝无奈，"问这个干什么？"

"没有，突然想起来……"缇文的语气十分心虚，"刚刚帮你散布了一下浪漫谣言……"

商邵："……"

"没事的吧。"她找补，"反正应小姐也是跟你逢场作戏，又不会吃醋。"

"她说什么？"商邵问得不动声色。

"她说好傻，烟花放一放就没了，如果是她，就只要钱和珠宝。"

商邵点点头，唇角很轻微地抬了下，但一时之间没说话。

"她是个聪明人。"他最终说。

缇文也看不见他那边的神情，只知道声音听着没有异样。

她嘻嘻笑了一下，转变话题问："邵哥哥，我给你当卧底，是不是该领两份工资啊？"

"没让你给我当卧底。"商邵若有似无地笑笑，"以后也不用帮我打探她的心意，我不需要知道。"

挂了电话，他把毛笔搁上笔架，垂眸看了会儿宣纸上的四个字——

君子慎独

这四个字，他写了一晚上。宣纸上墨迹未干，商邵按下开关，通明的灯火闪了一闪，在一刹陷入黑暗，他孤身一人离开，没有使唤任何人。

第三天一早，应隐就到了储安妮的工作室。

明星造型工作室永远都堆满了衣服、鞋子、首饰，有时候一间房堆个几百近千件，十几个造型助理没日没夜地整理名录、熨烫、拍图。管你多高级的成衣还是高定礼服，也不过是挂在龙门架上的命运。

储安妮也签了很多艺人，但今天是专属于应隐的。最大的那一间已经整理妥当，三面龙门架上满满当当挂着裙子，都是给她的备选。

服装造型之前就已经对接了缇文，应隐看过，心里大致有数，她已经尽了力了，没有敷衍，只是巧妇难为无米之炊。

"本来是要借 Hayworth 的，我已经跟他们通过气了，上次的图，品牌其实很满意的，不过……"储安妮面露难色。

"我知道，安言昨晚跟我说了。"

深秋清晨冷，应隐解下薄绒大衣，露出里面的吊带衬裙，半透明的。这是她的偷懒穿法，反正都是试衣服。

"时尚大典这种场合，以你的咖位是一定要穿高定礼服的，但是我能问的，都已经问过了……"

储安妮在 iPad 上滑出服装造型递给她："成衣没有问题，我可以提供秀场款，超季也有几套，不过你要做好心理准备，成衣跟高定礼服的华丽重工是不能比的。"

"上次那个 Musel 呢？"缇文问。

"Musel 确实主动提供了礼服，但是第一，Musel 的高定线是新总监来了重开的，目前还不是法国高定协会的会员，只是 guest members（嘉宾），不能用 haute couture（高定服装），你穿了，如果有博主要挑刺的话，也是能挑的。"

俊仪"嗯嗯"点头："他们会说你打肿脸充胖子。"

"那第二呢？"缇文问。

"第二，Musel 这次的礼服，我觉得不够压场，剪裁上，工艺上，材质上，都只能说是中规中矩，当然，以你的身材和气场，穿了也不会差，但……会被别人压下去。"

储安妮认真地给出分析比较："我给你挑的这些成衣，或者独立设计师款，会比它更有存在感一点。"

"所以现在就是两个选择，穿 Musel 的高定线，但会被人阴阳怪气，或者保守点穿成衣或独立设计师，牺牲了格调，但最起码好看。"俊仪总结道。

"星钻之夜呢？"应隐问。

星钻之夜跟时尚大典一样，也是重量级的晚宴。时尚大典是顶级女刊 *Moda* 主办的，星钻之夜则由另一家顶刊《星钻》主办。两家针尖对麦芒，在中国大陆区打得尤为火热，大部分明星都不会厚此薄彼，去了这个缺席那个。

"星钻之夜……"储安妮沉默了一下，"也是一样的情况。"

俊仪一语道破真相："赵漫漫真幼稚，四十几岁的人了，绕一大圈拉帮结派孤立你。"

储安妮尴尬地笑了一下。

这就好像班里的一个人缘活跃分子，拉了其他所有的优等生不跟你玩。应隐当然还有海量的选择，但确实都是退而求其次。

得益于赵漫漫在杂志以及各大奢侈品中国公关代理间的人缘和能量，这种单向的拉黑，甚至不会被外人所知道。他们只能发现应隐的衣服莫名就开始变丑、变土、变一般了。

"我选了几套，"应隐向来不干站着发愁，她利落地吩咐，"先试再说。"

她进了试衣间，缇文却脸色凝重。这两者其实都不好。

她做了功课，复盘了应隐的着装盘点，也搜集了主流时尚博主对她的点评，可以说，大家目前还处于暗戳戳看好戏的状态，而上次 Hayworth 的高定全球首穿，多多少少是续了一命。

要是这次时尚大典没续上，才就坐实了。应隐是天才级的影后，却要被时尚名利场拿捏住脉门，要因为一件破衣服被嘲讽、被排挤、被阴阳怪气。

缇文不爽。凭什么？

要搞一件高定礼服，根本就不难。而且现在那些欧美名流，走在前列的，卷的已经不是最新高定礼服首穿了，而是古董高定。

古董高定，缇文知道有个人多得是。

那个人就是商家主母、商邵的母亲——温有宜。

法国高定协会在册登记的品牌客户，全球不超过两千人。这两千人，除了活跃在社交平台上的比佛利贵妇或者中东王妃，大部分其实都很低调，家族财富甚至也不会出现在福布斯排名上。

温有宜是这两千人之一，她的高定收藏数量从未公开，但缇文知道，是五千件，位于全球前列。她的高定不仅仅是衣服裙子，还包括高阶珠宝，博物馆级的藏品过百件，甚至有拿破仑本人佩戴过的孤品。

商邵在去往公司的路上，接到了缇文的电话。

他看了眼手表，早上九点。一日之计在于晨，而他的表妹在电话里跟他条分缕析大谈特谈时尚晚宴和裙子。

康叔见他接电话，将电台里的国际政经资讯音量调低。

缇文的声音刻意压着："所以事情就是这样。要不，你跟阿姨借一条裙子？"

商邵听懂了来龙去脉，反应很平淡："不是时候。"

四个字，既是拒绝也是原因。

缇文无话，半响，闷闷不乐地"哦"了一声："那你给她买呗……也不行，工期赶不上，只能借。那……"

她商量的语气："你帮她借一件？"

商邵："……"

缇文自己也觉得离谱。让商家太子爷去借一件高定礼服……说出去别笑死人。

"当我没说。"

挂电话前，商邵才略显冷淡地表现出一些关心："这件事，"顿了一顿，他像是随口发问，"很重要吗？"

"不重也不轻，会被网友嘲讽一段时间，"缇文耸耸肩，"但没关系，来日方长嘛，以后穿回来就好了。"

商邵沉默片刻："她怎么样？"

"在试衣服。"缇文回头望了一眼换衣间，"今天估计要折腾一整天呢，我不跟你讲啦，拜拜。"

应隐确实试了一整天。

妆造要整体看才有效果，储安妮大约是很想服务好她、留住她，也于心有愧，因此卖了十二分的力气，每一套造型的配饰、发型，她都给得事无巨细，好让应隐能做出最准确的选择。但又有谁的内心不清楚，问题的症结根本不在于她漂不漂亮。她什么都能穿漂亮。

"不然还是 Musel，最起码，是正儿八经的蓝血高定线，等两年后重回协会，谁会记得今年这条裙子其实没有在册呢？"缇文给出务实的建议。

"但是如果别人偷换概念，说你穿了假高定……"储安妮有点担心。

虽然假高定一般指的是山寨，但如果"黑粉"玩一手偷梁换柱，名声恐怕不好。

"就 Musel 吧，锦上添花易，雪中送炭难。"应隐笑了笑，"帮我谢谢这边的中国区公关专员和那个设计总监。缇文，你帮我选几份礼品，拟一份感谢信，等活动结束后我手抄几份，让安妮连礼物一起送过去。"

一切决定妥当后，已经是黄昏。

应隐伸了个懒腰，形意懒散："走，陪我去做 SPA，我请你们。"

俊仪欢呼一声，帮她披上薄绒大衣。

上了车，她总算能说出口了："商先生怎么不送你高定呢，他是不是不关心你？"

庄缇文："……"

回想早上那通冷淡的电话，好吧，她这次要站在俊仪这边。

"他好抠。"俊仪撇撇嘴，"光有钱，抠门，哼，不过如此。"

应隐笑了笑："他想送也送不了啊，高定要定制的，工期两周到三个月不等，赶不上。总不能让他帮我去借吧。那不符合他的身份，很丢人的。"

"你心态好好。"俊仪由衷佩服。

也不知道她是指在被孤立排挤的事上，还是在对待商邵的漠不关心上。

"有 Musel 其实已经不错了，要感谢缇文最初的建议。"应隐懒得自寻烦恼。

她蒙上眼罩，打算打个盹。

车子快抵达美容院所在的商场时，手机振动，她似有所感，见屏幕上"商先生"三字，心跳微微加快。

"商先生，"她蜷在后座，捻着大衣袖口玩，"你卜班了？"

"在哪儿？"

应隐报了商场名字："刚要去做 SPA。"

"去地下三层，把车位发给我，我来接你。"

身边两个助理，缇文努力闭起耳朵，开车的俊仪努力竖着耳朵。不管闭着竖着的，都听了个明明白白。不知道谁欲盖弥彰地咳嗽了两声。

应隐抿抿唇，吞咽一下。

啊，今天又要打卡上班吗？

她脸色莫名有些红，瞥了眼两位助理，小声努力正经道："我可以去找你，不用麻烦你过来。"

商邵没给她拒绝的余地："很快。"

他说很快，竟真的很快。只不过十五分钟，那台迈巴赫就到了负三层停车场。

应隐全副武装，闪身很快地坐进了后座。

"冷？"商邵难得看她穿得这么严实。

"不冷，我现在脱——"

完了。

应隐解腰带的手凝固住。

她里面穿的是个什么东西啊！

衬裙！吊带半透明的！可以看到蕾丝文胸的！只到大腿根的！

"我……我不脱了，阿嚏——"应隐打喷嚏给他看，一本正经地说，"感冒。"

商邵没说什么，越过上身，贴心地帮她把那侧空调上调了三摄氏度。

应隐热了一路，头发披散着，颈窝里都热出潮汗了，只心想，怎么还没到？

到是到了，但到的不是家，而是机场。

进机场，换乘机场的贵宾专车，继而抵至停机坪。可以进行洲际飞行的湾流公务机 G550 已经降下舷梯，机组成员准备就绪，随时可以起飞。

商邵轻描淡写道："陪我飞趟欧洲，开会。"

应隐人傻了："现……在？"

"现在。"

应隐在风中凌乱，一步步登上舷梯时，她对即将开展的欧洲之旅根本没抱任何期待，满脑袋都是她只穿了衬裙！

几千公里的飞行她只穿了半透明的衬裙！！！

私人飞机从宁市国际机场起飞，破开黄昏的浓厚云层。

飞行进入平稳阶段，商邵打开电脑，准备与下属进行视频会议，一边抬起眼眸，看了眼对面沙发中的应隐。

他眉心轻蹙着问："怎么还不脱衣服？"

更改昵称为

『隐隐受工伤……』

PRODUCTION

| ROLL | SCENE | SHOT | TAKE |

CHAPTER 第六章 游艇

DATE CAM

景别时长	音效	分 镜 图	
			内容台词

客舱温度适宜，就连空气制氧量都比寻常客机更充足，给人一种恰到好处的冷沁感。

商邵的私人飞机出行繁忙，因此机上服务并没有交给市面上的公务机托管公司，而是直接聘用了全套的机组人员。

从机长、副机长到空乘，都是他的人。

他们熟知他的出行需求、生活习惯和工作习惯，也熟悉他身边的管家、秘书和随行保镖们。

但商邵带一个女明星上飞机，他们前所未见，闻所未闻。

商邵一问，一旁端上果盘、倒好香槟的空姐，忍不住看了眼应隐。

虽然是素颜，但不妨碍她认出她。她转向应隐，微笑着问："女士，我帮您把衣服脱了挂起来吧。如果您觉得冷，我给您拿一条更舒服的毯子。"

笔记本电脑传来声音："test test，邵董，您能听到吗？"

商邵的注意力回到会议："听得到，直接开始。"

"好的，我们今天会议一共三项议程，预计四十五分钟，我是今天的会议主持……"

汇报有条不紊地开始，商邵搭腿坐在奶白色的单人扶手沙发上，双臂环胸眉心压着，冷不丁瞥到应隐疯狂给空姐打眼色。

汇报刚开始，少不了几句废话，他一时分神，好整以暇地看她做戏。

应隐一手不自觉摩挲着大衣翻领，一根手指在她和空姐之间来回指着，同时拼命眨眼。

空姐懂了，笑起来："我知道……"

应隐吓得食指贴唇："嘘嘘！"

空姐："……"

凑近了，低声："您是应隐，我认出来了。"

应隐附耳过去："你有没有多余的空姐制服？"

空姐："……"不是吧，玩这么直接吗？

她咳嗽两声，委婉地拒绝："这恐怕不太适合……而且您身材太好，我的衣服您应该穿不下的。"

应隐不听她啰唆，眼睛一亮："那就是有？给我给我……快快！"

空姐程序化微笑："在行李舱，下机了才可以拿。"

商邵看了半晌，出声吩咐她："你先去休息，这里暂时不需要你。"

"好的商先生。"空姐搁着手颔首。

等她退出休息区，商邵沉沉唤了应隐一声："过来。"

他讲话没收着声，但那边会议还在正常开展，应隐明白过来，他的麦克风原来一直是关着的。她松了口气，走到他那侧，干站着。

"坐。"

应隐非常熟练地坐到他腿上。

商邵："……"

他有些无语地偏了下脸，不知道是不是应隐的错觉，总觉得他唇角好像勾着。

但过了会儿再转回来时，商邵的脸色和语气却都很黑："让你坐对面，没让你坐我身上。"

应隐大窘，慌忙要起身时，被商邵拦腰扣住。他手臂微微沉力："既然坐了，就别走了。"

应隐热了一路，长发在颈项间堆着，此刻又面红耳赤的，一股带着热气的活色生香从她身上氤氲出来，萦绕了商邵的呼吸。

他看她两眼，修长的手十分自然地伸进她颈间，帮她把头发拨散开。

在他的指下，应隐的身体顷刻间僵住。

她只感到他的指腹从她颈侧与下颌角间擦过，温温热，掌心有薄茧，指腹抬离时，衬衣袖口的香水与烟草味由近至远，清风般地落下。

商邵垂眸看了眼指尖的湿意，继而伸给她看，冷淡而探究地问："怎么出了这么多汗？"

不喜欢这种被沾湿的感觉，他抖开一旁的餐巾，慢条斯理地擦着手指，继而半眯着眼，将应隐自上而下看了一遍。

"里面没穿衣服？"他直接问。

"穿了！"应隐一个激灵超级大声，又凭着过人的演技坦然下来，"穿了穿了，肯定穿了……谁会不穿衣服出门？"

商邵点点头，"那就脱了，别闷出病。"

欧洲正值入冬，他是知道那里的冬天有多冷的，在飞机上捂这么热，落地后再受寒，很有可能感冒。

笔记本电脑中，研发团队的汇报正至关键处，他的神思回到会议中，两指夹着她的蝴蝶结腰带，十分顺手地将其抽开了。

蝴蝶结一散，垂感极好的驼色羊绒大衣，因为地心引力而从应隐的腿上垂落。

她的半透明衬裙。她极长的吊带。她奶油色的蕾丝胸衣只够包住一半。

两人都是呼吸凝滞，应隐猝不及防，傻傻的什么反应都做不出，只知道涨红着脸不可思议地看他，一双眼睛湿意浓，不知道是情急、羞恼还是惊惶。

虽然"非礼勿视"刻进教养，但商邵的目光，还是不受控制地停留了两秒。

是真的热了一路，所以应隐不仅脖子出汗，胸间凝脂也闷得粉红一片，细细的薄汗沿着曲线滑下，没入 V 字的深沟间。

应隐不知道该怎么解释："早上一早就出门，试一天的衣服，下了班又决定去做 SPA，所以只想着怎么方便……而且……"

"怪我。"商邵止住了她的自省。

他的声音微妙地哑，但语气还是很沉稳。

"是我不好。"

他的目光波澜不惊，给足了应隐安全感，继而绅士地将她的衣领重新拢好："但是你是不是有点太喜欢穿睡衣了？"

应隐确实有一堆睡衣，高支棉的、桑蚕丝的、乔其纱的，五颜六色塞满一整个柜子。

没会客安排时，应隐在家里和酒店就只穿睡衣活动。

"睡衣舒服。"她心虚地回。

商邵静静地看她："舒服到让你总穿着睡衣给别人开门？"

他翻旧账，应隐却不认，垂眸看着他眼，小声地辩解清白："没有总是，也没别人，是商先生总是……"

商邵的呼吸凝滞住，圈着她的手几乎就要用力，要将她迫不及待地按倒在怀中。

但他克制住了。

过了两秒，他压抑着，深深地从鼻息中舒出滚烫的一线，哑声问："让人给你拿一条披肩好不好？"

应隐"嗯"一声，也没有别的更好的办法，她点点头，从商邵怀里起身。

商邵过了会儿才按下服务铃，空姐给应隐翻出披肩，暗红色的，跟他放在车里的一样。

她特意走到商邵身后才脱了大衣，继而将披肩展开。

太小了。只能勉勉强强到腿根，但好歹要紧处都遮严实了。

她裹好，在商邵身后的沙发中安安静静地窝下，顺手取了本时尚杂志。

时尚杂志没什么好看的，应隐闭起眼就想起各种塑料亲热、假模假样的寒暄和夸赞，她看得心不在焉，耳边听着商邵跟高管的沟通。

他团队里有外国人，全英文汇报，商务和专业词汇太多，应隐只能听懂一半。

汇报间隙，商邵问了几个问题，应隐听着他那匀缓、沉稳的英文，第一次明白了什么叫作语调上的高贵。

等商邵开完了四十分钟的会议，应隐的杂志才看了两页。

空姐是算好时间进来的，给他倒了杯威士忌，加了双倍的冰块。离开时心里还在纳罕，应隐都脱成这样了，她以为邵董会搂她在怀，一边漫不经心地摸着她的身体，一边听报告呢。

怎么这么正经？竟然还是分开坐的。

商邵有些疲倦地拧了拧领带，起身散心时，看到应隐目不转睛地盯着杂志，看上去十分投入。

应隐一米六八，但身材比例极好，"蜂腰长腿"四个字仿佛是为她量身定制的。蜷在沙发里时，她一双长腿屈膝并着，被暗红色的羊绒披肩一衬，白得晃眼。

忙碌了一天的大脑快脱轨了，商邵鬼使神差地想，不知道跟身下的高级真皮沙发比起来，哪一种手感更好？

他平静地将眼眸撇开，一口冰威士忌喝得欲盖弥彰。

应隐把杂志一合，下巴搭在书页脊缝上："商先生。"

商邵冷淡地"嗯"一声。

"你去欧洲开什么会？"

"一个全球性的能源峰会。"

"去几天？"

"三天两晚。"

应隐算了算，回来后再过三天才是时尚大典，还行，行程不算赶，她还能倒时差。

商邵问："你有工作？"

"你现在问，多少有点来不及了。"

商邵笑了笑："确实，很不尊重你。"

"我跟你说过的，有两个晚宴，然后有几个电影节。"

商邵在她对面坐下："走红毯吗？"

"嗯。"

"上次香槟色的那件礼服不错。"商邵轻描淡写地提。

应隐笑起来："那个是问品牌借的，穿过一次，不能再穿第二次了。"

"跟我吃晚饭的那条也可以。"

应隐更笑，怀里抱着杂志："那条不行，那条是我自己买的，才几千块。"

商邵这才水到渠成地问："那红毯的礼服，你准备得怎么样？"

"没什么怎么样，已经选好了。"应隐不跟他诉苦。

她知道她说了，商邵多半会给她解决。

她也怕她说了，商邵不给她解决。

她不知道这其实是商邵给她的机会。

他可以帮她，也可以装不知道，一切取决于应隐自己。就在刚刚，他给过机会，如此不动声色地铺垫好话题，好让她顺理成章地开口，而不必承受突兀和难堪。

但应隐拒绝了他，这份拒绝中，有着不输于他的云淡风轻。

深色贵重的雀眼纹实木餐台面上，发出了一声轻磕脆响，是商邵放下了威士忌杯。他目光里的审视毫无缓和："你没有任何难处，是吗？"

应隐心里颤了一下。这句质疑，几乎是明明白白地告诉她，他知道。

他知道她有难处。

应隐沉默片刻，仰起脸望他，反而扬唇笑道："有又怎么样呢？"

"这取决于，你想怎么样。"

"商先生难道一定会帮我吗？"应隐目光深深地与他对视。

"你不问，怎么知道我会不会。"

"如果你不会，我说了也没用，给你当故事听？"

商邵的眉心闪过一丝不耐烦，很短暂。他恢复到面无表情的样子，看了应隐数秒："一定不说，不求？"

"商先生不是说会很尊重人吗？为什么要再三追问？"应隐抿一抿唇，虽然是仰望，但颈项修长似天鹅。

她说："我已经推辞过了，不止一次。"

商邵点点头，发出淡漠的一道命令："站起来。"

应隐起身，知道自己又拂他的意惹他不高兴了，笑了笑，当开玩笑般："我扫你兴了，你会不会把我从飞机上扔下去——"

下一秒，披肩从她眼前扬起，又垂落下。

它被攥在商邵手中，拖着地，带着她身体的余温。

应隐猝不及防，一双手条件反射地交捂住胸，长腿紧紧并着："商先生，你干什么！"

她声音里有不明显的颤抖，嗓子吞咽了一下，惊惶而不确定地望着商邵。

她不知道他是什么意思。

因为他看向她的目光中，没有丝毫旖旎、暧昧或垂涎。

她那么美丽、纤细、丰腴，但他只是冷冰冰地看着，目光居高临下，尖锐地穿透她的肉体，如一种细究的审视。

"既然你一定要在我面前这么骄傲，"商邵淡淡地开口，"那就这么待着吧。"

他当初说得对——"应小姐，只是这种程度的话，是勾引不到我的。"

她确实勾引不到他，已经如此透明了，身体每一处都能勾起别人的欲望，偏偏他无动于衷。

虽然穿着内衣物、穿着衬裙，但应隐分明觉得，自己好像什么都没穿。羞辱和难堪让她的身体止不住地颤抖，一阵一阵，从身体深处渗出来。

她微微垂下脸，跟自己笑了笑，继而轻声问："一定要这样吗？"

商邵没回答她，半倚着餐吧台，摸出烟盒。

应隐静了两秒，捂着胸的手放了下来，安顺地垂放到身体两侧。

渐渐地，她的身体肉眼可见地变得挺直，平直单薄的肩膀舒展着，从脚后跟到小腿肚到脊柱线，绷成了倔强的一道警卫线。

她明白了，他要用这么彻底的方式打碎她在他面前的骄傲。

但她偏不。

她反而站得昂首挺胸，不躲，不避，不羞耻，下巴微抬，目光清明沉着，唇倔强地抿着，一声不吭，脸上挂笑，毫无顾忌地展示自己的身体。

像十六岁那年，她谎报年龄，去走那场泳衣秀。

她的骄傲无非是在那一个下午摔碎的，后来又重拾起来，缝得紧紧的。

他想釜底抽薪、破釜沉舟、置之死地而后生，让她放弃那些多余的骄傲。但他不明白，她怎么敢。

商邵自始至终没再看她。机上没了约束，他不知抽了几根烟，后来呛得难受，止不住地咳。

空姐进来过几次，晚餐，夜宵，早餐，新鲜冰镇的水果，黑珍珠的海鲜，米其林的料理，倒酒，添水，泡茶，一桶一桶的冰块，一捧一捧的烟灰，临走时，默不作声地在他的桌上留下一盒新的烟。

她呼吸也不敢太用力，手脚轻轻，不知这两人在对峙着什么，也不知谁是赢家，谁是输家。

因为邵董很少对下面人发脾气，凌晨最后一次服务时，空姐终于大着胆子停留脚步，问应隐："应小姐要不要吃点什么？"

她知道商邵什么也没吃，但应隐呢？也许她饿了，只是拉不下脸吃，需要人软言软声地哄一哄，给一层台阶。

商邵背对着两人，两秒后，空姐没等来应隐的回答，听见他声音极冷地命令一声："下去。"

长途飞行折磨人，湾流的双人电动沙发原本是可以放平了的，这样就成了双人床。不过漫长的十几个小时中，好像谁都没合眼。

一个公务繁忙电话不停，透明水杯里盛满冰块，冰水一杯杯地喝，嗓子冒烟，通信录里的都挨了他一顿批。

一个站累了坐，坐久了站，不找娱乐，脑子里尽数背着台词，记得什么来什么，二三十部大混剪，望着舷窗外的阴云天。

飞机落地，德国入了冬，风雪弥漫舷窗。

公务机有专门的停机坪和接送车辆。黑色商务车静静地在鹅毛大雪中滑停，不多时，车顶就积满了雪，挡风玻璃前的雨刷静谧地转着，车内暖气倒是足，司机一身制服严谨板正，紧盯着这架湾流 G550 的舷梯。

好久也没有人下来。

应隐不穿衣服，站累了也坐累了，腿骨僵直着，弯一下，隐隐作痛。

"你一定要这样？"这次轮到商邵问。

"我不知好歹不吃敬酒，忤逆了你，让你扫了兴，商先生要惩罚我，侮辱我，都是应该的。"

"你还是不肯说。"

应隐笑笑。这一丝笑不那么倔强，甚至温和。她平心静气地说："你别看我这样，其实我不习惯张开腿要好处。"

"应隐。"

空姐已经打开舱门，风一下子涌入，夹着雪，卷起商邵的领带和应隐的衬裙。她的乔其纱衬裙在风中莲叶般飘着。

商邵在这阵风雪中也沉静地说："没有人要你张开腿。"

"你不要？"应隐望他，径直问。

她好像在问张开腿，又似乎在问别的。

空姐默不作声地倚着舱门，看见地勤取了行李，冒雪踩着舷梯下去。

她走之前都没听到商邵的声音。

现在不要，将来也不要吗？

不知道商先生怎么回答的，空姐想。

接了行李，她噔噔噔几步跑回来，又冲商务车里的司机打手势，意思是让他稍安勿躁。

进了机舱，乍暖还寒，她哆哆嗦嗦地蹲下身，拉开自己预备代购奢侈品的行李箱，从中取了件羽绒服出来。

商先生真是，这趟飞行安排得极赶，前些天说峰会不去了，抽不出时间，早上又说要去，机组人仰马翻，机长从邻市停了休假开车回来。

他是大老板，说走就走，也不用收拾行李，到了地方，总有人妥帖地安排好一切。

如此鹅毛大雪，空姐默默地抖开羽绒服，心想，就只有她这件能暖一暖那位应小姐了。

折了羽绒服在臂弯，空姐的软皮鞋踩在地毯上，轻轻靠近。

她是没想到两人好像又吵起来了。她眼前的男人西服领带尽数翻飞，熬了一夜的脸有些苍白疲倦，但似乎又动了怒，不耐烦地把烟捻灭在烟灰缸里。

应隐转身，不拿大衣也不拿披肩，一头长发被舱门口的风吹得往后，黑色浪似的翻滚。

她被风吹得不稳，赤条条的手臂扶住门框，回过头再度看了商邵一眼。

商邵抬眸，看着她。她苍白得几乎要消融在这场大雪中。

"商先生不要就算了，给我买一百件高定礼服，我感恩戴德年年为你诵经祈福点一整个大雄宝殿的长明灯。"

空姐要出声提醒她脚下地滑，却发现她连鞋都没穿。下一秒，手中羽绒服蓦然被抽走。

商邵抖开衣服裹上应隐，就势将她打横抱起。

黑色羽绒服掩着她雪白倔强的脸，抿得紧紧的唇，瞪得大大的眼。

商邵抱紧了她，顶风走入雪中："我要。"

只是一小会儿的工夫，舷梯上就积满了雪，空姐提醒着他小心路滑，但商邵阔步平稳。

应隐朝他胸膛那侧侧着脸，丝毫没有仰头望一望他的意思。雪花落在她的脸上，又在睫毛上融为晶莹的水。

上了后座，暖气充足，商邵仍旧抱应隐坐他怀里，隔着羽绒服，一双臂膀将她很紧地搂着。

应隐一阵一阵地发着抖，一张脸上只有眉毛眼睛有颜色，其余都泛着病态的白。商邵拂开她凌乱的发："冷？"

暖气和座椅的自加热都开着，车内其实暖得滚烫了。

应隐牙齿打架，点了点头，往他怀里缩，赤着的脚尖交叠紧绷，用力到将座椅的真皮抓出了细纹。

下一刻，她冰凉的脚趾忽然落入温暖。

商邵左手握着她的一双足尖，让它抵着他的掌心，继而将她的腿包得更严实。

前排司机不知道说了句什么，商邵回了他。

应隐听不懂，料想是德语。

公务机专用的候机楼不远，峰会主办方的接待人员和随行翻译已恭候多时，见商邵抱着女人进楼，都有些面面相觑。

因为是要接待商邵，这位翻译不仅会普通话和德语，也能说粤语，此刻有些茫然地用粤语问："商 sir？"

商邵把应隐安放在沙发上，两手拢着羽绒服的衣襟，为她拉上拉链后，才转身问："我安排的人到了吗？"

原来除了主办方的人外，他还安排了别的人接机，似乎有些不必要。对方被雪封堵，在五分钟后急奔而来，手里抱着一团衣物，都用防尘袋罩着。

"对不起邵董，雪实在太大，又比较临时……"

是商宇集团在德国办事处的员工。

商邵点点头，没训斥他们办事不力，只是接过了防尘袋和纸袋，里面是女士衣物和长款皮靴。他伏下身，揉一揉应隐冰冷的指尖："这件衣服要还给茜茜，给你准备了这些，去里面换？"

航站楼内暖气充足，应隐已经缓过神来。她点点头，商邵牵她起身："我陪你去。"

衣帽间不分男女，就设在不远处，是一个高档的套间，连着化妆间和宽敞的一间更衣室，香氛暖着。

商邵在外面等，半倚着梳妆台，两手撑着桌沿，脸低垂着，让人看不清他的神情。

应隐进到更衣室，关上门，十分顺手地拧下反锁。

锁芯咔嗒一声，在安静的室内十分清脆，响进心里。

商邵怔了一下，撑着桌沿的手用力，指骨微微泛起白。那枚锁芯像是嵌进他的心脏里，柔软的血肉忽地涌起难言的痛。

但只是一瞬间后，锁又被转了回去。这扇门又没有反锁了。

应隐挽着衣服，脊背贴着樱桃木色的木门道："商先生。"

她的声音透过门缝，是一种纤细和病弱的哑。

"怎么？"商邵倏然站直，脚抬了一步，又停住了。他问，"有什么要我帮你的吗？"

"我不是要防备你，"应隐抱紧了衣服，"只是顺手……"

商邵勾了下唇，人又稍显落拓地半倚回了台面。

"应该的。"

应隐拆开那些防尘袋和纸袋，把衣服一件件拿出来。

打底裤，羊绒衫，嫩绿色的羊绒大衣，及膝皮靴，还有一双小羊皮黑色手套，一顶呢子女式礼帽，一条围巾。

她脱下衬裙，换上这些保暖的衣服，临走时想了想，将那件衬裙团了团，扔进了垃圾桶中。

出了门，商邵仔仔细细地看她，目光最终回到她脸上："还合身吗？"

应隐点点头，不知道说什么，好在商邵没让她为难，径直说："走吧。"

他先走，应隐落后两步跟着，过了一会，问："商先生，你不冷吗？"

商邵的脚步微顿："不冷。"

话题到这儿又结束了，两人一路不再说话，见了接待和翻译，走特殊通道过海关，去停车场换乘商务车，一路只听商邵跟主办方交流。

到了停车场，峰会的接待车在前，商宇的接待车在后，商邵让应隐坐公司的商务车，他则跟主办方坐上前面的迈巴赫。

他没跟任何人介绍应隐的身份，主办方当没见过他公主抱她的那一幕，商宇的员工也不多问。

送她上了车，商邵单指替她揿下电动车门按钮，跟她说："你先回酒店休息，晚上你听他们的安排就好。"

这意思是他晚上要去主办方的接风宴，不方便带她一起。

应隐点点头，电动车门关得慢，商邵一直站在门边，但应隐已经垂下脸，看起了手机。

直到车门彻底合上落锁，应隐也没再抬一抬头。

主办方等着，不知道为什么车门合上后，他们等待的男人还在那辆车边多站了许久。

商宇的接待有两个，一个是男的，刚刚一顿狂奔送衣服的就是他，另一个是女生，陪应隐坐后排。

"应小姐，您的行程接下来由我负责陪同，我叫安娜，很荣幸能见到你。"

应隐点点头："麻烦你。"

"不麻烦。"安娜笑笑，向她介绍行程，"酒店房间已经提前开好，您可以先泡个澡小睡一觉，两个小时后我来接您去用餐，之后就是购物时间，我们已经提前要求了清场，店铺名单我放在了您房间床头柜上，如果当中遗漏了您喜欢的牌子，请务必告诉我。"

她客气又周到地讲了一堆，应隐只回了个"好的，谢谢"。

察觉到她情绪不高，安娜猜想，或许是觉得邵董冷落了她，不抽空陪她吗？便好心解释道："今天晚上是峰会的正式晚宴，这场会议级别很高，邵董之前给的答复是没时间，现在是临时改变主意过来的，于情于理，都不好缺席。"

应隐又"嗯"一声。她已经在手机上查过新闻了，知道轻重，何况她也没有因为商邵不陪她而有情绪。

是她来陪商邵，而不是商邵陪她，主次关系她是能分清的。

安娜小小地舒一口气，在后视镜中跟开车的男生挑挑眉。

啊，女明星果然好难伺候啊，但邵董有令在先，自己得让她感觉到宾至如归。

应隐没回应，安娜继续自说自话，换了副轻松口吻："好在邵董只参加第一天和第三天的议程，明天晚上你们飞法国后，可以用一整天逛逛。"

"明天要飞法国？"应隐终于多问了一些。

"您不知道吗？"

"去法国干什么？"

"嗯……"安娜笑笑，"这个我也不太清楚，因为是邵董的私人行程。"

应隐算了一下，这样他就是连轴转了五天，毕竟这样要紧的大会，他总不可能是去睡觉的。

听报告，受采访，宴会应酬。人情周旋最是消磨精力。

两人下榻的酒店倒是同一家，但分了房间，并不住一起。商邵行程匆忙，只换了身衣服便又匆匆出发。

应隐舒舒服服泡了个热水澡，差点在浴缸里睡着，泡完澡后鼻子不通畅，她也没放在心上。补觉之前，她打开手机，俊仪和缇文都问她玩得开不开心。

开心，就开心了开头四十分钟。应隐自嘲地想。

不知道商邵会不会后悔？他应该挑一个千娇百媚、百依百顺的，给什么喜欢什么，想要什么便说，借着合约开开心心地上他的床，有那方面令他愉快的天赋，提供充足的情绪价值。

她像只困在笼中的雀，没什么能耐，偏偏骨头硬。硬也是瞎硬，其实脆得很，折一折便碎成几截了。难得有人想温柔豢养她，却被她又脆又硬的碎骨头渣子扎了一手。

她蹙眉不悦地想，她这只鸟不知好歹。

应隐把微信名改成"隐隐超级加班中"。她扔下手机蒙上眼罩，一觉直睡到天黑。

梦里全是山雀在叫。

一觉睡得头疼脑热，腿骨疼得厉害，那接待的姑娘却已经在套房外的客厅等候了。

应隐意兴阑珊，想到化了妆还得卸妆，索性素面朝天。到了餐厅，德国料理不合她的口味，她吃得潦草，冰啤酒倒是喝了好几杯。

"不逛了行吗？"她握着酒杯，眼热着，餐厅昏黄的灯光落成一片一片光斑。

"恐怕不行。"安娜说，"我们给您准备的都是日常衣物，但是邵董明令我带您选几件礼服，下午茶，晚宴，还有晨袍，都缺一不可的。"

"可是我想睡觉。"应隐趴到桌子上，扶着厚厚的扎啤杯，"你不带我买，他会骂你？"

"这倒不会……您稍等。"

安娜背过身去，走了稍远几步，拨通电话。

助理拿着手机进来，小声在商邵耳边耳语了几句。

晚宴规格高，一派彬彬有礼中，他迟疑了一下，起身扣上西服纽扣，说一声"失陪"。

"喂。"

安娜听见他的声音如蒙大赦，但还没来得及开口，商邵便主动问："她怎么了？"

"应小姐说她想睡觉，不想逛街。"

"那就送她回去。"

"那衣服……"

"明天早上让销售员拿到酒店给她试，今天晚上先把服装款式发给她，她有兴致挑就挑，没兴致明天就都拿过去。"

既然他都这么说了，安娜也松了口气。挂电话前，商邵嘱咐："她想干什么都顺着她，不必请示我，让她开心就好。"

这就是接下来的行为总则了，安娜心里有了数："好的，明白了。"

重进宴会厅前，商邵脚步停顿，终于还是打开了微信。

但应隐什么也没给他发。

他把手机交还给助理，又冷不丁觉得不对劲。拿回来再度看了一眼，发现了应隐新改的名字——隐隐超级加班中。

助理默默候着，不敢催一催。他在德国办事处任职，很少能见到他，这次见了真人，只觉得气场充满压迫感，但他的沉默寡言以及眼底淡淡的青黑，出卖了他的疲倦，让他看上去似乎并不是无所不能的。

他也有力不从心的时刻，助理想。

商邵回到宴会中，圆桌正中间花团锦簇，头顶数米宽的水晶吊灯落下华丽灯辉，这是一派烈火烹油的高贵风华。

但在他重端起高脚酒杯、与人举杯助兴前，心里总会安静上数秒，想起"加班"两个字。

原来她觉得是加班。

应隐回了酒店，踢掉鞋子翻身上床。酒酣耳热，正好安眠。

她趴在枕头上，没戴眼罩，连灯也没关，就这么亮堂堂地睡过去。

不知几点，她浑身滚烫地醒来，四肢陷在被窝里如在泥淖，酸软得使不上力气。

灯光刺得她发烫的双眼一阵生理性流泪，她摸索到手机，凌晨十二点多。

体感告诉她很显然是发烧了，但也许再睡一睡就好了。

她不向商邵求救，爬起来关了灯，又跌回被子里。

下一次疼到醒来，漫长得她直以为过了一夜，其实不过半小时。

她扛不住了，每根筋骨都像是被人捶过，呼吸不畅，后脑勺如同被卡车碾过。

她头晕眼花，只想得起找俊仪，三个字错两个，打打删删，后来聪明临时上线，终于知道用语音。

"俊仪，我难受。"

发完语音，应隐丢下手机，陷入迷迷蒙蒙的昏睡。

俊仪给她打了电话，没人接。她直接找商邵，问得胆大包天："商先生，你是不是欺负小隐了？"

十分钟后，商邵出现在应隐床边。他没有她的房卡，是叫了前台来开门的。

德国今夜无月。

房间里昏暗，弥漫着一股酒热的病气。商邵把人捞在怀里，手贴她额头，当机立断："你发烧了，我送你去医院。"

"不要。"应隐有气无力，真丝吊带睡裙散乱地堆在腿间。

"乖，很快就好。"商邵要打横抱起她。

应隐赖在床上，眼泪莫名流了满面："我不乖，我不要。"

她死活不起，在商邵怀里软绵绵地挣扎，一副身体沉甸甸。

商邵舒了口气，越过身去，按下座机免提，拨通专属的礼宾热线："要一个医生，发烧，嗯，很严重。"

"你会德语。"应隐揪着他的西服。

"只是日常水平。"商邵回她，将她放回床上，严严实实地盖好被子。

"你还穿着外面的衣服。"她把胳膊从被子底下伸出来，摸他的袖口。

他的袖子冰凉，沾满了深夜的露。

"刚回来。"商邵言简意赅地说着，再次将她胳膊塞回被子，"别乱动。"

应隐吸着鼻尖："商先生，喝酒了吗？"

"喝了。"

"我闻不到。"

商邵听她说得颠三倒四，一时间担心她脑子已经烧坏，又想起她上次醉酒后的电话，便问："你喝多了？"

"五大杯。"应隐又伸出手，五指张开，比了个五。

"很骄傲？"商邵沉声问她，带着他自己都没察觉的宠溺。

应隐抿抿唇，尝到眼泪的滋味。她这才知道自己一直流着眼泪，便抹了抹眼窝，掉转话锋，没头没尾地说："我不是哭，只是眼睛好痛。"

"我知道。"

"为什么？"

商邵静了静，说："你不会在我面前哭。"

"为什么？"应隐又问。

"你在所有男人面前都很骄傲，也包括我。"他早在飞机上，就全盘接受了她的骄傲。

应隐转过脸，闭着眼睛，像是睡着了。但鼻尖酸涩得厉害，一股热流从眼角滑过。所幸她一直流着眼泪，商邵不会发现哪一行是真哭的。

商邵静待了会儿，要起身去给她倒水时，听见应隐问："你讨厌吗？我的骄傲。"

"谈不上。"

"喜欢吗？"

"很难喜欢。"

应隐只觉得一股锥心之痛从四肢百骸刀片般地划出，她抖了一下，蜷起四肢，掩在被子下的姿态如婴儿般。她咬紧牙关，眼泪真的不受控制了，从紧闭的眼中涌出。

商邵过了好一会儿，才察觉到她的不对劲。大约是因为人恸哭时，很难止住身体的颤抖。

他的手停在应隐的肩膀上，如白天下飞机时那般温凉。

"应隐？"他只叫一声她的名字，用询问的语气，其余什么也没说。

应隐不转身，商邵手上用了些力，想将她扳过身。应隐对抗着他，身体缩得很紧，鼻尖泄出一丝很细的呜咽。

医生来得太慢了，商邵染上烦躁，但那股烦躁并非来自应隐的哭。

他最终单膝跪到床上，沉肩用力，胳膊穿过她腋下，将人用力抱回自己怀里。

她哭得出了汗，颈窝潮热着，双颊显出病态的红，黑发贴着她苍白的脸和颈侧。

这种时候想把她吻得透不过气，未免畜生。

何况他没有立场。

他其实以为，自己在她心里多多少少有所不同。

几次三番的出手相助，高阶珠宝，天价合同，带她回自己家，突然造访她的家，被邀请坐下吃一顿其乐融融的晚餐。

那日院子里灯辉温馨，他还记得。

他以为在她心里，他多少不是宋时璋。她害怕那些位高权重、高高在上的男人，不敢开口求助，用骄傲咬牙撑着。

如今这份骄傲原封不动地也给了他，他才知道，他没有任何不同。

商邵摸着她的额头，为她擦去热汗，哄人的话术真不高明："错都在我，但你骄傲了这么久，现在因为生病在我面前哭，功亏一篑，是不是很亏？"

他哄孩子般与她商量："就只哭到医生过来，怎么样？"

"真的不能喜欢我的骄傲吗？"应隐将脸埋进他的臂弯，用他沾着国宴酒气与隆冬风霜的袖子擦眼泪。

"一定要百依百顺，你才喜欢……"她语不成句，断断续续。

可是骄傲是应帆给她的最珍贵的东西了。应帆教了她好多知好歹识时务的道理，唯独骄傲是课本外的知识。

应帆不愿她学，但她学得好透，青出于蓝，坚硬硌骨。

他不喜欢她的骄傲，就一定不会喜欢她了，永远不会。

"你给宋时璋和其他男人的东西，我怎么喜欢？"商邵勾了下唇，漫不经心道，"别哭了。"

"我在他们面前……"应隐不受控地抽噎一声，又从鼻尖打了个很小的喷嚏。

阿嚏一声，身体一抖，像小狗晃脑。

"我在他们面前，"应隐带着间断的哭嗝说完这句话，"一点也不骄傲。"

商邵的袖子被她的眼泪浸透了，也没怪她，听着她毫无说服力的辩白，也只是不当真地问一句："是吗？"

"我收过宋时璋的片约，扔过他的戒指，穿过他的高定，我主动勾引过陈又涵……"应隐搜肠刮肚。

商邵："……"

"我把口红印留在他衬衣上，要他给我电话。"

商邵："……"

应隐吞咽了一下，脑子努力转着："我很懂事的，你去问，对别人，我从来不会不知好歹，但是……但是……我没有乱来过……"

她颠三倒四，语无伦次地说了一堆，商邵实在无法再听下去，满脑子只记得一个陈又涵。

过了好半天，他才面无表情地问："你再说一遍，你勾引过陈又涵？"

"嗯。"应隐鼻音浓重的一声，还带点头。

"为什么？"

"因为他有钱又很帅。"

陈又涵有钱又很帅，商邵反驳不了，但这不妨碍他胸腔中翻滚着一股浓重的、陌生的酸涩感，几乎让他透不过气。

过了好半天，他才缓缓拧松领结，沉了声，极度冷静地问："你的意思是，如果他没拒绝你，你就过去了。"

"不会，"应隐的眼睛还压他袖子上，用力摇着头，"他经验太丰富，我怕得病的……"

说了这么多，就只有这句还像点样。

商邵却不满意，眯起眼道："所以，如果换一个经验不那么丰富、口碑好的人，你也就过去了。"

应隐一时呆滞住，想了一通，就在商邵气息濒临冰点时，她终于及时否认掉："不会，宋时璋口碑也很好。当然，我在他面前也骄傲，但那种骄傲……跟商先生的不同。"

商邵喉结咽动，用气息问出四个字："怎么不同？"

应隐都没发现她是什么时候止住哭的，发着高烧酒精中毒的脑子开始转动，但转得不多。

凭着直觉，她慢吞吞地反客为主，问："商先生今天说的'我要'，是什么意思？"

"你问的是什么意思，我就是什么意思。"

"我问……如果你帮了我，难道你真的不想要我吗？"

"你想的话，我不会拒绝。"

"我问……商先生对我，真的没有一点想要我的欲望吗？"

"我有。"

"我问……商先生不要我这个人吗？一定不要，永远不要。"

身体上方的那道冷淡嗓音倏然静了。

今夜风雪止歇，厚厚的雪层吸收着所有的声音，一切都显得静谧，欧洲，德国，城市，夜空，酒店，心跳，呼吸。

在这种寂静中，应隐仰起脸，她又是苍白又是绯红的脸上，还沾着清亮的泪痕。

"我问的是这个意思，商先生的'我要'，是这个意思吗？"

商邵没有说话。

"商先生最厌恶我识时务。今天帮了我，送我高定，来年商先生万一会要我呢？我该怎么让你相信，我也要你，不是为了报答与识时务？"

应隐腮上挂着眼泪："万一明年，你要我呢？"

万一明年，你会来爱我呢？为了这个万一，我不肯亏欠你。

她的双眼带着醉意，却又不可思议地澄澈。

"商邵，你讨厌的我的骄傲，是指这种骄傲吗？"

商邵看着她的眼，终于缓缓意识到，他在飞机上对她有一个天大的、多么不可饶恕的误会。

原来她给他的骄傲，和给别人的不同。

他以为他在飞机上试图打碎的，是她装腔作势的铠甲，是自作聪明的作茧自缚，是因为不信任他而咬牙硬撑的倔强。

原来不是。

宁市的房子是花重金打造的，包括屋后一座逆气候而行的英式砾石花园。

那里面种养着三百多种植物，从松杉、鼠尾草、风信子，到柳枝稷、软丝兰、郁金香，还有无数种月季、玫瑰。

但商邵此时此刻只能想起一种——月季。

那种月季很美，花型饱满圆润，粉白的瓣，深粉的芯，娇嫩妖娆，一茎多花开得肆意。但这都没有什么大不了的。

月季争奇斗艳，能媚到极致，也能清雅到令人见之忘俗，唯有它的枝头与花朵，四季直立。

它叫"瑞典女王"，晨昏冬春，风疏雨骤，都永不垂头。

好几秒没听到回答，应隐刚刚干涸的眼泪又开始涌了起来。

她眨眼，觉得眼前的他模糊而遥远，神思也渐渐不太清醒了。但即使如此，她还是委屈地抗议："你不回答我。"

她喘不上气，浓重的鼻音令她轻熟感的声线，听着无端像是小女生撒娇。

商邵伸出手，随着他抹上眼睫的动作，应隐本能地闭上眼。

她的热泪沾湿了他的指腹，商邵垂眼看着指尖，目光带有审视，像是感到陌生。

他真的很讨厌手指被打湿的感觉，却不排斥擦她的眼泪与热汗。

"再问一遍。"商邵命令她。

命令一个头疼脑热、烧得浑身滚烫娇软的女人，多少有点没人性了。

但他要应隐再问一遍，以便他认真地、毋庸置疑地告诉她答案。

应隐趴在他怀里，累极了的"嗯"一声，勉强提起神，嘟囔着问："你喜欢海绵宝宝吗？"

商邵："……不是这个。"

"如果你也喜欢海绵宝宝，我们就是派大星……"

商邵舒一口气，沉着声："应隐，给我清醒一点。"

"章鱼哥……吧哒吧哒……"

"吧……"商邵停顿片刻，怀疑人生，"吧哒吧哒，又是什么？"

应隐不回他了，过了会儿，抽一口气惊醒，伏他腿上喃喃地、慢慢地说："商先生，为什么不接我电话……"

商邵黑着脸，一字一句："你睁开眼看看，我就在这里。"

应隐抽泣一声，很伤心地说："不喜欢就拉倒。"

话题离奇地绕了回来，商邵脸色稍缓，回她道："喜欢。"

"太好了，你也喜欢喝热红酒？"

"……"

一直耐心的男人终于忍无可忍："应隐！"

门铃声来得非常及时。

商邵把她从怀里撇开："医生来了，我去开门。"

"你别走。"应隐抱着他的腰，赖床上。

不知道她哪儿来的力气，商邵很艰难才拿开她的手臂："十秒。"

"你抱我一起去。"应隐又缠上。

商邵斩钉截铁道："不可能。"

门铃声第二次响起后，房门开了，古板的、前来问诊的德国医生，看到里面的男人一手开门，一手扶着身旁女人的腰。

那女人两手挂在他脖子上，踮着脚，埋在他颈窝里的脸通红，双眼醉醺醺地闭着。

医生："……"

商邵这辈子没这么离谱过，一边努力扶稳她，一边黑着脸道歉："请见谅，她神智……"

医生表示"我懂"。

一量体温，三十九点六摄氏度，医生更懂了。

即使是成年人，烧到了这个温度也是非常危险的，幸好应隐身体底子还算好，没有出现上吐下泻或电解质紊乱的情况。

她被商邵公主抱着放回床上，呼吸短暂地平稳了下来，不知道是不是睡着了。

医生边听她的心率，边有些严厉地说："发烧的时候不宜饮酒。"

"她刚落地，还没倒时差，过去二十四小时都没有好好休息。"商邵垂目看她一眼，声音低沉而温柔下去，"心情也很糟糕。"

医生点点头，收起听诊器："别的都还好，要打退烧针。"

"需要输液吗？"

"不，她没有需要输液的病症，当务之急是尽快退烧，然后好好休息。"

"怎么打？"

医生已经拆出针管并开始配药，同时告知商邵："肌肉注射，请让病人坐好。"

酒店合作的是高端私人诊所，出诊费高昂，商邵信任他。

他按他说的，将应隐扶起，拂开沾在她脸上的发："应隐，坐好，打针了。"

应隐没睁眼，迷迷蒙蒙地"嗯"了一声，软绵绵地抬起胳膊。

商邵把她的手按下："不是挂点滴，是打针。"

"嗯……"

商邵冷淡地给到三个字："屁股针。"

屁股针。

屁股针？

久远的童年记忆让应隐一个激灵醒了过来，嘴角不可遏制地往下一撇。

她这一晚上，眼泪跟水龙头似的开开关关，这会儿又给拧开了。她泪流满面，不可置信地细声颤抖着问："屁股针？"

商邵被她哭得没办法，扭头跟德国医生沟通："可以吃药吗？"

医生已经抽好了药液，面无表情地说："她喝了超大量酒精。"

尖锐的针头闪亮，像某种可怕刑器。

商邵："……"

他吁一口气，摸摸应隐的头，声音无奈："听到没有，你自找的。"

应隐又不知道医生叽里咕噜说的什么意思，只觉得商邵似乎在取笑她。

"呜……"尾音下沉的一声，小动物般闹起了脾气。

她昏昏沉沉地被他摆弄到床沿，坐不稳，只好合腰抱着商邵，将脸靠着他胸膛。

"请帮忙把她裙子……"医生做了个手势，意思是把睡裙撩上去一些。

商邵始终保持着耳语的温柔音量，但语气冷淡正经："抬下屁股。"

应隐听话地抬了一些，方便他把裙摆抽出来。

月白色的真丝睡裙磨擦着她柔嫩的大腿，被轻柔地抽走，继而堆至腰侧。商邵一只手帮她提着，纵使目不斜视，也还是看到了她的蕾丝内裤。

白色的，只包住一半，花瓣似的贴着她浑圆的臀。

安娜搞什么？让她准备贴身衣物，没让她准备得这么……不正经！

冰凉的酒精棉在甚少被人光顾的皮肤上轻轻擦过，应隐不由得打了个冷战，更紧地抱住商邵。

下一秒，针头刺入，她哇的一声哭了出来。

"好痛啊！俊仪……"

俊仪就俊仪吧，好歹不是什么陈又涵。

医生注射完又开了药，叮嘱了饮食忌口。

医生结束问诊时，已经快两点。商邵送他到门口，回来时，应隐终于陷在被窝里昏睡过去。

与刚刚半小时的哭闹、难以理喻和鸡同鸭讲比起来，商邵听着她的呼吸，一时之间只觉得世界无比安静。

房内热气熏得他很热，他走到窗边，将玻璃窗推开一道细缝，轻轻地深呼吸。

空气冷冽，带着城市的气息和雪的味道。

他对着窗和雪，静静抽完了一根烟，末了，自顾自垂头笑笑。

真的没什么照顾人的经验，做得大概很不好。

直到三点钟，商邵再次测了她两次体温后，确信她退了烧，才在套间外的沙发上和衣而眠。

第二天是峰会的开幕式和第一个会议日，议程和采访一直满满排到了下午四点，之后又是主办方宴会，用过餐后，才算结束一天的行程。

商邵五点多时被生物钟唤醒，离开前，他摸了摸应隐的额头，温热的，呼吸也恢复了清浅平稳。

他在床头便笺本上留下一行字：好好休息，记得吃药。落款是一个"邵"字。

应隐半侧睡着，樱粉色的两片唇自然地抿合。她睡得很熟，并不知道有人曾轻抬起她下巴，拇指指腹在她唇瓣轻缓地摩挲，像是爱不释手，像是欲念难消。

她只知道那指尖冷淡的沉香烟草味，实在太过好闻，如此轻易地入了她异国他乡的梦。

商邵回了自己房间，洗过澡换了衣服，修整好仪容，又喝了两杯黑咖啡后才下楼。

酒店大堂高雅奢华，大理石地面光可鉴人，这个时段，与会的嘉宾都正出门，西装革履的绰绰人影中，唯有一张东方面容温雅稳重，步履从容如闲庭信步。

等候在侧的助理迎上去，与他一同走出玻璃旋转门，走向那辆已经为他打开车门的迈巴赫。

应隐直睡到十一点多才醒，且是被饥饿叫醒的。身上的酸疼感还没消失，肌肉仍然乏力，要命的是，她翻了个身，只觉得右边屁股好疼啊……

大脑疼痛欲裂，记忆一片空白。

依稀记得……商邵是不是来过？

"等等……"应隐缓缓坐起身，细眉一皱，觉得大事不妙。

商邵怎么会过来？她明明记得，她难受得快死了也没给他发微信求救。

俊仪接到她的夺命电话，她劈头盖脸第一句就是："你跟商邵说什么了！"

俊仪老老实实地回答："我给商先生打了一个电话，问他是不是欺负你了。"

"然后呢？"

"然后他去了你房间，告诉我你发烧了，但他会照顾你，让我不用担心。"俊仪一五一十地汇报，"商先生人真好呢。"

"完了。"应隐眼前一黑，手机啪嗒一声垂直坠落。

完了完了。她喝了好多酒，醉得很严重。

她一醉就会胡说，情绪脆弱，极度易怒易崩溃，会又哭又笑，会守不住秘密，会痛哭流涕，会逼人跟她一起看《海绵宝宝》！

完了完了！

俊仪那边"喂喂"几声，只听到应隐一声爆哭。

没容得俊仪关心，应隐卷着被子连滚带爬捡起手机，首先翻看所有视频网站的历史记录。

太好了，没有《海绵宝宝》！

等等……

那这么久的时间，他们都干什么了？！

应隐披头散发地坐在床上，一边回忆，一边缓缓把一缕头发咬进了嘴里。

她……依稀……仿佛……好像……说了那个男人的名字。

应隐双眼圆睁、瞳孔涣散、呼吸停滞、脉搏加快、心跳骤停……砰的一声，她以死到临头的体征倒回了床上。

她是不是说陈又涵了！

门铃响了一下，安娜刷卡进入，打招呼说："早上好应小姐，我来——啊！"

安娜被她死不瞑目的模样吓到一声尖叫，直到看到应隐一骨碌翻身下床。

应隐一边套着衣服，一边冷静快速地说："安娜你好，是这样，我国内临时有通告需要先走一步……谢谢你的款待但我现在马上就要去机场，再晚就来不及了！"

安娜看她身手矫健、神志清明、口齿清楚，有些迷惑地说："可是商先生说你病重，让我照顾好你，还要随时跟他汇报。"

"不要汇报！我很健康！一切都好！"应隐无头苍蝇般在房间里转，"我我我护照呢？你身上有没有带钱？德国的钱叫什么来着？借我一点商先生会还你。"

安娜见她神情凝重一本正经，又想到商邵昨天说要事事以应隐的需求为先，因此只是略微迟疑了一下，便痛快地说："行，那给您安排车子去机场。"

"好的！"应隐一把握住她的手热泪盈眶，"你真好，祝你长命百岁，女孩帮女孩！"

安娜，不愧是商宇集团德国办事处信得过的优秀员工，做事踏实，回应及时，行动力极强。两分钟后，她叫的车子已经在楼下等候，并给了应隐一沓现钱："以备不时之需。"

应隐："嗯！"

纵使浑身酸痛头晕脚软，她也还是以极利索的速度穿好了衣服。

礼帽戴着，黑色小羊皮手套套着，护照放进大衣口袋，她目光如炬、风风火火如特工出勤——

直至走到房门口，被听了半晌的男人拦住去路。

商邵微微抬眸，顺手将烟捻灭在烟灰缸中，边吁出最后一口，边问：

"跑什么？"

刚刚还在大步流星的长腿硬生生刹住，继而换成一小步一小步，缓缓地、心虚地退回了房内。

应隐目不转睛地看着商邵，咽了咽口水。

又……又害怕又尴尬！

安娜完全在状况外，只被商邵的出现吓了一跳："邵董！你不是在开会吗？怎么回来了？"

"我要不回来，你就把她放跑了。"商邵慢条斯理地说。

安娜一听"放跑了"三个字就知道不妙，唰的一下抬头看应隐："应小姐？"

应隐硬着头皮但气势十分虚弱："我真的有通告……"

商邵散漫地挥了下两指，吩咐安娜道："你先出去，给她叫一份餐，记得清淡养胃一点。"

安娜贴着墙低头逃得飞快，走之前，体贴地帮应隐关死了门。

应隐疯狂吞咽："商……商先生……"她尬笑，装镇定，装大方，"你不是开会吗？"

"惦记你，中午刚好有点时间休息，所以来看看。"商邵答着，将羊皮手套从指尖摘走，摸了摸她额头，"还有没有烧？"

应隐只敢摇头。

"国内什么通告？"商邵问，垂眸看着应隐，像是真问。

"一个……"应隐大脑卡壳，编不出来。

"昨晚醉成那样，脑筋不是还动得很快？"商邵勾一勾唇，"现在怎么变笨了？"

应隐双眉一拧嘴角一撇，五官皱得生动而漂亮。她紧闭上眼，发出快哭了的声音："我错了！"

商邵对她流利的道歉感到好笑，偏不动声色地问："错什么了？"

"错……你不高兴的地方都是我的错！"

"我没有不高兴的地方。"

应隐唰地抬头，睁开的双眼明亮如星辰："真的吗？"

"除了一件。"

应隐小心翼翼地问："哪……哪一件？"

"你这么难受，俊仪又不在你身边，你宁愿找她，也不肯找我。"

"我……"应隐抬着的眼眸轻眨，瞳孔中不知道是委屈还是惊惶，"我让你那么生气，而且你忙。"

"是吗？"商邵漫不经心地问，"是因为你让我生气，而不是因为我让你生气？"

应隐蓦地鼻尖酸楚："我不敢。"

她这句话多少带了些脾气。商邵笑了笑，静看她几秒，用低沉的声音说："对不起，让你难受。"

"对不起"三个字到底有什么威力，竟然让她的眼泪就这么毫无预兆地流下。

她低下头，反复抿着唇，眼泪滑过下颌，吧嗒吧嗒地砸在地毯上，洇出一个个小小的深渍。

"商先生给了我一亿，怎么对我都是应该的。"应隐两手抄在大衣口袋里，指腹用力磨着护照本的边角，将低垂的脸撇进德意志正午的暖阳中。

这句话不只是带脾气，简直像是骂人。偏偏她讲得真心实意，又心平气和的。

商邵不知道该气还是该笑，明明昨晚上那么坦诚，今天又开始跟他倔强骄傲。

跟她相处，像打商战，容不得他游刃有余，要他知己知彼，要他全力以赴，要他专心致志……要他一心一意。

商邵伸出摘了手套的那只手，为她拭去眼泪。

他的手指又被温热的液体打湿，但确实算不上讨厌。

"你昨晚不是说，"他顿了顿，指腹停在她苍白柔软的眼底，"要跟我有一个平等的开始？"

心脏怦的一下，撞得应隐的胸腔生疼。她喝了酒那么胆大包天，是吗？幻想的，不切实际的，根本不配的东西，都敢说出口，都敢向他祈求？

"喝了酒说的话，商先生请不要当真。"

"我当真了。"

应隐的心皱成一团，像被人捏住。她紧闭着眼，眼泪掉得更厉害，病弱的脸被阳光晒得近乎透明。

她深吸一口气，吞咽了一下，再开口时呵着气笑了一下，才说："商先生……"

她嘴边的话被商邵打断。

"叫我名字。"

应隐蓦然抬起头，眼眶和鼻尖泛着同样的红。

"我想了一上午，我想，既然你要平等，不如就从你肯忘掉这一亿，叫我名字开始。"

应隐光听到前半句了，她脸色诚实地一变："商先生让我忘掉一亿是什么意思？你是想赖账吗？"

商邵："……"

沉默数秒，他语气复杂："应隐，你蛮会抓重点。"

谁能想到这女人脸上还挂着眼泪呢？现在看来，怕不是鳄鱼的眼泪。

应隐已经开始感到肉疼："那原来的三千万是不是也要还给你？"

"你觉得呢？"

应隐心里纠结半晌，最终只能退而求其次地说："那上班的这几天，你总要结给我的。"

言毕，她飞快而小声地补充："一天是二十七万三千九——零头已经帮你抹了。还有上次你续的二十分钟拥抱和鲸鲨馆的吻……"

她看着他，伸出手指头比了个"耶"："两千万。"

商邵目光沉沉地看她半天，继而毫无预兆地伸出手去，抚上了她的额。

挺热的。

他找到理由，点点头："烧果然还没退，再吃点药。"

应隐还是能听出好赖话的。她鼻尖微皱："你骂我？"

"不舍得。"

应隐一口气哽住，一丝红从她的苍白中慢慢匀了上来。

"我没有欺负病人的习惯，"商邵好整以暇地补充，伸出手，"护照给我。"

"不给。"

"还想跑？"商邵微低了头，视线锁住她。

应隐大窘："我不跑，真不跑……护照可不可以不给你？"

护照被她用力抠在掌心。

明明是新换的，应该崭新笔挺，但其实那暗红的封皮，早就在刚刚数分钟内被折磨得褶皱一道道。

递出这样一本完全出卖她情绪的护照，应隐觉得难堪。

商邵还是伸着手，戴着黑色羊皮手套的那只手掌心朝上："交给我，我不想回来看不见你。"

应隐一怔，心口的酸涩感翻涌得厉害，她鬼使神差地、迟疑地、不舍地掏出护照，眼睛不敢看他。

她在他面前有什么余地？每一道眼神每一次呼吸，每一句倔强的口是心非的话，现在连一本护照都不肯为她保守心情。

商邵接过，但并没有戳穿这本护照老得这么快的秘密，而是径直收进大衣口袋中，继而勾了唇角："还有第二件事。"

"嗯？"

"你还没叫我名字。"

"商……"应隐努力了一下，后一个字在舌尖转了一圈，终究变成了尾音轻落的，"先生。"

"这两个字是很难听，还是难念？"商邵平淡地问。

他很坏，明明知道这两个字既不难听，也不难念，却要听她亲口否认。

"不，好听的，"应隐果然中他圈套，"商邵商邵……"她喃喃低念了两遍，展颜，"朗朗上口。"

商邵挑了挑眉。

应隐被他的目光盯得身体一紧，意识到自己果真叫了他名字，蓦然觉得难为情。

"平时有人叫你商邵吗？"她顾左右而言他，想找个跟她一样的同伙。

但她没有同伙。

"很少有人直呼我名字。"

"那他们都叫你什么？"

"商生，商 sir，邵董，Leo，商先生。"

"还有阿邵，"应隐添道，"上次你那个女同学这么叫你的。你同学都叫你阿邵吗？"

商邵勾了勾唇，情绪冷淡了下去："我同学叫我 Leo，阿邵这两个字，我家里长辈叫我多一点，你想叫？"

"我不要，万一你把我当你长辈。"

商邵似笑非笑："你才几岁，妹妹仔？想当我长辈，除非我们家谁二婚，或者……三婚？"

应隐"哼"了一声。

"那我就得叫你婶婶了。"

应隐倏然瞪大眼："不要！"

商邵失笑了一声："你想要，我也不肯。"

应隐跟他聊了几句，只觉得浑身冒汗，想是她穿得全副武装，在暖气房中怎么待得下去？

那股口干舌燥从她心底、脚底、手心源源不断地冒出，像针刺，刺挠的痒。

"就叫我商邵。"他为她一锤定音。

"为什么？都没有人这么叫你，你会不会听不惯？"

"名字取出来，没有人叫就已经很可惜了，我该谢谢你愿意叫我姓名。"

他讲什么话都不带情绪的感觉，但语速又那么优雅匀缓，音量恰到好处地保持在面对面耳语的程度，令人感觉这话他只钟情与你一人说。

应隐想，他是个天然的情话高手。

"商邵。"她终于念他的全名，在十足清醒的时刻。

她的眼神仓促地流转开，又在日光下认真回来，与他的静静交汇。

地毯上的花是白山茶，被冬日阳光很淡地描在织物纹理上。她的大衣是翠绿色的，掐腰的伞裙设计，她的脸又那么白，唇和鼻尖染上淡粉，令她看着像盛开在德意志寒冬里的一株绿梗白春花。

只冲这件大衣，商邵就认为该给安娜加季度奖金。

谁都没说话，可是他的目光停她脸上，气氛很坏，叫人想躲。

酒店的送餐服务来得恰是时候，那阵门铃声不知道解救的是谁。

应隐饿了快两天，喝了一盅法式浓汤，顿时觉得从身到心都熨帖了许多。吃药时，她看到商邵给她留的便笺，药盒上也被他细心地写了服用方式和用量。

"应小姐，你是邵董第一个带出来的女朋友呢。"安娜讲好听的话哄她开心。

"我不是……"应隐第一反应就想否认，但想到合同条款，她默默咽下，问，"他上一任女朋友，你没见过吗？"

"见过，不过不是像你这样接待。"安娜偷偷说，"她不如你漂亮，差得很远的。"

应隐抿着唇，笑意包不住，终究还是露齿笑了起来。

那是当然，她是这一代"小花"中公认最漂亮的，营销号说她的美貌直击男性生物本能，虽然是麦安言买的通稿，但路人竟深以为然很是认同。

"可是商先生不是把上一任女朋友保护得很好吗？你怎么会见过？"

"那一次是他单独来德国考察合作方，他女朋友应该是特意从英国飞过来找他的，但是邵董很忙嘛，她就装成了他身边的工作人员。邵董还以为我们看不出来，其实大家都知道。"

应隐维持着微笑："听上去很浪漫。"

"不浪漫。"安娜认真纠错,"邵董这个人对工作很严谨的,他不吃这套。两人吵了架,当晚女朋友就气走了。"

应隐没想到事情会是这种发展,不由得问:"然后呢?"

"不知道,"安娜耸耸肩,"也许飞英国去哄她了。"

她没再继续问,吃过了药,躺床上小睡了一小时,醒来时,预约的销售员已经到了,正候在客厅和走廊外等她。

安娜虽然给了清单,但应隐昨晚哪有心思看?此刻一见阵仗才吓了一跳。

印有各种 logo 的防尘袋、纸袋、鞋盒堆满在客厅,几乎让人无处落脚;真丝的、绸缎的、蓬纱的、钉珠亮片的礼服铺满了沙发;墨绿的、翠绿的、梅子红的、天鹅黑的、宝石蓝的纤细高跟鞋,在地毯上摆了两排;闪亮的、镶满钻石的珠宝,则端庄地陈列在丝绒首饰盒中。

便携式挂烫机开了数台,几名销售助理正将那些因运输而产生的褶子一一熨平,有的是灵动活褶,十分考验手法和细心。

"这是第一批,三点有第二批,五点有第三批,一共二十个品牌。"安娜介绍。

应隐完全蒙住。

她的套间,已经被华服淹没。这得试到什么时候去?让一个病人试这些,算不算带病上班?会累出工伤的!

安娜掐手表:"因为时间有限,加上你还病着,我们就不每件都试了,喜欢的再试,要是你实在懒得试,也可以全收下。"

"别别别⋯⋯"应隐拦住她,十分有定力地说,"全收下的快感,我不需要。"

安娜挑挑眉:"哇哦,崇拜。"

应隐确实没什么精力,毕竟退了烧后,她的肌肉还酸沉。她在床尾凳上坐下,一边翻看时装画册,一边问:"商先生为什么让我买礼服?他有说什么吗?"

他应该不会是送这些给她参加时尚大典吧?这些衣服固然很漂亮高级,但对等级森严、论资排辈的时尚圈来说,格调远不及高定,商邵完全没必要带她飞这么一遭。

"这跟您接下来在法国的行程有关,具体的我并不清楚,但邵董说,以鸡尾酒会、after party 的那种程度来挑,漂亮、舒适就好。"

应隐点点头。她身材好、曲线好,气质舒展大方,不怎么喜欢花里胡哨的款式，何况在娱乐圈这么多年，她对自己的审美坚定而有主见，因此挑起来十分迅速，丝毫不见犹疑。

挑定了款式后，集中试。她解开裹在身上的薄毯，露出里面的月白色睡裙。安娜帮她拆开一个新的胸托，应隐扣上，手感的沉甸甸软绵绵让她蓦然想起一件事——

等会儿，她昨晚上，是不是没穿文胸？

眼见着她脸色一变，安娜不明就里："怎么了？哪里不舒服吗？"

下一秒，应隐的脸上像爆开了一团胭脂，红得深浅不一惨不忍睹。

她是真的没穿文胸！救命！她昨晚干什么了？！

记忆碎片凌乱，此刻像走马灯一样疯狂闪回。

她抱着他……缠着他……趴他怀里……蹭他手臂……压着他大腿……贴着他胸膛……

安娜使劲摇晃几乎石化的她："应小姐？"

应隐惊醒，一把扣住自己胸，充满怀疑地捏了捏。

安娜："……"

"安娜……我问你一个问题啊。"应隐茫然喃喃地说。

"你说。"

"你有过……那个吗？和男朋友的那个？"

安娜："上床？"

"嘘嘘嘘，"应隐小小声，"那个，胸，会痛吗？就是如果有人，嗯……碰过它？比较用力之类的。"

"你是想说揉吗？"

"Jesus 你意会就好！不要说出来！"

安娜点点头："会有一点吧，这个要看那个……"

她被应隐传染了语言功能障碍，也开始支支吾吾，"手……手法和力……道？"

应隐深吸气，谨慎而周全地四处摸了摸，继而松了一口气下来："好像还好。"

安娜真服了她了："应小姐，你没有那方面的经验吗？"

"还没有……"

"你已经二十八岁了，不是吗？"安娜确实有点惊讶。

"我十六岁就出道了，娱乐圈很乱的，我怕得病，总不能上床前问别人要体检报告吧！"应隐一本正经地说，"而且万一他居心不良呢？比如拍我的照片啊，视频啊，然后敲诈勒索我，怎么办？会断我财路的！"

安娜一时间神色复杂："你是不是有点被害妄想症……"

"没有吧？"应隐眼神无辜，"不怕一万就怕万一，为了男人断送了事业，也太不划算了！"

安娜抚了抚额，一手竖起大拇指："干得漂亮。"

"是吧。"应隐得意。

"那你跟邵董？"安娜悄没声地问。

应隐咳嗽两声："我们两个比起来，可能是商先生更怕我勒索他。"

安娜木着脸，心想不，他完全不必怕的。

应隐不再跟她聊这些，专注到试衣服中去，只是每托一次胸垫，脑子里就会不自觉浮现出他曾经解过她搭扣的那只手。

在鲸鲨馆的深蓝色光线中，他那只如玉质扇骨的手那么修长，细瘦分明。

试了大约一个小时，应隐挑了一件珍珠肩带的大露背希腊风黑色长裙，一条淡翠青的丝绒抹胸鱼尾裙，另外加了一条宽松舒适的白色晨袍。珠宝和鞋子她没精力试，完全由销售员做主搭配了。

结束这部分的任务，安娜跟她通报接下来的行程："邵董那边大概八点多结束，就不回酒店了，我会提前送您去机场跟他会合，飞机九点准时飞法国。"

应隐没有意见，吃了感冒药的脑子昏昏沉沉，很想睡。她躺上床，快入睡时垂死病中惊坐起——昨晚上还有医生来过！

医生有没有看到？！

女明星的被害妄想症延迟上线，她一把摸出手机，顾不上打扰不打扰的，径自问商邵：商先生，昨晚上我走光了吗？

正是会议间隙，商邵在休息室里，刚刚结束了一场简短的采访。助理送记者们出门，回来给他递了一瓶拧开的水，并跟他确认接下来的会议资料。

"稍等。"他滑开手机，看到那行字。

虽然商家大公子是著名的八风不动、举重若轻、动力十足、泰山崩于前而不改色……但手中的水瓶还是被他不自觉捏紧。

水洒了些出来，他放下水瓶，起身，走到窗边，欲盖弥彰地咳嗽了两声。

助理："？"

有没有毛病？室内供暖需要开这么足吗？是不是有点浪费天然气了？商

邵折起西服一侧，热极了似的扇了扇，又很快意识到举动不妥，便只能忍耐下来，两手抵在腰上反复深呼吸。

她确实有一些走光。

吊带那么长，睡裙又宽松，她昨晚那么钩他脖子趴他怀里，他纵使不想看，也能一览无余。因为没有内衣支撑的缘故，曲线不如那天在飞机上看到的饱满有弹性，但是……更让人口干舌燥。

而且他真的不想看吗？他心里有一百个商邵念着别看，但只要有一个叛徒，就能让他满盘皆输。

"天命之谓性，率性之谓道，修道之谓教。道也者，不可须臾离也，可离非道也。是故君子戒慎乎其所不睹，恐惧乎其所不闻。莫见乎隐，莫显乎微，故君子慎其独也。喜怒哀乐之未发，谓之中；发而皆中节，谓之和……"

——很显然，此刻再怎么狂背《中庸》也无济于事。

助理从他背影中也能看出烦躁，一时想不通怎么回事，明明刚刚还很从容的模样。

想起他是香港人，又是在英国念书的，莫非是不习惯德国的冬天？于是他便十分体贴地问："您是不是有点上火？不然我给您拿一些降火、降热的药。"

商邵："……"

他再度咳嗽一声，恢复了深沉冷淡的模样："不用。"

应隐在啃着指甲的焦虑中等到了他的回复：没有。

应隐：怎么可能！

商邵调出通信录，又给切了出去。这时候打电话恐怕不是明智的选择。

他不动声色回复：你想听什么答案？

应隐步步紧逼：我是不是被医生看光了？

原来是问这个。

商邵舒一口气，安抚她：真的没有，他来的时候我给你披了毯子。

他……来……的……时……候……

咚的一声，应隐以头抢地，栽倒在床上。

商先生，她心如死灰，偏偏不见棺材不落泪，那他没来的时候呢？

商邵干脆利落地说：对不起。

道歉发出去，石沉大海。

汇报下半程在即，他破天荒地带了手机进去。商邵心不在焉了半天，谨慎措辞：就当你穿了回比基尼。

屏幕上红点瞩目，显示"您的消息已发送，但被对方拒接了"。

商邵："……"

过了会儿，这个删了他好友的女人，倒是有心情更改昵称：隐隐受工伤……

商邵黑沉着脸，明亮高级的会议现场静谧十足，但快门声、闪光灯不停。

摄影镜头捕捉到他蹙眉冷峻模样，谁能知道他短信里写的是：工伤你想怎么报销？

德国冬天天黑得早，不过四五点光景便已经黑沉沉。外面又飘起了雪，高楼下，穿大衣的人顶着风雪形色匆匆。

天气完美契合应隐的心情，她现在只想来首《二泉映月》。

按行程，安娜会过来带她出去吃晚餐，或者安排酒店餐，之后去机场与商邵会合。

应隐在床上辗转反侧地看了五集《海绵宝宝》后，安娜撳响门铃："应小姐，车子在楼下等，我们今天出去吃晚餐。"

应隐快快地爬起来，抱着被子，一开口鼻音娇惨："我好难过。"

安娜是在德国长大的，一时间分辨不清："难过，是心里，还是身体？"

"心里、身体都很难过。"应隐吸吸鼻子，头发蓬乱着，"我想去雪地里打滚。"

安娜委婉劝诫："这恐怕不太行。"

应隐下床，脚尖蹭进拖鞋里，呆坐着哀伤了一会儿。

护照就不该给他，不然她现在好歹还能跑路……

"化个淡妆吧，"安娜建议，"心情能愉快点。"

应隐现在一副行将就木的模样，她说什么就是什么了，热水洗过脸，应隐乖乖在梳妆镜前坐下，敷粉画眉，一笔一笔心不在焉。

"我给您拿了新的衣服。"安娜不动声色，用衣撑把一整套衣服挂好。

直筒深蓝色牛仔裤，棕色尖头高跟短靴，黑色高领打底外配一件同为大地色系的对襟系扣开衫，外面的廓形黑色翻领大衣剪裁利落。

很法式时尚的一身，够正式，但不算刻板。

应隐在有人照料饮食起居的情况下很少动脑筋，给什么吃什么，给什么穿什么，也不挑剔。

她化完妆，换上衣服，也没问为什么要从前一天的优雅名媛风换成今天的都市职人风。

"应小姐，绾个头发。"安娜步步为营，左手一根簪子，右手一个鲨鱼夹。

应隐："……"

凝神思索零点二秒，她无精打采但十分听话地拿走了玳瑁色的鲨鱼夹。

她就是好糊弄，以至于安娜都要撇过脸去偷偷笑一下。

换好了衣服，安娜比大拇指："真好看，羡慕我们邵董。"

应隐现在还不想听他的名字，冷不丁一听到，《二泉映月》又在脑子里响起。

她吞了要在饭前吃的药片，带着晕晕乎乎的二胡声和浓重到无法呼吸的鼻塞，踩在云端似的跟着安娜下了楼。

临近年底，即使是高冷端庄的商务酒店，也装饰上了圣诞元素。应隐穿过挂有绿色圣诞结和彩灯的前台，在安娜推开玻璃门的下一秒，看到了站在迈巴赫车门边的男人。

德意志晚上七点，城市夜灯斑斓闪烁，浓郁冬夜中，霓虹色温柔地铺陈。

商邵沾染风霜，正靠在车门边，拢手点一支烟。

应隐中午一心陷在激烈的心跳中，没顾得上看他今天穿了什么。

现在她的脚步蓦地顿住了，看清了他的马甲、西装和大衣，黑色的，笔挺，但令人觉得温柔，透着一股深沉的矜贵。

细白的雪落在他的肩头与袖口，他是挽着胳膊的，一指拢着火，一指按着火机，臂弯里一捧热烈的鲜花。

点烟时分明漫不经心，看到应隐出现在视线内，他才稍稍站直。

白色烟雾在指尖缭绕开来，隔着转动的旋转门和起落的乘客，商邵对她笑了笑。

人已经走到这儿了，万万不可能再扭头回去。应隐一步三迟疑，但还是陷进他的圈套里。

什么化个淡妆，换身衣服，绾个头发，她一刹那全懂了。

走至车前，门童一时没有上前来，隔着距离看他把花递进她怀里。

"花店里没有这个花，我让助理开车找了很久，在一个德国老太太的玻璃温房里找到了。"

粉白的瓣掐着当中嫩粉的芯，花型饱满丰硕，枝干墨绿笔直，用硫酸纸层层叠叠包着，接过时，花香浮动在十一月末的风雪中。

她接过花，抬起眼："为什么送花？"

商邵吁了口烟，散漫地笑一笑："道歉的话，有花才算心诚。"

她知道他晚上还有会议和应酬，这一趟酒店，是专程为她而回的，是他严谨的公务生涯中不可思议的心猿意马。

应隐偏过脸去，目光落在花朵上，眨一眨眼，不知道是高兴还是不高兴。

她今天穿得很时尚利落，挑落的额发掩着她苍白的面容，看着有股脆弱的倔强。

"不喜欢？"商邵低了声问。

应隐想到他飞到英国去哄女孩子，可能也是这副模样，淡而不厌的，沾着风雪，不容人不心动。

英国的冬天天更黑，夜更浓，花也更娇翠欲滴，他送得轻车熟路，真是惯犯。

但她想这些，未免得寸进尺，因此无法宣之于口。

应隐识趣地抱花坐进车里，不认账："送了花也不原谅，反正你都看光了。"

上了车，司机是主办方的人，不必商邵吩咐目的地，便将车径直驶往目的地。

迈巴赫绕过喷泉环岛，商邵才慢条斯理地说："我有说是为这个道歉吗？道的是飞机上的歉，昨晚看光的事，恐怕不能算我的错。"

应隐瞪眼看他，又看司机。

"他听不懂。"

"不是你的错，难道是我的错？"

"你又病又醉，不穿内衣扑我怀里，我能有什么办法？"

"你可以不看！"

"不看怎么照顾你？"

"那你可以推开我，把我埋被子里。"

"试过了。"商邵口吻平淡，"但你只想坐我怀里，我放手你就哭。"

应隐当然记得自己哭得一塌糊涂，醉醺醺的痛苦中，她只觉得坐他怀里好舒服，因此按着他的手贴自己腰上，要他用力抱紧她。

她醉了，什么都不知道，但商邵知道得一清二楚，知道自己咽之又咽的喉结，濒临极限的定力，以及，自暴自弃的欲望。

她根本不清楚真正危险的地方在哪里，又有多迫近，还天真地纠结他究竟看光了她几分。

应隐脸色爆红，拼命给自己找场子："那个……那个是我喝醉后的正常反应，我跟谁都这样。"

商邵眯了眯眼："是吗？"

应隐嗅到冰冷气息，一时觉得心脏发紧，小女子能屈能伸地说："……不是。"

她又把花塞他怀里："还给你！"

花瓣扑簌簌地落，香气袭人。

商邵："……"

万万没想到，他竟然会有一天连花都送不出去。他笑了笑，接过花，比她更能屈能伸："好，还给我，别原谅我。"

那束从温室里养出来的"瑞典女王"，绚烂粉醼的头颅高高昂着。

车辆在街道上平稳穿行，四处玻璃高楼倒映黑的天，白的云。应隐看着窗外，嘟嘟囔囔："好亏，我又不能看回来。"

商邵颔首："确实。"

应隐抽了纸掩住口鼻，阿嚏一声，眼眶湿润可可怜怜地说："那工伤……"

商邵忍了笑，只轻微牵动唇角。

"想要什么？"

"我要……"应隐左思右想，"我要你一个秘密。"

商邵挑了挑眉："银行卡密码？"

应隐大窘："……别以为你很了解我！"

商邵压平唇角："好，不是银行卡密码，那你想要的是什么秘密？"

应隐鼓起勇气："只有我一个人知道的秘密。"

"做什么？"

"要挟，以供将来提防你敲诈勒索。"

也是只有她能想出的思路。

商邵想了想："我确实有一个秘密，这世界上没有任何人知道，但恐怕没有勒索价值，听吗？"

应隐捂着一团纸巾，做出洗耳恭听的模样。

商邵开口："我是家中长子，命运从一开始就注定。去什么地方上学，该交什么朋友，应该拥有什么样的抱负和理想，都没有悬念。三十六年，我眼前的轨道明确，从没有越轨的可能，也没有新鲜的分岔路口。"

他顿了顿，静了稍许："你恐怕很难想象，我看上去说一不二，但长这么大，其实只做过一件半真正叛逆的事。"

"一件半？"

"嗯，一件半。"商邵无声地笑了笑，"另外半件是失败的，所以我不是很想提。剩下的这一件，很小。"

"多小？"

商邵转过脸看着应隐，眸底倒映着对面窗外的街灯。

"我有一个文身。"

应隐一怔，始料未及的神色："文身？"

这确实是一件小事，但出现在眼前这个男人身上，却是不可思议的大事。

她攥紧纸巾，露出通红的鼻尖，再度追问了一遍："你有文身？"

这男人浑身上下都透着矜贵，念哲学，不近女色，禁欲清高，在乘车间隙的放松方式是读黑格尔，随便用用的披肩也要用特定的小羊毛，好像不沾染任何世俗烟火气。

这样的一个人，像喝露水，目下无尘，应隐怎么能想到，他竟然会允许有东西扎破他的皮肤，留下难以磨灭的印记。

商邵看她震惊的模样实在生动，忍不住失笑一声："我说了，是很小的一件事，但已经是我最大、最成功的叛逆。"

应隐猜着答案："是文的前女友的名字吗？"

商邵瞥她一眼："这不是叛逆，是无聊。"

"那是什么？"

"我只分享一个秘密，你问的是另一个。"

应隐："你骗我，文身怎么可能别人不知道，只有我知道？难道商先生不游泳吗？"

"文在了游泳也看不到的地方。"

应隐瞬间想到某处，一时间沉默，半晌，哀婉沉痛地说："商先生，隐隐为你隐隐作痛。"

又想，难怪你有功能障碍，你不障碍谁障碍！

"应隐，"商邵无语，一字一句，"不是那里，停止你糟糕的联想。"

"对不起对不起……"应隐脸红低头，脑袋又灵光起来，"可是……你前女友……也没看到过吗？"

于莎莎确实不知道，因为他们没有做过那么亲密的事情。

至于为什么没有分享给她……商邵在今天之前，并不觉得这件事有什么分享的价值。

它只是留在了他的皮肤上，在刺针和墨色着下的那一瞬间，他学生时代的叛逆就已经完成了，这件事也就失去了剩余的价值。

"她没看到过。"商邵简略地肯定了她的疑问。

"那你们……"应隐仰起脸，唇用力抿着，似乎欲言又止。

可是她的双眼，又过于明亮了。

商邵微微瞥过眼眸，看穿了她在想什么。他的气息里像是有些笑意，伸出手去，漫不经心地在她额上点了一下："嘘。"

车子在一所酒店门口停下了，礼宾前来拉开车门，迎出里面的贵宾。

应隐跟着商邵下车，进了大厅，另外有穿西服的人前来迎候，胸前挂着工作证，应该是峰会的官方接待员。

"商先生，这位是……"她用德语询问，目光在应隐身上礼貌地短暂停留。

商邵也用德语回："我的随行助理。"

一路被引着进餐厅，应隐小声问："你们说什么？"

"她夸你漂亮。"

"她没查我身份吗？"

"查了。"

"那我是谁？"

她雀跃，明明身材高挑气质大方，穿得又时尚温婉，偏偏总有小女生的时刻偷跑出来。

商邵微垂下脸，忍住了叫她一声"妹妹仔"的冲动，笑一声："你觉得呢？"

应隐掩唇，小声说："你觉得我可以是你助理吗？"

商邵肯定了她："可以。"

"会不会给你添麻烦？"

"不会，你只需要保持微笑。"

"那你为什么带我过来？你没有助理吗？"应隐开始理直气壮、趾高气扬。

"我没有你这么漂亮的助理。"

"哦，"应隐意味深长，"你前女友不漂亮，所以你不让她当助理。"

"第一，我没这么肤浅；第二，回去转告安娜，公司禁止传播同事八卦，让她写一篇检讨给我。"

"……"

会场大门打开，商邵微微驻足，绅士的邀请的姿态："还有问题吗，应助理？"

"有。"应隐举手，"领导，那我要做什么？"

商邵的笑意漫不经心。他转了转腕表，在走进会场前对她说："一直待在我身边，直到我带你离开。"

当助理也着实没什么好玩的，应隐当到了八点，体验卡还没到期就先撂挑子不干了，贴着墙缝溜出去喘了一大口气。

里面正是宴会，助理们和其他工作人员另有地方用餐。应隐既病着，又要保持基础的体力，还要为接下来一个月的红毯活动戒糖、戒碳水，一份小小的全素沙拉她吃得痛苦无比。

真难吃啊……

有陌生人来搭讪，金发碧眼身材高大，包裹在西装下的身材呈倒三角，用一口流利的英语问："我知道一家轻食店口味非常棒，但一个人过去稍显大动干戈，两个人正好，不知道你的老板有没有安排人接你的岗？"

应隐啃了一嘴的草，听他说好吃，肚子和不自觉分泌的口水都表达了心动。

这几年因为参加海外电影节的缘故，学英语成了公司给她的硬性要求，两年私教下来，好歹也到了发音标准对答流利的水准。她艰难地咽下温泉蛋："远吗？"

"六百米。"

哼，小把戏，说是六百米，肯定一公里。

应隐对这些男人的搭讪伎俩洞若观火，心里天人交战间，听到对方问："你感冒了？听你的鼻塞，很严重。"

应隐点点头。

她面庞苍白清丽，用鲨鱼夹夹着的发髻显得她有一股温婉慵懒之感，在四周一堆严肃板正的日耳曼面孔中，令人见之忘俗。

欧洲男人对她笑一笑："稍等。"

过了会儿，他不知从哪里搞到了一枚鼻通药贴。

应隐怕不得体，一时没敢用，收在了牛仔裤口袋里。那人又给她看他的峰会工作证，姓名职位一目了然，应隐饿得要命，想到商邵此刻一定在里面自顾不暇，便真跟他去了轻食店。

谁知道这帅哥如此诚实，说六百米就是六百米，说好吃也是真的好吃。应隐感动得热泪盈眶，怒啃一盆牛油果鸡肉沙拉。

一来一回没超过半小时，不想她这个假冒伪劣助理却被拦在了会场外，不让进去了。

"我刚跟商先生一起过来的。"应隐试图让对方通融。

"不好意思小姐，我们要看证件，或者邀请函。"

应隐哪有这东西？金发帅哥表示爱莫能助，又逢上司召唤，只能先失陪一步。

左右无奈之下，应隐只能拨通另一个正牌助理的电话。

过了会儿，是商邵亲自出来接她。

他显然是喝了些酒的，面部神情比寻常要温和，但气场和脚步都还是从容不迫，狭长而开扇很深的双眼皮下，眸色是深冰般的黑，让人瞧不出醉没醉。

官方接待员跟他道歉，但她也是按章程办事，商邵没责备人，领了应隐进来，问："怎么跑出去了？"

"我……"应隐略去无关紧要的细节，答道，"跑出去吃了点东西。"

"这里不是安排了晚餐吗？"他了解过菜单，里外一样，没有厚此薄彼，应该还是能入口的。

"是不是吃不惯？"

"没有，只是我在轻断食。"

商邵了然，点了点头："是我失责，没有顾到你。"

这宴会连着傍晚的会议，漫长无趣得让人难熬，他看了眼表："再等我二十分钟，我们去机场。"

他是个很有时间观念的人，说二十分钟便不会多逗留一分钟。他跟主办方寒暄告辞出来，出宴会厅时，刚好看到一个男的从应隐身边走开，两人像是交谈过。

典型的意大利人长相，身材相貌倒是不错。

商邵脚步微顿，挽着大衣走过去时，垂合着眼眸，将烟咬在唇边："你也不怕被认出来？"

"我哪有这个国际名气。"应隐很有自知之明。

"意大利男人很会搭讪。"商邵散漫地说，像是闲聊。

"真的吗？"应隐有些心虚地附和，"那他英语说得好好，我都没想到是意大利的。"

她哪知商邵根本没看清，却用三言两语便摸透了她的文章。

那就是真搭讪过了。

商邵将那支没点燃的烟从唇角取下，眼神不紧不迫地停在她脸上三秒，但什么也没说。

一辆奔驰商务车在门厅外缓缓滑停，是来接他们的。车上有安娜放好的感冒药、水，以及一份崭新的机打检讨书。两人的随身行李已经提前安排送去了机场。

"花。"应隐见换了车，左右环顾，"花还在那辆车上。"

"你不是不要吗？"

应隐动作顿住："你丢了？"

"丢了。"

应隐不死心："真的丢了吗？"

"一束花而已，有什么真的假的？"商邵拆出感冒药、消炎药，帮她拧开斐济泉的瓶盖，"把药吃了。"

"不是骗我吗？"应隐还在纠结花。

可恶，她只是那一瞬间闹了点小情绪，又不是真的不喜欢。

商邵递着水，眸色和口吻平淡："我送出去的东西，没有收回来的道理，你不要，我也没有义务帮你留着。"

应隐在感冒昏沉间想到那枚高阶蓝宝石戒指。

"那个戒指……"

"也已经丢了。"

应隐哽住，但刚刚找花的急切已消失不见。她缓缓靠上椅背，垂着眼眸，下巴微点了点。

"吃药。"商邵再度命令。

车辆驶出静谧的街区，转过积雪的街角，滑上去机场的路。

应隐接过药片，喝水一口吞了，抿了抿湿润的唇："商先生真是有钱。"

她的话阴阳怪气的，商邵反而笑笑，轻描淡写道："既然丢得起，为什么要留着？"

应隐觉得身体某处比鼻子更塞，可能是药片太大，噎到了心口。

胸腔和鼻腔，总不能都堵着吧？总得疏通一个。

她从紧窄的牛仔裤口袋里摸出鼻贴，动作认真细致地撕开，贴在鼻尖。

商邵看着她的动作，等她贴好，问："哪儿来的？"

产品外包装已经撕了，她又只有单独的一枚，必然不是自己买的，只能是别人送的。

"刚刚那个意大利人。"应隐两手在鼻侧按了按。

商邵："……"

"他还带我去了一家菜品很好吃的轻食店。"应隐自顾自地说，口吻轻快，"他人真好。"

商邵静了半晌，一时间分辨不出，他送应隐一把伞和那男的送她一枚鼻贴，在她心里的"好"，哪个轻哪个重。

她记得他的伞，庄重地要报答，说那些举手之劳，对她来说桩桩件件都十分重要。

"应隐。"他语气微妙地发沉。

"嗯？"

"你对'好'的定义标准，是不是该提高一下？"

"他对我又没有图什么，请我吃饭，给我送药，都没有要我的联系方式，只是帮我而已。这不算好吗？"应隐疑惑地问，十指交叠着抻直双臂，伸了一个放松的懒腰，"以后提到德国，我首先就会想到这个陌生人。"

她故意的。

"停车。"

后座一道冷冰冰的命令，让司机忠实地松了油门，继而打转方向盘，将奔驰商务在街边缓缓停靠。

"邵董？"司机半回头问。

"下去。"

司机利索地下了车，有眼力见儿，估计一时半会儿好不了，站车边点起了一根烟。

车里暖气熏得很足，椅垫自动加热，那种燥热一阵阵地从应隐身子底下冒出。

她心里打鼓，还没做好准备，手腕便被商邵扣进了掌心，继而屁股被拉得一抬。

尖头高跟靴在车内地毯上绊了一跤，她踉跄着跪跌到了商邵那边。

应隐半趴在他怀里，手贴着他胸膛，脉搏与他的心跳共振着。他的心跳好平稳，显得她的屏气凝神很不值钱。

应隐躲着他意味不明的视线，垂着脸，眸光在昏暗车厢内流转。她倔强的姿态是一秒比一秒弱。

下一秒，舒展的腰肢被商邵不由分说地按下，攥着她手腕的那只手也松了，转而压住了她的后脑勺。

商邵吻她不讲道理，很凶。

他醉得不深，但连番通宵，连番起兴，连番忍耐，所有定力都在此刻颠覆，用力到手背青筋凸起。

应隐鼻子不通，贴着鼻贴也于事无补，没有出的气，亦没有进的气，脸涨得通红。

拳打在他身上，绵软的，腕心那儿莫名酥麻。

强吻成了合谋。

等到她那番抗拒因为濒临窒息而到极致时，商邵才大发慈悲地放过了她，目光盯着她微肿的唇，抬起手来，拇指毫不怜惜地碾过，给她擦掉了唇角的水光。

应隐两条手臂交搂着商邵，伏在他肩头又咳又喘。

车内暖，她没穿大衣，大地色的薄开衫罩着黑色高领打底。

那开衫的扣子很袖珍，贝母色，随着她的剧烈喘气崩开了，浑圆地起伏。

商邵哄孩子似的，帮她轻拍着脊背。手在她腰肢上，不舍得离开。

应隐咳干了、喘匀了，抬起头，面无表情道："商先生不赶飞机了吗？"

男人的欲念藏不过嗓音，哑得很有颗粒感，他沉稳而从容地说："我什么时候到，它什么时候走。"

应隐抿了抿唇："那你现在什么意思？"

商邵抬眸，仔仔细细地端详她，将她那枚被别的男人馈赠而来的鼻贴，轻轻地撕掉了。

仿佛是要她记住这个过程，他撕得十分缓慢，目光微眯地看着应隐。撕下后，指尖捻成一团，漫不经心地扔进车载烟灰缸里。

"不许记得。"他开口，似命令。

"不记得他，难道记得你。"应隐负气地说，湿润的眼眸凶恶。

飞机上冷落她，落地后躲她，趁她喝醉看尽她狼狈、看光她春色，此刻又强吻她。干的都不是人事，留的都不是好心情，如此算来，确实没什么好记的。

商邵抬起手，指侧若有似无地滑过她脸颊："就没有一点值得你记的？"

应隐沉默以对。

窗外有车经过，暖色的远光灯一扫而过，须臾照亮了车内空间。

"那束花。"她垂下头，"第一次有男人送我花。"

"第一次？"商邵的动作顿住，像是不敢置信。

"嗯。以前收到的都是剧组杀青，或者粉丝送的。"应隐吸了下因为接吻而半通了的鼻子，"没人送我花，也许觉得一束花不贵，不够讨好我。"

商邵明白了。

她美丽高傲，拜金女的声名在外，自己又能挣钱，等闲珠宝看不上眼，那些富商争先恐后想媚她，当然宁送金山不送花，送不起金山的，更望而却步。

但她只是个小女孩，只想要一束花。

就像她只想要淋雨时的一把伞，秋风里的一条披肩，为她披上西服前的一声"介意吗"。

商邵静了片刻："那刚刚为什么要还给我？"

"你给你前女友也送过。"应隐脸垂得更低，半张脸掩没在昏暗中，半张脸被车外高悬的路灯照出浓淡廓影。

"谁说的？"

"不是安娜，我猜的。"

商邵不动声色："猜这个干什么？"

"我学表演的，脑子自己就动了，我不想猜的。"应隐不争气地说，嘟嘟囔囔。

"脑子这么无师自通，就没有猜点别的？"

他意有所指地问，手掌贴着她薄薄的肩颈，拇指和食指揉按她后颈的穴位，慵懒地拿捏。

应隐没有被人如此对待过，一时间浑身骨缝都酥软了下来，头皮一阵一阵过着电流似的麻。

她不知道商邵问的是哪方面，直到他点明了说："比如，给她放烟花，搞浪漫，送珠宝，上床。"

应隐抬起头，咬着唇："商先生的恋爱细节，我不想听。"

"叫我商邵。"

"商邵。"

不愧是天才级的影后，短而普通的两个字，被她念得万分动听。

"第一个没有，第二个偶尔有，第三个当然有，第四个……你不是觉得我功能障碍吗？"商邵似笑非笑，"怎么上？"

但应隐现在脑子里，根本顾不上他有没有病。

她只想着，维多利亚港的烟火让她失眠了半晚，原来是假的。

"商先生一场恋爱谈得这么小气。"

商邵勾了勾唇，像是有些自嘲的意思。但他神色平淡，应隐看不穿。

"好了，"他轻拍了拍她的臀，一副餍足感，"花没扔，已经在飞机上，你登机了就能看到。"

他是要哄应隐起身，眼眸瞥见她开衫扣子崩开，顺手帮她扣上。应隐垂眸看他玉骨瓷器般的手指，攀上她的贝母扣，一颗一颗从腹间往上系。

商邵的动作和神情都淡漠着，但这份体贴里，多少藏了些见不得人，以至于他呼吸微屏。

他倒也没有借机进行什么若有似无的触碰。

应隐想，他昨晚上被她蹭够了，此时跟她装正人君子。

"那个花，叫什么名字？"应隐找话问。

"瑞典女王。"

"为什么送我这个？"

"它像你，很骄傲，不管是它喜欢的，还是不喜欢的，都不低头。"

应隐默了须臾，商邵一路帮她系到了最顶端的那颗。系到最后一颗时，他抬眸，跟应隐的目光对上。

"那商先生是我喜欢的，还是我不喜欢的？"她更轻地问，看着他的喉结。

饱满的喉结，束在领带之上，在她的目光下意有所动地滚了滚。

商邵没回她，与她对视。

对面车辆滑停，缓缓照亮他东方式的英俊，也点亮了他眼底的欲念。

下一秒，两人一个将脸抬起，一个偏过了垂下，迫不及待地再度吻到一起。

分分合合，若即若离，深着浅着，终至凶狠，在狭小空间里吮吻出了水声。

吻完了，他抚着她的脸，高风亮节："凭你做主。"

"商先生违反合同条款，违约了。"

商邵顺势扣着她的手，强势地与她十指交扣。

"以后会一直违反。"他微微抬眸，瞥过她，"我说了，我要你。"

飞机起飞，落地在了法国哪里，应隐一概不知，只知道是个港口。

自机场至港口，有专车迎接，到了后登船。

那是艘超级游艇，跟应隐当日在宁市帆船港惊鸿一瞥时的那艘一样。

登了船，一个衣香鬓影、五光十色的浮华世界展现在眼前。

应隐也没想过，两晚后，她的一些合影，将会被粉丝从一个退役名模的Ins上搬运到微博。

粉丝惊叹于她在如此场合也笑容甜美、落落大方，而只有真正的圈内人才知道，这些照片的重点，根本不是这些所谓的明星、模特们，而是另几张面孔。

一张，是全球著名奢侈品集团的继承人，另一张，则是国际出版巨擘的少东家及其超模女友，他们旗下最著名的时尚杂志名为 Moda。

这是公海上的私人游艇聚会，能出现在这些社交圈里的人，身份不言而喻。

应隐登船，惯于拜高踩低的内地名利场，大为震动。

海港的夜，浓云覆盖住月影，浪声温柔。

登了船，游艇的主人已经在舷梯处等，一见商邵，立刻迎上来，热烈地跟他握手拍肩拥抱。

"Edward。"商邵为应隐介绍，"我在游艇会的老朋友。"

Edward 是一个身材高大的白人，年纪应当比商邵大上一轮，一头褐色鬓发贴着脖颈，身上穿白色亚麻衬衫与浅驼色休闲裤、浅口反绒皮鞋，一派舒适的度假风。

"什么老朋友？今年五月在摩纳哥，我等了你半个月也没见你过来！"

每年的五月，地中海风浪见涨，所有富豪都会不约而同地将游艇转移到摩纳哥公国的港口，小至龙骨帆船，大至豪华游艇、超级游艇。

白色船体巍峨错落，桅帆鳞次栉比，构成一道世界上最昂贵的白色风景线。

商邵笑了一声，握着他的手，拍了拍肩："你不是不知道，我今年实在太忙，一直没找到机会出海。"

他在面对朋友时，与应隐平时见到的不同，充满着一股游刃有余的松弛感。

在船主 Edward 身边的，是一个非常高挑的女人，也许有一米七八，同样的深麦色脸庞，一头金棕色长鬓发，笑容热情且很甜。

应隐认出她来。

她是去年刚宣布退役的超模，贝卡，来自阿根廷，穿过维密天价翅膀，

有
港
来
信

同时也是上个时代高级时装秀场的神话之一。

贝卡只穿一件大衬衫，下半身光着，赤脚，Edward 说话时，她就伏在他肩头，抱着他宽阔的肩膀，天然含情的双眼从商邵脸上转向应隐，继而一怔，似有探究。

"天哪！"她忽然间掩唇惊呼，想起来了，"是你！我看过你的电影，*The Floating Flower*，right？"

因为她的英文语速很快，而且激动，应隐过了会儿才反应过来，她说的那部电影是她的处女作《漂花》，也是她第一部登上海外电影节的电影。

"应隐。"贝卡吃力地念出这两个中文发音，"你跟那时候很不一样，不过当然，那时候你还是个小女孩。"

确实，彼时应隐才十七岁，脸上还有婴儿肥。

几人循着甲板走进船舱，又沿着旋转楼梯走边聊。

已是后半夜，但音乐没停，一层的客厅四面开阔，有表演舞台，正中摆着黑色施坦威三角钢琴，以供宴会时演出使用。上了二层，有电影院、SPA、健身房，以及一间牌室、医务室和书房。

三层主、客卧共五套，应隐和商邵被安排在同一间。

应隐哽住了。

等人一走，她唰地变脸："这艘船这么大，难道就没有——"

"没有。"商邵言简意赅。

只有身长超过百米的游艇，才能被称为超级游艇，而这一艘便是。一百米的船身，容得下直升机停机坪，容得下泳池，容得下帆船、摩托艇、快艇，容得下小汽车、越野车、沙地摩托，容得下一百五十名船工、用人，但就是容不下第六间客房。

因为富豪的船上不需要太多客人。

商邵走入客厅，十分自然地脱下西服，并将衬衣袖口往上挽了挽。

镏金水龙头被拧开，水流清澈，商邵一丝不苟地洗着手，见应隐站门口不动，他懒洋洋地说实话："除了我们，后半夜还有别的客人登船，五间套房都是安排好的。"

"我可以不住套房。"

"你在想什么？"商邵抬眸，含笑瞥她，"不住套房，那就去内舱跟管家、用人一起住。"

见应隐抿唇不情愿，商邵笑了笑："或者，我去？"

借应隐十个胆子也不敢。

"你怕什么，我不是不行吗？"商邵一句话说得坦然自若，取了擦手巾，细致地将手指根根擦干。

"男人的作案工具又不止一个。"应隐逞口舌之快。

商邵风度翩翩地一颔首："学到了，谢谢你的提醒。"

砰的一声，卧室门被狠狠摔上。

呜……她轻轻打自己的嘴："让你嘴快！让你嘴快！"

她上次甩他车门，只硬气了一秒便屁颠屁颠地点头哈腰。商邵看着表，三十秒后，无奈地勾唇笑了笑。

三十倍还不止的进步，真是厉害。

他指间掐烟，敲了敲卧室门："这样，我有一个办法。"

应隐的声音因为鼻塞而瓮瓮的："什么办法？"

"晚上睡觉时，你可以选择把我捆起来，反正应小姐你，不是会十二种领带系法吗？"

"商邵！"应隐捶了一下门。

商邵轻笑一声，低头吁了一口烟后，笑容敛了些："不开玩笑，很累了，放我进去好吗？"

应隐心里一紧，想到他这几天的行程。

林林总总一算，他两天里闭眼休息的时间，恐怕不超过四小时。

门从里面打开，烟雾缭绕间，商邵墨色的双眼难掩倦意，似乎全靠指尖这一支烟来撑着。

"对不起，我也很想绅士地跟你说，我在外面睡沙发就好，但不行。"他抬起夹着烟的那只手，在应隐脸侧抚一抚，"就原谅我这一晚。"

应隐点点头，欲言又止。

"别道歉，是我自作自受。"

游艇的卧室跟酒店没什么区别，无非是地毯厚一点，家具奢华一点，水晶灯隆重一点。

正中央一张两米宽的黑色老巴黎床十分古典，雪白的床单被用人绷得没有一丝褶皱，床尾摆着一对用毛巾拧起的天鹅。

商邵瞥了眼床尾凳，走至座机前，按下免提，用法语吩咐了一句什么。

应隐以为他是叫什么客房服务，但商邵一边解着衬衫扣子，一边对她说："我先洗澡，等下用人过来，会把这张尾凳换走。他们讲法语，你不用跟他们沟通什么。"

"这张凳子有什么问题吗？"应隐看了眼。皮质光滑而纹样特殊，以前没见过。

她伸出手去，即将触碰上时，听到商邵冰冷的一声："别碰。"

应隐被他罕见的语气吓了一跳，抬起眸时，看见他眼中的厌恶一闪而过。

应隐收回手，站直身体，不知道是尴尬还是拘谨。商邵松弛下来，将她从长凳边拉开："对不起，这是鲸鱼皮做的，我不想你摸。是不是吓到你了？"

应隐点点头，小小声地说："好凶。"

商邵便圈住她，在她脊心拍了拍："不怕。"

他的温柔沁了倦色，像夜半时分一阵沙沙的雨，叫人无端心安。

应隐伏在他肩头，抬起头，低声叫他一句"商先生"。商邵垂下脸来，听到应隐问："你亲我一下，好吗？"

商邵动作微凝，默了一息，吻上她的唇。

这是很安静的一个吻，丝毫不激烈，但莫名让人上瘾。

吻过后，谁的气息都没急促，应隐靠着他肩膀，唇角抿翘起来："原来我也能命令你做事。"

商邵笑了一声，指尖在她眉心一点："痴线。"

"痴线。"应隐整脚地学他的粤语发音，踮起脚尖，环住他颈项，紧紧地抱住他。

商邵几不可闻地吞咽了一下。在车里激烈的吻没起反应，这会儿隐隐约约反而有失控的迹象。

他推开温软的身体："我先洗澡。"

应隐点点头，白玉色的耳廓染上一点樱粉。

行李早在刚刚他们登船时，就已被用人归置好，男、女士的礼服在衣帽间挂着，睡衣则叠放在斗柜中，床边并排放着两双软皮鞋，植鞣皮的工艺，让应隐想起商邵家的那一双。

过了一会儿，浴室传来水流声。

应隐经过床尾，打开阳台门，潮湿的海风扑面而来，蓝色泳池反射着莹莹月光。

她又扭过头去，再度看了眼那张尾凳。

那是一张很完整的皮，似黑非黑，一种深沉的灰色，以高超的工艺做到了绝对贴合，仿佛凳子自己生长出来般天衣无缝。

她这一路又是私人飞机，又是超级游艇，顶奢的销售员上门服务，现在连一张床尾凳都是几十万的珍稀奢靡——虽然这种珍稀令人犯恶心。

应隐凭栏望向海面，将脸轻轻贴上胳膊。

应帆从没见过这种富贵，如果她见到了，会不会被吓到？

她咬牙送她学舞蹈，念平市知名的私校，教她一切人情世故与媚上的进退好歹，所求的也不过是大富大贵而已。应隐记得，上高中时，有一个同学每日被奔驰 S 接送。那时候，那台车要两百万，专属司机给他开车时佩戴白手套。

应帆很关心那个同学，课后习题组两人分至一起，她总有意无意地问应隐，跟那同学相处得怎么样？有没有被邀请去他的生日宴？

可是那同学矮胖矮胖的，胳膊一抬，一股不干净的味道，应隐不愿让他靠近自己半米。

这就是应帆向往的富贵了。

但她想"攀"到的人，每年度假季来地中海时，也不过是跟普通人一样，掏出手机，拉近焦段，远远地拍一拍这座游艇而已。

她又想到宋时璋跟她说的那个情妇。

过惯了一年花两三千万的日子，宁愿再当个六十几岁老头的情人，承欢婉转工于内媚，也不愿要一年"只"花数百万的自由。

棚户区的贫穷，泼天的富贵，都能压断脊梁，压垮命。

背后的玻璃门灯光通明，透出房内的情形。

几个用人来得很快，手脚麻利地将床尾凳和配套的扶手沙发、脚凳一并搬走，换了一套深蓝丝绒的进来。

远处海面上，巡逻快艇照出一束灯光，可是这天这海是漫无边际的黑，以至于那束光微渺细小得如同一根银针。

应隐进去时，花洒还未停，反倒有敲门声。

门打开，用人端着托盘，里面是一支矮脚红酒杯，杯中盛着刚炖煮好的热红酒，肉桂、丁香与甜橙的香气浓郁地交织在一起。

应隐好意外，用人对她说了什么，她一概听不懂，只知道接过杯子，说了声谢谢。

她很喜欢喝肉桂热红酒，一到冬天，从剧组歇了工或下了通告时，她就会给自己煮一杯。

不过还是扫兴居多。

一是宁市没有那么冷的冬季，寒流每每都只是意思意思，匆匆便走了。

二是她兴趣盎然兴师动众，但次次效果都不尽如人意，实在欠缺这方面的天赋。

这游艇上的厨师都是米其林水准，好喝程度胜过她亲手炖制的百倍。

商邵出来时，便看到她坐在深蓝色的丝绒沙发上，一手捧着杯子，一手滑着手机。

"这是船上的入夜服务吗？刚刚他们送了一杯热红酒过来。"应隐起身，"咦"了一声，"怎么你没有？他们忘了？"又恍然大悟，"这杯是你的？对不起，我没想很多……"

商邵一边擦着头发一边笑："是你的。就算是我的，你想喝也就喝了，紧张什么？"

"真的是睡前服务？"应隐嗅了嗅肉桂芬芳，"我喜欢这个。"

"嗯。"商邵隐约笑了一声，"我知道。"

他没穿上衣，浴巾在腰间围了一圈。

平时穿西服时，商邵看着瘦而挺拔，衬衣领口系至顶，领带打得一丝不苟，只有修长的十指和饱满的喉结让人联想。此刻不着寸缕，应隐喝着酒，忽然间不敢跟他对视，视线从透明杯口抬起，没话找话地说："凳子换好了。"

商邵"嗯"了声，"Edward 知道我不喜欢鲸鱼皮，今天可能是安排错了房间。"

"不违法吗？鲸鱼不受动物法的保护？"

"违法，但是捕杀鲸鱼是某些国家很重要的一项收入来源，所以屡禁不止。每年都会有一些船只去南极海域，专门为富豪捕杀鲸鱼，他们要求鱼皮毫发无伤，不留疤不留结，然后制作成沙发、凳子，或者斗柜。越是大而完整的鲸鱼皮，越是昂贵。"

"为什么？"应隐无法想象，"牛皮，羊皮，不够高级？"

"对普通人来说够了，对他们不够。"商邵淡漠地说，唇角微抬，露出一丝讽意。

他眼神落在墙上一幅油画上："你知道这是谁的画吗？"

应隐摇摇头："印象派？"

"这是塞尚的真迹，海风潮湿，其实很不利于油画保存，但是它被挂在这里。"

"那……"应隐张了张唇。

"你想得没错，这幅画已经不能传世了，但他们拥有得太多，所有东西都唾手可得，就只能用这种方式，来表达地位和财富。"

"我不理解。"应隐直接说。

商邵笑了笑："没关系，我也不理解。"

"你能理解。"应隐笃定。

"嗯？"

"你把蓝宝石丢了，道理是一样的。"

商邵万万没想到她在这里等着，扔下毛巾笑了一笑。

"就这么小气，记了一路？"

"你只比他们好一点，宝石戒指丢了，矿石回归自然，也算环保。但是塞尚的油画是文化遗产，他这么暴殄天物，只为了表示自己有钱，我觉得他很低级。"

应隐一顿抨击完，飞快地小声找补："对不起，骂了你朋友。"

商邵靠近她，似笑非笑看了她一会儿，将她垂落的长发别至耳后："谢谢你帮我骂他，不过 Edward 人不坏，只是很多时候，人陷入某个圈子里，思路就会变得愚蠢。穷光蛋有穷光蛋的愚蠢，有钱人也有有钱人的愚蠢，只要是人，都一样。"

"有钱人也会愚蠢？"应隐歪了下脸，"你不知道吗，在我们的文艺作品中，你们有钱人永远高雅、聪明、充满教养和道德，风度翩翩又天真善良、不谙世事，所以连坏心思也不会有。"

商邵忍不住失笑："应隐，你骂人挺厉害的。"

应隐放下红酒，从斗柜里捧起睡衣与内衣裤，交抱在胸前："哪里，我多多少少也算个有钱人，我骂我自己愚蠢、笨蛋、充满坏心思，不行吗？"

感冒后疲乏的身体很喜欢热水，她把温度调得很高，洗得浑身泛软。

等出去时，卧室的灯光已经调得很暗，只有她那侧床头的夜灯点着。

商邵侧卧而眠，鼻息绵长眉心舒展，已经熟睡许久。

鬼使神差地，应隐走至他床边蹲下，两手交叠在膝盖上，就着那一丝丝微光端详商邵。

他逆着光，五官陷入暗影中，显得轮廓深刻。

背后老巴黎的床头黑漆上，有金箔漆所描的工笔花鸟，显出浓墨重彩的古典与华丽。

在这种浓墨重彩的华丽中，商邵睁开了眼，眼神清明。

应隐猝不及防。她蹲着，漂亮的素颜怔怔的，像个写情书被抓包的小女生，只顾着意外了，连尴尬都没来得及有。

商邵目光深沉地看了她数秒，没有任何一丝迟疑便拉起了她的胳膊，将人贴入自己怀里。

应隐闷哼一声，丝质内衣薄如蝉翼，身体毫无阻碍地感受到了他的热度。

沉甸甸的重量如此消除疲惫，让商邵忍不住深呼吸着叹息了一声。

她被他压在怀里吻，压在她身后的那只手上移，摸到她的胸衣带子。

"睡觉也穿内衣？"他低沉着声问，呼吸喷薄在她鼻息间，近在咫尺的眼睫垂合，欲色很重。

应隐回答不了。

商邵目光盯着她，要她清清楚楚地知道自己的搭扣何时被解开。他两指轻易一捻，比上次更为熟练。

应隐只觉得心口一松，束缚没了，她却更无法呼吸。

经不起这种潮热呼吸在她上方的停留，应隐身体轻轻颤抖起来。她紧张，没经历过，不知道是什么滋味，快要哭了。

他逗口舌，说是无师自通，反而让人不信他是第一次。

但商邵也没了进一步动作，深吻了她一阵，沙哑地问："你是不是谁派来考验我的，嗯？"

他抬起身，拂开应隐的额发，用商量的语气说："我不是很想在这里，回家好不好？"

自尊心反正就那么一点，该来的时候就跟刺一样尖锐。应隐羞恼，偏偏被纹丝不动地锁着。她微弱地抗议："我没有那个意思……"

"我有。"

"……"

应隐的心乱跳着，交叠的长腿轻轻摩挲了一下。

"别动，乖乖睡了。"

应隐只懂依偎在他怀里，掌心无助地抵着他的胸膛，唇咬得很紧，眉心拧得很深，一双眼睛死死地闭着。

商邵的灵魂经不起审判。

他看到应隐倔强脆弱的面庞，反而变本加厉地起了坏心，屈起指侧顺着她脸颊抹，一路滑至唇角，虎口就势捏住她的下巴，吻住。

他的妹妹仔是水做的。

吻过了一阵，帮她平复下来，他亲她的鼻尖，灯光下低声："怎么这么可怜，嗯？"

应隐这时候才有勇气睁开眼眸，眼睫湿漉漉的，身体深处还有余韵，浪潮般。

商邵受不起被她这样看，忍不住将她的脸压进怀里，吻她的耳朵，说："好乖。"

可是床单脏了，他不得不大半夜叫用人来更换。

这种时候怎么有脸见人？应隐换了一套睡衣，躲到阳台上。

过了会儿，来了两个女佣，商邵已经披上了浴袍，用法语吩咐了几句后，也跟着拉开玻璃门。

烟味比人靠近得更早，泳池边的皮沙发被海风吹得很潮，商邵坐下，拉应隐入怀。

她想躲的，但商邵掐烟的那只手按住她的肩："用完了就丢？"

虽然在这船上见多了各种夸张离谱的玩法，但用人更换布草的间隙，也还是忍不住偷偷抬眼瞄一瞄。

玻璃外海天昏沉，应隐坐在商邵腿上，枕着他肩。聊不了两句，男人就吻她。

应隐看他抽烟，鼻尖嗅着那丝混着尘香的烟草味，掩唇到他耳边，气声一字一句问："这个算事后烟吗？"

商邵咳嗽着笑，烟灰扑簌簌，他掸掉，将烟尾递给她："你抽才算事后烟，我不是。"

应隐看他一眼，赌气真凑过去，被商邵抬着手躲远了："开玩笑，别当真了，又不是什么好东西。"

"但你每天都抽。"

"以前烟瘾重，后来自觉要戒，一天规定自己只抽三支。"

"你不能彻底戒掉吗？"

"能。"商邵抿了一口，边吁着烟，边垂眸笑了笑，"不过这样就没意思了。"

明明能戒的，却不戒，让瘾缠着勾着，时时游走在不满足即将失控的边缘，却又不真的破戒。

不知道他是在锻炼自控力，还是在戏弄自己的欲望。

应隐想起他刚刚时而游离，又时而揉得厉害的手，心脏蓦然发紧。

他说他是擅长延迟满足的人……一点也不假。

"商先生……"应隐迟疑地叫他。

"你爱叫商先生就叫吧,没人叫得比你好听。"商邵不再逼她改口。听多了,客气、乖巧、恭敬都成了情趣。

应隐压平上翘的唇角,问:"你的车牌也是 3,抽烟也是 3,3 是你的幸运数字?"

"不算。"

"那是为什么?"

"想知道?"商邵的目光居高临下,微眯的时候,有一瞬间让应隐感受到危险的压迫感,但下一秒,他又恢复如初。

"这么深的了解,你是不是该用什么来交换?"他的话语里有一股淡漠的戏谑,但眼神又是带着宠纵的。

"刚刚已经交换过了。"应隐细嫩的手指点他心口,"你深入了解我的身体,我深入了解你。"

这种话也能说出口,应隐脸色急遽升温,但面色却很镇定。

她心里情不自禁地给自己欢呼:应隐!你好出息!

商邵指尖抵着太阳穴,似笑非笑的,似在审核这桩交易。

末了,他开口:"你不是一直觉得我普通话说得很好吗?我爷爷在世时,很看重这方面的教育,我们五个兄弟姐妹,从小要背《论语》,要学《史记》,看《世说新语》,学《古文观止》。我是长子,所以他要求更严,还要我念四书五经,还要我练书法。"

应隐点头,听得认真。

"中国古典智慧取之不尽,用之不竭。大学后,我又在剑桥同时修了中国古代哲学方向,不过学来学去,我觉得让我受益匪浅的,其实是两句最朴素的话。"

"哪两句?"

"第一句是,曾子曰,吾日三省吾身;第二句是,常言道,事不过三。"

"吾日三省吾身,事不过三……"应隐念着,跟他思索。

这确实是十分朴实的两句。

商邵没有深入讲,笑了笑:"不过别人问起,我一般都说因为三是我的生日。"

"生日?几月份的三号?"一种直觉涌上,应隐问:"三月三号?"

商邵哼笑起来:"倒没那么巧。"

"那是几月份?"应隐追问。

商邵一时没告诉她，把话题带回到她身上："怎么不跟我说你的生日？"

应隐声音低下去："很奇怪。"

"哪里奇怪？"商邵问出口后，自己倏然懂了，眼眸一暗，"你觉得我那么对你以后，你跟我说生日，像是暗示我索要礼物？"

应隐点点头，轻轻"嗯"一声。

"所以，"商邵轻而易举地揭穿："你的生日应该就在最近。"

应隐："……"

这么聪明干什么……

她一副噎到了的神情，商邵失笑："是要我一天一天猜，还是你自己亲口说？"

应隐败下阵来："十二月……五号。"

商邵点点头："不巧，那个时候我在非洲。"

他将烟摁灭在烟灰缸里："明天晚上，我会安排飞机先送你回国，我去德国那边继续开会，开完会马上要去非洲一趟，十天左右。"

非洲出差是既定之行，原本是从宁市径直过去的，如今心血来潮绕欧洲一趟，多找了很多事，连他这种人都有些力不从心。昨晚打电话给康叔，问怎么照顾发烧的病人，康叔不问是谁发烧，饶有兴致地笑了他一通。

"不用我陪你回德国吗？"

分别来得比想象中迅速，让应隐有些做不出表情。安娜的行程里，明明还安排了后天回德国的。

他赶她？

商邵抬起手，用指腹摸摸她的脸："我很想，但过了明天，你恐怕没空。"

他讲话云山雾罩的，不让人听懂。

"明天你跟着贝卡玩，别拘束，她性格不错，又看过你的电影，会好好招待你的。"

"你呢？"

"我有别的生意要谈。"

没有人上游艇是为了单纯的吃喝玩乐、骄奢淫逸，扑克牌桌上，酒会上，甲板上，多的是要谈的生意。不过这些生意一半是灰色的，因此在公海上谈，正好。

应隐天真地由衷说："你好忙。"

她心里松一口气，抑或是落寞又懂事，从他腿上跳下，故作轻松地说：

"大忙人，你该睡觉了。"

用人换好了床单，不敢打扰他们，早就先走了。

房内通了一阵风，那股令人脸红心跳的荷尔蒙气息消失，香氛和干爽的冷气令人心安。

商邵落在后面，看着她伴装松弛的背影，一直没说话。

直到两人都上了床，他才把人捞进怀里，从背后抱着她："如果不是你有事，真想把你一起带去非洲。"

"我有工作。"应隐仰过脸望他，"商先生，我也有工作，而且很忙很忙。"

我不是那种可以被你的私人飞机带去世界各地、依傍在你身边吃喝玩乐的金丝雀、菟丝花。

商邵怔了一怔，释怀地点点头："对不起，我忘了，你是明星，有自己很成功的事业。"

"不成功，你第一次见我，都不认识我。"应隐默了默，在他怀中小小翻了个身，"商先生，我们才认识二十一天。"

商邵停顿一息，问："怎么记得这么清楚？"

"遇到你以后，我生活的记事单位变成了跟你的会面，见商先生第一面，见商先生第二面，与商先生再会……"

她没能说完，在商邵深沉的注视中，声音渐渐地消散，只是仰着脸与他对视。

隔了一阵，商邵深深吻住她。

很奇怪，听了这样的话，他心底软得一塌糊涂。

"应隐，二十一天，是你认识我的时间，不是我认识你的时间。"他终于说实话，"我早就认识你了。"

"电影里？"应隐天真地问。

"去年农历新春，柯老师在香港和我们一起过年，晚上大家一起喝酒谈天，他说第一次去商陆家，晚上入睡前喝的就是热红酒。"

应隐想起今天睡前那杯热红酒，肉桂、丁香和橙子的芬芳。

她的眼睛一眨不眨，等着商邵的下文。

"柯屿说，'比应隐做的好喝'，他第一次知道，原来热红酒也是能好喝的。"

应隐蓦然觉得窘。

可恶的柯屿，请他一起过圣诞喝热红酒，居然嫌她手艺不好。可是另一道隐秘的声音盖过了这些。

原来商邵早就认识她，从身边人的口中听过她的名字。他甚至从一开始就精准地知道她喝热红酒。

"然后呢？"

"第一反应是你的名字很奇怪。"

"第二反应呢？"

第二反应？

那日澳门绮丽酒店，绯色晚霞铺陈天空。

镜头前，作为代言人的她和柯屿刚跳完第一支舞，白色裙摆在晚风中飘荡，勾勒出黄昏的金光。不知道柯屿和她说了句什么，她明媚地扬唇大笑起来。

顺着风扭过头时，她反手拂过凌乱的卷发，看到人群中的那道目光。

如雾如霭，清尘收露，隔着人群与摄影器械，与她遥远对上。

起初他们都以为，那只是很漫不经心的一眼。

"第二反应是……"商邵顿了顿，睁开的眼眸中情绪清明，"我一定会认识你。"

邂逅不来，他会走过去。相逢不遇，他会自己捧一束花，按响她的门铃。

徐徐图谋，势在必行。

到了第二天晚上，应隐终于知道商邵为什么要提前送她回国了。

因为国内十万火急，有太多高定礼服源源不断地送上来，供她挑选。

她白天跟着贝卡玩了一路，SPA、游泳、下午茶、在甲板上做瑜伽，晚上参加宴会。

商邵从没跟她介绍过 Edward 和之后登船的客人们都是干什么的，只知道 Edward 是他在游艇会的朋友，另一个叫雷诺的男人，更年轻一点，是商邵的高中同学。

他高中是在皇家公学念的，这里面的学生，连入学席位都是从祖辈世袭下来，不是这个爵那个爵，就是什么王子，光从这一点，就能猜到那个叫雷诺的身份也不简单。

她是回国后才知道，他是顶级奢侈品集团的继承人，这几年奢侈品消费市场水涨船高，他一路收购了许多欧洲老牌手工坊和时装屋，隐隐有问鼎趋势。

她也是回国后才知道，那个 Edward 是 *Moda* 控股集团的少东家——虽然年近五十说是少东家，有些让人啼笑皆非，但顶级财富的更迭向来如此，权贵的生命进度比普通人要更缓慢、更从容。

但有一件事，应隐却是回国前就知道的。

国内凌晨，热搜词条更新，"贝卡应隐"飞速上升，贝卡发在 Ins 的合影被营销号搬运回国。

电话那端，储安妮语气激烈而急促："姐姐，你再不回来赵漫漫就要在我这儿打地铺了！"

「商先生，我走完红毯了，你在干什么？」

「我在让自己想清楚。」

PRODUCTION

ROLL | SCENE | SHOT | TAKE

CHAPTER 第七章 红毯

DATE | CAMERA

景别时长	音效	分 镜 图	内容台词

全世界已售出的超级游艇，总数不超过一百六十艘，也就是说，这世界上拥有超级游艇的富豪们仅有一百六十人。而这一百六十人中，超过八成隐姓埋名，媒体无法挖出他们的身份，福布斯上也看不到他们的排名。他们层层转折，将游艇注册在一个名不见经传的文员身上，或者登记在一个普普通通的司机、园丁、家政工人名下。

一艘超级游艇的造价超过两亿美金，而在港口的托管维护费用每天则高达数十万。

对于任何人来说，超级游艇的圈子都高入云端，凌驾于所有世俗意义的名利山巅之上。

赵漫漫始终记得，出身于文化名流世家、眼高于顶、从不分享私生活的意大利总刊主编，曾经在 Ins 上晒过一张出海照。

照片中，她穿着度假裙，戴着墨镜，笑容破天荒地明媚，十分平易近人地跟几个她平时根本看不上的商业模特们一起合了影。

所有人都知道，她登上的，是杂志控股集团少东家 Edward 的游艇，这也是极少数活跃在社交平台上，被媒体和网友所津津乐道的游艇。

彼时赵漫漫尚在 *Moda* 担任造型总监，休假结束，归来的主编春风满面。

在下午茶会上，她端着咖啡杯，是那么云淡风轻，又那么漫不经心地提及了游艇之旅，八次。

要知道，那一场下午茶会也就只有短短二十分钟。

应隐，怎么配登上 Edward 的船？

这是赵漫漫在看到贝卡 Ins 后的第一反应。

她跟贝卡有私交，来源于她几次上 *Moda* 封面时的造型合作、秀场后的 after party 以及一些名流时尚的晚宴。赵漫漫善于经营，给她一杯酒，谁她都能处下来。

她当即私信了贝卡：哇，亲爱的 !!! 真没想到你跟应隐认识，她可是我们中国无与伦比的影后！

贝卡确实如商邵所言，性格不错，即使现在嫁入了顶级豪门，也没有拿鼻孔对待昔日同事。在落日下做完瑜伽后，她回复赵漫漫：我早就是她的影迷，不过她好像很少活跃在时尚圈，真是遗憾。

赵漫漫在十分钟内相继搜索了"贝卡中国行""贝卡中国演员""贝卡最喜欢的"等中英文关键词，终于找到了微妙的蛛丝马迹。

她微笑着敲字：我也非常喜欢她的 *The Floating Flowe*，不过她怎么这时候去了法国？马上就是时尚大典了，我还有好多造型等着她试呢！

贝卡跟赵漫漫的关系，仅止步于五句闲聊。再度去 Ins 上看了眼粉丝的点赞和评论后，她客气地结束了对话：有你给她做造型，相信她一定能照亮红毯。

放下手机，贝卡也没跟应隐提及赵漫漫，因为她实在不需要一个小角色来当她们的话题支点。

过了三小时，当贝卡的 Ins 被应隐资讯站搬运至微博，又被营销号拱上热搜时，赵漫漫已经先人一步，在储安妮工作室安营扎寨了。

储安妮在电话里焦头烂额："她疯啦，我家都要被她淹了！你快回来吧，半夜在我这儿赖着不走，我招架不住！"

难以想象她被赵漫漫堵在工作室的惊悚景象！更惊悚的是这之后的三个小时，登门送高定礼服的公关专员和助理们源源不断，龙门架都快被压断了！

要知道这可是半夜十一点至凌晨两点了！

赵漫漫能把品牌公关专员和杂志都调动起来，可见能量充足又确实十万火急。

"她怎么突然转性了？"应隐问。

她这几天在欧洲过得与世无争，基本没有上过微博。

何况虽然贝卡把她招待得宾至如归，但这种社交向来折磨人，既要落落大方松弛从容，又不能夸夸其谈口无遮拦，为此她必须时刻绷紧神经，哪有时间玩手机？

夜幕低垂，私人飞机的舷梯缓缓降下，空姐正在舱门处等候。

应隐稍走远几步，以免打扰到商邵和 Edward 道别。她这边跟储安妮打着电话，手机还一直嗡嗡振个不停，疯狂的微信涌入，麦安言的电话同步闪烁在屏幕上。

这种紧迫的感觉太熟悉了。

热搜，翻车，出大事。

应隐心里咯噔一声，顾不上什么赵漫漫，语气严峻了些："安妮，赵漫漫你先处理着，我之后回你，有问题先跟缇文联系。"

一接起麦安言的电话，她耳膜差点被震穿："应隐！谁带你上的游艇？！"

应隐："你怎么知道的？"

"全世界都知道了！"麦安言不知道是该哭还是该笑，最后演变为咬牙切齿，"你有这资源早不说？亏我给你愁得睡不着觉！"

全世界都知道了……应隐被他骂得有些心虚，又怕商邵听出端倪，不由得捂紧了听筒。

"快说，到底谁带你去的？"

"嗯……"应隐瞥了眼指尖掐烟的商邵，"我那个……素人男友？"

麦安言："……"

你的素人我的素人，定义好像不同。

知道是这件事上热搜，应隐倒不急了。

挂了电话，她见缝插针上微博溜了一圈。

"贝卡应隐"显示为当前热词。

次元壁破了？

科普下，这是贝卡，退役传奇性超模，年初刚嫁给了国外传媒大佬，旗下代表性杂志之一就是"小花"打破头也要登封的 Moda。

看了下外网，这个船好像很贵？

人民币十几亿的超级游艇，Edward 之前炫过，而 Moda 当期的金九刊，刚好做了全球联动主题"时尚与环保"，官网被骂到关闭评论区。

笑死，被老板背刺可还行？

比较好奇应隐怎么上去的？这种聚会看上去很私人，不像是随便能蹭的。

不会是宋时璋吧！

是有多看得起宋时璋啊……

笑死，宋时璋现在求她带上船还差不多。

Moda 老板，传媒大佬，代表性杂志……应隐当场蒙住。她之前问起 Edward 的身份时，商邵分明只是轻描淡写的一句"卖报纸的"……

与此同时，一直对应隐的时尚资源明褒暗贬的时尚博主们也一改口径，飞快地做了盘点。

虽然不知道应隐和贝卡是在什么趴上认识的，但这次真的要夸夸她的着装！晨袍是 Hayworth 在米兰刚发布的春夏系列，度假气息扑面而来，隐隐穿上真的有希腊女神那味儿！

另一条 Joysilly 的鸡尾酒会礼服真的夸爆！珍珠肩带，灵动堆褶大露背，前面端庄典雅，背后则充满大胆风情！这背部线条不得不说，内娱女星独一份。

补充一下，这两条都是品牌在春夏的主推款，估计现在预订电话已经被富婆们打爆了。

粉丝在下面阴阳怪气：

依稀记得上一次还说她胸大显土，着装千篇一律，你变了，你怎么变了，呜呜呜。

博主是有点变脸天赋在的。

我还是喜欢你对她有不共戴天之仇的样子，你要不还是变回去吧。

此时此刻的法国正是晚上八点光景，而国内则是凌晨两点。

应隐收了手机，敛起心神，换上微笑，上前去与 Edward 和贝卡拥抱道别。

等这对夫妇一走，应隐迫不及待地问："你早就知道会发生什么事，所以才让我提前回国。"

"发生什么事了？"商邵瞥她一眼，牵起她的手，领她登机。

虽然他的手已经摸了许多处不该摸的地方，但牵她的手走路，却是头一遭。

他的手掌很宽大，掌心有薄茧，牵着她时，干燥温暖。应隐被他牵着登梯，腕心莫名酥麻，根根神经轻轻地颤。

"贝卡发了我跟她的合影，被粉丝搬到了微博，所以上热搜了，大家都在问我怎么会上这艘游艇。"

商邵点点头，似乎并不意外。

"还有就是，之前跟我解约的工作室，现在也改了态度。"

"应该的。"

"商先生，这就是带我来欧洲的目的？"应隐双目沉静地望着他，"不是要我陪你开会，也不是给你买高定？"

而是要给她背书，要送给她一段别人高不可攀的背景。

"没你想的那么复杂，只是顺便。"商邵的口吻很淡。

他确实不觉得这是件多么了不起的事，但要把雷诺和 Edward 聚在一起，倒确实费了点心思。

"可是你最近很累。"应隐垂下脸去。

商邵看着，半晌，很轻地哼笑了一息："别傻了，你自己感冒还没好。"

"其实时尚圈的那些事情……没什么大不了的，我是电影演员，导演挑人，又不看你上了几次杂志，穿了什么衣服。"应隐钩着他的手，始终低着脸，"每次有活动，虽然会被笑一笑，但我不看的话，就无所谓，时尚代言主要还是给公司赚钱，我自己……"

"开心吗？"商邵静静地听她说了半天，径直问。

应隐被他一问，蓦地静了，眼泪说来就来，挂在唇上，滑过下巴，啪嗒一声掉在商邵手背上。

她点点头。

商邵勾了勾唇，抹了下她的眼底："怎么这么爱哭？"

"我哭戏最好……"应隐声音还很平静，不见颤音也不见气短，"很会哭的，谁让你不看我电影？"

她抿唇笑了笑。

商邵抬起手，指尖插入她鬓角发间，拇指抚了抚她柔软的脸："我还要赶飞机，该走了，你路上好好休息。"

他没再多逗留，只给空姐交代了几句，便下了机。

空姐也是头一次见他把私人飞机让给别人，他一辈子都没怎么说过"赶飞机"这种话，真是新鲜。

商邵孤身一人下飞机，应隐目送他远去，只看见他的领带在法国冬夜的风中翻飞，正如来时的那场风雪。

直到公务机滑上跑道时，在玻璃窗前目送的男人才转身离开，去赶自己飞往德国的那一趟。

空姐扑哧一笑："来的时候吵成那样，我还想邵董该怎么哄你呢。他恐怕还没遇到过敢对他那么倔的。"她打趣，"怎么不吻别？是因为我在，所以不好意思吗？"

应隐"嗯"了一声，才想起来："忘了。"

打开手机，加回商邵的微信，快速打字：商先生，你走时没亲我。

等了半天没回信，空姐提醒她："民航没有网啦，要等邵董落地才能看到呢。"

应隐觉得自己真是昏了头，长按选择撤回。

商邵落地时，便只看到了她的一条撤回记录。

商宇的车来接他，他一人坐在后排闭目养神，但眉头蹙着，手指在膝头轻点数下，似是不耐烦。

车子滑上机场高速，他终于还是点开微信：撤回了什么？

应隐刚睡了一小觉起来：没什么……

她深呼吸，在沙发放平的双人床上翻了个身：你会笑我。

商邵：不会。

应隐：我说，你刚刚走时没亲我。

这就是想他的意思了。

商邵眼眸一暗，打出言简意赅的四个字：好好等着。

但他的公务安排铁板钉钉，应隐再怎么想，也注定十天半个月见不到人。

飞机落地，俊仪和缇文开了车在机场等她。黄牛的行程卖不到私人飞机头上，机场静悄悄的，并没有什么狗仔和粉丝蹲点。

"好厉害，我潜伏在那些八卦群里看了半天，都没人扒出来是谁带你去的呢。"俊仪汇报她跟踪的舆情动向，"不过话也不算很好听，说你就是会钻营，就是会靠男人。"

缇文冷哼一声："是不是在他们眼里，漂亮女人只能靠男人往上爬？"

"但是这次确实是靠了商先生，商先生也是男人。"俊仪有些疑惑，"好像骂得不冤。"

她话刚说完，被缇文敲了一下头："瞎说什么？商先生只是带小隐去见了朋友，见自己男朋友的朋友，也算是往上爬吗？至于见了朋友后资源飞升，关她什么事？难道不是那帮拜高踩低的人全自动的吗？"

俊仪一想，觉得缇文说的话也有道理："商先生这叫以其人之道还治其人之身？"

"是的，他们看人办事什么逻辑，他就还给他们什么逻辑。"

"哇。"俊仪扶着方向盘，发出崇拜的语气，"果然是商先生，好像比单纯送一次高定高级多了。"

缇文笑了笑，从后视镜里瞄了应隐一眼。

其实她也很意外，商邵说是对时尚圈的事既没兴趣也没空帮，结果一出手就是釜底抽薪。

嗯，表哥这个人，果然很难琢磨……

"隐隐！快说你这次去欧洲，有没有实质性的进展？"俊仪在驾驶座审讯起来。

"什……什么实质性进展……"应隐套着颈枕，蜷在后座上装虚弱。

"有没有接吻！"

"咳……咳咳……"应隐一连串咳嗽，既真情实感又欲盖弥彰，"有是有……"

缇文："……"

救命，她不是很想听！

俊仪忍不住一个扭头："商先生吻技好吗？！"

缇文受不了了："你给我看车！！！"

应隐的脸已经烧得不行了，偏偏装淡定，一本正经地抠着感冒药的锡纸："就……还行吧……"

低头一看，她怎么把一板药全给抠了？！

"今晚请客！！！"俊仪一声欢呼。

但是请客是请不了的，因为储安妮每小时一个电话，情绪一次比一次崩溃，应隐必须赶快去解救她。

她从机场直接去了储安妮的工作室，一下车，就看到了赵漫漫那台火红色的法拉利，车顶上砸满了高山榕的黄色小果，可见这近二十个小时都没有挪过。

一进门，赵漫漫就亲热地迎上来了，拖长调子叫她："宝贝……好久不见呢。"

她拉了应隐的手，若无其事地跟她行贴面礼。

"我看到贝卡的 Ins，真的好激动。怎么样，游艇上好玩吗？听说上面还有停机坪，你有没有坐直升机啊？"

身后的缇文和俊仪双双被雷劈到般的呆滞。

怎么做到的？好想学学……

应隐的声音和笑都嗲兮兮的："有哦，但是其实没什么意思啦，所以这么快就回来了。"她反握住赵漫漫的手，抿着微笑的唇都快到耳根了，眨眨眼，"主要是不舍得让你久等啦。"

"怎么会，"赵漫漫一口牙要咬碎，挤出笑，"我刚刚还跟安妮一起过了下产品图册呢。你真是的，明知道安妮借不到衣服，也不来找我。"

身后的储安妮要骂人了。

为什么借不到衣服，你个泼妇心里没数吗？！

应隐这回不说话了，只跟她四手相握，四目相对，保持微笑，一句话也不说。

赵漫漫先扛不住，笑容僵在脸上："时间紧凑，我们别傻站着了，好不好？"

"时间紧凑什么呢？"

"这么多高定要试——"

"我选好了呀。"应隐打断她，语气自然亲热地说，"不是 Musel 吗？"

这句话一出，不仅赵漫漫僵住，就连安妮、缇文和俊仪，也都是一呆。

赵漫漫面上有多镇定，心里就有多惶恐，大脑转速堪比一台时速三百迈的超跑，一心只想着怎么做应隐的造型。哪怕只有一次，也必须要做！

"Musel 的高定线是今年重开的，以你的咖位和你的资源，给他们带货委屈你了。你是很适合 Hayworth 的，上次那条首穿的高定，品牌很满意，而且你也知道的嘛，Hayworth 去年刚被雷诺收购，你这次不也见到雷诺了？刚刚 Hayworth 本人在波兰亲自打电话给我，希望你可以再穿另一条主推款呢。"

"我喜欢 Musel，比较简单，没有那么多复杂的心机。"应隐还是笑得那么甜美，"你了解我的，我穿衣服哪有那么多心机花样啊，担不起的呢，还是怎么简单大方怎么来咯。"

赵漫漫的笑声变成了一声声哼哼，已经是挤到强弩之末了。

储安妮正想着要不要圆场，便见应隐口吻一松，轻描淡写地说："不过我内场还没选好，你有帮我做内场的册子吗？"

赵漫漫的心本来已经沉到了海底，暗暗骂了她一万遍，这会儿听她放自己一马，立刻双眼一亮振作起米："有啊有啊，当然有的，Hayworth 有一条真是为你量身定制的，不过内场的关注度不如红毯……"

"你的意思是，穿内场委屈了它？那算了，我怕惹她本人不高兴，下次又不肯借我。"应隐委屈地说，把"本人"两个字念得重音清晰。

赵漫漫微笑着歪过脸，一下一下，非常清晰地点了两下下巴。

半晌，她咧开嘴，从牙缝里挤出欢跃："好！那就 Hayworth，我们现在就来试试！"

她松手，转身，在场的五个女人心里同时一声：泼妇！

她骂应隐，应隐她们四个骂她，各骂各的，小小的工作室里充满一股相敬如宾的氛围。

平心而论，Hayworth 作为这些年异军突起、深受富婆们喜爱的高定，那种森系又仙气飘飘的感觉是十分适合应隐的。一上身，所有人心里就都闪过了一道声音：不穿上红毯确实可惜了。

应隐端详镜中的自己，对镜自拍了一张，发给商邵。

应隐：好看吗？

那是条淡绿色的裙子，藤蔓般，很衬她的冰肌玉骨。

商邵回得倒是及时，但挺不冷不淡：还可以。

应隐抿了抿唇，商先生会看我的红毯吗？

商邵实事求是：没时间。

赵漫漫的助理们怎么大包小裹来的，半小时后，就怎么大包小裹地走。赵漫漫本人一口气松了一半，站门口跟应隐依依不舍半天，还拉了 Moda 的中国主编跟她视频，要给她看造型够不够红毯压轴。

人一走，剩余四个女人都瘫着不动了。储安妮两眼放空："我不得不说，她能在这么短的时间内搞到这么多高定，确实也是本事。"

她其实是有心事的，既然赵漫漫觍着脸来跪舔了，应隐没道理以后还在她这儿做造型。实力和人脉都天差地别，她没什么可以比的。

"安妮。"应隐叫她一声。

"嗯？"储安妮站起身。察觉到她像是要说正事的神情，她一时间有些拘谨，心里做好了准备。

"星钻之夜和之后的电影节，高定都不会难借了，你要多上点心。"

"你……"储安妮愣住，语无伦次，"赵漫漫她……"

应隐抬眸瞥她，一字一句地说："我说过了，锦上添花易，雪中送炭难。"

第二天，Musel 的设计总监，亲自登门。

他正在中国区做市场调研，从上海飞到宁市也就几个小时，行程不算赶。

储安妮第一次见到他，一时间有些惶恐。他履历漂亮，是从另一个蓝血奢牌的高定坊跳槽到 Musel 的，当中多多少少也有些派系站队、利益纠纷的影子，但 Musel 给他的待遇不薄，又为他重开高定线，也算是双向奔赴。

"我听说，应小姐拒绝了很多高定，独独选了我这一条。"他笑笑，"我现在教你这条裙子更有意思的穿法。"

什么有意思的穿法，分明是现想的。但高级时装设计总监的气场如此强大，对自己的作品又如此笃定。他上下看了应隐数眼，指节抵唇沉吟数秒，蹲下身来，毫不怜惜地将裙摆徒手撕开。

在几人的惊呼声中，白色裙子被撕至腿根。

他的手很灵巧，将裙子宽松的腰身揉出几褶，捏出茶花花瓣造型，形成一个不对称侧襟。

"给我一双靴子，长筒，堆褶，但不要太密，尖头，不要防水台，要浅色。"他命令储安妮。

指令如此明确，储安妮立刻给他找到一双。

"OK，"他再度打量，勾勾两指，"请把我带过来的那副青金石耳钉给我。"

那是一副很大的耳钉，有成年人一个拇指指腹那么宽，由青金石打造，蓝得十分纯粹，有雕塑感，一钉上应隐的耳垂，立刻与裙子的纯白、冷淡、圣洁交相呼应。

可是脚上那双靴子却是很不端庄的，很先锋，尤其是在红毯这种人均五厘米防水台的场合。

"*Moda* 的晚宴，不应该穿得太无聊，如果你敢的话，这一身就会很有趣。当然，你们中国女星，更注重红毯的端庄、明艳，造型的时尚度反而是其次的。"他微微笑，"这条裙子现在已经被我毁了，应小姐，如果不喜欢这个造型，还来得及选别的。"

双方的诚意都注满了。

应隐听得出他的以退为进，也懂得他好心地给她留了台阶。

"就这样。"她一锤定音。

露嘛，是露了点，但……反正商先生也不看红毯，对吧。

三天后，*Moda* 中国时尚大典在宁市海边如期举行。

这次的红毯设置在户外，巨大的粉白色花瓣舞台近三十米长，尽头是白色玻璃钢制作的 Moda 字母，斜劈进白沙滩中，造型感和压迫感都很足。

红毯中段的签名背景板长约八米，上面印满了各式赞助商的 logo，对面则是媒体摄影区，主持人在此等候，以便引导每位嘉宾进行合影留念及简单采访。

红毯从下午三点开始，但刚过一点，各平台的摇臂、轨道摄影机和直播设备就已经就绪，整个摄影区人头攒动，长枪短炮，都在等着这一场时尚盛会。

"应隐第几个出场？"有穿戴了斯坦尼康、正在调试设备的记者问。

"大概五点多？"同事回道。

晚宴官方会提前对内公布红毯顺序，以便记者们有所准备。

红毯顺序暗藏玄机，咖位、星光、奖项、国民度、大爆作品、电影咖还是电视剧咖还是综艺咖、是否有高奢代言或大使头衔傍身、是红毯常客还是难得露面、与时尚圈关系的亲疏以及于与主编的私人关系、时尚表现力等，都是考量标准。

有的女星既没奖项也没大爆作品，但登女刊封面如逛自家园子，高定当成衣似的如家常便饭，那么她的红毯顺序就会往后排。

相反，如果有的女星奖项一骑绝尘，国民度也够，但碍于其他种种不可明说的原因，也极有可能被打发到一个尴尬的位置。

应隐就是这个"相反"。

她最初的走红毯时间是五点多，略偏后但不上不下，有点憋屈，但非要挑刺的话，主办方又能皮笑肉不笑、满口宝贝地列一堆合理理由。

麦安言就为此去交涉过，但杂志社轻描淡写地打回来："那麦总觉得应老师应该取代后面的谁呢？或者放在其余哪位老师之前？"

后面的有张乘晚、于望这种"大花"前辈，有手握两部大爆剧的电视剧青衣，也有刚爆上顶流便拿了顶奢代言的男演员。

同年龄段小花本来无所谓谁先谁后，讲究的是个交替穿插，但现如今个个都在应隐之后，中间还特意插了个不痛不痒的男团顶流，这就很耐人寻味了。

摄影记者关注应隐的位置，还是因为前两天的游艇热搜。内地时尚圈为此很是热闹了一番，连贝卡在国内的知名度也跟着暴涨。

"啊！刚通知你没见吗？应老师改六点了，压轴！"

"嚯！真假？"那个穿斯坦尼康的场内录像记者问。

"真的呗，按说一影后，怎么着也就该压轴，早先五点欺负人吗不是？"一口京腔的摄影老炮儿说。

"马老师是应隐铁粉？这话我们可不敢说。"其余人都笑起来。

"我跟你讲，还有好戏呢，等着吧！"

储安妮的工作室内，应隐刚做好妆造。

那天被 Musel 设计总监 Jeffrey 亲手撕坏的裙子，已经被品牌的手工匠人重新整理好，看上去天衣无缝，仿佛本身就是这种高开衩的款式。下面的鞋子也换了一双风格相近但品牌格调更高的春夏秀场款。

为了突出风格，应隐的头发被染成了淡金色，做了柔顺的大卷，每一弯曲线都散发着温柔的光泽。她的配饰是由 Jeffrey 亲自提供的青金石耳坠及项圈，来自 Musel 的配饰线，但有些年头了，是上世纪七十年代典型的意大利风尚。

"Jeffrey 真的……"储安妮赞不绝口，"果然只有设计师本人才知道这条裙子应该怎么穿才最出彩。"

"姐，你感觉像是……"俊仪绞尽脑汁，奈何书到用时方恨少。

"回来复仇的雅典娜。"缇文张口就来，"上半身纯白圣洁、神圣不可侵犯，下半身却是'I don't give a shit（我一点也不在乎）'的战神，那朵山茶花，点睛之笔，圣洁又哀伤，配上这个发色、这个妆和冷酷的青金石，充满了一股为对手提前哀悼的杀气。"

应隐："缇文，要不然你最近还是少看点时尚博吧。"

缇文一鞠躬："对不起！"

储安妮笑得肩膀打战："说得很精准啊，这条本来确实是女神裙，走的雅典风，但这么穿有意思多了。我唯一担心的是，今天的红毯和场地真的很大，三十米的台子，太压气场。"

"没关系，反正已经做出决定了。"应隐安抚她，"之后星钻之夜和星河电影节，你还要多费心。"

她又叫过俊仪："帮我拍两张照。"

俊仪走过来拿起她的手机，听到她附耳小声说："给商先生的，拍好一点……不要拍腿！"

俊仪眉飞色舞、唇角乱扬，比了个"OK"。

应隐摆造型做表情，俊仪道："姐，我的造型之神，你怎么僵了？"

应隐："……"

"你看你，胳膊和腿哪儿哪儿都不对，都不会笑了。"俊仪给她看刚刚的预览图。

应隐两手捂脸："呜……"

虽然是俊仪在拍，可是一想到是要给商邵看的，她大脑就一片空白。

她沮丧了一阵，再抬起头时满面绯红："不拍了，不给他看！"

"他不看你红毯吗？"缇文问。

虽然她觉得不看红毯才符合商邵的操作，但鉴于这段时间她表哥的翻车操作实在太多……

"他说没时间。"应隐深呼吸，努力让那阵羞涩的热度从身上散掉。

"没关系，反正工作室会出精修图的。"俊仪安慰她，"麦总说他快到了，让你准备出发。"

麦安言想尽快把阮曳这小姑娘带起来，因此最近的心思都在她身上，已经很久没亲自跟过应隐的活动了。

说曹操曹操就到，宝马跑车的引擎声从远到近，一眨眼的工夫在街边一个落停。车门打开，麦安言穿一身印花衬衫，戴着墨镜，意气风发地下车来。

"隐宝隐宝我的隐宝！"他上来就是一个拥抱，继而摘了墨镜，指指应隐，"一个扬眉吐气的好消息。"

"嗯？"

"红毯顺序压轴了，你在张乘晚后面，跟 *Moda* 主编一块儿走，在你之后的只有于望一人，这位子怎么样？"

别说其余人，就连应隐自己也感到惊讶："临时换的？"

"不临时。"麦安言冷笑一声，"热搜到现在都三天了，临什么时？"

应隐一时间觉得荒诞。十二年，她总觉得自己已经够懂这个圈子了，但事实总是一次次证明，她还不够懂。

因为还要预留出时间拍宣发物料，几人上了阿尔法保姆车，出发前往会场。

届时应隐走红毯，缇文和麦安言先至内场等候，俊仪不进去，回家睡大觉，顺便关注下直播间和广场热搜的舆论动态。

三点整，红毯准时开始。

麦安言给阮曳争取了红毯开场，相当不错的位置。但如大家所担心的，场子太大，压气场，阮曳一身花瓣大拖尾，走得小心翼翼，满眼都是紧张。

应隐拍完照后坐保姆车里等，一边看红毯实况。

"阮曳挺不错的啊，能开场，我记得我拿了最佳新人奖后，也还是在中段靠前的位置。"

麦安言听上去有些心虚："今时不同往日，她也是有点悟性的嘛。"

应隐没听懂。

阮曳之后是国模团，她们倒多半穿得很利落，毕竟一米八的身高不必怵惧任何场合。

差不多倒数二十分钟时，主办方工作人员来敲窗户："应老师，您准备好了吗？咱们可以去候场了。"

电动车门缓缓推开，一条着长靴的长腿纤细浑圆，自车内稳稳迈出。

工作人员挽了一把，胳膊搭着应隐的手。看到真人的第一眼，想说什么话倏然忘了，只顾着吞了吞口水。

"怎么了？"

"好……好漂亮……"小姑娘忠实地说。

在 Moda 这样的顶刊工作的，就算是个小小实习助理，背后也可能是个粉丝几十万的穿搭博主，或者见天儿买买买的千金小姐、时尚买手，抑或是艺术管理方面的海归高材生。这些人哪个不是眼高于顶？见惯了帅哥美女名模名流，讲起品位来无不是一套一套的，能让他们被第一眼震慑住，真是罕见。

应隐笑了笑，瞥她一眼："嘴甜。"

缇文跟着她一起去候场，等她上红毯后再转去会场。

候场处，明星三三两两站着，半生不熟地闲聊，见应隐过来，谁的声音也没停，因为停了跌份儿，但大家语气都不约而同地慢了，跟着眼神一同心不在焉起来，将她耐人寻味地上下逡巡一遍。

今天这场合，女明星的大拖尾一个赛一个的蓬，跟拖挂大卡车似的，转个身都费劲，一条裙子四个工作人员跟屁股后头整理。他们见了应隐，面上不说，心里都五味杂陈。

一时想，穿这么简单就来了，红毯上亏不死你。

一时想，穿这么简单，倒显得我兴师动众。

用不着谁先开口，Moda 主编丰杏雪第一个迎上来："隐隐，好久不见咯。"

那可不是好久不见，上次见还是去年今天呢。

应隐挂上笑："杏雪姐，别来无恙？今天是你的主场，是不是忙得连口水都顾不上喝？"

"哎，你快别说了。"丰杏雪嗔怒看她一眼，"今天这身真不错，是Musel 吗？真看不出来呢，我上次见了 Jeffrey，想趁他在中国期间做个专访，他在考虑给 Musel 加几页版面。"她眨眨眼，"还得是你，比我还快，会挑。"

两人假惺惺地说了一堆废话，前方持续传来主持人的暖场声。

在应隐前登场的几个"小花"，都过来寒暄打招呼。

大家也不熟，但不妨碍一口一个宝贝，一口一个亲爱的。也别说男星不假，男明星张口就是：这老师那老师、麻烦了、谢谢啊、哎呀今儿见了你真高兴、咱改天高低得聚聚……

应隐听得走神，笑容也跟着意兴阑珊起来。她的手拿包里，手机嗡嗡振动。

她似有所感，唇已经先不受控制地扬起来了。

说了声"失陪"，她走到稍清静一些的角落，点开微信。

商邵正在坦桑尼亚，真挺忙的，三天里没找过应隐。

他难得有空，鬼使神差地翻出了她那天发给他的自拍，看了两眼，惊觉自己昏了头。

又不是联系不上，看照片算怎么回事？

商邵问她方不方便电话时，应隐已经挂上耳机了。

她掩着声："马上就要上红毯了。"

商邵几天没听到她的声音了，一字一字，连带着呼吸也听得很认真。

末了，电话那端一道低沉男声："怎么没叫我？"

"不敢，旁边有人。"应隐抿了抿唇，几句话的工夫，眼底染上薄红。

她没这么不能装。装是她的强项，任何场合、任何人物，她都能装到位。但听着他的声音，她像是被他如雾似霭的眼神深沉锁着，让她没办法装。

应隐笔直的双腿紧紧并着，身体里一蓬一蓬的热度，像个呼吸不畅的小女孩。

"很担心？"

"担心给你添麻烦。"

商邵轻慢地打断她："叫。"

应隐心里一紧，转过身去，额头抵着雪白的墙，把自己逼到了犄角。

半晌。

细如蚊蚋的一声："阿邵哥哥。"

商邵那端呼吸倏然浅了。过了许久，才似乎很淡定地问："你叫我什么？"

"不能再叫了。"应隐打死不开第二次口，"只有这个不容易对号入座……"

否则被有心人听见了"商先生"，又联想到游艇，很容易就猜到他的真实身份。

应隐听到电话那头一声咽动，似乎是商邵在喝水。

泡凉了的茶叶水，狗都不喝，但他喝得很慢，感到冰凉的水顺着喉线下去，浇灭他身体里的热。

喝了水不够，他修长瘦骨的手指扣进领带，松了松。

"该你上红毯了？"他一本正经地问。

"嗯。"应隐回头瞥了一眼，"该挂了。"

她很想问问他这几天有没有想她，可是又觉得这问题得寸进尺。

商邵没主动找她，那么就是不想她。他日理万机，没空关注小情小爱。

还没挂断，那边传来一声咳嗽。

应隐神经一跳："你感冒了？"

"一点。"

"我传染给你的？"

商邵笑了笑："不至于。"

"什么不至于，我是说……"应隐噤了声，想到在法国接的几次吻。

他吻她次次深入。那天她跟贝卡玩，中午在艇上电影院碰到，他把她压在暗处吻了十分钟。电影院冷气沁着，灰白色的幕布上没有任何图景，黑暗中，一时只听到唇舌交融的声音。

"我不是那个意思……"应隐不打自招。

商邵沉缓着问："哪个意思？"

背后有工作人员叫她，应隐一个条件反射，把电话挂了。转过身时，脸色涨红，什么充满杀气的雅典娜，被戏弄的维纳斯还差不多。

"应老师，咱们前面还剩三位。"

应隐点点头，深呼吸，欲盖弥彰地说："很热。"

"可能是您穿了靴子的原因。"工作人员十分贴心。

应隐点点头，几步路的工夫，心情已经平静下来，再度回到了无懈可击的状态。

丰杏雪正招呼刚过来的"大花"于望，被工作人员脚步匆匆地靠近，又贴耳细声道："张乘晚不下车。"

丰杏雪细眉一拧："我去看看。"

张乘晚原本是倒数第二出场，被应隐横插了一杠子，在保姆车里赌气。不知道丰杏雪用了什么手段，哄了两三分钟，终于把人给哄到了候场区。

这儿虽没有直播，但摄影记者的快门声也没停过，张乘晚脸色很臭，勉强堆起微笑。

她见了应隐，极度不情愿地勾唇一笑，见了于望，气焰才算平息些，叫声"望姐"。

倒数第三出场不丢人,只是她受不起这个委屈。前两天热搜,她未婚夫曾蒙见了游艇,问:"那个贝卡怎么不是你粉丝啊?你这走出国际比应隐早多了,你还比不上她?"

曾蒙半抬了抬眼睛:"张乘晚,你这影后头衔,也不怎么管用啊。"

主持人已在播报。

"接下来即将登上我们红毯的是,著名演员、星河奖影后张乘晚,乘晚姐也是我们 Moda 的老朋友了,作为内地第一位登封的女星……"

张乘晚在这一瞬间做好决定。

她站住,倨傲,一动不动。

丰杏雪脸色僵了:"乘晚?"

主持人的稿子念完了,红毯开端悄无人影。

抢压轴。

一时间,内外场所有人内心都闪过这道声音。

直播间弹幕疯狂:

人呢人呢人呢?

怎么没人出场啊?

张乘晚迟到了?

这其实并不新鲜,各种秀场、品牌活动和红毯上,都可能出现这一幕,因为在一些人心里,顺序咖位就是一切。

但问题是,今天是先播报再登场的,也就是观众会提前知道顺序,这时候拖延时间抢压轴,不是明明白白在告诉别人,她在耍大牌吗?

主持人也算是临危不乱,对着镜头满面微笑,将张乘晚的时尚履历再度播报了一遍。

后台。

于望没说话,丰杏雪快急疯了。

这一晚的重要性不言而喻,整个 Moda 团队从半年前就开始筹备,容不得有人在这里挑事!

"晚姐,您如果身体不舒服的话……"丰杏雪微笑起来。

她不怕得罪张乘晚,而且今晚之后,张乘晚别想再登上任何 Moda 的封面、封底、内页,哪怕一个豆腐块。

应隐走过去，挽上张乘晚的胳膊："晚姐，你是不是老毛病又犯了？腰疼着呢吧？我扶你一起走。"

张乘晚胳膊冰冰的，被应隐一挽，哆嗦了一下。

应隐没给她拒绝的机会，蹲下身给她整理了一下裙摆："走吧。"

停顿了三分钟的红毯，终于迎来了两道身影。

张乘晚在腰前挽着晚宴包，走得还是雍容大方的，只是在听到应隐一声"幼稚"时，鼻腔一酸，差点滚下热泪。

摇臂搭载摄像机，横摇过一贯三十米的巨大红毯。

张乘晚一身黑色丝绒晚礼服，直筒版型中掐了腰身，肩膀上两道肩带，自胸以上露出大片肤色。

她亭亭玉立，像一枚黑色烛台，蜡炬成灰泪始干，似乎已燃了半截了。

中国这儿晚上六点，坦桑尼亚正是中午一点。

商邵问了缇文，才找到了正确的直播入口。主持人声音嘈杂，他点了一支烟。

没别的，看看她的工作状态而已。

坦桑尼亚的网不好，卡顿半天，一进去，应隐的红毯已经走完，正在背景板前站定。

摄影师有病似的，把镜头从脚底下缓慢往上扫，在她腿上一寸一寸地抬起，在大腿处意味深长地停留，继而再从腰间的堆褶、山茶花，平移到抹胸的小 V 形切口，停留数秒，最后才到她美艳不可方物的脸。

内娱能掌控金发造型的人不多，应隐算其中一个。

今天的应隐冰肌玉骨，轮廓锋利，倔强之外带着一丝恰到好处的甜美脆弱，眼神干净得像冰。

弹幕疯了：

应隐应隐应隐！！！

我宝今天太美了，什么天神下凡杀我！！！

哇，今天红毯唯一有趣的一身，公主裙什么的无聊透了好吧！

出圈！！！

呜呜呜，我词穷，我隐宝好像那种雕塑啊，好冷漠，好高贵，好圣洁，好神圣不可侵犯。

姐姐踩我，姐姐快踩我。

满屏中有几道不合时宜的弹幕顽强地插入。

也不是那么大胆暴露吧……
也不是那么让人想欺负吧……
裙子也还好吧……
胸也不是很明显吧……
谁看到腿根了？看不到的吧。

缇文一边兢兢业业地打这些字冷场，一边心想，邵哥哥！上帝保佑你没看！！！

她哪里想得到，商邵半眯着眼，跟着摄像机镜头把应隐从头到尾看了一遍又一遍。

她很自信，她很出众，她很放得开，不像在他面前动不动脸红。

商邵指尖捎烟，深沉地沉默半晌，将烟星摁灭。

所以，那天给他发仙女裙算什么意思？缓兵之计吗？

签完名合完影，张乘晚先走一步，应隐还要在签名墙这儿等主编丰杏雪一起，便被主持人挂住，两人在摄像机前客气地聊。

主持人春风满面："隐隐今天这一身真的很独特，让我想到了希腊啊，帕特农神庙，以及雅典娜这样的神话，也是很大胆了。"

应隐点点头，特意点出了 Musel 和设计总监 Jeffrey，并感谢他提供的造型指导。

"你在红毯一向很大胆、很敢穿，我还记得前年那场真空西装，也是当年的出圈红毯之一，到现在还经常看到有人盘点。"主持人夸完，话锋一转，"不过会不会担心将来有了另一半后，对方会疯狂吃醋呢？"

应隐："……"

她难得卡顿一秒，弹幕疯狂刷：

老婆我不吃醋！
老婆老婆多露露！
隐宝真的有在认真为难，哎笑死。

商邵本来要退出去了，看到应隐迟疑沉默，他面无表情，手指不耐烦地点了点桌面。

应隐："嗯……"她捺下话筒，紧张地吞咽了一下，保持微笑，"我想他应该是不会的，因为他一定是一个非常绅士、有道德感、分得清工作和私生活的人，不会无理取闹。"

商邵："……"

主持人忍不住笑："那如果真的有交往，而对方又的确是占有欲比较强的那种，你会怎么哄他？"

应隐在媒体和粉丝面前维持大女主人设，皮笑肉不笑，用十分轻熟的声线淡定地说："不哄，等他自己想清楚。"

在这精彩的一秒，地球上有两个人同时退出了直播。

一个是缇文，一脸悲痛。

一个是……算了。

Moda 主编丰杏雪走上红毯，主持人终于把话题引到了她身上。应隐松了口气，等丰杏雪签完名后，两人按照既定流程合影，之后携手走完了最后的红毯。

缇文和杂志公关专员就在内场入口处等，手里拿了条米白色的披肩，正等着带她去休息室更换内场造型。

应隐披上，有些古怪地瞥了缇文一眼，问："谁追杀你了？怎么这个表情？"

缇文努力暗示："商先生，商先生会不会看你走红毯呢？"

"不会。"应隐叫住侍应生，端下一杯冰水，"他说了，他没时间。"

缇文无能地狂怒："商人的话怎么能信！"

他没时间但他会抽时间！

应隐低头看了眼自己这一身，有些迟疑地说："还好吧？"

虽然裙衩开得确实很高，但她在 Edward 船上的那条珍珠晚礼服，还是大露背呢。

"你确定吗……"缇文诚恳地问，"几百万人同时看呢。"

应隐一时哽住，心虚地环顾四周后，她捻开晚宴包的银色蝴蝶扣，取出手机。

没有新微信。

她轻轻松一口气，点开商邵的对话框，十分迂回地问：商先生，我走完红毯了，你在干什么？

商邵：我在让自己想清楚。

应隐脑中一道闪电劈过，继而一把扣住缇文，呆滞地问："我刚刚在红毯上说什么来着？如果生气了怎么来着？"

缇文一字一句地帮她回忆："不哄，等他自己想清楚。"

"咚"的一声，手机从应隐手中直滑坠地毯。

她游魂似的跟着公关专员去专属化妆间，一关上门，先一手制止住了要上前来的储安妮和助理，另一只手急急忙忙拨出语音。

商邵已经结束了午休，上了吉普车去政府办公楼。

他感冒被传染得有些严重，坐在后座怏怏而慵懒的模样，搭着车窗沿的那只手夹了一支烟，忍着没点燃。

看见来电，他垂目看了两秒，右滑接起。

"喂。"

此刻没外人，应隐小心翼翼地问："商先生，您看红毯了？"

"您？"商邵简直想笑，声线散漫的一声，"看了。"

"从头到尾都看了？"

"只看了你出场的部分。"

应隐的侥幸念头破灭，她靠上墙壁，鞋尖下意识地蹭着地毯，低垂头，像做错了事。

"你不是说过不看的吗……"她嘟囔，声音含糊在唇中，抱怨也没底气。

"你不是说穿那条绿色裙子吗？"商邵淡淡地反问。

应隐噎了一下："你自己说那个只是'还可以'，我以为不好看。"

"原来你问我意见，是为了更好地穿给别人看。"商邵懒洋洋地支起腮。

绕进去了。应隐辩解失败，感到一丝危险。

她转变路线，卖乖地问："那商先生看了，觉得怎么样？"

商邵指尖掐着烟管，口吻淡然："作为一个绅士、有道德感、公私分明的人，我觉得你今晚光彩瞩目，让人移不开眼。"

他居然夸她。几个字，胜过时尚作家笔杆万千。

应隐心里安静了下来。

"那……如果你不是那么绅士、有道德感、公私分明呢？"她鬼使神差地问。

赤道附近，正午的阳光充沛，晒得一切发亮发烫。

商邵手机贴面，垂下脸笑一笑："等我回去。"

Hayworth 的绿色藤蔓高定走的是仙气温婉风，比红毯保守许多，该遮的地方都遮得严严实实。

储安妮给应隐绾了个松散的低位发髻，两侧额角发丝挑落，又巧妙地提亮了眼影，改了唇色。

因为染了金发，款步走入会场的她，宛如无意间落入人间宴会的森林公主。她像是来玩的，有轻盈松弛的姿态。

晚宴是圆桌安排，公关专员领着，将应隐带往主桌。

大圆桌中间，蓝色绣球花馥郁蓬勃，那种温和的香气弥漫在干冰机制造的冷雾之中，真给人仙境纯净之感。

但这里不是仙境，因为这里座次分明，秩序森然，每个位子上都立着卡牌，写好了嘉宾的名字，不动声色地排好了疏近。

应隐一眼扫过，主桌上，丰杏雪、于望、杂志高层、赞助商，个个有头有脸，外加一个影帝沈籍。

毫无疑问，这也是调整过的，否则，她何德何能坐在这里？

"应老师，您的座位在这边，麦总在那块。"公关专员指了一桌，"您有事直接叫我就可以，缇文我就先带过去吃饭了。"

应隐点点头，牵了牵缇文的手："你好好休息。"

缇文一走，不少明星都来跟应隐套近乎，熟的，不熟的，都好像亲近得很。应隐落落大方，别人夸她衣服造型，她来者不拒。

热闹了一阵，阮曳最后才来，拉开应隐身旁的椅子坐下。

那是丰杏雪的座位，只是丰主编此刻正忙着满场招待周旋，还没来得及坐下。

"隐姐。"阮曳乖乖打一声招呼。

应隐对同公司小辈是很关照的，笑容与刚刚那种敷衍甜美不同。

她点点下巴："我刚来的路上看你走了开场，挺厉害的，比上次宴会时放开多了。"

阮曳脸僵了一下："我还差得远，麦总说我小家子气，让我多跟你学学。"

应隐笑："这有什么好学的？多来几次也就会了。我在你这岁数别说开场了，站签名墙前手都抖。"

"你有的东西都很好，但你自己不觉得。"阮曳抿了抿唇，笑得有些勉强，亦有些艰涩。

她走了开场，穿了很好的国内独立设计师的高级定制，麦安言还给买了好些热搜和水军，但广场上嘲讽她局促的声音还是一大把。说她眼睛乱瞟，说她肩膀打不开，说她小表情太多。

等应隐压轴登场后，整个微博便成了她的主场。

阮曳在休息室坐了很久。

她没有单独的休息室，换完衣服，就在沙发上坐着，闷声不响地滑着词条，看粉丝夸应隐大气时尚敢穿，夸她造型有趣，铺天盖地的"还得是应隐啊"。

就连她的后援会粉丝群里，也都在热烈地讨论应隐。

她们说，想得也不多，只要阮阮哪天能跟前辈看齐就好了。

别的"小花"进来化妆，上下瞥一眼阮曳："这裙子不是上个月被我毙掉的那一条吗？幸好没穿。"

她笑得很美，直角肩拗出骨感肩窝："还是小阮你穿起来比较适合呢，个子小是要一点拖尾的。"

其实这裙子，那"小花"让工作室三番五次去借，都没借出来。

但阮曳不知道。她觉得前辈这么说了，那么多半是真的，她又穿了别人不要的设计。

应隐听出她语气不对，淡淡地问："你觉得我有的哪样东西很好，但我自己不珍惜？宋时璋吗？"

其实她知道，时尚这一块，一向是辰野的短板，麦安言没有这个能耐，把一个古偶网剧爆出来的"小小花"空降到红毯开场。

阮曳咬了下唇。

"我上次就跟你说过，他不是好人，让你离他远一点。"

"宋总说我脸上有你年轻时候的影子。"

应隐瞥过去，目光在她脸上停留。

阮曳跟她长得一点也不像，她是很碧玉的脸，粉雕玉琢的，因此适合演古偶，只演了一部就大爆，虽然咖位没上去，但粉丝是很多的。公司给她的人设是元气甜美"小白花"，不谙世事。

阮曳也回望她，一字一顿："他说，我跟你那时候一样，年轻，充满野心和不服输的神气。"

应隐怔了一下，点点头："他说你说得没错。"

"他喜欢你，你看不上，因为他没办法带你上游艇。他在游艇上也只能给有钱人擦皮鞋。"

应隐失笑："阮曳……你才刚入行，如果这时候就看得这么透，往后的时间，你要怎么过呢？"

在这个圈子，多少是需要点幻梦、需要点童话滤镜才能愉快地过下去的。太快看透这等级森严的不堪真相，人就不能快快乐乐地活了。

"我也跟商先生跳过两支舞的。"阮曳突兀地说。

应隐的神情冷淡下来。

"商先生也是目不转睛地看着我的。"

"住口。"

阮曳没被她的冰冷吓到，自顾自地说："我只是觉得他太高级，人的台阶要一步一步登。何况他站的天花板太高太远了，不如宋总好用。"她卷着雪白餐巾，垂下眼眸，"姐，你总告诉我宋总不是好男人，我谢谢你，但那又如何？"

她抬起头，很淡地笑了笑："对我来说，没有好男人坏男人，能帮上我的，就是好男人。"

丰杏雪招呼一圈回来，阮曳站起身，告辞前，她俯身抱了抱应隐："片场见。"

应隐眉间闪过一抹蹙色。

片场见？阮曳在网剧古偶圈打转，她能在哪个片场见上应隐？

但这会场如此热闹，个个人面狐心，容不得她走神。

过了会儿，高层和影帝、影后们齐齐落座，她又要开启新一轮的严阵以待。

丰杏雪坐她下手边，问："我记得应老师和沈老师好多年前合作过，对不对？"

这桌的唯一一个影帝沈籍，约莫四十五岁，一双含情眼，温文尔雅又略带沉郁阴鸷的面容。

在柯屿崛起之前，沈籍是口碑最好的影帝，几乎没出过烂片。

应隐几年前跟他合作过一部民国戏，她是舞女，他是政坛高层，养着养着，暗色下情愫成了真，在战争来临之际匆匆分别，一个去淞沪，一个去香港。

数年后重逢，他潦倒，她是大佬掌中雀，彼此不忘怀，在闪烁着霓虹丝灯的宾馆包房中抵死缠绵。

那部戏是当年的文艺片票房亚军，评分很高，沈籍二次封帝，应隐虽没拿奖，但提名不少，也是粉丝心里的奖项遗珠。

隔着绣球花和氤氲冷气，应隐对沈籍大方笑笑："我跟沈老师确实有些日子没见了。"

"应老师我是天天见。"沈籍开玩笑,"热度这么高,我是半退休了。"

"我记得,《星钻》那年的金九,是你们两个吧?"丰杏雪想起这一茬。她也盘算过这企划,谁知道被《星钻》捷足先登,此刻提起,有点遗憾和记仇的味道。

"我是沾了沈老师的光。"应隐客气地说。

太客气的天聊不下去,生拉硬拽的没趣。于望打岔道:"哎老沈,嫂子是不是刚怀上了二胎?"

沈籍点点头:"孕吐着呢,今天本来都出不了门的。"

沈籍的老婆也是演员,但息影很早,在家相夫教子,两人是娱乐圈的模范夫妻。她也很少上综艺,从不借沈籍的光环赚流量,难得采访,讲话滴水不漏的,很是得体。

话题便顺着育儿的方向一路聊下去了,应隐听得走神。

宴会进行到九点,颁了一堆没意思的奖,听了一堆没意思的歌,最后在大合影中结束。

乌压压上百号人,应隐站丰杏雪身边,稳居 C 位。

微博上,没有任何人对她的咖位感到疑惑,在路人和粉丝眼中,她站在这里理所当然。

他们丝毫不知道,就在几天前,她还借不到高定礼服,她还在被时尚圈隐性抱团排挤。

她走过了一场没有硝烟的战争,赢得了一场无人知晓的战役。

After party,应隐只短暂现身了一下,就推说身体不舒服,抱恙回了家。

睡了整觉,翌日下午,她去往栗山公司,参加试镜。

栗山,华语电影圈执牛耳者,戛纳主竞赛单元评审之一,圈内公认最会调教演员的导演。

他年过七十仍勤耕不辍,嗅觉敏锐,精神矍铄,充满信念,并不是之前那个姓方的导演可以比拟的。

要上他的片,很难,但能和他合作、当他的主角,是所有演员心里与获奖同有等分量的殊荣。

应隐之前一直在打磨的女革命者一角,就出自栗山的片子。

这几年国内掀起了主旋律风,栗山也难逃例外。这部群像主旋律片主题宏大、场面热血，是票房年冠预订片。

这样的一部片，是很多演员宁愿零片酬也要上的。

俊仪和麦安言陪着应隐一起现身。应隐穿着浅灰色 T 恤、牛仔裤，头发扎了个低马尾，素颜的脸上照例蒙着一枚口罩。

试镜处人头攒动，或站或蹲地挤满了一整条走廊。

这里面有成熟的老演员，有刚毕业的学生，也有十几年跑龙套的戏痴，更有深耕舞台的话剧演员。

大家起跑线平等，全是过了卡司预选后来竞演的。

现如今的演艺圈，能让大牌演员和无名之辈一起试戏的导演不多了。

碍于演员在流量和资本中的分量都水涨船高，咖位高的演员，其实早过了亲自来试镜的阶段，有好本子先递他们手上。

看得上，双方坐下来一起谈谈合作细节，这就把事情给了了，哪还用纡尊降贵地来试镜？

就算真来试戏，那也代表了十拿九稳，不过是走走过场。

也就栗山有这能量和话语权。

应隐低调地穿过走廊，身后响起阵阵窃窃私语。

"应隐也亲自来试镜？"

"毕竟是栗山。"

"她很贴角色啊，感觉十拿九稳。"

"她哪有失手的时候？商陆那儿三十分钟的一镜到底也能掌控住，现如今的女演员里，谁还有这能量？"

还有蠢蠢欲动上来想要合影签名的，都被俊仪给拦下了。

在专属休息室等了不到两分钟，卡司公司那边就来人通传："应老师，到你了。"

应隐只身一人进去，试镜的阶梯小剧场里，分别坐着导演栗山、选角导演余长乐、出品方代表、总制片人，以及一个年轻的面孔，那好像是栗山曾经的副导演，算是他的半个学生。

应隐摘了口罩，鞠一躬，详细地自我介绍，之后按流程演了那两场。

那场写信的对白她表达得太好了，轻熟的声线娓娓道来，充满了坚定的温柔。

一滴眼泪缀在眼眶中，始终要掉不掉的，只在写完了，搁笔、折页、封好信封后，才撑着桌沿，眨一眨眼，让眼泪滚了下来。

演完后，偌大的剧场里鸦雀无声，落针可闻。

许久，选角导演余长乐咳嗽一声，余光觑了下栗山。

栗山站起身，缓缓地说："诸位请回避，给我五分钟时间。"

余长乐便摸着烟起身："哎哟，老骨头一把，坐得腰也断了！"

其余人会意，咬烟的咬烟，拿茶杯的拿茶杯，都陆续走出去。

应隐轻吁了口气，拂了拂面，很恭敬地说："栗老师。"

栗山点点头："你出道十二年，我们好像都没有合作过？"

应隐笑了笑："是啊。"

"我跟辰野的合作是很密切的，你又是辰野的当家花旦，为什么这么多年都没合作过，你有没有想过？"

"我……"应隐有些尴尬，"好像每次档期都错过了。"

"你要帮公司赚钱，要帮他们扶持新人，要去辰野主投主控的片子里扛票房，所以档期很少。你的表演都是很好的，但把你的佳片率平均到你所有的出品里，其实不高。"

"栗老师……"应隐被他锐利的话语刺破得难堪，"希望这次我能有机会。"

栗山摇了摇头："你这次也没有机会。"

应隐愕然："为什么？我的表演就算还有不到位的——"

"你的表演很到位，但这个角色已经安排给别人了。"

应隐拧了下眉："你的意思是……"

"其实这部片我只担任监制，挂名导演，在片场的，会是我的学生谢扬。"

应隐不知道该做什么表情，啼笑皆非地笑了一声："是要用我来抬轿吗？应隐试镜落选，谁谁谁表现惊艳？"

栗山不置可否："通稿怎么发，是你公司内部的事情，与我无关。"

应隐一刹那明白了。

她点点头，唇角讽笑："这样。难为您特意单独告诉我。"

"我很早的时候，就跟柯屿讨论过你，他对你是不遗余力地盛赞，所以……"栗山顿了顿，"塞翁失马，焉知非福。我接下来的话才是重点。"

应隐还没消化完试镜落选的消息，听了这句，脸上有些茫然。

"我个人在筹备的项目，是一部爱情文艺片，剧本的终稿还在调整。这是我时隔三十年后，第二部纯粹的爱情片，说实话，不保证好看，也不保证能顺利公映。但我中意你。你的档期，公司已经为我空出来了，试镜在年前进行，希望到时候我能见到你。"

出试镜室时，俊仪和麦安言已经等着。俊仪是很热切的，焦急地问怎么样怎么样，但麦安言一脸知晓一切的平静。

应隐跟他对视片刻，一句话也没说，口罩、帽檐下的脸面无表情。

她穿过热闹的、不明所以的、偷偷仰望的人群，抬起眼，古偶网剧出身的阮曳出现在走廊尽头。她也打扮得很低调，很惶恐的模样，正在执行经纪的拥护下迎面走来。

两人的错身而过只是一刹那，谁也没说什么。

电梯间静谧异常，俊仪察觉到气氛不对，一时噤声。

"你不去帮帮她吗？"应隐看着一层一层上升的数字，冷静地问。

麦安言回得文不对题，却开门见山："你不亏。栗山真真正正的女一号，是属于你的。"

栗山要她的档期，但这部文艺片没投资方看好，片酬很低。

辰野是经纪公司，不是慈善协会，最赚钱的摇钱树没道理拿去贱卖。宋时璋想安排阮曳打进电影圈，一来一去，双方各取所需，交易得严丝合缝、皆大欢喜。

他不知道应隐有什么好闹脾气的。

"是吗？如果不用她做交易，是栗山就不选我了，还是公司不会放我档期？"

"栗山的片酬，是你所有邀约里最低的。"麦安言心平气和地明言，"你的三个月值多少钱，我比你心里更有数。"

应隐笑了笑，转过脸，面对着麦安言："你快把她扶起来吧，当我求你。"

她字字清晰："这破一姐，我是一天都不想当了。"

商邵拨给她视频时，应隐接得很快，面前堆了一堆乱七八糟的东西。

"在干什么？"

应隐垂眸拧着手中的塑料壳："扭蛋。"

"扭蛋？"

应隐小孩子似的点点头："商先生，你玩过扭蛋吗？"

"没有。"

"小时候买不起，觉得好奢侈啊，每次都蹲在便利店前，看别的小朋友拆。为他们高兴，为他们可惜。十六岁时，我接到商演活动，第一件事就是买了一枚，但里面的恐龙好丑啊。"

她说笑着，趴在桌子上，看着恐龙："这么多年过去了，它们还是一样的丑。"

商邵静静听她说完："出什么事了？"

他总是这么敏锐，不给人藏心事的机会。

应隐拆开当中小玩具的塑料袋："没事，你这几天怎么不找我了？你厌烦我吗？"

用这么严重的词，听得商邵心里沉沉地一坠。

"还在忙，想尽快回国，反而被事情绊住。"商邵说着，将手机捺下。

应隐听到他压抑不住的一连串咳嗽，十分干哑。

"你感冒加重了。"

她放下扭蛋，透过摄像头，捕捉商邵的神色。

他看上去很累，双眸难掩倦意，似乎一直以来都没睡过什么整觉。

他的白衬衫也不复笔挺，被赤道的炎热和雨季的潮湿闷软，松垮地勾勒出身形，显得他散漫而落拓。

真不讲道理，这样看着，他反而更迷人了些。

应隐忘了扭蛋，双眸专注地停在屏幕上。

她很想他。

十二月份是塞伦盖蒂大草原的雨季，万物生长，春天的气息滋生，动物重新越过马拉河，历经九死一生的长途跋涉，跨过坦桑尼亚和肯尼亚的边境，回到水草丰美的塞伦盖蒂。

当地政府办事处，一个穿着传统长裙，蒙着艳丽面纱的女人，正跟柜台后的黑人激烈地交流着什么。

"I got lost, the bus（我迷路了，公共汽车）……"应隐快词穷了。

她流利的口语在这里派不上用场，大家彼此鸡同鸭讲，双方都觉得自己英文口音很标准。

黑人慢悠悠拖长调子回："Relax, relax, sit down, don't worry, I got you（放松放松，坐下，别担心，我了解了）。"

他就会重复这一串。

got个鬼！

应隐两只手都比画上，英文一个字一个字用力往外蹦。

"我被抢劫了，我的钱包，我的护照，我的手机，以及你们这该死的公共汽车！说好的两点有一班，现在已经三点二十了！"她手指用力戳着表盘。

"噢……"黑人听懂了，摊摊手，耸耸肩，"小姐，在我们非洲，唯一的时间指针是自然，是太阳光，放松，不要被你的手表推着走。"

"什么？！"

不要把没时间观念说得这么清新脱俗好不好！

一旁狭窄阴凉的楼梯口，一个中国男人正在当地官员和另几个中国人的陪同下，步履从容地走下楼梯。

"雨季的施工确实会受影响，考虑到当地人的节庆风俗，以及接下来的游猎……"

驻扎在坦桑尼亚的下属汇报，苦笑了一下："邵董，您放心，我们很了解这里的工作风格，您病了这么段时间，还是尽快回香港养病为好。"

坦桑尼亚尘土飞扬，一天到晚戴口罩也没用，商邵点点头，手抵着唇又咳嗽两声，将口罩覆上，压好。

他回复下属的关心："我还要去塞伦盖蒂一趟，过两天就回去。"

"Telephone! I want the telephone！（电话！我要电话！）"应隐最终放弃沟通，双手合十，强忍在崩溃边缘，"Please please please（求你了，求你了，求你了）……"

大使馆的电话是多少来着？怎么记到手机里了……手机又丢了……死循环！

一段短短的楼梯走尽，商邵脚步微顿，即将穿过大厅时，隔着办事的职员，他遥遥望了一眼那个女人。

从头包裹到脚的传统服饰，但难掩曼妙曲线。

那种曲线是起伏又单薄的，与当地人不同，充满了让他熟悉的感觉。

他眯了眯眼，一时间心跳激烈起来。又觉得自己是病昏了。

怎么可能？她现在，应该在生日派对上。

"好啦，小姐，"那个黑人柜员也烦了，"但是我这里既不是失物招领处，也不是公交公司、电信公司，小姐，"他手指用力戳着一张塑封招牌，上面的字母令人眼花缭绕，"看，这里是城市建筑规划与……"

"呜……"应隐沮丧地呜咽一声，两手撑着桌沿，深深地呼吸，迫使自己冷静下来。

她的说走就走好失败，会不会最后是被大使馆送到他面前？他会笑她的。

但她很想问问，他跟阮曳跳舞时有没有目不转睛地看她。

亲口问，亲耳听，要他否认，要他哄得用心尽力。

一行人对商邵的脚步凝伫不明所以。

"那邵董……"下属唤了一声。

商邵听见了，但目光还停留在她身上，只是心不在焉地"嗯"了一声。下一秒，柜台前的女人抬起头，迟疑又不敢置信地望向这边。

她有一双星光熠熠的眼。

没有人知道，一个蒙着面纱的人，和一个戴着口罩的人，是如何辨认出彼此的。

只知道那女人扑进他怀里的速度是那么不及眨眼，以不顾一切又饱含着所有委屈的热烈。

所有人都被这一幕吓了一跳，几个中国员工的心提到嗓子眼——

商邵不是没在这里遇到过生命危险，那年被人用枪抵着腰的五分钟，恐怕是他人生中，也是当时在场所有中国员工的人生中，最漫长的五分钟。

"邵董！"有人惊呼出声，上前一步就想控制住那个形迹可疑的女人。

但他的脚步很快止住了，因为他看到一向喜怒不形于色的商邵，瞳孔竟然微微扩大，继而很快地安定下来，微垂下眼眸，将手掌轻轻地贴在了那女人的脊背上。

他的动作实在太轻缓，像对待一个梦。

如果动作重一些，恐怕会惊扰这场天真的幻梦。

"商先生……"应隐掩在面纱下的嘴瘪了又瘪，忍着委屈和惊恐，声音发抖着问，"是你吗？"

商邵手臂用力，将她彻底箍进怀里。

"你现在问，是不是有点来不及了，嗯？"他叹息一声，嗓音倦哑着问，一指摘下口罩，"应隐，你胆子越来越大了。"

应隐从他颈项旁抬起头，眼泪滚下的同时，那抹艳丽的红色面纱也从她耳侧滑落，露出她苍白的脸。

身边所有中国员工，都蓦地噤声了。

傻子才会认不出来……

应隐才不管。她紧抿着一双唇，眼泪滑个不停，明明是哭的，但唇角又克制不住地向上，形成一个又哭又笑的表情。

商邵深情地看着她，过了数秒，他一手抚住她的脸，一手掐住她的腰，用力地吻了上去。

此起彼伏的咳嗽声挡也挡不住。员工和当地官员都面面相觑。

中国员工摊摊手，无声地说："好啦……"

坦桑尼亚官员耸耸肩撇撇嘴，侧身过去，伸出手，巧妙地拧开了旁边一扇文件室的门。

砰的一声，应隐被用力压到门背上。

文件室里空无一人，午后的光柱中弥漫着尘埃，空气中，充斥着一股建筑图纸和陈年档案那种温和但陈腐的气味。

应隐被他吻着，软成了没有骨头的，站也站不住，贴着门扇的脊背不住往下滑，被商邵的大手自臀后用力托住。

他的手真的很大，掌心宽厚，修长的指骨根根用力，指缝间的软肉满得几乎溢出来。

商邵失控得厉害。

不过几天分别而已，怎么就想到了这种地步？人没在跟前时，他心底的欲望尚有被掌控的余地，工作间隙分神想一想，抽半支烟，不过如此，不算难挨。

但他的行程骗不了人。

谁都知道他在压缩行程，想尽快往回赶，偏偏事与愿违。游艇上玩得太厉害，被她的病气传染，到了坦桑尼亚水土不服，一周休息不足的恶果也一同爆发，重感冒来势汹汹。

雨季的草原炎热潮湿，上午冷得穿羽绒服，中午热得穿衬衫也嫌热，蚊虫四扰疟疾横行，发热不是一件小事。

私人医生来酒店诊治，严禁他再工作。

就算用最好的想象力去想，商邵也想不到应隐此时此刻会站在他面前。

风尘仆仆，沾着香气与烈日的味道，唇齿柔软发烫，任他汲取。

应隐被吻得招架不住，胸腔里一颗心只懂得激烈跳动、颤着。她也不是没有武器，那是柔软中唯一的坚硬，如同白鸽的喙，实在没有什么伤害力，正正好好地抵着他的掌心，被他掌中的纹理和薄茧磨得发热。

吻了一阵，她溃不成军，伏到商邵肩上闭着眼喘息。

商邵拍着她的肩，亲着她耳侧，亦是沉沉地舒了口气，安抚似的低语："不动你了。"

应隐圈着他颈项，彼此沉重克制的呼吸声中，她静听着窗外吉普车的引擎声，头顶藤筐的妇女的叫卖声，以及一刻也不停歇的摩托车的喇叭鸣叫。

这里真鲜活，听着比红毯外的尖叫更热闹。

"这两天没联系我，就是因为都在飞机上？"商邵的手贴着她颈后，滚烫而干燥，指腹若有似无地用着力，让应隐的穴位带出一阵阵酥麻。

"嗯。"

"疫苗打了吗？"

非洲传染病多，疫苗很要紧。他不了解内地出关手续，怕没有疫苗这一规定。

"打了，不打不给出来。"应隐乖乖地回，刚哭过，瓮声瓮气的，"但是我的护照丢了，钱包丢了，手机也丢了。"

"人有没有事？"商邵将她稍稍推离怀抱，一寸一寸确认她的身体无恙。

"没事，只是打个车的工夫，一眨眼就什么都不见了。我在这里等公交等了一个半小时……"

应隐咬了下唇，很有意见。

商邵不免失笑："你不知道吗，在非洲，只有日出、日落是准时的。"

应隐沮丧地哼一声："谁知道。"

她什么都不知道。

但她还是一腔孤勇地打了疫苗、拿了签证，只身一人来到这里。

漫长的中转，昏昏欲睡的长途飞行，陪伴她的只有一只熟悉的颈枕。落地下机，满目都是人高马大的非洲人，香水味熏得她头晕，奇怪的口音更让她心力交瘁。

她只是一个女孩子，一个出道后永远被众星捧月，从未单独出过国门的女孩子。

行李为什么延迟了，外汇哪里换，电话卡怎么买，为什么开了境外漫游还是没信号？出租车哪里坐？好多人一拥而上，急切地想将她拉走。

谷歌地图上标注的酒店地址，为什么司机说很远到不了？

下了车，路边不知是一只猴子还是狒狒在游荡，长臂一勾，旁若无人地抢走了她的香蕉。

"什么都不知道，为什么过来？"商邵与她鼻息交闻，唇也若有似无地触着，"如果没在这里遇到我，你怎么办？"

"找大使馆……"

应隐底气不足地说，再度被凶狠吻住时，她好听地"嗯"了一声。

什么话语都消失了，被吞没在两人再度交吻的唇舌间。

这一次吻得多么纯情，耳边听到外面官员交办事项的声音，还是那么懒散又敷衍的语调。

他们办个事，还不如他们接吻有耐心。

　　几分钟后，那扇紧闭的门终于又被打开。当事人衣衫齐整，旁观者当无事发生。

　　只是邵董衬衫上的褶痕，凭空而来，又那么深，让人很难忽视。

　　"邵董，一时没调到合适的车子……"员工说，余光忍不住睨一旁的影星。

　　"不要紧。"商邵没为难他们，牵着应隐的手。

　　应隐一直低着头，躲着那些人的目光。

　　她现在知道紧张了、后怕了，中国著名影星现身坦桑尼亚街头，被人拉进暗室激吻至昏天暗地。

　　什么狗血小报才会写的报道啊！

　　商邵回头看了她一眼，知道她局促，握她的手紧了紧。

　　话出口前他心里静了一秒，终究轻描淡写地说了："我女朋友，暂时别对外说。"

　　应隐唰的一下抬起头，对"女朋友"三个字感到陌生。

　　能跟在商邵身边的，都是极懂事的老人，有眼力见儿，能保守秘密，当即点点头，恭维道："第一次见应老师，好漂亮，好般配。"

　　应隐很努力地想压下唇角，可惜是徒劳的。笑意从她紧抿的唇角一点点泄漏，她双眼明亮地笑。

　　商邵回眸看了她一眼，勾了勾唇，对员工说："其实是我高攀。"

　　应隐不愿意让自己太高兴，否则她会忘乎所以。

　　她心底想着，女朋友，合约情侣也是女朋友，他给她一个亿，就是为了在别人面前扮一扮的。她不应该太高兴，这是她的劳务工作呢。

　　出了办公室，尘土飞扬，门口停着一辆底盘很高的吉普车，高到人站地面时几乎看不到车内的景况。

　　坐上车后，才发现车内内饰也简单，后座没有中控，十分简洁。

　　商邵不放过她。他亲了亲应隐的发顶，手在她腰后散漫地拍了下："坐我怀里。"

　　应隐瞥了司机一眼，是个本地人，人高马大、神情机警，像是保镖。他开着车，目光丝毫不斜视。

　　"商先生……"她迟疑了一会儿，在商邵深沉的注视中，乖巧又熟练地坐了上去。

　　"是不是康叔给你的地址？"商邵与她不经意地聊天，好分散她心里的紧张。

"没有。"应隐摇摇头,"我自己订了一间酒店,打算等到了以后,再告诉你。"

"所以,你连我的行程和地址都不知道,你就直接过来了。"商邵垂眸瞥她。

"你上次跟我说了在哪个城市,我记住了。"

"我本来下午六点就走的。"

应隐被吓到一愣:"真的?"

"真的,这辆车就是为了去塞伦盖蒂换的。如果刚刚我们没遇到,或者错过了,就真的只有大使馆才能救你了。"

应隐本来就惊魂未定,被他一吓,脸色又苍白起来,心里不住后怕。

商邵笑了笑:"所以,告诉我,为什么要不远万里飞这一趟。"

他明明懂的,偏要她亲口说。

"我……"应隐的唇张了张。

商邵吻住她,安静地亲了一阵:"你什么?"

"我想……"

她这次也没有说出口。商邵慢条斯理地吻着,手在她纱袍下摩挲。

她刚刚还苍白的脸,此刻却潮热起来。

"怎么穿了丝袜?"他眸色暗了下去。

"冷……"

薄薄的一层透明丝袜,不至于多保暖,但最起码不会四处灌风。至于这本地长袍,实在是为了乔装打扮而套上的。

商邵想起她的红毯,还没跟她算账。

"你粉丝为什么要说'老婆腿玩年'?"

这五个字被他说着,那么一本正经的口吻,那么波澜不惊的眼神,不知道违和感有多强,却听得应隐心口一酥,一股酸酸软软的酥麻感从她心口弥漫开。

"粉丝口嗨……而且一般是女粉……"应隐声音低下去,呼吸一紧,眉眼紧紧闭起。

太阳光烘着车内,但又有风,形成一种近似于露天的错觉。

"商先生……"心悬到了嗓子眼。应隐浑身都在颤,一阵一阵。她睁开眼,想求他。

"叫我什么?"商邵手指上的动作没停,脸色还是很正经。

他毫不急切，甚至显得心不在焉，只是在勉为其难地帮她。

"阿邵哥哥。"

商邵垂着眼，居高临下看了她一会儿，揽着她肩的那只手扶住她的脸，让她仰面迎他的吻。

微末的风声遮掩不住水声，让人听了从头红到脚。

她想挣扎，但挣扎不了，商邵的怀勒着她，密不透风，一张捕获的网。

一声缓慢的、预谋已久的撕裂声，也不知道司机会不会听见，听见了，又是否想象得到，这是什么丝质裂开的声音呢？

早知道丝袜不顶用。

应隐两手紧抓着商邵的衬衫衣襟，长腿并得很紧。

"停车。"商邵淡淡地吩咐。

原来前面的那人，听得懂中文啊。

高大的吉普车在道路边缓缓停下。

那个司机兼保镖没有回头，听到商邵让他下去抽根烟，他点点头，很干脆地下了车。

这地方好离谱，路边甚至有鸵鸟在散步。

应隐双腿无力地垂着，但脚趾难耐回勾。

那鸵鸟走过来，半个脑袋探进车窗，歪了歪，一双大眼瞪得很圆。

"商先生，商先生……商邵！"应隐剧烈挣扎起来，脸色红得厉害。

"让它看。"

鸵鸟仍目不转睛地看着，喉咙里发出咕噜噜的好奇声响。它好像听到草原上啮齿动物咀嚼青草或喝水的声音，啧啧的，塞伦盖蒂的汁水丰美。

晴空下，响起一连串几近崩溃的呜咽和求饶。

应隐只觉得心跳激烈，像要突破桎梏。长途飞行后的眼前阵阵发黑，纤细的手把商邵的手臂掐红。

停顿下来的手背青筋明显。饱满的喉结反复吞咽了数下，商邵才平息了自己的呼吸。

他问应隐："告诉我，为什么要不远万里飞这一趟。"

应隐眼泪早流了满面，就泪眼蒙眬地仰面望他："我想你。"

商邵这才用手抚她，虎口卡着她的脸，亲亲她的唇角："我也想你。"

司机上车，面无表情，如同车窗外那只鸵鸟。

其实他并没有多想。他是退役雇佣兵，专门为商邵在非洲期间提供安全保卫工作，虽然一年只相处那么一个月不到，但他其实是非常了解商邵的——

这个东方男人深沉内敛，举手投足间充满儒雅风度，不可能在车上做出什么荒唐的过界举动。

车子继续往前行驶，他分神听到后座低声交谈。

那女人忽然之间像是被什么事累到了，倦而困乏地靠在他老板怀里，浑身软得像抬不起手指头。

商邵的声音有一种倦怠的餍足感："下次再想去哪里，记得找康叔，让他帮你安排好。"

"他是你的管家，我怎么能麻烦他？"应隐懂分寸。

其实她的分寸感并不多余，即使是于莎莎在和商邵交往的两年间，也从不敢越雷池一步，支使林存康做这做那。

但林存康对她自然是上心的，毕竟她是商邵唯一交往过的女友，事事安排周到，不必于莎莎主动请求。

"你以后要麻烦他的时候多的是，可以先习惯起来。"商邵淡淡地说。

"我原本想问他要你的地址，但我怕他通知你，你嫌我添麻烦，不准我过来。"

事已至此，应隐晓得心虚，吞咽一下，问："商先生，我给你添麻烦了吗？"

商邵垂眼看一看她。

这么紧张，清澈的眸里满是怕惹他不高兴。所以，是哪儿来的胆子，敢在红毯上装出大女人的模样的？

"添了的话，你预备怎么样？"他意味深长，难辨喜怒。

应隐当真："对不起。"她道歉很快，语气和情绪都低下去，"不会有下次了。"

"可以有下次。"

"嗯？"

商邵勾了勾唇，岔开话题："在国内发生了什么事？"

这男人洞悉一切，知道以她的骄傲个性，只是纯粹想他的话，是绝不至于撇下一切来非洲的。她的骄傲会绊住她的脚步，让她原地驻足，像个等待锡兵敲门的公主。

一定是遇到了什么极度不开心的事情，她才会不顾一切地想逃离那种窒息感。

应隐笑一笑，轻描淡写地揭过去："有部挺好的片子试镜失败了，其实也不算什么，经常的事，导演觉得我太……太明星了，不够平易近人。"

这倒确实是栗山的实话，而且她这么漂亮，演质朴的革命者也许会让观众出戏。自然，应隐的演技可以弥补一切，但导演选人的首要条件并非演技，而是贴合性。

演一个不贴合的角色，譬如钝感的脸去演妖娆舞女，俗媚的脸去演妹妹头的学生，即使演技精湛如奥斯卡影后，对观众的说服成本也会很高。

"需要我出面帮你谈一谈吗？"商邵开门见山地问。

商宇的业务跟娱乐圈交集不多，但想使点力的话也不难，只是要多费些周折。

"千万不要！"应隐吓得倏然坐直，"这个片子虽然好，但也没那么可惜，而且我是赚了的。"

"赚了的？"

"嗯。"应隐点点头，"栗山导演，你知道吗？他邀请我出演他下一部片子的女主角，所以这个角色让了也就让了。"

"这话是在说服我，还是在说服你自己？"商邵将一捋她发丝，帮她别到耳朵后头。

她右耳耳垂上有一颗细小的痣，淡红色的，像是朱笔误点。

商邵是第一次发现，目光顿在上面，过了一会儿，伸出手去，若有似无地揉捏着。

应隐被他揉得脊背窜起一阵酥麻。

她身体荡起涟漪，但内心深处十分平静："不是说服，而是事实如此。"

"但是即使事实如此，这背后的一些东西，也让你心力交瘁。"商邵合眸，冷淡地点破她。

应隐一僵，过了好半天，才"嗯"了一声。

"商先生，这个世界上，有的人生来就是商品，被人用来交换价值。你看我，虽然有挺多钱，也有很多很多人仰慕我，仰望我，但说到底，我是商品，是被买的东西。我对这一点认识得很清楚，只是有时候，买卖交易的本质太明显……那么再擅长当商品的人，也会觉得难堪的。"

不等商邵说话，应隐又笑了笑："其实也没什么大不了。你看外面走过的那些人，开出租的，当向导的，头上顶着篮筐卖花、卖水果的，还有蹲路边等别人给小费当苦力的，大家都在很辛苦地当商品。大家都是人，但我获得的报酬却多很多，如果我还为此自怨自艾、顾影自怜，不是太不知好歹了吗？"

她把自己安慰得很好，以至于商邵都不需要开口。

未几，他笑了笑："应隐，听你说了这些，总觉得我好像挨了一顿骂。"

应隐扬起唇笑："怎么会，商先生也很辛苦的，那些中东富豪一天只工作三小时，商先生跟他们比起来，又是没日没夜，又是感冒咳嗽，可怜得多呢。"

不只商邵，就连默默听了一路的保镖司机，也忍不住勾起了唇。

她是个聪明的女人。保镖心想。

商邵失笑出声，注视了应隐一会儿，禁不住俯首吻她。

"你说什么都对，不过如果你把我们的合约，看成是我买东西你卖东西的话……"

他顿了顿，淡漠的语气听不出故意的成分："我不介意收回这一亿，好让你心里好受点。"

明明知道她视钱如命，还用这种话来揶揄，多少有点欺负人了。

应隐啪的一下双手合十，抵额头上诚恳告解："不要，一亿是我未来一年的快乐源泉，治病良药，你收回去是要我的命。"

商邵下榻的酒店在市郊，是一座庄园型度假酒店，每个房间独享独门独户的院子，高大而造型各异的仙人掌种植在白色沙土中，组成了赤道独特的园林景观。

但应隐来得不巧，这么好的酒店，她竟没时间享受。

到了酒店，行李已被下属整理好，商邵跟一个法国朋友碰了短暂的一面，便告辞前往塞伦盖蒂。

"要不然，"商邵沉吟，暂时叫停吉普车，"你还是在酒店等我，我后天中午回来。"

"为什么？"

"那里住宿条件比较差，怕你受不了。"

"不可能。"应隐信誓旦旦，"有什么地方是你受得了，我却受不了的？"

吉普车离开城市，摩托车流、街市喧嚣、滚滚尘土都如薄雾湮灭，取而代之的，是一望无际的广袤原野。

十二月份的塞伦盖蒂，空气里有一股湿漉漉的气息，这是水草生长、湖泊升起的味道，也是即将而来的动物大迁徙的气息。

马拉河附近，角马大军已经集结，斑马族群紧随其后，河马潜伏，巨鳄蹲守，狮群环伺，杀戮在欣欣向荣的静谧中同步酝酿。

颠簸的泥土道路旁，随处可见动物残骸，有的还新鲜，有的已风化成标本，应隐一概不识，还是商邵告诉她，这是角马的头骨，那是水牛的头骨，这些高高矗立的红土堆，其实是白蚁的巢穴。

一路深入至稀树草原，目之所及只有随着晚风起伏的长草，除了在前面领队护航的向导车外，便不再见其他人类痕迹了。

应隐不由得裹紧了披肩。

她不仅是觉得冷，也有些紧张，车辆的剧烈颠簸，让她长途飞行后的身体感到阵阵晕眩。

前方领航车子放缓速度，对讲机传来的英文，应隐听得一知半解，好像是请他们往右侧看。

草丛间，狮群听到引擎声，警觉地抬起头望了望，见是人类的吉普车，放哨的母狮便端然注视着，目送他们驶离。

倒伏的草间，一只看不出是什么的动物已被分食成肉块，苍蝇围转，几只秃鹫落在远远的土堆上，目不转睛地等着。

原来是狮群在吃晚餐。雄狮已然吃饱了，正卧在一旁餍足地打着哈欠。

应隐忍了又忍，干呕阵阵上涌："下车……"

商邵蹙眉，云淡风轻地逗她："去喂狮子？"

应隐揪住他的袖子："呜……"

忍得眼泪汪汪，五官皱成一团。

草原上到处都是猎杀者，将头、手伸出窗外是很危险的举动。商邵沉沉舒了口气，干脆利落地脱下西服："就吐这里。"

这可是萨维尔街顶级裁缝所定制的西服，伦敦老裁缝要知道自己一针一线的心血成了呕吐袋，恐怕能晕过去。

应隐哪还顾得上推托，双手接过"呕"的一声。

完了，她吐了金主的西服，她在心上人面前吐得七荤八素……但是胃里吐空的感觉好爽，有种坏心情也被治愈的感觉。她吐了个干净。

商邵抽了两张纸巾，夹在指尖递过去。有股纡尊降贵的嫌弃味道……

应隐可怜兮兮："西服……我洗干净了还给你……"

商邵斩钉截铁："不必。"

"那多可惜——呕——"她没说两句又转过脸去吐。

商邵闭了闭眼，蹙起的眉心似乎不耐："应小姐。"他可有段时间没这么叫她了，"吐干净再说话！"

应隐底气虚弱："干净了，真干净了……"

商邵拧开水瓶，黑着脸一字一句："漱口。"

应隐乖乖地漱口，拢住西服。

商邵修长的食指指向左侧，命令下得十分简洁："坐远点。"

应隐："……"

咦，他好像有洁癖……平时真看不出来呢。

但是想一想他的生活环境，也很难有余地让他犯洁癖。

应隐"嗯唔"一声，鼻子里哼出来的，像小狗，充满委屈。

坦桑尼亚下午四点，国内正是晚上九点，本该是她参加生日派对的时候。

微博上，平台自动弹送了生日提醒，应隐的评论区铺天盖地全是祝福，粉丝设计的文字花墙可爱又华丽，后援会也晒了为她铺的灯牌。

灯牌海报上，是她某一年红毯的皇冠造型，她垂眸微笑，像是正在接受一场加冕。

那正是她拿下双星大满贯的一年，剑指戛纳，风光无限。

那一年距今已经数年了。

应隐很少在生日这天消失。她会乖乖参加公司给她安排的生日会，拍一堆照片，用心地发在微博，再认真地许一个愿。

愿望每年相同：新的一年，得偿所愿。

热搜词条上，"又到了应隐说得偿所愿的日子"空降，是代言的护肤品品牌买的，既是生日应援，也是新品推广。

但与此同时，另一则消息虽没上热搜，却以惊人的强度在各大营销号间转载：

应隐试镜栗山失败，本来是十拿九稳的角色，听说是被阮曳拿下了？

阮曳何德何能啊，能从同门师姐影后这里抢下角色？

话题广场十分耐人寻味。

生日当天发这种通稿？虐粉吗？

阮曳好惨，做错什么了，这种日子被当靶子？

不信谣不传谣哦，阮曳兢兢业业一切以作品为先，大家还是先关注她的作品吧。

阮曳就不该签辰野，人家是十几年的一姐，公司里呼风唤雨，早说了她过去也只能捡人家剩下不要的，现在灵验了吧？

我晕，阮姐别太茶了，拿了角色发这种通稿倒打一耙，会还是你会哈。

阮曳失心疯啊，在人家生日主场买这种通稿砸场子？正常有脑子的人都不会这么做好吗？隐姐别太有心机了。

"你别打。"

"我要打！"

缇文抢俊仪的手机："你给麦安言打电话有什么用？什么通稿他能不知道吗？"

俊仪两眼喷火："我就要打！我要问问他，生日搞这一出是什么意思？趁她不在欺负她吗？"

"你想什么呢？你以为应隐是笨蛋吗？麦安言会有什么动作，她能不知道？她就是知道，她才去了非洲！"

缇文按下她的手，一根根掰开她的手指："手机给我，别给她添麻烦。"

"她吃亏了！"俊仪是个急性子，快气死了。

"她没有，她一定是拿到了自己可以接受的价码，才会允许麦安言这样做。"缇文认真地说，"她不是完全被动。她知道怎么尽可能争取好处。"

"我不管。凭什么？要捧阮曳也不是这么个捧法……"俊仪陡然泄气下来。

"新老流量交替，就是这样血腥的。"缇文缓缓地说，"这只是开始，以后会有其他人，对她发起一次又一次的冲锋。从公司的角度来说，能利用她的余热，捧自己家的新人，是最双赢的买卖。"

"你帮麦安言说话？"俊仪不敢置信。

"在商言商。"

"可是她明明还很红。"

"因为你的眼中没有看到规律。所有艺人产品，生命长度和曲线都是有迹可循的，要做常青树，很难，起伏才是常态。她出道十二年了，走红了十二年，是太阳也到了要落的时候。"缇文怜悯地看俊仪，"公司要未雨绸缪。"

"阮曳只是演古偶的。"俊仪抿了抿唇，不服气。

"时移世易，演电视剧的片酬远比电影高，粉丝也更稳固。小荧屏大银幕的高低之分，已经没以前那么明显。你看不出来吗，公司对女艺人的运营路线也在潜移默化地改变，小荧屏起家，大银幕抬咖，爆剧巩固，时尚圈傍身，一个新的女顶流就诞生了。"

"真有你说的这么简单，那就不会有那么多不上不下的女艺人了。"俊仪攥紧了拳。

"当然，前提是要演技不错。"

俊仪一听，双手合十："老天保佑求阮曳演技永远不开窍不开窍不开窍。"

缇文："……"

"你也来。"俊仪把她拉了个趔趄，"两个人有用一点。"

缇文哭笑不得："行，那我就也请老天保佑。不过路是人走出来的，有一条路，荆棘满地，但在规律之外。"

"什么路？"

"主动丢弃流量的国际影后之路。"

俊仪的眼神倏然被点亮，但很快又熄灭下来："麦安言不准，流量是钱，钱是他的命。"

"他凭什么不准？"缇文笑笑，饶有兴致地问，"俊仪，你觉不觉得，当经纪人、制片人之类的，很有意思？你可以站在最高的地方操控一切，甚至挑战规律。"

"有意思是有意思……"俊仪搞不懂她怎么提这个。

缇文从包里摸出一张卡，两指夹着："其实……我有一笔启动资金，是专门拿来试错的。"

坦桑尼亚。

吉普车终于到了目的地。这是一座研究所，保护的主要是野生非洲象，但同时也帮助一些濒危的动物族群。

雨季是动物交配和繁殖的季节，研究所一片繁忙景象，只有一个高高瘦瘦的白人前来迎接。

他一头灰白卷发，年纪该过六十了，肤色很红，穿着背带裤、胶筒靴，身上散发出一股浓郁的动物气息。

嗯……新鲜粪便的那种。

"Leo，别来无恙。"他摘下手套，跟商邵握手，笑容看着亲切而熟稔。

应隐目不转睛地看着。

他肯定刚铲过屎！

商邵面不改色地与他握了握手，还跟他拍肩拥抱。

应隐："……"

打完招呼，商邵一回眸，发现应隐陷入了自闭。

"怎么了？"

"你只嫌弃我。"应隐情绪很低落，"我吐了你就嫌弃我，你怎么不嫌弃这个哈里？他铲过屎……"

商邵失笑一声，拽住她胳膊把人拉怀里："我是跟你接吻，又不是跟他。"

应隐踮脚凑上去，闭上眼索吻："那你亲。"

商邵大手盖住她的脸，面无表情地说："别闹。"

应隐"哼"一声，合腰搂住他："商先生，我今天被人欺负惨了，你亲我一下，就当治愈我。"

商邵："……"

她难得撒娇，这感觉像看到"瑞典女王"迎风搔首弄姿，十分古怪。但……滋味不坏。

见商邵没反应，应隐吸吸鼻子："真的。欺负我的人，你也认识，你还目不转睛地看她。"

"谁？"商邵敛了笑，蹙眉淡问。

他能目不转睛地看谁？

他只目不转睛地看过鲸鲨。

应隐脚尖蹭蹭草地，有些耻于开口："你……跟阮曳跳舞的时候……是不是目不转睛看着？她有这么漂亮？"

商邵在脑内搜索一番："阮曳……"

搜索未果，他无所谓地笑了一息："这名字，怎么比你的还奇怪？"

"不准说她名字奇怪。"应隐含糊地抗议。

这又有什么好争的？难道是什么殊荣？

"好，"商邵将手搭在她单薄的肩上，哄孩子似的，"只有你的名字最奇怪。"

应隐抿了下唇："那你有没有？"

"我想，应该是没有的。"

"什么是应该？"

"不排除当时我心不在焉，一时忘了收回目光，但这位阮小姐的脸，我实在没怎么看进去。"

"你跟人家跳舞还心不在焉的？"

商邵笑了笑。

日落了。

火红的落日坠向地平线，被云层和傍晚雾气涂抹出波浪似的涟漪。

他字字低沉温柔："那天晚上我有幸捡了个女伴，不过进了宴会厅以后，她好像就被我的身份吓跑了。我心不在焉，或者说心猿意马，也许正是在想她。"

她像是被什么捕获，

成为谁命运中的势在必得，

有一股匆匆的心跳。

PRODUCTION

ROLL | SCENE | SHOT | TAKE

CHAPTER 番外 相恋有暗涌

DATE | | CAMERA

景别时长	音效	分 镜 图	内容台词

　　这一年的深水湾新年夜不同以往。因为商陆新片《再见，安吉拉》的立项与筹备，柯屿也被邀请来这里一起过年。开席前的下午，阳光明媚，商家小辈一同聚在玻璃花房中叹茶闲聊。

　　由于慰问值守员工及全球合作方、客户、供应商等诸多事宜，商邵直到过了中午才回。

　　香港的冬季向来温暖，晴朗的午后，山岭绿意间攀上海的气息，又被阳光炙烤得干爽。他步入前厅，一边脱着束缚已极的正装西服，一边问前来侍候的用人："人都到了？"

　　用人答："二小姐的班机今早刚到，她一回就真是都齐了，现在正在温室喝茶呢！"

　　用人们将那间玻璃花房称作温室，其实照港岛的气候，植物越冬并不难，不过他们母亲温宜很钟爱一些热带花草，因此才有了这样一间温室，里面养了许多珍稀的仙人掌、玫瑰及芋叶，一走进去便是满眼苍翠，是个喝茶的好地方。

　　商邵的手指停到领带结上，刚扯松了一些，念及柯屿是客，便将领带又一丝不苟地打了回去，连带着马甲也不脱了。

　　到了温室，隔着明净的玻璃，果然正看到几人端着杯耳骨碟谈笑的模样。

　　商家兄妹五个，他是大哥，明羡则是长女，被叫作大姐；明卓为次女，在波士顿的高校里做科研，有一间属于自己的实验室；商陆为二子，排行第四，是天赋卓绝的知名导演；最末的则是小妹商明宝，虽成年了，但还是孩子心性，一天到晚都很快乐。

　　商邵推门进去，正听到商陆介绍说："一镜到底就代表着一个镜头一旦开始就不能出错直到结束。"

　　《再见，安吉拉》由三段长达三十多分钟的一镜到底组成，是史诗级的，一旦开拍便注定载入华语电影史册。

　　商明羡笑问："选演员岂不是很头痛？"

　　柯屿刚从海外累积了一整年的舞台剧经验回来，是当仁不让的唯一男主演，女演员倒真不好挑。商陆的选角团队寻遍了两岸三地娱乐圈、话剧圈的适龄女星，最终定下了一位。

商邵的脚步在厚软地毯上落定，声音适时插入："那么，女主演呢？"

几人都回眸看，二妹明卓打趣道："大哥今天回来这么早？"

商家家大业大，庞大的资产遍布海内外，他们几个常开玩笑说自己能无拘无束地追梦，全靠大哥在前面负重前行。继承人担子不好扛，没多少私人时间，就算是亲兄妹，他们几个也不是能时时看到他、跟他好好坐下来吃一顿饭的。

商邵接了她递过来的话，对在场唯一的客人柯屿淡笑颔首："难得新年夜有客人在。柯老师。"

这不是他们第一次见面，也不是柯屿第一次听他叫自己"老师"，但仍然有一瞬间的紧张之感。眼前的男人过分矜贵，虽然他在自己家人面前已是十分松弛，但仍然有着经年上位所沉淀出的天然压迫感，周全的礼数并不让他看着平易近人，反而显得更遥远疏离了点。

寒暄数句，商陆把话题接管了过去，回道："女主演叫应隐，演技不错。"

"应隐。"商邵咀嚼了一遍这短短的两个字，笑了笑："很怪的名字。是艺名？"

"不是。"柯屿回道，"是真名。"

他和应隐是相当好的朋友，好到看过身份证的那种——当然了，这主要还是应隐换了新证后非要他说好看的缘故。

商陆倚坐在沙发扶手上，客观道："虽然名字叫'隐'，但她其实很红。"

"是最红的，"小妹商树头头是道，"小哥哥这次绝对是大手笔！"

商邵勾起唇："你倒也请得起。"他揶揄起人来也是一派好整以暇。

商陆拍电影一事并不被父亲看好，因此每一部作品都是动用的自己的资源和金库，一开始甚至需要通过资方的 roundtable challenge 才能拿到专项基金——这一点也没少被商家几个兄弟姐妹拿出来开玩笑。

明羡可有话说了："他请不起，所以才到我这里来薅羊毛。"又转向商陆，"绮逦从来没有请过代言人的，为了你我可是损失大了，代言费 AA 啊。"

商陆不从，兄妹几个笑闹一阵，向来不关心娱乐圈的明卓终于忍不住问："我说，就没人关心代言人好不好看吗？"

话音一落，室内安静下来，明宝用看傻子的眼神看她二姐："二姐，你不是吧，你不知道应隐长什么样？"

明卓无辜："真不知道。"又拉商邵下水，"大哥，你呢？我不信你知道。"

商邵确实不知道，他的喜好和志趣兴味都离娱乐圈很远。

还是明羡动作快，已经打开了经纪公司发给她的艺人资料，将当中一张照片放大，递到明卓眼前："呐。真的很漂亮，已经在写代言物料的企划了。"

明卓一眼被冲击到："原来是她。确实是应该'最红'的长相。"

"她有一篇通稿最有名了。"明宝眨眨眼，"小哥哥你说。"

商陆高冷一声："我拒绝。"

明宝揭晓答案："通稿说，她的美貌直击男性生物本能！"

"……"商邵沉默一息，略笑着摇了摇头，"你们娱乐圈……广告词很有风格。"

话既然聊到这里，就由不得明卓不求证一番了。她拿出做实验的严谨，探究在场唯一一位初见应隐的男士——

"大哥，你感觉怎么样？"

被应隐写真占据了屏幕的手机，由商明卓手中递到了商邵眼前。

那是一张近景写真，应当是为美妆产品所拍摄的杂志内页。纯黑背景中，无暇人面清晰浮现，脸上一层轻如烟雾的透明薄纱笼过，被鼓风机吹出飘逸的流水状。大约是为了配合拍摄主题，她的眼神微垂，唇微张，睥睨的姿态，但迷离。

商邵唇角抬了抬，倒是认真地看了，客观地说："很漂亮。"

他的眼神古井无波，微澜压在一层暗色之下。

商明宝拆穿他："骗人，大哥脸上根本没有被狙击到的样子。"

"点？"

"你都没有呼吸微窒，吞一吞喉结啦，抿一抿嘴唇啦。"商明宝那种氛围感剪辑看多了，懂得很。

商邵笑一笑，不置可否。

这一年的新年夜因为柯屿和他奶奶的到来而显得尤为温馨。烟火绽入高空，点亮了深水湾每一双仰望的眼眸，唯独商邵的除外。

当所有人都在看烟花许愿时，他俯在三楼的露台栏杆上，一支烟燃到了尽头，与漫天金花相比，他指尖的红星显得很寂寥。

温有宜记挂他，找上楼来。见他果然自己待着，端详了他的背影半晌，才出声说："怎么不下去一起看烟花？"

"在这里也是一样的。"

"阿邵。"温有宜迟疑一瞬，"你变得比以前不爱说话了。"

商邵笑了笑，转过身来，面孔在鸦青色的夜空下显得温和："没有的事。"

温有宜怎么能看不穿他？这是他为她刻意拾起的温和假面。但她没有拆穿自己的大儿子，而是说："许个愿吧，好不好？新年要许一个新的愿望。"

商邵掸了掸烟灰："现在很好，没什么特别想要的。"

温有宜注视他很长的一眼，语气一松："好吧，既然这样，那妈妈来许。"

她双手合十，在底下人群的惊叹声中，她的眸底被那又一朵炸开的金穗水滴照亮："愿阿邵在新的一年开心、快乐。"

母亲的担心，商邵一直都看在眼里。她刚经历过商陆封闭的那两年，长子身上的变故让她应接不暇。商邵不是不知道她为他牵肠挂肚得难以入眠，一有机会就打听物色谁谁家的侄女从哪里留学回来了，谁谁家的小姐门当户对性情温柔。过完年，这些变相的相亲局以各种旁敲侧击的方式递到他眼前。

"见见吧，也许你钟意呢？"温有宜常常这么说，"你整天忙工作，也没空认识新的朋友。"

能入得了她眼的，当然是这些高门小姐里万里挑一的。但商邵永远对此意兴阑珊，推十桩，见一桩，喝杯咖啡就走。正巧战略业务变动，他需要频繁往返内地和香港，实在难以抽身，也算是个正当借口。后来，他赴内地一事经由董事会全体投票通过，他这个太子爷常常驻宁市已成定局，外界风声顿起，温有宜知道他无暇顾及这些，总算作罢。

几场台风过境，让这个盛夏热一场，凉一场。

陈又涵在宁市的那片海洋馆地块以七十亿人民币的价格悄然易主，算是这个夏天已经低靡的土地交易市场不大不小的一桩新闻。

地块易主到"勤德置地"旗下，却暂不作开发，原本在此办公的海洋动物繁育基地和动物保护所也不必搬迁，仍保留原址。业内传闻，他们甚至获得了一笔不小的海洋生物多样性保护专项注资，背后男人低调，更名改姓，并不希望有人拿去做文章。

《再见，安吉拉》拍摄进展顺利，倒让片场实景筹备跟不上。商陆得了空，到这里找商邵喝茶，顺便参观他未来的新居。

有钱人选住址，豪华、私密是一事，但却不是首要的事。首要的是气韵。空间的气韵与主人的气场相辅相成，商陆一踏足于此，便觉得这就该是个属于商邵的地方。视线远眺，只见绿茵连绵起伏于白崖，浪花拍岸如蚌壳吐珠，极目处，海天一色，闪烁波光如龙鳞。

要将一个鱼"住"的海洋馆改造成人住的别墅，工程不能说不复杂，何况商邵是一个万事不愿将就的人。眼下，主体建筑的改造才刚刚动工，规划以玩皮划艇、迂曲贯穿整个花园的内河河道也刚开始开凿，混乱之中，一切都显出百废待兴的气象。

商陆到时，商邵正在鲸鲨馆里看书。

这里光线柔蓝，因为大鱼还没有住进来，所以亮度调得比正常的场馆要亮一些，勉强可以阅读。在灯光中如同星河般溢开的海水倒影下，他将手中的康德翻过一页。那些自然涤荡出的水波闪着温柔的蓝光，从他垂首的面容和眉眼上划过。

商陆倚墙而立，两指指节敲了敲："来得不巧？"

商邵闻言，合上书页，看到他另一只手里提着的半打精酿。

白天喝酒不是他的作风，不过商陆说已经是傍晚五点四十五分，让他不必如此严格。兄弟两个便到了户外，在日暮海风下安安静静地喝着。

商陆是直到这一刻，才深觉到了他大哥的封闭。他想关心他的近况，张了口竟发现无从介入，以至于居然要从一头鲸鲨开始关心起。

"Ray……还在中环？准备什么时候移过来？"

Ray 是一头鲸鲨，与商邵的缘分说来话长。作为洄游鱼类，鲸鲨会不会恐高？这很难讲。商邵在中环的执行董事办公室独占一层，里面的那面鲸鲨观景窗可以算是惊世骇俗，挑战人的常识极限。当初多少个建筑团队推敲了多少次方案，才将这种异想天开的事变成现实。他的鲸鲨朋友要得知自己即将从 463 米的高空转移到地平线上，大概会很高兴。

"还早，不急。"

商陆勾了勾唇，将手中深茶色的啤酒瓶与他的碰了一碰。清脆的玻璃声中，他说："过几天在澳门绮逦拍广告片，有空的话不如来看看。"

商明羡尽显资本家本色，出资请了应隐当代言人后，让商陆买一送二，不仅赠了柯屿一同当代言人，还要商陆亲自掌镜广告片。正巧《再见，安吉拉》的第三卷实景还在筹建中，整个剧组都有空档，人和设备都是现成的，他索性顺手拍了。

发出邀约时，商陆心里其实并没有抱什么他真会来的期待。他太忙了，对电影毫无兴趣，对娱乐圈相关的一切也敬谢不敏。按常理说，豪门显贵该是跟这名利场往来最密切的，纵观港岛富家公子，又有几人的局上不请上数个模特明星？唯独他例外。也不是没有怀了别样心思的女星在他身上下功夫，想当他的"入幕之宾"，但大多铩羽而归，连名帖都碰不到他的桌角。

商邵确实没把这桩邀约放在心上。

摩纳哥的显贵客户前来香港考察，顺便会一会他这个游艇会老友。茶饭之余，对方是如此顺理成章地提出要去澳门看一看。商邵明白他的心思，让康叔在绮逦安排好一切，用最顶级的套房最旺的贵宾厅招待他。连带着自己也搭进去了。玩德扑彻夜，富有技巧又那么恰到好处地输出去一个让对方尽兴的数字。

从厅里出来，连康叔都蹙眉，问："这一晚上是抽了多少？"

玩德扑的局就没有禁烟的，一晚上烟雾缭绕，掩着他墨绿牌桌后意兴阑珊的面容。

商邵咬着烟，比了个数字。康叔愕然："抽这么多？"

商邵平日里烟瘾不重，但这段时间确实有越抽越凶之势。康叔尚在琢磨着该怎么劝他少抽，没想到商邵自嘲地一哂，主动说："以后只抽三根。"

"你还不如直接戒了。"康叔道。他了解眼前这个男人，知道他的定力和自制力倍于常人，戒烟对他来说根本不算事。

商邵哼笑了一息："那多没意思。"

天色尚早，他回到套房，洗过澡，叫了餐，扫阅一遍今天的报纸，短暂地补上两个小时的眠。醒来时，正看到兄妹小群里热闹。

原来广告片自前天就开始拍摄了。按脚本，共拍摄三天，今天是第二天。商明羡自不必说，绮逦是她的主场，她当然在现场，除她之外，商明宝和温有宜也在首日去探了班。群里已经被明宝拍摄的照片刷屏，商邵往上翻了几页，均是柯屿和那个女主角的花絮照。

应隐。

他记起这个很怪的名字。

商明宝看热闹不嫌事大，连发数条尖叫，说女主演演技太好、戏感一流，粉红氛围十分到位，让一条短短的商业广告比爱情片还好磕。

商邵一张照片都没点开放大看，倒是对商陆黑脸一事感到有趣。昨晚玩牌之余，他确实接了温有宜的一通电话，听她细细讲述了片场一事。温有宜当时用的词是"那个代言人靓得没道理"。

摩纳哥朋友牌瘾大，下午起在娱乐厅掷了上千万后，知道商邵处理完了公务，又邀他继续玩德扑。这次入局两小时，他没再抽一根，别人敬给他烟，他也不拒，接过来，轻巧而散漫地搭到手边烟灰缸上。没人问他怎么不抽，但几支过后，便不再有人干这没眼色的事了。如此玩到傍晚，商邵命康叔安排直升机带朋友俯瞰日落，他自己则终于得以脱身。

黄昏光迤逦，穿过高大的椰林和蕉叶，漫漶在他白色的衬衫上。他站在门廊一隅，安静地喝完了半杯水后，叫过随行保镖，问："陆陆收工了吗？"

保镖回道："还没有，这个时候，应该在山坡上拍日落。"

商邵笑笑："你倒是清楚。"

"因为住客知道了这件事，都过去围观，大小姐不好清场，正让安保部过去维持秩序呢。"

商邵放下玻璃杯，兴之所起："那就去看看。"

走上步汀数步后，他脚步慢了下来，问保镖："身上有没有烟味？"

保镖迟疑一秒，他心里便有了答案："很重？"

"不重。"保镖这次答得很快。

但商邵已经调转脚步，往套房所在的单独一栋走去。烟味不提，他挽至肘间的袖子已有了褶痕，就这样到商陆的片场，未免有失礼数。

他重洗了澡、更了衣。

电梯门再度开启时，古典雕花水银镜中倒映出与刚刚截然不同的身影，是西装革履的一身，腕间的手表也换了。

越靠近片场，确实就越如保镖所说，十分混乱嘈闹。这样的景象在绮逦不常见，它毕竟是澳门数一数二的娱乐场，只设高端客房，而要让这些客人追风赶潮是很难的。只能说，正在拍摄的影帝影后星光货真价实，值得让他们一睹真容。

这是今天的最后一场戏，所有人都在等这电影圈所谓的"天堂光"。临时抽调而来的安保拿着对讲机调度排岗，黑色的警示带已经拉了起来，不许拍照和录像的提醒每隔十分钟提醒一遍。

应隐正跟柯屿配合灯光组试光，放于一旁的雅马哈音响中，轻柔爵士音乐流淌而出。他们将要拍的这一场，是一幕跳舞戏，男女之间温柔悠闲的交谊舞。应隐把这广告当爱情轻喜剧来拍，入戏不费吹灰之力，但基于敬业，她还是没落下每一场彩排。

镜头前，柯屿掌住了她的手，揽住了她的腰。摄影组掌镜跟随移动，让黄昏光的星芒始终缀在画面右上角。

"我说……你踩我几脚了？"柯屿表情无奈。

应隐抿住唇装无辜，眨一眨眼："人家不是故意的。"

"小姐，我记得你是学现代舞的。"柯屿拆穿她。

应隐见糊弄不过，卖乖说："好啦，小岛哥哥。"一边说，一边瞥过眼角余光，含笑飞向不远处的导演组。

监视器后，商陆大马金刀地坐着，一手捏导筒，一手将一只Hi-Fi耳机贴在耳侧。听到应隐一声"小岛哥哥"后，商陆明显一副被腻到了的表情。

柯屿知道她故意做戏，叹息一声："放过我。"

应隐："哼。"

她才不要。他根本不知道，他的生日礼物是一座岛这种事对她的三观造成了多大的冲击。昨日收了工，忍不住把这件事分享给俊仪听，让俊仪也狠狠地开了眼。

"你有落差吗？"俊仪问，手边给她调着清洁皮肤的面膜泥。

"什么落差？"

"你起点比柯老师高，可是柯老师现在已经是戛纳影帝，还过上了你梦寐以求的生活。"

俊仪讲话就是这样，直来直去的，也不晓得折衷一下。讲完了方怀疑是否不妥，停下动作回眸望。

应隐坐在靠窗的沙发椅上，外面夜浓，更显得她那一方明亮幽静。手中展着的，是她即将开拍的《再见，安吉拉》第三卷剧本。故事不长，但台词很密，又是三十分钟的一镜到底，是个不小的挑战。听到俊仪的问话，她掩卷抬眸："当然不啊，小岛不一样。"

俊仪点点头，说着从柯屿助理盛果儿处听来的八卦："听说商导家特别大——我是指深水湾的那个家。说柯老师去拜年，在里面迷路了好几次呢。"她想起什么，又"咦"了一声，异想天开，"你现在是商导的女主角，又是绮迤的代言人，他们今年会不会也邀请你去过节啊？"

"我才不去。"应隐吓得一激灵，"你当那种饭局好玩？据说商檠业很吓人的！"

俊仪便笑她："你一个立志嫁进豪门的女人，还怕这种小小的家宴？对你来说，还不是手到擒来。"

俊仪跟在应隐身边这么多年，很熟悉她在社交场上的表现，配得上左右逢源长袖善舞这八个字。但，有谁会说社交场合上的自己是真实的自己？下了名利场，熄灭灯光，她也不过是个一边走一边脱掉高跟鞋、剥下华丽礼服、摘下胸贴，趴到贵妃榻上深深舒一口气的普通人罢了。不能说她多穿了几件高定，就比别人多了一身刀枪不入的盔甲。

俊仪一锤定音："也许真有什么豪门少爷看上你了，你跑得比谁都快。"

"嗯嗯嗯嗯。"应隐双手合十点头如捣蒜，"我一定跑着过去递上支票和签名笔。"说罢，两个人都笑倒。

"商导还有个哥哥呢。"俊仪不经意提起，"我听果儿说，商家大公子气质很好，连柯老师这么万事从容的人都会觉得紧张。"

"他那种高高在上的太子爷。"应隐漫不经心地来了这么一句。

"也不是所有有钱人都有那种气质的。"

"身在高位惯了，众星拱月的，看不到平民老百姓的喜怒哀乐，当然就显得目下不沾尘了。你会觉得他高贵也正常。"

俊仪听了她的话，一时没吱声，只是怔怔地看了她一眼，神情温柔下来。她分明比谁都更看清看透了这个圈子，也比谁都知道权和利给这些男人带来的滤镜与光环。可是嫁豪门这种"伟业"，是需要一点傻气的。

"商家还是不一样的吧。"俊仪仍然是凭直觉说了这么一句，"看商导就很不一样，他毕竟是柯老师认可的人。"

应隐扑哧一笑："商陆不错，他哥不行，你恐怕要失望了。他长得很普通的，也没你想得那么优越。"

"啊？"俊仪不敢置信。

"婚礼上见过……"应隐手指点点下巴，沉吟数秒似在回忆，"要不是有这么一层身份，扔到人堆里你大概不会回头看一眼。"

俊仪若有所思："可是，基因这种事，总不会骗人吧……"这可是商陆的哥哥，商陆的基因太有说服力了！

应隐随口道："谁知道，也许商陆基因突变中彩票咯。"

俊仪很快反推出了合理的逻辑因果："也对，如果这位太子爷长得好、人品也过关的话，柯老师肯定早就介绍你们认识了。"

应隐一听，也顿时有醍醐灌顶之感，郑重地点一点头："俊仪，你原来这么聪明。"

漫长的落日，来到了最美丽的一刻。

柔伏的草尖被涂抹上旖旎的霞光，摇曳的树影如油画笔般涂抹晕染开，来自这纸醉金迷之城的浩荡晚风，借助海的力量攀上灯塔与半坡，卷起了应隐的裙角与长发。

这是整个剧组等候多时的天堂之光，也是无数故事就该诞生于此的命运之光。

自扩音筒里传来现场副导演的最后一次开拍倒计时，各组人员都动了起来，围观的人群也骚动了起来。

在这濒临失序的混乱中，由两名保镖开道，自人群中走过一个西装革履的男人。他径直走到了导演组所在的地方，并与商陆熟稔地聊了起来，就连商明羡也眼前一亮："你怎么也有空过来了？"

她知道这次摩纳哥来的客人十分厉害，以至于他要纡尊降贵亲自接待陪同。原本以为他一定没空的。

商邵轻颔首："临时想起，就顺道过来看一看。"

他唇角勾笑，漫不经心地抬眼："我来看看，是谁昨天把陆陆气得够呛。"

绯色晚霞铺满天空，是谁的黑色长发被风吹乱，纤细的手指穿入拂过，面容自这凌乱之后倏然而清晰地浮出。

是林雾里的花，暗屋里的珠。

风息了又起，舒然地从遥远的彼此间卷过，似卷起一页新篇。

应隐的裙角落了，眼神也落了，猝不及防的，心却紧了一道。她转过视线，那么转瞬即逝的半秒，为什么不敢再看？

她像是被什么捕获，成为谁命运中的势在必得，有一股匆匆的心跳。

绮逦在拉斯维加斯的酒店于下半年落成开幕。这不夜城昼夜不歇的霓虹广告牌上，从此多了一副东方女星的面孔。

因公出差时，商邵的私人飞机曾在此短暂逗留。朋友咬着烟问："第一次见你们家业务请代言人，也没见你近水楼台先得月？"

商邵只是笑笑不说话。

也有人半开玩笑半认真地问，能否借太子爷身份一用，请应小姐赏光吃顿便饭？

商邵把玩着烟管，不置可否的模样，对方脸上却渐渐挂不住笑容，低声赔罪，说自己唐突冒犯，望他海涵。

又一年春节。

这一次聚齐比以往早，腊月二十九众人便都已经回了深水湾。柯屿还是那唯独的一位贵客，话题也仍在《再见，安吉拉》上。这次聊的却不再是拍摄与制作了，而是来年的电影节和上映。有传言影片将赴戛纳首映，这一暂时保密的消息获得了商陆的肯定。

有港来信

商明宝突发奇想："应该把应隐一起请来吃饭的！"

没有人看到坐在花厅一角的商邵是如何握紧了手中的威士忌杯。不自觉的，不受控的。明羡敲了一下明宝的头："你当除夕是什么呀？人家也要跟家人过节的！"

明宝捂住额头噘嘴："开开玩笑而已嘛。"

回头望，他们大哥还是坐在花厅一角，白衬衣松垮勾勒温雅气质。落地灯下闲敲棋子——那一副国际象棋，是半天没动静了。

第二天，除夕的烟花一如既往的盛大、绚丽。

温有宜还是在三楼露台找到了他。在硫黄味弥漫的新年空气中，她给他递出一封利是。商邵哼笑一息，双手接过："已经不是小孩子了。"

"怎么会。"温有宜挨着他，将两臂交叠在微凉的栏杆上，"许个愿吧，阿邵。"

她以为，过去一年的商邵仍是那么的离群索居、性情难以琢磨，此刻便仍会用"别无所求"来敷衍她。哪里知道，商邵竟回了她一句："许好了。"

"什么？"温有宜偏过脸："真许了？许的什么？"

"既然今年有所求，求的当然是……心想事成。"

图书在版编目（CIP）数据

有港来信 / 三三娘著 .-- 北京：中信出版社，
2024.5 （2025.4 重印）
ISBN 978-7-5217-6160-3

Ⅰ.①有… Ⅱ.①三… Ⅲ.①言情小说－中国－当代
Ⅳ.① I247.5

中国国家版本馆 CIP 数据核字 (2023) 第 220385 号

有港来信
著者：　　三三娘
出版发行：中信出版集团股份有限公司
　　　　　（北京市朝阳区东三环北路 27 号嘉铭中心　邮编　100020）
承印者：　　嘉业印刷（天津）有限公司

开本：880mm×1230mm　1/32　印张：9.5
字数：331 千字　　　　　　　插页：4
版次：2024 年 5 月第 1 版　　印次：2025 年 4 月第 2 次印刷
书号：ISBN 978-7-5217-6160-3
定价：48.00 元